ASSIM FALOU ZARATUSTRA

Copyright da tradução e desta edição © 2020 by Edipro Edições Profissionais Ltda.

Título original: *Also sprach Zarathustra*. Publicado originalmente na Alemanha em 1893. Traduzido com base na 1ª edição.

Todos os direitos reservados. Nenhuma parte deste livro poderá ser reproduzida ou transmitida de qualquer forma ou por quaisquer meios, eletrônicos ou mecânicos, incluindo fotocópia, gravação ou qualquer sistema de armazenamento e recuperação de informações, sem permissão por escrito do editor.

Grafia conforme o novo Acordo Ortográfico da Língua Portuguesa.

1ª edição, 1ª reimpressão 2023.

Editores: Jair Lot Vieira e Maíra Lot Vieira Micales
Coordenação editorial: Fernanda Godoy Tarcinalli
Produção editorial: Carla Bitelli
Edição de texto: Marta Almeida de Sá
Assistente editorial: Thiago Santos
Preparação de texto: Thiago de Christo
Revisão: Vânia Valente
Diagramação: Cleber Estevam
Capa: Mafagafo Studio

Dados Internacionais de Catalogação na Publicação (CIP)
(Câmara Brasileira do Livro, SP, Brasil)

Nietzsche, Friedrich, 1844-1900.

Assim falou Zaratustra: um livro para todos e para ninguém / Friedrich Nietzsche; tradução, introdução e notas de Saulo Krieger. – São Paulo: Edipro, 2020.

Título original: Also sprach Zarathustra.
ISBN 978-85-521-0123-9 (impresso)
ISBN 978-85-521-0122-2 (e-pub)

1. Filosofia alemã I. Krieger, Saulo. II. Título.

19-31662 CDD-193

Índice para catálogo sistemático:
1. Nietzsche : Filosofia alemã : 193

Cibele Maria Dias – Bibliotecária – CRB-8/9427

edipro

São Paulo: (11) 3107-7050 • Bauru: (14) 3234-4121
www.edipro.com.br • edipro@edipro.com.br
@editoraedipro @editoraedipro

O livro é a porta que se abre para a realização do homem.
Jair Lot Vieira

FRIEDRICH NIETZSCHE

ASSIM FALOU ZARATUSTRA

Um livro para todos e para ninguém

Tradução, introdução e notas
SAULO KRIEGER

Filósofo graduado pela USP, doutor pela Unifesp,
bolsista Capes na Université de Reims, na França.
É membro do Grupo de Estudos Nietzsche (GEN)
e pesquisador das relações entre processos inconscientes
e conscientes na obra de Nietzsche.

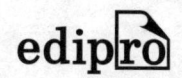

edipro

SUMÁRIO

INTRODUÇÃO:
Tragédia, fisiologia e estilo em *Assim falou Zaratustra* 11

PRIMEIRA PARTE

Prefácio de Zaratustra 31
Os discursos de Zaratustra 43
    Das três metamorfoses 43
    Das cátedras da virtude 45
    Dos transmundanos 47
    Dos desprezadores do corpo 49
    Das paixões de alegria e de sofrimento 51
    Do pálido criminoso 52
    Do ler e escreve 54
    Da árvore na montanha 56
    Dos pregadores da morte 58
    Da guerra e dos povos guerreiros 60
    Do novo ídolo 61
    Das moscas do mercado 63
    Da castidade 66
    Do amigo 67
    Dos mil e um alvos 69
    Do amor ao próximo 71
    Do caminho do criador 72
    Das velhas e jovens mulherzinhas 74

Da picada da víbora 76
Do filho e do casamento 77
Da morte livre 79
Da virtude dadivosa 81

SEGUNDA PARTE

A criança com o espelho 87
Nas ilhas bem-aventuradas 89
Dos compassivos 91
Dos sacerdotes 94
Dos virtuosos 96
Da canalha 99
Das tarântulas 101
Dos sábios famosos 104
A canção da noite 106
A canção da dança 107
A canção do sepulcro 110
Da autossuperação 112
Dos sublimes 115
Do país da cultura 117
Do imaculado conhecimento 119
Dos eruditos 122
Dos poetas 123

Dos grandes acontecimentos 126
O adivinho 129
Da redenção 132
Da prudência humana 137
A hora mais silente 139

TERCEIRA PARTE

O viandante 143
Da visão e do enigma 146
Da bem-aventurança contra a vontade 150
Antes do nascer do sol 153
Da virtude que apequena 155
No monte das oliveiras 160
Do passar ao largo 163
Dos apóstatas 166
O regresso 169
Dos três males 172
Do espírito de gravidade 176
Das velhas e novas tábuas 180
O convalescente 196
Do grande anseio 202
O outro canto da dança 204
Os sete selos (Ou: o canto do sim e do amém) 207

QUARTA E ÚLTIMA PARTE

A oferenda do mel 211
O grito de socorro 214
Conversas com os reis 217
A sanguessuga 220
O mágico 223
Aposentado 229
O mais feio dos homens 233
O mendigo voluntário 237
A sombra 240
Meio-dia 243
A saudação 245
A última ceia 250
Do homem superior 251
A canção da melancolia 260
Da ciência 264
Entre as filhas do deserto 267
O despertar 272
A festa do asno 275
A canção do sonâmbulo 278
O sinal 284

ASSIM FALOU ZARATUSTRA

INTRODUÇÃO
TRAGÉDIA, FISIOLOGIA E ESTILO EM *ASSIM FALOU ZARATUSTRA*[1]

I. A OBRA ENTRE OS ACADÊMICOS

Em obra canônica de autor igualmente canônico da fortuna crítica dedicada a Nietzsche, o estudioso faz um comentário revelador acerca do uso de *Assim falou Zaratustra* pelos acadêmicos:

> Achei-o útil e esclarecedor [*Assim falou Zaratustra*] em vários aspectos no tocante a certas coisas que ele diz e temas que o filósofo desenvolve ali, e considero a familiaridade com tal obra algo de essencial para compreendê-lo. Contudo, essa obra não se presta ao tipo de análise que realizo aqui; e uma vez que ali há pouco que seja de natureza filosófica e que Nietzsche não tenha elaborado em outra parte de modo filosoficamente mais direto (ou prosaico), preferi me concentrar em outras maneiras de trazer aqui tais pontos, apenas ocasionalmente invocando o *Zaratustra*, para lhe emprestar evidência.[2]

A revelação de Richard Schacht sobre a presença (ou ausência) de *Assim falou Zaratustra* na pesquisa Nietzsche pode ser vista como uma confissão, extensível para além de seu autor, reconhecível ao se passar os olhos pelas contribuições dedicadas à obra em periódicos filosóficos, sejam eles monotemáticos (centrados na obra de Nietzsche) ou pluritemáticos, e mesmo em congressos dedicados à obra do filósofo. Ora, o *Zaratustra*[3] estará, sim, ali presente, pode-se contra-argumentar. Mas não com a frequência e a magnitude que se esperaria de uma obra via de regra considerada a "obra capital" de Nietzsche,

---

1. Assim *falou* ou Assim *falava* Zaratustra? A versão em alemão *Also sprach* permite as duas traduções, as duas compreensões. Para "Assim falava", a ação continuada no passado pode corretamente sugerir não se tratar de falas dogmáticas de Zaratustra, ou, então, que tal fluxo contínuo no passado pode estar mais afinado à doutrina do eterno retorno que ali se anuncia. "Assim falou", versão preferida aqui, realça o caráter pontual e sucessivo de cada discurso de Zaratustra, além da ação a permear boa parte da obra, bem como parodia o modo como as parábolas ou falas de Jesus chegaram a nós (em língua portuguesa) e ecoam em nossos ouvidos: *Disse Jesus*: está consumado (*also sprach Jesus: es ist vollgebracht,* em alemão*)*.
2. Cf. SCHACHT, R. *Nietzsche*. New York, Routledge, 1983, p. XIII-XIV, passagem citada em livre tradução (do autor).
3. Doravante passaremos a chamar a obra simplesmente de *Zaratustra*. Quando se tratar do personagem Zaratustra, o nome será grafado sem itálico.

seu testamento, o momento afirmativo por excelência de seu pensamento. Ademais a mais celebrada e, no limite, a "mais vendida" fora dos círculos acadêmicos. Se então acedermos a que talvez não se possa alegar uma "escassez" de estudos acadêmicos dedicados a *Zaratustra*, o que se pode alegar é uma escassez relativa, um descompasso. Dossiês a ele dedicados em periódicos podem ser mais do que um esforço de contemplar tão importante obra, fazendo as vezes também de um esforço de compensação.[4]

Além da confissão de Schacht, a atitude academicamente esquiva ao Zaratustra pode se amparar – alegue-o ou não – na pretensão de refundação mítica e no caráter alegórico da obra. O alegórico se faz calcado numa figuratividade não muito apreciada pelo escrutínio dos estudos acadêmicos, de modo que ali se terá uma atitude a oscilar entre o não reconhecimento, o estranhamento e a incompreensão – afinal, Nietzsche, no Zaratustra, não trabalha com argumentos e conceitos e, por isso mesmo, passa ao largo da clareza que lhes é inerente. Não o faz justamente por trabalhar numa outra frente, por entabular bem outra relação com o leitor, dele exigindo outra postura, outro comprometimento, um misto paradoxal de afinidade e autonomia: que o leitor conquiste a própria singularidade no contato com singularidade bem outra, incomunicável e intransferível, que é a do autor do Zaratustra. Tal conquista se dará num tangenciar indireto, numa pulsação íntima que vai além da paródia, das alegorias, das andanças e dos percalços, dos reveses de seu protagonista. Na obra em questão, de intérmina ou eterna propedêutica, a filosofia faz-se propriamente um filosofar. E nesse filosofar, quando a reflexão sobre a linguagem não é verbalizada, tanto melhor: ela é então exercida, experimentada e protagonizada por meio dessa ou daquela forma, desse ou daquele estilo. O leitor não é levado a compreender, mas instado a vivenciar, não a seguir teoria ou receituário, mas a seguir o próprio caminho, e isso numa margem de interpretação em que não cabe nem o convencimento ou a coerção nem a arbitrariedade ou a casualidade. Nada mais estranho ao mundo da clareza conceitual, do filosofar pela dissecção de proposições. O estranhamento é tanto maior para os estudiosos da linha analítica ou anglo-saxônica, já que esta prima por separar conceitos e seus meios de expressão: tudo o que o Zaratustra não é – e entenda-se –, filosofia como prolongamento dos métodos científicos, que elege a clareza a todo o

---
4. A título de exemplo, cf. *Cadernos Nietzsche*, 39 (2), set. 2018.

custo, à custa de limitar o escopo de seus temas, à custa de relegar o inexprimível à esfera do inexistente. Ocorre que, de fato, em nada ajuda a recepção acadêmica a expressa recorrência a paradoxos que se tem no Zaratustra, a começar pelo subtítulo – um livro para todos e para ninguém: se o personagem Zaratustra circula pelos dois lados do paradoxo, o mesmo se exigirá do leitor. Paradoxo há também na atitude de certo leitor para com a obra, agora não necessariamente o leitor acadêmico: é atraído por ela e acaba por repeli--la, até porque a própria obra protagoniza esse duplo movimento, de atraí-lo pelo estilo, de repeli-lo pela aridez e pelo hermetismo.

E falando em hermetismo, haveria ainda outra dificuldade inerente à obra, a remeter a um tipo bastante peculiar de obstáculo: o inteiro cabedal de alusões a obras da tradição cultural, filosófica e literária ocidental – a começar, no início, no corpo da obra, pela caverna de Zaratustra em alusão inversa à caverna de Platão –, para não falar da tradição cristã, com as constantes referências à Bíblia – algumas logo se dando a reconhecer, outras não –, e esse diálogo cifrado e paradístico demanda ser interpretado para se ter um nível de leitura que adentre as suas muitas camadas, leitura que, pois, tanto não se dá de imediato quanto se revela inesgotável. Com tal esforço de interpretação, aos poucos seria possível desvelar a trama difusa que Nietzsche entabula com a tradição contra a qual ele se insurge de maneira visceral e virulenta. E em meio a esse quadro de remissões mais ou menos ocultas, mais evidente é o recuo a muito antes de instaurada a tradição judaico-cristã: o nome "Zaratustra" parodia o profeta e poeta persa, de entre os séculos VII e VI a.C., por ter sido o primeiro e mais radical codificador dos conceitos binários e excludentes de bem e mal, dos quais a referida tradição é tributária. A intenção sendo a de engendrar um novo mito fundador, convinha convocar aquele que, no âmbito axiológico, foi o primeiro a esboçar um movimento contra a natureza. Algum tempo depois, quando efetivamente desencadeado, com Sócrates-Platão e o cristianismo, esse movimento viria a cumular no quadro que se apresenta à época de Nietzsche, e também à nossa: o dos valores que não mais valoram, que perderam todo o seu lastro, ou seja, o niilismo.

II. ZARATUSTRA, TRAGÉDIA E FISIOLOGIA

Transcenderia em muito nosso objetivo aqui, de apresentar o *Zaratustra* em seus principais temas e mais algumas possíveis chaves de interpretação, realizar um procedimento exaustivo de desvelar o repertório aparentemente infinito das alusões aí presentes. Deixemos esse labor e ruminar para o leitor atilado, aquele mesmo que Nietzsche se comprazia em manter, tendo enganado ou enfastiado os demais.[5] Invertendo estratégia e perspectiva, mais razoável e mais fecundo para nossas pretensões e proporções aqui talvez fosse tomar o sentido contrário e principiar pelo mais expresso e mais visível: com o anúncio de *Assim falou Zaratustra* pelo próprio Nietzsche. No último aforismo da obra que imediatamente o antecede – trata-se do aforismo 342, no final do quarto livro d'*A gaia ciência*[6] –, o filósofo traz o início da obra que virá a seguir, intitulando o aforismo "*Incipit tragoedia*".[7] Então quer dizer que, em meio a tantas paródias, da Bíblia, de Platão, de tantas obras que constituíram a tradição cristã ocidental, e em meio ao humor dos insucessos do protagonista, o *Zaratustra* seria uma *tragédia*? Pois sim, e o *Zaratustra* como tragédia será um dos fios que aqui vamos privilegiar, a fim de esboçar o contorno da obra. Quanto ao modo como pode se configurar uma tragédia e como assim se relaciona ao que podemos chamar de tríptico afirmativo da obra – (1) o além-do-homem, articulado à ideia de superação do homem, (2) vontade de potência e (3) o eterno retorno do mesmo –, propomos que mais clareza se terá se mais uma vez o relacionarmos a uma expressa indicação do filósofo, desta feita acerca do personagem Zaratustra: "Para compreender esse tipo [o personagem Zaratustra], é preciso primeiro ganhar clareza sobre o seu pressuposto fisiológico: o que denomino a *grande saúde*"[8]. Ora, mas o que a condição fisiológica de Zaratustra teria que ver com o caráter trágico da obra *Assim falou Zaratustra* e com a realização do tríptico afirmativo, que acima referimos? Propomos assim o pressuposto fisiológico como segundo fio a seguir para se compreender o referido tríptico afirmativo e chegar a um contorno da obra.

---

5. Sobre o modo como Nietzsche seleciona seus leitores, cf. MARTON, S. "Em busca do discípulo tão amado". In: *Nietzsche, seus leitores, suas leituras*. São Paulo, Barcarolla, 2010, p. 87-106; NASSER, E. "Nietzsche e a busca pelo seu leitor ideal". In: *Cadernos Nietzsche*, vol. 1, n. 35, 2014, p. 33-56; SILVA JÚNIOR, I. "Nietzsche entre a arte de bem ler e seus leitores". In: *Cadernos Nietzsche*, vol. 1, n. 35, 2014, p. 17-30.
6. *A gaia ciência* em seus quatro primeiros livros é obra de 1882, o quinto livro lhe tendo sido anexado na segunda edição, de 1887.
7. "Quando Zaratustra fez trinta anos de idade, abandonou sua terra e o lago de Urmi e foi para as montanhas. Lá ele desfrutou seu espírito e sua solidão e por dez anos não se cansou disso. [...]". NIETZSCHE, F. *A gaia ciência*. São Paulo, Companhia das Letras, 2011, p. 231, § 342.
8. Cf. *idem*, *Ecce homo* (*Assim falou Zaratustra*, § 2). Trad. Paulo César de Souza. São Paulo, Companhia das Letras, 2011 (1888), p. 80-81.

III. A FISIOLOGIA DE ZARATUSTRA: OS IMPULSOS E SUAS DIMENSÕES

Falar em fisiologia em Nietzsche – ou em *fisiopsicologia*, como ele refere em *Além do bem e do mal*, ao que subverte os domínios estanques da fisiologia e da psicologia – é falar em sua teoria pulsional. No contexto do extraordinário desenvolvimento das ciências biológicas no século XIX, pelo avanço da microscopia e da teoria celular, a questão dos impulsos veio a permear o seu percurso intelectual a partir de meados dos anos 1870. Os impulsos são uma noção estreitamente aparentada à noção de instintos, e Nietzsche, com sua nova linguagem, que não se atrela a referentes, não raro usa tais noções de instintos e impulsos de maneira intercambiável, o que ocorre também com a de afetos, ou com a de vontades, tendo-se ali, a depender do contexto, conotações semelhantes, quando não idênticas. Porém em outras ocasiões ele dá a entender que os processos pulsionais seriam algo de mais abstrato e mais profundo que os instintuais, com os instintos sendo compreendidos por agrupamentos de impulsos que se conjugaram mediante a formação da memória. A memória caracteriza a relação dos organismos vivos com o meio que os cerca, fazendo registrar as interações que com esse meio foram especialmente bem-sucedidas ou então nocivas, ao mesmo tempo em que se forja um esquecimento das que foram irrelevantes.[9] Mas antes dos instintos e da formação da memória, as interações mais básicas, primeiras, do organismo com o meio circundante seriam mesmo obra dos impulsos, que igualmente continuam a atuar em tudo o que vive, em todos os processos da natureza, nos orgânicos como nos inorgânicos. Se ao privilegiá-los Nietzsche assinala haver um *continuum* entre esses dois reinos via de regra tomados por estanques, o que distinguirá a matéria orgânica, e viva, será mesmo a formação da memória – justamente a marca dos impulsos que se fizeram instintos. Mas a possibilidade da memória nos faz pensar os impulsos em suas dimensões mais profundas, a primeira delas, a possibilitar a memória, sendo a dimensão axiológica: os impulsos a todo o tempo se intervaloram, atribuindo valores positivos aos outros impulsos cuja interação lhes foi prazerosa e avaliação negativa para impulsos que provocaram desprazer. Ora, se a valoração, de tão inerente aos impulsos, vem se constituir propriamente numa *dimensão constitutiva* pela qual estes se dão como processos, na medida em que o é, também nos revela outras

---

9. Esse equilíbrio orgânico só será perturbado, no caso do homem, com o advento da memória necessária à constituição de uma consciência moral (*Gewissen*) (cf. *Genealogia da moral*, II [segunda dissertação]), como aqui veremos mais adiante.

dimensões: como a mais visceral, os impulsos comportam, antes de mais nada, uma embriagada busca do prazer, e prazer se tem sempre que um sentimento de potência é testado e bem logrado – a coincidir com vontade de potência, como com o dionisíaco, esta seria uma *primeira dimensão dos impulsos*, bastante evidente na realização dos instintos animais básicos, que são o sexo e a agressividade. Ora, o prazer no sentimento de potência só pode ser logrado na interação com outros impulsos, afinal de contas os impulsos não são entidades, nem são indecomponíveis, muito mais são processos, e são radicalmente plurais: por isso mesmo, a *questão interacional* lhes é uma dimensão, *uma segunda dimensão*. E uma vez que as interações não se dão às cegas nem de maneira indiferente, mas sempre olhos postos nos impulsos que prometem lhes ser mais prazerosos, chega-se aí ao já referido modo pelo qual os impulsos a todo tempo valoram uns aos outros – e aqui reencontramos a dimensão axiológica, que assim seria uma *terceira dimensão* dos processos pulsionais. A dimensão axiológica (terceira dimensão) transparece da dimensão interacional (segunda dimensão), uma vez que esta demanda ser "preparada": os impulsos *retardam* sua descarga prazerosa para interagir com outros impulsos, favoravelmente valorados, e *antecipam* tais interações, imaginando-as ao valorar. Em função desse processo de valoração, no âmbito do retardo-e-antecipação que se dá em seu bojo, ao que tudo indica, a implementação das interações também terá algo de cerimonioso: passa a haver um *timing* nas interações – que se reflete nos diferentes metabolismos dos diferentes organismos –, propriamente um *estilo*, um fazer artístico, pelo qual interagem com os impulsos cuja interação foi ansiada, e também uma visão prospectiva das necessidades do segmento orgânico de que são parte – tem-se aí uma *quarta e última dimensão*. Com isso temos toda uma hipotética dinâmica pela qual os impulsos – independentemente de se converterem em instintos, que são impulsos providos de memória – a um só tempo satisfazem seu sentimento de potência, este lhes produz prazer pela descarga de energia acumulada, e para tanto interagem com os demais impulsos, pois são gregários, e os valoram ao interagir, pois são axiológicos. Ao implementar suas interações, por meio de fricção e do estilo, proveem um organismo bem logrado. É o que Nietzsche chama de "o conservador vínculo dos instintos".[10] Tal vínculo age tanto nos outros animais como no homem – no homem, como se verá, a enfrentar algumas sérias intercorrências.

---

10. Cf. NIETZSCHE, F. *A gaia ciência* (§ 11). Trad. Paulo César de Souza. São Paulo, Companhia das Letras, 2011 (1882/1887), p. 62, § 11.

IV. A DESNATURAÇÃO DO HOMEM: O MUNDO PELO FILTRO DAS DUAS CONSCIÊNCIAS, INTELECTUAL E MORAL

Não haveria melhor termo para caracterizar a primazia que Nietzsche concede aos impulsos: o filósofo "aposta" muitíssimo na questão pulsional e na compreensão das interações pulsionais; nos desdobramentos que elas contêm em si; nos fenômenos humanos e culturais que podem ser compreendidos por meio delas, e isso significa sem recorrência a causas e princípios transcendentes. Entre os impulsos haveria rudimentos do que virá a ser compreendido como racionalidade, e como consciência, e isso a ponto de, por sua atitude funcionalmente desperta, o filósofo vir a chamá-los de "consciências",[11] da mesma forma como ele, a desterritorializar o tradicional conceito de alma, chama o corpo de "apenas um construto social de muitas almas".[12] E de fato, se bem se atentar aos desdobramentos do que propusemos ser suas dimensões, sobretudo a interacional e a axiológica, ver-se-á o quanto antecipam uma racionalidade. Nietzsche afirma que "o ser humano, como toda criatura viva, pensa continuamente, mas não o sabe".[13] Esse "pensar", justamente, pode e deve ser entendido à luz da teoria pulsional: os rudimentos, os traços essenciais do pensar pronunciam-se já entre os impulsos à proporção que estes se deparam com sua própria individualidade e seus limites, no âmbito do que propusemos ser sua segunda dimensão; também na medida em que coincidem com suas próprias valorações, que suspendem e antecipam interações, como vimos pela terceira dimensão pulsional; e na medida em que se fazem estilo e fazer artístico, como vimos pela quarta dimensão. Se se levar em conta essas quatro dimensões dos processos pulsionais, ter-se-á uma protorracionalidade, funcional, pela qual se exerce também um imanente fazer artístico. Impulsos, o fazer artístico pela primeira e quarta dimensões, o conhecimento pelas segunda e terceira.. Por certo que tais entremeios são da alçada do que é da animalidade no homem, do que o homem tem em comum com os outros animais – uma "protorracionalidade", um "protofazer artístico". No caso do homem, porém, ao contrário do que se deu entre os outros animais, a pulsionalidade teve sua capacidade exponencialmente ampliada, quando ele converteu em capacidade o que era necessidade diante de uma ameaça – tal conversão

---

11. Cf. fragmento póstumo 37 [4], jun./jul. 1885.
12. Cf. NIETZSCHE, F. *Além do bem e do mal*. Trad. Saulo Krieger. São Paulo, Edipro, 2019, p. 57, § 19.
13. Cf. *idem*, 2011 (1882/1887), p. 249, § 354.

resultou na linguagem verbal articulada. Se, antes, no âmbito de seu organismo vivo, por óbvio que suas instâncias e processos *se sentiam*, e passavam comandos uns aos outros com base nesse sentir,[14] sob certa circunstância se fez necessário *saber o que se sentia, o que lhe faltava*,[15] o que referimos por protorracionalidade ganhando assim horizontes muito mais amplos, com a capacidade de valorar – uma das dimensões pulsionais – tendo granjeado signos linguísticos. O homem passava a se relacionar já não diretamente com seus estímulos, mas com os nomes que atribuía aos estímulos e às ameaças – animais ferozes, fenômenos naturais –, a compartilhá-los.

Adveio daí a consciência humana tal como a conhecemos, segundo hipótese elaborada pelo filósofo no livro v de *A gaia ciência*. Se a consciência, segundo Nietzsche, "é, na realidade, apenas uma rede de ligação entre as pessoas",[16] essa ligação tanto se instaurou quanto se fortaleceu com a linguagem verbal articulada, necessária e eminentemente gregária, consciência e articulação linguística assim a andar sempre de mãos dadas. O convívio adensado levou à vida em comunidade, que logo demandou códigos de convívio e suscitou outro tipo de consciência – a consciência moral.[17] Com a consciência moral, impulsos – e seus agrupamentos munidos de memória, que são os instintos – já não podiam se descarregar de forma livre e desimpedida, ao sabor dos apetites e da "assombrosa economia da conservação da espécie".[18] À memória natural, que rege os instintos e se equaciona à vida, vem assim se juntar outra, que se constitui pelos castigos destinados a que o homem se lembre do que lhe acontece se cometer tais ou quais atos:[19] uma memória da qual se pode dizer "patológica". E assim os impulsos que deixavam de se descarregar para fora passaram a se voltar para dentro, num processo que Nietzsche chama de *interiorização* do homem.[20] Uma interiorização, uma espécie de novo universo, íntimo – ainda que sempre assolado pelas intromissões gregárias de uma linguagem gregária –, em cujo seio advieram inéditos sentimentos e necessidades. O homem, se já era consciente e agora se fazia moral, passou às suas construções culturais e religiosas. E construiu aquela que é a mais emblemática e a mais poderosa do gênero humano, qual seja, Deus – Deus

---

14. "Assim como temos de reconhecer o sentir e, na verdade, múltiplos sentires como ingredientes da vontade, da mesma forma se tem com o pensamento; [...]". Cf. *idem*, 2019 (1886), p. 56, § 19.
15. Cf. *idem*, 2011 (1882/1887), p. 249, § 354.
16. *Ibidem*, p. 248.
17. Cf. *idem*, *Genealogia da moral*. Trad. Paulo César de Souza. São Paulo, Companhia das Letras, 2010 (1887), p. 67, II, § 16.
18. Cf. *ibidem*, 2010 (1887), p. 51, II, § 1.
19. *Ibidem*, p. 46-47, II, § 3.
20. *Ibidem*, p. 67, II, § 16.

como dispositivo, como artimanha em resposta a uma necessidade, a uma vulnerabilidade. Assim como fez frente a uma necessidade renitente e compartilhada a imputar-lhe um signo linguístico, engendrando a consciência intelectual tal qual a conhecemos, ante ameaças o homem passou a proceder por artimanhas: se sua condição no mundo era miserável, imaginava um passado áureo, de uma era de ouro, de ancestrais heroicos, estes que em alguns casos – como nos do judaísmo e do cristianismo – teriam visto a face de Deus e com ele interagido diretamente. Assim, se o mundo lhe era ameaçador e sem sentido, se se sentiam fracos perante ele, que então se imaginassem criados, melhor ainda, filhos do Deus todo-poderoso. Este, se a tudo criou, com o homem veio cumular sua inteira criação. E se o mundo o fazia deparar com sua própria finitude, que imaginassem outro, paralelo, no qual o mesmo Deus todo-poderoso lhes proveria salvação e a vida eterna. E se precisavam de um juiz acima de todos a julgar suas condutas, a punir ou recompensar, que tal Deus então fosse também o tal juiz, a condicionar a boa conduta à tão ansiada infinitude, à vida após a morte, à vida eterna. Desse modo, assim como se mostrava capaz da artimanha de projetar para fora de si, na natureza, "suas características más e caprichosas, como se estivessem escondidas entre nuvens, temporais, animais de rapina, árvores e plantas",[21] ao movimento contrário também procedia o homem: procedia a imputar a si a eternidade, a perfeição, a onipotência, a infinitude, a magnanimidade, a bondade que muito mais imaginavam do que possuíam: que assim imaginassem seu Deus pai e criador.

O que seria então esse mundo, sob a égide de Deus, se não um mundo encantado, com o homem a assim livrar-se de suas fragilidades, a criativamente projetar as sombras de seus anseios, a fantasiosamente imputar valor no que lhe parecia sem valor, a inventar sentido ao que parecia não o ter? Ocorre que esse mundo de projeções humanas passou a paulatinamente ruir com eventos sucessivos de enormes desdobramentos, como a Reforma protestante,[22] as grandes navegações, a revolução científica dos séculos XVI e XVII, o Iluminismo, com as

---

21. Cf. *idem*, *Aurora*. Trad. Paulo César de Souza. São Paulo, Companhia das Letras, 2008, p. 24, § 17.
22. Pode parecer estranho ladearmos a Reforma protestante às grandes navegações e à revolução científica como fatores de desencantamento do mundo. Mas o fato é que, por mais que não fosse seu propósito, o protestantismo logo passou a atuar na mesma direção da nascente ciência moderna, ao despir de significado as imagens e os símbolos do cristianismo medieval em nome de um contato direto do homem com Deus. Com isso, o que o protestantismo fez foi, tal como a revolução científica e mesmo, antes, tal como as grandes navegações, converter o mundo num reino de objetos que nos são estranhos e hostis. Desse modo, analogamente ao que se tinha na ciência, também no campo religioso o mundo haveria de ser conquistado, por zelo e industriosidade puritana. Assim, também pelo protestantismo, a natureza se fazia desespiritualizada, porque esvaziada das imagens simbólicas que desde sempre lhe foram projetadas pela psique humana.

ciências naturais a desprender-se da filosofia, lançando luzes lá onde não havia, com explicações naturais para fenômenos antes tidos como sobrenaturais, ou miraculosos, ou divinos. O gradual travejamento do mundo pelo conhecimento de causas naturais em toda uma sorte de novos e incipientes campos do saber passou a legar espaço cada vez mais restrito àquele que antes a tudo respondia: Deus. Mais do que uma crença, por mais fundamental e estruturante que fosse tal crença, Deus era uma inteira matriz psicológica, que a tudo preenchia, que a tudo encantava, que a tudo conferia sentido e a tudo regrava, ou recompensava, ou punia – pois essa matriz agora entrava em colapso, e os ganhos em conhecimento e bem-estar material trazidos pelas ciências não davam conta do que antes era da ordem do divino, ou seja, não davam conta de outro tipo de conforto. Mas o caminho era sem volta, e, assim, o homem que criara Deus por suas próprias necessidades e por sua capacidade de interpretar, de projetar, passa a matar esse mesmo Deus, paulatinamente.

V. O TRÍPTICO AFIRMATIVO DE *ASSIM FALOU ZARATUSTRA*

"Deus morreu. Nós o matamos." Note-se que Nietzsche não pretende entrar num debate teológico sobre a existência ou inexistência de Deus.[23] Com tal constatação, se ele aponta para uma "súbita" ausência de Deus, muito mais aponta para aquele que o criou por sua própria necessidade, que o matou por seus próprios feitos, o homem – esse mesmo homem que deve ser superado, que é uma corda estendida entre o homem e o além--do-homem (Übermensch). Em *Zaratustra*, a corda estendida é propriamente um episódio, alegorizado e dramatizado em *O funâmbulo*. O pano de fundo da figura do funâmbulo é a concepção darwiniana da evolução das espécies, não no que diz respeito à luta pela sobrevivência e à teleologia

---

Cf. BARRETT, W. *Irrational man. A Study in Existential Philosophy.* Garden City, New York, Doubleday Anchor Books, 1962, p. 27.
23. Por mais que tanto a abordagem por Nietzsche da ideia da morte de Deus quanto seus desdobramentos sejam únicos, ele não foi o primeiro a constatar a morte de Deus. No contraponto ao Iluminismo, que foi o *Sturm und Drang*, na sequência da impossibilidade de provar Deus e sua existência pela via especulativa, com Kant, e, assim, ao longo do idealismo alemão, essa constatação já se fazia sentir ou mesmo ser claramente expressa, como o foi pelos poetas Friedrich Hölderlin – o filósofo Giorgio Agambem fala numa "ateologia poética" a viger desde Hölderlin (cf. AGAMBEN, G. *Nymphae*. Org. e trad. Andrea Hiepko. Berlin, Merve, 2004, p. 96-97) – e Heinrich Heine afirma: "Não ouvis soarem os sininhos? Ajoelhei-vos – trazem os sacramentos de um Deus que está a morrer". HEINE, H. *Beiträge zur deutschen Ideologie. Zur Geschichte der Religion und Philosophie in Deutschland.* Frankfurt am Main, Ullstein Verlag, 1971, p. 71.

aí implicada,[24] mas à questão da mobilidade entre as espécies, ao fato de as espécies não estarem prontas, mas em processo, a se fazer. Nesse sentido ele afirma que "o homem é o animal ainda não determinado".[25] No vácuo do anúncio da morte de Deus, o além-do-homem é apresentado na seção 3 do Prólogo e sob um duplo signo: um deles é o da noção de mobilidade, de passagem, de processo ou mesmo transmutação, ou de excedência, sentidos sugeridos pelo prefixo über. Note-se que não é o caso de pensar o além--do-homem sob o signo de uma força, de um poder, menos ainda com conotações políticas, ou de militarismo e imperialismo, que já lhe foram associados. O outro signo associado ao além-do-homem é o da dissolução de dicotomias até então vigentes, por exemplo, da dicotomia entre Deus e homem, criador e criatura – pois o que antes era criatura é agora o próprio além-do-homem como projeto a se fazer –; ele é a superação da dicotomia entre terreno e supraterreno, sensível e espiritual – dissolvida em função de valorações advindas de uma fisiologia de estímulos corporais –; da dicotomia entre Deus provedor de sentido e a Terra desprovida de sentido –, dissolvida pelo "sentido da Terra", em sua imanência apresentado como o próprio além-do-homem.[26] O além-do-homem é o sentido da Terra, e, assim como não precisa demandar sentido alhures, em Deus ou em outro mundo, tampouco precisa ali encontrar sua vontade, sob a forma de motivos para desejar: tendo reencontrado em si as dinâmicas da natureza, o além--do-homem é ele próprio vontade.

Se o além-do-homem é superação de dicotomias, o Zaratustra, contendo em si as dicotomias, é autocontradição e também autossuperação – superação, justamente, das dicotomias excludentes, do que se mostra como dois. "Ele [Zaratustra] contradiz com cada palavra esse mais afirmativo de todos os espíritos. Nele, todos os opostos se fundem numa nova unidade."[27] Ora, mas como Zaratustra contradiz com cada palavra? Na medida em que a palavra se mostra como a referir à coisa, a espelhá-la, parece ter em seu bojo dois entes, e eis que na verdade ela é um só: ela é o engolfar, o recobrir, o

---

24. No âmbito da recepção alemã da teoria da seleção natural – influenciado por nomes como os dos biólogos Carl L. Rütimeyer, Wilhelm Roux e William Rolph –, Nietzsche, de sua parte, vai convertê-la em vontade de potência, hipótese mais profunda, por invocar não uma aparente carência, mas a abundância.
25. Cf. NIETZSCHE, 2019 (1886), p. 97.
26. Cf. *idem*, *Assim falou Zaratustra* (Prefácio). Trad. Saulo Krieger. São Paulo, Edipro, 2019, p. 33 § 3.
27. Cf. *idem*, 2011 (1888), p. 85 (capítulo "Assim falou Zaratustra", § 6).

apossar-se de um estímulo da natureza a lhe atribuir um signo. A contradição basilar está em atribuir um signo a uma coisa quando esse signo *não* é essa coisa. Essa contradição está no cerne do engendramento da consciência no homem, segundo a hipótese que o filósofo formula no aforismo 354 de *A gaia ciência*. Instaurou-se ali toda uma cisão entre palavra e coisa, eu e mundo, a suscitar uma relação com seu entorno – homem *e* mundo, e já não homem *no* mundo – que cumularia com os sentidos todos depositados num Deus extramundo, este do qual Zaratustra vem anunciar o esgotamento. Essa é bem a autossuperação de Zaratustra, sua conversão do que aparece como dois em um só, homem *no* mundo, fusão com a natureza. No caso de Zaratustra, a superação se dá pelo próprio discurso, discurso sem referentes, que não intenta prestar tributo a essa ou àquela coisa fora dele, mas sim à sua própria pulsionalidade, afirmativa, que, com sua palavra, assim, em vez de sempre tornar a trazer a gregariedade para a percepção de si e para dentro de si, com suas alegorias muito mais expressa a sua singularidade: com sua linguagem, subjuga o mundo à sua volta, devolve com um ato criativo o estímulo de um mundo que a um só tempo lhe anima e lhe é indiferente.

Ao bem se atentar, porém, ao "de dois fazer um"[28] sob a forma de uma passagem do assistir *ao* mundo a um protagonizar *no* mundo, a autossuperação de Zaratustra está intimamente relacionada aos dois outros grandes ensinamentos presentes na obra, quais sejam, vontade de potência e o eterno retorno do mesmo. Sobre vontade de potência, assim como o além-do-homem não é o super-homem, que não deve se prestar a conotações políticas, muito menos físicas, também vontade de potência não deve ser confundida com aquela que é sua manifestação mais rasteira e mais frágil – porque dependente de objeto e satisfação que lhe seria exterior –, e estamos aqui a advertir contra associações políticas e folhetinescas "sedes de poder". Vontade de potência deve ser entendida não por suas manifestações externas, que são corruptelas ou decorrências imperfeitas, mas como o que poderíamos chamar de "fato interior". Acima, ao fazer referência à fisiologia animal, à humana e à de Zaratustra, tratamos dos impulsos orgânicos, propondo "dimensões" para compreender seu potencial e seu modo de ação. São esses mesmos impulsos que nos pavimentam a compreensão aqui em questão, uma vez que, segundo Nietzsche, "nossos

---

28. Acerca do "de dois fazer um" em *Assim falou Zaratustra*, cf. SKOWRON, M. "Zarathustra Lehren – Übermacht, Wille zur Macht, ewige Wiederkunf." *In: Nietzsche Studien* 33, 2004, p. 68-98, em especial p. 77.

impulsos são redutíveis a vontade de potência. Vontade de potência é o fato último a que podemos descer".[29] Isso significa que, como já referimos acima, sem ser uma desnecessária "instância a mais", vontade de potência coincide com o que aqui propusemos ser a primeira dimensão pulsional. Longe de uma vontade a ser satisfeita alhures, ou da busca de uma potência que não se tem, vontade de potência é uma busca de intensificar o sentimento de potência que lhe é próprio e constitutivo. Essa busca é prazerosa, é uma constante nos apetites animais, nos seres humanos sendo identificada ao estado de embriaguez ou, segundo Nietzsche, à ação do dionisíaco na tragédia grega. Sua relação autorreferente e circular com a própria potência, e com o prazer daí emanado, deixa claro não haver em vontade de potência um "momento" ou um "substrato negativo": em contraposição à "vontade de vida" de Schopenhauer, à vontade schopenhaueriana em sentido geral ou à vontade do senso comum – não se trata de um apetite, de uma aspiração a algo que lhe está à parte, bem como a um estado de que ainda não se desfrute, a uma vantagem ou condição de que não se disponha. Tais seriam resquícios de uma vontade a pressupor o "dois" – homem *e* mundo, homem a fiar seu desejo no mundo –, que a autossuperação justamente suprime. Não há nada por trás do sentimento de potência, nem prazer que lhe seja apartado, e que a devesse suscitar, como estivesse o homem a assistir ao mundo, de fora dele. O que há entre vontade *e* potência é intensificação e sobejamento.

A menção a circularidade e autorreferência não deve ser confundida com uma esterilidade e com uma remissão restrita ao âmbito de uma subjetividade. Afinal de contas, as afirmações inerentes a autossuperação e a vontade de potência remetem não ao homem como sujeito, já que se está na esfera do além-do-homem, mas a homem e natureza envolvidos numa dinâmica única, que é a de um embate agônico e estruturante. No âmbito desse embate, há ainda um terceiro elemento, uma terceira chave de acesso a selar essa rede codependente que é o tríptico afirmativo de *Assim falou Zaratustra*. Na mesma direção de se converter em unidade – unidade cíclica, não metafísica – o que se nos mostra como dois, tem-se o eterno retorno do mesmo. A dualidade, no caso e num primeiro momento, mostra-se como passado e futuro, com um presente, vulnerável e impotente, a se consumir em meio a eles. Na literatura sobre Nietzsche, o eterno retorno do mesmo foi um dos temas mais trabalhados, e, polêmico,

---

29. Cf. fragmento póstumo 40 [61], ago./set. 1885.

já foi interpretado atribuindo-se-lhe diferentes pendores, como provido de um componente metafísico – Martin Heidegger vê em Nietzsche um acabamento da metafísica que só mesmo ele, Heidegger, vai superar –, ou sendo uma figura de propósito sobretudo ético – nesse caso, intimamente relacionada à figura do *amor fati* –, ou de viés estético – pois há um fazer estético a vincular o homem à natureza –; foi visto também como tese cosmológica – o eterno retorno era uma tese estoica que Nietzsche atribuiu a Heráclito –[30], ou por fim científica – no âmbito da descoberta dos dois princípios da termodinâmica, que fizeram renovar o conflito entre tempo linear e tempo cíclico na modernidade.[31] De nossa parte, propomos o eterno retorno como sendo mesmo uma tese cosmológica, pela revivescência do eterno retorno dos estoicos que nosso filósofo atribui a Heráclito, mas com o estofo de pesquisas científicas de seu tempo – e destas, em seus mais diversos campos, o autor do *Zaratustra* era ávido leitor. Porém mais do que isso, e uma vez que o foco de sua doutrina está nas questões existenciais, não nas científicas,[32] que lhe são ancilares, o eterno retorno lhe seria uma espécie de imperativo existencial a transpor dualidades – no caso, a de passado e futuro –, a dissolver uma condição de inércia do homem – preso a um tempo linear, a fatos e feitos irremediáveis de seu passado, a um futuro que lhe é ameaçador.

Com a superação de passado e presente, portanto, tem-se a mesma dinâmica de superação de dicotomias, tal como lograda por vontade de potência – entre vontade e objeto da vontade – e pelo além-do-homem – entre criador e criatura, terreno e supraterreno, sensível e espiritual. No caso do eterno retorno, a consumar o tríptico, ainda outras superações se nos dão a ver: a da dilacerante dicotomia entre instante e eternidade, como a da dicotomia entre apego ao instante e adesão ao vir-a-ser. Se o homem é aquele que se compreende num tempo linear, cuja relação com o tempo é a de assisti-lo passar e dele procurar se preservar, o além-do-homem, que a si e ao mundo compreenderá como vontade de potência e totalidade de forças – ou de impulsos[33] –, se compreenderá no embate agônico da

---
30. Cf. MARTON, S. "O eterno retorno do mesmo: Tese cosmológica ou imperativo ético?". In: *Extravagâncias*. São Paulo, Discurso Editorial e Editora Barcarolla, 2009, p. 86.
31. Cf. D'IORIO, P. "O eterno retorno. Gênese e interpretação". Trad. Ernani Chaves. In: *Cadernos Nietzsche* 20, 2006, p. 77.
32. A esse respeito, cf. MARTON, *op. cit.*, p. 90.
33. "Impulsos", "forças", "vontades", assim como, no âmbito dos organismos vivos, "afetos" e "instintos" são designações múltiplas a sugerir que Nietzsche, a depender do contexto, lança

natureza, a criar e destruir tudo o quanto vem a ser. O além-do-homem se verá imerso num tempo cíclico, do qual ele participará ativamente, a atuar sobre seu futuro e também sobre seu passado, num presente que só se esvairá para retornar eternamente – não um presente análogo ou similar ao que está vivendo, mas o *mesmo* presente, o *mesmo* vivido. Com isso, o agonismo antigo, vigente na era trágica dos gregos, dá-se a reconhecer na doutrina nietzschiana do eterno retorno. O particular vivido e o todo em que se insere, o instante e a eternidade estariam em luta – numa luta estruturante, interdependente e inexaurível –, o eterno retorno sendo assim pensado como luta escandida no tempo entre a *bíos* e a *zoé* da visão grega de vida.[34] Os gregos tinham da vida esta dupla percepção: como *zoé*, vida entendida como abrangente e universal, abundante e indestrutível, que não apenas se mantém ao longo de ciclos de mortes e renascimentos, mas sobretudo promove esses ciclos; como *bíos*, porque no âmbito dos grandes ciclos as individualidades são da espécie de vida sujeita a nascimento, sobrevivência e perecimento.

Neste ponto, adentramos a questão da visão trágica de mundo e a concepção de *Assim falou Zaratustra* como tragédia. Nietzsche, ao se debruçar sobre a tragédia em sua obra de estreia, em 1872, concebeu um elemento trágico passível de ser vivido e revivido para além dessa ou daquela manifestação situada num tempo e numa cultura. No âmbito da tragédia grega, tanto o herói quanto o coro, quanto ainda o público, quando excitado em seu ânimo de ouvintes, pelo coro, até o grau dionisíaco,[35] vivenciava-se como *bíos* a se (re)encontrar na *zoé*. Não como uma vida diante de um mundo que lhe fosse a um só tempo inanimado e afável, sensível a seus apelos, e sim bem o contrário: como vida inserida no âmbito de outra vida, uma vida-ciclo-e-totalidade, que a anima, que a suscita. Ocorre que essa vida, como ciclo eterno (*zoé*) que à *bíos* e a tudo o mais abrange, lhe é indiferente, é caótica, é insensível aos esforços e anseios que se espraiam em seu bojo, aos apelos e exortações da vida individual: acabará por tragá-la

---

mão de maneira quase que intercambiável – no âmbito de sua nova linguagem, mais expressiva do que referencial, por sua compreensão intrinsecamente metafórica e mítica da linguagem –, a fim de fazer jus à pluralidade dos processos que se deflagram na natureza e assim a criam e recriam a todo o tempo.
34. MELO NETO, J. E. T. Nietzsche: o eterno retorno do mesmo, a transvaloração dos valores e a noção do trágico. Tese apresentada ao Programa de Pós-Graduação em Filosofia da Faculdade de Filosofia, Letras e Ciências Humanas da Universidade de São Paulo, 2013, p. 254.
35. Cf. NIETZSCHE, F. *O nascimento da tragédia*. Trad. J. Guinsburg. São Paulo, Companhia das Letras, 2012, p. 55, § 8.

inobstante. O além-do-homem terá essa percepção, e dela não procurará se evadir. Zaratustra, seu anunciador, igualmente a acalenta, e ante ela não se acovarda. Daí Nietzsche ter se referido ao pressuposto fisiológico de Zaratustra: sua constituição fisiológica não seria a de impulsos reativos, marcados pelo ressentimento de não ter podido se descarregar, ou de impulsos preservados de si mesmo e protegidos de sua descarga, de sua potência, pelo receio de tomar parte numa vida criadora e abundante, mas ameaçadora, porque, afinal, imersa no vir-a-ser. Zaratustra tem a força e a coragem de trazer à luz a derrocada de centros norteadores, de um princípio transcendente, justificador e garante de nossa existência – a morte de Deus –, sem com isso buscar o subterfúgio das sombras desse Deus, de novos ídolos ou pontos fixos. Zaratustra pode fazê-lo porque, afirmativa, sua fisiologia pulsional o permite. Porque antevê e anuncia o além-do-homem, que, forte e transfigurador, tampouco demandará tais anteparos. Pode fazê-lo porque se reconhece vontade de potência, e tal vontade, com sua embriaguez, não depende de motivos externos a ela, mas de experimentar-se como potência ante seus obstáculos. Pode fazê--lo porque se reconhece vivo e atuante num tempo que o consumirá para recriá-lo, um dia, e tal e qual. Zaratustra, em sua condição de novo mito fundador, é capaz – e *fisiologicamente* capaz – de anunciar a morte de Deus por sua visão trágica do mundo e da existência.

VI. A PROTAGONIZAÇÃO ARTÍSTICA EM *ASSIM FALOU ZARATUSTRA*

A emissão da mensagem de *Assim falou Zaratustra* depende da fisiologia de Zaratustra. Pudera: se bem compreendida – e por ele, protagonista da obra, é devidamente assimilada –, ela nos deixa num sem-fundo e sem--chão, num "a sós com a natureza" e com o vir-a-ser, condição análoga à dos gregos da era trágica. Com a diferença, abissal, de já não podermos chegar a tal natureza por meio de um ritual dionisíaco e compartilhado, como então se tinha, e de já não se contar com os impulsos fortes de então. Mas os impulsos podem e devem ser cultivados bem nessa direção, isto é, na direção de, como fortes e afirmativos, suportarem uma relação "a sós com a natureza" sem recorrência a subterfúgios, como Deus e ideias metafísicas. Daí a autossuperação do homem e a fisiologia demandada para tal, que passa pela recuperação e revivescência, da parte do homem, de uma dinâmica de embate com essa mesma natureza, numa dinâmica perdida pelo homem junto com a condição puramente animal. Seria uma tarefa hercúlea para quem passou a dispor de duas consciências, a intelectual e a moral, que o levaram à condição de homem e, com o tempo, de último homem.[36] Com relação à referida dinâmica, assim como ela se salienta da mensagem de Zaratustra à sua fisiologia, salienta-se também da obra *Zaratustra* a seu autor, mais precisamente no modo como a própria fisiologia ali se faz presente. A ênfase na fisiologia pulsional, em detrimento de construtos metafísicos, encontra-se atrelada à concepção trágica de mundo, a implicar que esse mundo seja concebido e sobretudo vivenciado tal como é em sua última instância: como vir-a-ser. Para tanto, o conhecimento não deve ilusoriamente se imaginar à parte da vida,[37] não deve imaginar o lógico à parte do ilógico,[38] nem o curso dos pensamentos à parte da luta agônica entre os impulsos.[39] Ante um mundo indiferente, que o pensamento com ele se envolva num embate, no embriagante âmago da vida, e que o faça pela via do estilo, tal como se tem entre os impulsos na natureza. Por isso, do pensamento de Nietzsche, este que expressa e veicula a mensagem de *Zaratustra*, espera-se a espessura mesma da vida, da vida que nele se faz presente por meio da ação pulsional. Essa espessura não é a do pensamento que se imagina depurado de toda a sua história, e gênese, de toda a vida que lhe suscita e subjaz. Não é a do pensamento de um *décadent*, que imagina poder apartar-se de um tecido orgânico em desagregação. Em outras palavras, não é a do pensamento que, temeroso ante o vir-a-ser, lhe dá as costas recorrendo a seus construtos metafísicos, imaginando apreendê-lo mediante conceitos e argumentos, afinal, meros fotogramas. Nesse sentido, tal espessura também não será a do comentarismo filosófico que deixa de parte o *Zaratustra* em busca de formulações mais prosaicas e mais puramente conceituais. Que recorre à obra tão só para corroborar uma evidência aqui e ali. O pensamento com a espessura mesma

---

36. Metáfora empregada no prefácio de *Assim falou Zaratustra*, o último homem é o contrário do além-do-homem: se este é ensinado como perspectiva, o último homem é mostrado na praça pública como homem real. Se um e outro são entramados pelo problema axiológico, que é, afinal, o da obra em questão, o último homem se pauta por valores que ele não compreende, muito menos vivencia, pois são valores que, acima de tudo, perderam todo o lastro vivencial. Gregários e fixos, são valores pautados pela igualdade, pela utilidade e pela comodidade. O "último homem", assim, procura tão somente conservar-se na existência, em vez de aumentar sua potência – é o burguês ou o homem da praça pública: "Dá-nos o último homem, ó Zaratustra", gritavam eles, "faz de nós o último homem! Assim damos a ti o último homem!" (*Assim falou Zaratustra*, Prefácio, § 5).
37. Cf. NIETZSCHE, 2010 (1882/1887), p. 138, § 110.
38. *Ibidem*, p. 139, § 111.
39. *Ibidem*.

da vida, que no âmago dessa vida entabula um embate com a natureza – e protagoniza a "grande saúde"[40] – é o que se vale da arte, de impulsos que se expressam ao modo de um fazer artístico. É pelo fazer artístico que a fisiologia se faz presente na filosofia de Nietzsche, contrapondo à natureza a própria natureza em versão artística, estilizada. Num fragmento póstumo da época de *O nascimento da tragédia* (1872), Nietzsche escreve sobre a necessidade de o filósofo se valer da tarefa inconsciente da arte para, de modo consciente, se opor a certas inércias de seu tempo. Essa afirmação, ao longo de sua obra ele quase não a repete.[41] Porém, ele faz mais do que a reiterar: ele a protagoniza. Em seus comentários sobre o fazer artístico ao longo de seu percurso, três traços se deixam salientar. Não traços da obra de arte, nem do artista, mas, de modo mais amplo, de um fazer artístico.

Um primeiro traço, ele o concebe no momento em que traz à Terra conotações e pretensões que, relativas à arte, estavam antes, à época de *O nascimento da tragédia*, impregnadas de um espírito romântico, mesmo metafísico. E é desse modo que, assim como no orgânico ele constata a ação da simplificação, instada pela crença, sempre estimulada, de que se vai encontrar alimento, a mesma percepção simplificada – por esse norte, por esse apetite – ele concebe no ato de criação, a se dar segundo esboços superficiais – profundos, porém, em relação ao apetite que os move – e de "uma simplificação crua e pouco natural".[42] Pela simplificação assim se tem um primeiro traço do fazer artístico. Esse traço, porém, implica um segundo traço e subjaz a um terceiro. Chega-se ao segundo traço ao se demandar: tais traços são simplificações, traços fortes e repetidos em relação a quê? Ora, quando o animal se faz parcial em função de seu apetite, ele também transfigura o objeto – estímulo – percebido, fazendo-se transfigurador: para Nietzsche, o fazer artístico tem muito do olhar que acrescenta muitos traços ao que é percebido, para, movido que é por seu apetite, ainda vê-lo um tanto mais.[43] O terceiro traço, ao qual a simplificação artística subjaz, compreende a arte, afinal, como grande estimulante da vida, a salvar-nos da

---

40. Cf. *idem*, 2011 (1888), p. 80-81 (capítulo "Assim falou Zaratustra", § 2).
41. "Quase não a repete": isso significa que em alguns momentos a reitera em outras palavras, como ao afirmar no prefácio retrospectivo a *O nascimento da tragédia*, sobre a tarefa do livro: "Ver a ciência com a óptica do artista, mas a arte, com a da vida...". Cf. *idem*, 2012 (1872), p. 13 (Prefácio, § 2).
42. Cf. *idem*. *Humano, demasiado humano*. Trad. Paulo César de Souza. São Paulo, Companhia das Letras, 2012, p. 114, § 160.
43. *Idem*, 2010 (1882), p. 202, § 299.

negação da vontade, a converter em estímulo o que nos é sem sentido e insensível a nós – como a natureza e o mundo –, por obra do fazer artístico.[44] Ao longo desses três traços do fazer artístico, devidamente protagonizados por Nietzsche, Zaratustra vem anunciar morte de Deus, autossuperação, além-do-homem, eterno retorno...

Assim, mundo e natureza sendo-nos de todo indiferentes compõem o pano de fundo de *Assim falou Zaratustra*. Se indiferentes, ao mesmo tempo nos animam, e é bem da natureza que, em face de nossa carência de instintos fortes e prevalentes, haurimos nosso ardil de converter necessidade em capacidade ante ameaças no mundo, que remetem todas, em última instância, ao vir-a-ser. O reconhecimento desse quadro de indiferença diante de nossos esforços – a morte de Deus, em outras palavras – é a visão trágica, e a ela fazem frente além-do-homem, vontade de potência, eterno retorno do mesmo. Para tanto, para tal, do personagem Zaratustra exigiu-se saúde, a saúde dos instintos fortes, afirmadores de vida. Se do próprio Nietzsche demanda-se um pensamento densificado, como se viu, sua espessura advém de um modo de expressão "animado por nuances de sentimentos de bem--estar e apetites animais",[45] ancorado na arte, que, por sua vez, se ancora, pulsionalmente, na vida.[46] Um pensamento que, sob o vigor da "grande saúde", é a um só tempo lúcido e embriagado, afinal, estado estético. À desolação de um mundo sem Deus, obra e filósofo respondem com a vida – entenda-se, pulsionalidade afirmativa e vigorosa – a travar um embate com a natureza. A relação com o vir-a-ser não será nem a de um lhe dar as costas nem a de um abandonar-se a ele, mas a de uma interação devidamente protegida pelo filosofar à maneira de Nietzsche, análoga à que vigia entre os gregos, quando cultuavam a tragédia. Entre filosofia e vir-a-ser tem-se, assim, o filosofar pelo estilo, um filosofar mediado pelo fazer artístico. Por este se produz, enfim, como se tem em *Zaratustra*, um pensar tão espesso quanto a vida, tão trágico quanto viver e morrer num mundo indiferente.

Saulo Krieger

---

44. Cf. fragmento póstumo 7 [7], primavera/verão 1883) e 14 [25, 26], primavera 1888.
45. Cf. fragmento póstumo 9 [102], outono 1887.
46. Cf. nota 42.

PRIMEIRA PARTE

PREFÁCIO DE ZARATUSTRA

1

Quando Zaratustra contava trinta anos, deixou a terra natal e o mar de sua terra natal e foi às montanhas. Ali desfrutou de seu espírito e de sua solidão, dos quais durante dez anos não se cansou. Mas por fim se lhe transformou o coração – e certa manhã levantou-se com a aurora, foi para diante do sol e lhe falou:

"Tu, grande astro! Qual seria a tua felicidade se não tiveste aqueles a quem iluminas!

Por dez anos vieste à minha caverna: tu terias te saturado de tua luz e de teu caminho, não fosse eu, minha águia e minha serpente.

Mas nós te esperamos a cada manhã, tomamos de teu excesso e por ele te abençoamos.

Vê! Estou cansado de minha sabedoria, tal como as abelhas que em excesso reuniram mel, necessito mãos que se estendam.

Eu gostaria de doar e distribuir, até que os sábios entre os homens voltem a se alegrar de sua tolice, e os pobres, de sua riqueza.

Para tanto tenho de subir às profundezas: como tu fazes à noite, quando vais para trás do mar e levas a luz também ao submundo, tu, astro abundante.

Assim como tu, tenho de *declinar,* como dizem os homens aos quais eu quero ir.

Então abençoa-me, tu, olhar tranquilo, que pode contemplar sem inveja uma felicidade grande demais!

Abençoa a taça que deseja transbordar, para que dela escorra a água dourada e por toda a parte leve o brilho de teu deleite!

Vê! Essa taça quer de novo se esvaziar, e Zaratustra de novo quer fazer-se homem."

Assim começou o declínio de Zaratustra.

2

Zaratustra escalou sozinho montanha abaixo e não deparou com ninguém. Mas quando chegou aos bosques, diante dele de repente surgiu um ancião, que deixara sua caverna sagrada a fim de colher raízes no bosque. E disse então o ancião a Zaratustra:

"Não me é estranho esse viandante: passou por aqui há muitos anos. Zaratustra chama-se ele; mas está mudado. À época levavas tuas cinzas à montanha: queres hoje levar teu fogo para os vales? Não temes as penalidades para o incendiário?

Sim, reconheço Zaratustra. Puro é seu olhar, e sua boca não oculta nenhum asco. Pois não caminha ele como um dançarino?

Zaratustra mudou, tornou-se uma criança, um desperto se tornou Zaratustra: o que queres então entre os que dormem?

Como no mar vivias tu em solidão, e o mar te carregava. Ai de ti, queres então subir à terra? Ai de ti, queres tu mesmo de novo arrastar teu corpo?".

Zaratustra respondeu: "Eu amo os homens".

"Por que então", disse o santo, "fui à floresta e ao deserto? Não foi por amar demais aos homens?

Agora amo a Deus: aos homens já não amo. O homem é para mim uma coisa imperfeita. Amar os homens daria cabo de mim."

Zaratustra respondeu: "Que faço eu, aqui falando de amor? Trago aos homens um presente".

"Não lhes dê nada", disse o santo. "Tira-lhes algo, em vez disso, e carrega-o com eles – tal será para eles o melhor: se for bom para ti!

E se quiseres lhes dar, não lhes dês mais do que uma esmola, e deixa ainda que a mendiguem!"

"Não", respondeu Zaratustra, "não dou esmolas. Para tanto não sou pobre o bastante."

O santo riu-se de Zaratustra, e assim falou: "Então cuida para que recebam teus tesouros! São desconfiados para com eremitas e não creem que viemos para lhes dar.

Nossos passos soam-lhes por demais solitários pelas vielas. E quando à noite, à cama, ouvem um homem caminhar bem antes de o sol nascer, bem se perguntam: aonde vai o ladrão?

Não vá aos homens. Fique na floresta! Vá mais antes aos animais! Por que não queres ser como eu – urso entre ursos, pássaro entre pássaros?".

"E o que faz o santo na floresta?", perguntou Zaratustra.

O santo respondeu: "Faço cânticos e os canto, e quando faço cânticos, rio, choro e murmuro: assim eu louvo a Deus.

Com cantar, chorar, rir e murmurar louvo eu a Deus, que é meu Deus. Mas o que nos trazes de presente?".

Ao ouvir essas palavras, Zaratustra saudou o santo e falou: "O que teria eu a vos dar! Mas deixa que logo eu me vá, para que nada vos tome!". E com isso separaram-se um do outro, o ancião e o homem, rindo como dois garotos.

Porém quando Zaratustra se viu sozinho, falou então a seu coração: "Seria possível? Esse velho santo em sua floresta ainda não soube que *Deus* está *morto*!".

3

Quando Zaratustra chegou à cidade seguinte, que bordejava os bosques, encontrou reunida no mercado uma grande multidão: pois havia sido prometida a exibição de um funâmbulo. E Zaratustra então falou ao povo:

"*Eu ensino a vocês o além-do-homem.* O homem é algo que deve ser superado. O que fizeram vocês para superá-lo?

Todos os seres até agora criaram algo por cima de si mesmos: e vocês querem ser o refluxo desse grande fluxo, preferindo retroceder ao animal a superar o homem?

O que é o macaco para o homem? Uma galhofa ou uma dolorosa vergonha. E é bem isso que deve ser o homem para o além-do-homem: uma galhofa ou uma dolorosa vergonha.

Fizeram vocês o caminho de verme a homem, e em vocês há ainda muito de verme. Outrora foram macacos, e mesmo agora é o homem mais macaco do que qualquer macaco.

Mas quem for o mais sábio dentre vós, também ele será apenas uma cisão e um híbrido de planta e fantasma. Mas eu vos convoco a se converter em fantasmas ou em plantas?

Vede, eu vos ensino o além-do-homem!

O além-do-homem é o sentido da Terra. Diga a sua vontade: seja o além-do-homem o *sentido* da Terra!

Eu lhes conjuro, meus irmãos, *permaneçam fiéis* à *Terra* e não creiam em quem lhes fala de esperanças supraterrenas! São envenenadores, saibam-no ou não.

Desprezadores da vida são, moribundos e eles próprios envenenados, deles a terra está cansada: que partam embora daqui!

Outrora era a injúria contra Deus a máxima injúria, porém Deus morreu, e com isso também os injuriantes. Agora o mais pavoroso é injuriar a Terra e apreciar as entranhas do imperscrutável mais do que o sentido da Terra!

Outrora a alma olhava o corpo com desdém: e esse desprezo era então o mais elevado – ela o queria esquálido, feio, faminto. Assim pensava ela escapulir dele e da Terra.

Oh, essa alma ela própria era esquálida, feia e faminta: e a crueldade era a voluptuosidade dessa alma!

Mas também vocês, meus irmãos, me digam: o que anuncia seu corpo de sua alma? Acaso não será sua alma pobreza e sujidade, um lamentável mal-estar?

Em verdade, é o homem uma corrente suja. É preciso já ser um mar para poder receber uma corrente suja sem se tornar impuro.

Vede, eu vos ensino o além-do-homem: ele é este mar, nele pode submergir seu grande desprezo.

Qual o máximo que vocês podem vivenciar? Esta é a hora do grande desprezo. A hora em que mesmo sua felicidade se faz convertida em náusea, e o mesmo se tem com sua razão e com sua virtude.

A hora em que dizeis: 'Que importa a minha felicidade! É pobreza e sujidade, e lamentável satisfação. Porém minha felicidade deve justificar até mesmo a existência!'.

A hora em que dizeis: 'Que importa a minha razão! Tem ela ânsia pelo saber como o leão por seu alimento? É pobreza e sujidade e lamentável satisfação!'.

A hora em que dizeis: 'Que importa a minha virtude! Ela ainda não me pôs furioso. Quão cansado não estou de meu bem e de meu mal! Tudo isso é pobreza e sujidade e lamentável satisfação!'.

A hora em que dizeis: 'Que me importa minha justiça! Não me vejo como sendo brasa e carvão. Mas o justo é brasa e carvão!'.

A hora em que dizeis: 'Que importa minha compaixão! Não será a compaixão a cruz em que jaz pregado aquele que ama aos homens? Mas minha compaixão não é crucificação.'

Já falastes assim? Já gritastes assim? Ah, se eu já vos tivesse ouvido gritar assim!

Não vossos pecados – vossa moderação clama aos céus, vossa mesquinhez mesmo em vosso pecado clama aos céus!

Onde está o raio a lamber-vos com sua língua? Onde a demência com que deveríeis ser vacinados?

Vede, eu vos ensino o além-do-homem: ele é este raio, é esta demência!".

Ao que Zaratustra assim falou, gritou alguém do povo: "Ouvimos já bastante sobre o funâmbulo; agora deixa que o vejamos!". E todo o povo se riu de Zaratustra. Mas o funâmbulo, crendo que as palavras falassem dele, pôs-se a trabalhar.

4

Zaratustra, porém, contemplou o povo e se admirou. Então falou assim:

"O homem é uma corda, estendida entre animal e além-do-homem – uma corda sobre um abismo.

Um perigoso passar ao outro lado, um perigoso estar-a-caminho, um perigoso olhar-para-trás, um perigoso estremecer e parar.

A grandeza do homem está em ser uma ponte, não uma meta: o que pode ser amado no homem está em ele ser uma *passagem* e um *ocaso*.

Amo aquele que não sabe viver a não ser fundindo-se ao ocaso, pois são estes que passarão ao outro lado.

Amo os grandes desprezadores, porque são os grandes veneradores e flechas do anseio pela outra margem.

Amo aqueles que para fundirem-se ao ocaso e sacrificarem-se não buscam razão por trás das estrelas: mas eles se sacrificam pela Terra, para que a Terra um dia chegue a ser um além-do-homem.

Amo a quem vive para conhecer, e ao que deseja conhecer, para que um dia viva o além-do-homem. E assim deseja ele o seu próprio ocaso.

Amo aquele que trabalha e inventa para construir uma casa para o além-do-homem e preparar-lhe terra, animal e planta: pois assim ele deseja o seu próprio ocaso.

Amo aquele que ama sua virtude: pois a virtude é vontade de ocaso e flecha de anseio.

Amo a quem não guarda para si nem uma gota de espírito, mas quer ser inteiramente o espírito de sua virtude: avança, assim, como espírito sobre a ponte.

Amo a quem de sua virtude faz sua inclinação e sua fatalidade: por sua virtude quererá ainda viver e não mais viver.

Amo a quem não quer ter tantas virtudes. Uma virtude é mais virtude do que duas, por ser mais laços em que a fatalidade pende.

Amo aquele cuja alma se desperdiça, e não quer agradecimento nem que se devolva nada: pois ele sempre dá e não deseja se conservar.

Amo aquele que se envergonha quando o dado cai em sua fortuna e então se pergunta: 'serei eu um jogador desonesto?' – pois ele deseja perecer.

Amo aquele que ante suas ações lança palavras de ouro e cumpre sempre mais do que promete: pois ele quer o seu ocaso.

Amo aquele que justifica os homens do futuro e redime os do passado: pois ele quer perecer pelos homens do presente.

Amo aquele que castiga seu Deus porque ama seu Deus: pois deve perecer pela ira de seu Deus.

Amo aquele cuja alma é profunda mesmo quando a fere, e que pode perecer por uma pequena vivência: de bom grado ele passa pela ponte.

Amo aquele cuja alma está plena a ponto de esquecer de si mesmo, e todas as coisas estão nele: com isso todas as coisas se convertem em seu ocaso.

Amo aquele que é o espírito livre e o coração livre: sua cabeça assim não é mais que as entranhas de seu coração, mas seu coração o impele para o ocaso.

Amo todos aqueles que são como gotas pesadas, caindo uma a uma da nuvem escura a pender sobre o homem: são arautos da chegada do raio, e como arautos perecem.

Vede, sou um arauto do raio e da nuvem uma gota pesada: mas esse raio se chama *além-do-homem*".

5

Ao que Zaratustra proferiu essas palavras, contemplou novamente o povo e calou. "Aí estão eles", disse a seu coração, "e riem-se: não me compreendem, não sou a boca para seus ouvidos.

Será preciso antes romper-lhes os ouvidos para que aprendam a ouvir com os olhos? Será preciso matraquear como tímpanos e pregadores de penitências? Ou acreditarão apenas no que balbucia?

Têm algo de que se orgulham. Como chamam a isso, de que se orgulham? Chamam-no de cultura, é o que os distingue dos pastores de cabras.

Por isso não lhes apraz ouvir a palavra 'desprezo'. Vou lhes falar, portanto, a seu orgulho.

Vou lhes falar do mais desprezível: mas este é *o último homem*."

E assim Zaratustra falou ao povo:

"É tempo de o homem fixar sua própria meta. É tempo de o homem plantar a semente de sua mais alta esperança.

Seu solo para tanto é ainda bastante fértil. Porém esse solo um dia se fará pobre e manso, e já nenhuma árvore elevada poderá dele brotar.

Ai de nós! Chegará o tempo em que o homem já não lançará a flecha de seu anseio mais além, e a corda de seu arco já não saberá vibrar!

Eu vos digo: é preciso ter ainda caos em si para poder dar à luz uma estrela dançante. Eu vos digo: vós ainda tendes o caos em vós.

Ai de nós! Chegará o tempo em que o homem já não dará à luz estrela alguma. Ai de nós! É chegado o tempo do homem mais desprezível, que a si mesmo não mais poderá desprezar.

Vede! Eu vos mostro o último homem.

'O que é amor? O que é criação? O que é anseio? O que é estrela?', assim pergunta o último homem a piscar os olhos.

A Terra então se tornou pequena, e sobre ela salteia o último homem, que a tudo faz pequeno. Sua espécie é inextinguível feito o pulgão; o último homem é o que mais tempo vive.

'Descobrimos a felicidade', dizem os últimos homens a piscar os olhos.

Deixaram as paragens onde era duro viver: pois é preciso calor. Ama-se até mesmo o vizinho e nele se esfrega: pois se demanda calor.

Adoecer e desconfiar lhes são algo de pecaminoso: caminha-se com toda a atenção. Um tolo é quem segue tropeçando em pedras ou em homens!

Um pouco de veneno aqui e ali: isso faz sonhos agradáveis. E muito veneno, por fim, para se ter um morrer agradável.

Trabalha-se ainda, pois o trabalho é distração. Porém não se atenta para que a distração não enfraqueça.

Ninguém mais se torna pobre ou rico: um e outro são penosos. Quem ainda quer governar? Quem ainda quer obedecer? Um e outro são penosos.

Nenhum pastor e *um único* rebanho! Todos querem o mesmo, todos são iguais: quem sente diferente de moto-próprio segue ao manicômio.

'Outrora todo mundo desvairava' – dizem os mais sutis, a piscar os olhos.

Hoje se é inteligente e sabe-se tudo o que acontece: e sua zomba não tem fim. Ainda se discute, mas de pronto se reconcilia – ou se lhe estraga-se o estômago.

Tem-se seu pequeno prazer do dia e seu pequeno prazer da noite: mas se respeita a saúde.

'Encontramos a felicidade', dizem os últimos homens a piscar os olhos".

E aqui termina o primeiro discurso de Zaratustra, também chamado "o prólogo": pois a essa altura interromperam-lhe gritos e júbilo na multidão. "Dá-nos o último homem, ó Zaratustra", gritavam eles, "faz de nós o último homem! Assim damos a ti o último homem!" E todo o povo exultava e estalava a língua. Mas Zaratustra se entristeceu e disse a seu coração: "Não me compreendem: não sou a boca para esses ouvidos.

Por certo que demasiado tempo vivi nas montanhas, e demasiado tempo ouvi riachos e árvores: agora falo a eles igual aos pastores de cabras.

Imóvel está a minha alma, e luminosa feito a montanha pela manhã. Mas eles pensam que sou frio e um zombador em pilhérias horríveis.

E agora olham para mim e riem: e ao que riem, odeiam-me tanto mais. Há gelo em seu riso".

6

Mas então deu-se uma coisa que veio emudecer toda a boca e cravar todos os olhos. É que, nesse ínterim, o funâmbulo iniciou seu trabalho: saíra de uma pequena porta e caminhava sobre a corda, estendida entre duas torres, portanto a pender sobre o mercado e o povo. Mas quando estava no meio de seu trajeto, a pequena porta mais uma vez se abriu e dela saltou afora um companheiro seu, trajando vestes coloridas, semelhante a um bufão, e a passos rápidos seguiu o primeiro. "Adiante, aleijão", gritou a voz aterradora, "adiante, preguiçoso, impostor, cara enfermiça! Para que eu não te faça cócegas no calcanhar! Que fazes aqui entre torres? À torre tu pertences, nela deverias te encerrar, estorvas o caminho livre de um melhor do que tu!" E a cada palavra chegava ele mais e mais perto: mas quando estava já a apenas um passo, eis que se deu algo terrível, a calar todas as bocas e fixar todos os olhares: lançou um grito como se fosse um demônio e saltou sobre aquele que estava em seu caminho. Porém este, quando viu que o rival o vencia, perdeu a cabeça e a corda; deitou fora a barra e, mais rápido que esta, feito um torvelinho de braços e pernas, lançou-se nas profundezas. O mercado e o povo pareciam-se ao mar quando a tempestade avança: todos se afastavam e se atropelavam uns aos outros, sobretudo ali onde o corpo se estatelara.

Mas Zaratustra se manteve imóvel, e justamente a seu lado caiu o corpo, horrivelmente ferido e quebrado, mas ainda não estava morto. Após alguns instantes, o destroçado recobrou a consciência e viu Zaratustra ajoelhar-se junto a si. "Que fazes tu aqui?", disse este por fim, "de há muito eu sabia que o demônio me passaria a perna. E agora ele me arrasta para o inferno: queres impedi-lo?"

"Por minha honra, amigo", respondeu Zaratustra, "tudo isso de que falas não existe: não existe demônio nem inferno. Tua alma morrerá ainda mais rapidamente que teu corpo: não temas nada mais!"

O homem lançou um olhar desconfiado. "Se tu falas a verdade", disse então, "então nada perco quando perco a vida. Não sou muito mais do que um animal que aprendeu a dançar mediante golpes e escassos bocados de comida".

"De modo algum", falou Zaratustra; "incorreste no risco de teu ofício, e nisso não há nada a se desprezar. Agora sucumbes por teu ofício: por isso quero te sepultar com minhas mãos".

Ao que Zaratustra disse isso, o moribundo não mais respondeu; porém mexeu a mão, como se buscasse a mão de Zaratustra em agradecimento.

7

Entrementes ia chegando a noite, e o mercado se ocultava em escuridão: o povo se dispersava, pois até mesmo a curiosidade e o horror se afadigam. Zaratustra, porém, estava sentado entre o morto e a terra e mergulhou em pensamentos: com isso esqueceu o tempo. Mas por fim veio a noite, e um vento frio soprou sobre o solitário. Levantou-se, então, Zaratustra, e disse a seu coração:

"Na verdade, bela pescaria fez hoje Zaratustra! Não pescou homem algum, mas sim um cadáver.

Inquietante é a existência humana, e ainda sempre carente de sentido: um bufão pode lhe ser uma fatalidade.

Quero ensinar aos homens o sentido de sua vida: este é o além-do--homem, o raio a sair da nuvem escura que é o homem.

Mas ainda estou longe, e meu sentido não fala aos seus sentidos. Para os homens ainda sou um meio entre um louco e um cadáver.

Escura é a noite, escuros são os caminhos de Zaratustra. Vem, companheiro frio e rijo! Levar-te-ei para onde vou, a sepultar-te com minhas mãos".

8

Ao que Zaratustra disse isso a seu coração, levou o cadáver às suas costas e se pôs a caminho. Ainda não tinha seguido cem passos quando se lhe acercou furtivamente um homem e sussurrou em seu ouvido – e vede! Quem lhe falava era o bufão da torre. "Vá embora desta cidade, ó Zaratustra", disse ele; "aqui muitos o odeiam; chamam-te seu inimigo e desprezador; odeiam-te os crentes da crença da autêntica fé, e chamam-te de perigo da multidão. Tua sorte esteve em terem rido de ti: e, na verdade, falas igual a um bufão. Tua sorte esteve em te associares ao cachorro morto; ao te humilhares a esse ponto, por hoje a ti mesmo te salvaste. Mas vá embora desta cidade – ou amanhã saltarei por cima de ti, um vivo por sobre um morto". E ao que disse isso, desapareceu o homem; mas Zaratustra seguiu a caminhar pelas vielas escuras.

No portão da cidade ele encontrou os coveiros: iluminaram-lhe o rosto com a tocha, reconheceram Zaratustra e dele zombaram muito. "Zaratustra a carregar o cachorro morto: bravo, Zaratustra, teres te convertido em coveiro! Pois nossas mãos são demasiado puras para esse assado. Quererá Zaratustra roubar ao diabo o seu bocado? Pois sim! E boa sorte com a refeição! Se o demônio não for ladrão melhor do que Zaratustra! – eu roubo a ambos, ele devora a ambos!" E riram-se entre si, a cochichar.

A esse respeito Zaratustra não disse coisa alguma e continuou seu caminho. Quando já andara por duas horas, passando por bosques e pântanos, ouviu um tanto o uivo faminto dos lobos, e também a ele sobreveio a fome. Com isso deteve-se junto a uma solitária casa onde ardia uma luz.

"A fome tomou-me de assalto", disse Zaratustra, "feito um ladrão. Em bosques e pântanos assalta-me a minha fome, e em noite profunda.

Estranhos humores tem minha fome. Não raro ela me vem justamente após a refeição, e hoje não me veio o dia inteiro: pois onde se demorava?".

E com isso bateu Zaratustra à porta da casa. Um homem idoso apareceu; trazia a luz e perguntou: "Quem vem a mim e ao meu sono ruim?".

"Um vivo e um morto", disse Zaratustra. "Dá-me de comer e de beber, esqueci de fazê-lo durante o dia. Quem dá de comer a um faminto revigora sua própria alma: assim fala a sabedoria."

O velho se foi, mas logo voltou e ofereceu a Zaratustra pão e vinho. "Região ruim é esta para esfomeados", disse ele; "por isso moro aqui. Animal e homem vêm a mim, o eremita. Mas dá de comer e beber também a teu companheiro, ele está mais cansado do que eu." Zaratustra respondeu: "Morto está meu companheiro, dificilmente eu o persuadirei disso". "Nada tenho a ver com isso", disse o velho, irritado; "quem bate à minha casa também tem de tomar o que lhe ofereço. Comei e passai bem!".

Nisso Zaratustra tornou a caminhar por duas horas, confiando no caminho e na luz das estrelas: afinal, estava habituado a andar à noite e lhe aprazia olhar no rosto do que dorme. Mas quando a manhã despontou, Zaratustra se viu num bosque profundo, e já nenhum caminho se mostrava para ele. Então recostou o morto numa árvore oca, à altura de sua cabeça – pois queria protegê-lo dos lobos –, e a si mesmo sobre o solo e sobre o musgo. De pronto adormeceu, cansado no corpo, mas imóvel na alma.

9

Por longo tempo dormiu Zaratustra, e não apenas a aurora lhe passou sobre o rosto, como também a tarde. Por fim, porém, seus olhos se abriram: maravilhado mirou Zaratustra o bosque e o silêncio, maravilhado olhou para dentro de si. Então levantou-se rapidamente, feito um marinheiro que de uma só vez vislumbra a terra, e exultou:

"Uma luz se acendeu para mim: preciso de companheiros, e vivos – não companheiros mortos e cadáveres, que comigo levo para onde quero ir.

Companheiros vivos é de que necessito, que me sigam, pois a si mesmos querem seguir – e querem-no lá para onde eu quero ir.

Uma luz se acendeu para mim: não fale ao povo, Zaratustra, mas a companheiros de viagem! Zaratustra não deve se converter em pastor e em cão de rebanho!

Atrair a muitos para fora do rebanho – foi para isso que eu vim. Povo e rebanho vão se irritar comigo: de ladrão quer Zaratustra ser chamado pelos pastores.

'Pastores', digo eu, mas eles se chamam de bons e justos. 'Pastores', digo eu, mas eles se chamam crentes da crença justa.

Olhai os bons e justos! A quem odeiam mais? Àquele que quebra suas tábuas de valores, o quebrador, o infrator: porém este é o criador.

Olhai os crentes de todas as crenças! A quem odeiam mais? Àquele que quebra suas tábuas de valores, o quebrador, o infrator: porém este é o criador.

Companheiros busca o criador, e não cadáveres, tampouco rebanhos e crentes. Os que junto criam buscam o criador, aqueles que escrevem novos valores sobre novas tábuas.

Companheiros busca o criador, e os que colaboram na colheita: pois tudo está maduro para a colheita. Mas lhe faltam as cem foices: daí arranca as espigas e se aborrece.

Companheiros busca o criador, que saibam afiar suas foices. De aniquiladores serão chamados, e de desprezadores do bem e do mal. Mas são os que colhem e os que festejam.

Companheiros de criação busca Zaratustra, companheiros na colheita e nas festas: que tem ele a criar com rebanhos, e pastores, e cadáveres!

E tu, meu primeiro companheiro, fiques bem! Eu bem te enterrei em tua árvore oca, eu bem te protegi dos lobos.

Mas separo-me de ti, é chegado o tempo. Entre auroras e auroras me vem uma verdade nova.

Nem pastor eu devo ser, nem coveiro. Nem sequer tornarei a falar com o povo; pela última vez falo com um morto.

Aos criadores, aos colheitadores, aos festejadores quero me unir: quero lhes mostrar o arco-íris e todas as escadas do além-do-homem.

Aos eremitas cantarei meu canto solitário, e aos pares de eremitas; e quem tiver ouvidos para coisas inauditas, a ele oprimirei o coração com minha felicidade.

Para o meu fito quero me pôr a caminho; e saltar por sobre os hesitantes e os vagarosos. Que o meu passo seja o seu declínio!".

10

Isso foi o que Zaratustra falou a seu coração quando o sol estava ao meio-dia: olhava então, a interrogar, para as alturas – pois ouvira sobre si o chamado agudo de um pássaro. Pois olhai! Uma águia cruzava o ar em amplos círculos, e dela pendia uma cobra, não tal qual uma presa, mas como uma amiga: pois se mantinha enroscada em seu pescoço.

"São meus animais!", disse Zaratustra, e alegrou-se de coração.

"O animal mais orgulhoso sob o sol e o animal mais inteligente sob o sol saíram em exploração.

Desejam sondar se ainda vive Zaratustra. Em verdade, vivo eu ainda?

Mais perigos encontrei entre os homens do que entre os animais, são perigosos os caminhos pelos quais segue Zaratustra. Que meus animais possam me guiar!"

Ao que Zaratustra disse isso, pensou nas palavras do santo no bosque, suspirou e falou então a seu coração:

"Pudera eu ser mais inteligente! Pudera eu ser inteligente por natureza, tal qual a minha serpente!

Mas com isso peço o impossível: então peço a meu orgulho que caminhe sempre com minha inteligência!

E se alguma vez me abandonar minha inteligência – ah, apraz-lhe sair voando! – pudera meu orgulho então inda voar com minha tolice!".

Assim começou o ocaso de Zaratustra.

OS DISCURSOS DE ZARATUSTRA

DAS TRÊS METAMORFOSES

Três metamorfoses, eu vos cito, do espírito: de como o espírito se torna em camelo, e em leão, o camelo, e em criança, por fim, o leão.

Muito há de pesado para o espírito, para o espírito forte, de carga, o que habita a veneração: sua fortaleza demanda o pesado e de todos o mais pesado.

O que é pesado? Assim pergunta o espírito de carga, e se ajoelha, igual ao camelo, e bem carregado deseja ser.

O que será o mais pesado, ó heróis? Assim pergunta o espírito de carga, para que eu o tome para mim e se alegre a minha fortaleza.

Não será isto: rebaixar-se para fazer o mal à sua altivez? Deixar reluzir sua tolice para escarnecer de sua sabedoria?

Ou será isto: apartar-se de nossa causa quando ela celebra sua vitória? Escalar os altos montes para tentar o tentador?

Ou será isto: nutrir-se de bolotas de grama do conhecimento e padecer de fome na alma por querer a verdade?

Ou será isto: estar doente e mandar embora os consoladores e fazer amizade com surdos, que não ouvem nunca, é o que tu queres?

Ou será isto: entrar em água suja, quando a água é a verdade, e não se furtar de rãs frias e sapos quentes?

Ou será este: amar aos que nos desprezam, e estender a mão ao espectro quando quer nos amedrontar?

Todos esses mais pesados fardos toma para si o espírito de carga: igual ao camelo, que no deserto corre com sua carga, assim acorre ele a seu deserto.

Mas no mais solitário deserto se dá a segunda metamorfose: em leão torna-se aqui o espírito, liberdade ele quer obter e ser senhor em seu próprio deserto.

Seu último senhor busca ele aqui: seu último inimigo quer ele se tornar e seu último deus, pela vitória quer pelejar com o grande dragão.

Qual é o grande dragão, a quem o espírito já não pode chamar de senhor e deus? "Tu-deves", chama-se o grande dragão. Mas o espírito do lobo diz "eu quero".

"Tu-deves" jaz no meio do caminho, a reluzir como ouro, um animal de escamas, e cada escama reluz a ouro, "tu-deves!".

Valores milenares reluzem nessas escamas, e então fala o mais poderoso de todos os dragões: "todo o valor das coisas – ele reluz em mim".

"Todo valor foi já criado, e todo o valor criado eu sou. Na verdade, já não deve haver nenhum 'eu quero'!" Assim fala o dragão.

Meus irmão, para que se faz preciso o leão no espírito? Em que já não basta o animal de carga, que é renúncia e é respeitoso?

Criar novos valores – disso nem mesmo o leão é capaz: mas criar-se liberdade para um novo criar – disso é capaz a potência do leão.

Criar-se liberdade e um sagrado 'não' mesmo perante o dever: para isso, meus irmãos, faz-se necessário o leão.

Conquistar o direito a novos valores – eis a mais terrível conquista para um espírito de carga e de respeito. Na verdade, isso lhe é rapina e coisa de animal de rapina.

Em outro tempo amou o espírito o "tu-deves" como o mais sagrado: agora tem ele de encontrar ilusão e arbítrio até mesmo no mais sagrado, a fim de rapinar sua liberdade desse amor: do leão se faz preciso para tal rapina.

Mas diz, meu irmão, do que é capaz ainda a criança de que nem mesmo o lobo é capaz? Por que o rapinante leão deve ainda se tornar criança?

Inocência é a criança, e esquecimento, um novo começo, um jogo, uma roda a girar por si mesma, um primeiro movimento, um sagrado dizer-sim.

Sim, para o jogo do criar, meus irmãos, faz-se preciso um sagrado dizer-sim: *sua* vontade quer tão somente o espírito, o perdido do mundo ganha agora o *seu* mundo.

Três metamorfoses vos citei do espírito: como o espírito se tornou em camelo, em leão, o camelo, e o leão, por fim, em criança.

Assim falou Zaratustra. E à época se demorava na cidade que se chama: A Vaca Pintalgada.

DAS CÁTEDRAS DA VIRTUDE

Em Zaratustra exaltavam um sábio que bem sabia falar do sono e da virtude: por isso era bastante honrado e recompensado, e todos os jovens sentavam-se diante de sua cátedra. A ele se achegou Zaratustra, e junto com todos os jovens se sentou ante sua cátedra. E assim falou o sábio:

"Respeito e pudor senti diante do sono! Isso em primeiro lugar! E evitai a todos os que dormem mal e se fazem despertos durante a noite!

Mesmo o ladrão sente pudor ante o sono: sempre rouba suavemente durante a noite. Sem pudor, porém, já é o vigia da noite, que sem pudor carrega sua corneta.

Dormir não é arte pequena: faz-se necessário, para tanto, manter-se desperto o dia inteiro.

Dez vezes tendes de superar-te a ti mesmo durante o dia: isso faz uma boa fadiga e é a papoula da alma.

Dez vezes tendes de reconciliar-te consigo; pois superação é amargura, e dorme mal o irreconciliado.

Dez verdades tendes de encontrar durante o dia: ou então ainda à noite buscas pela verdade, e tua alma se mantém faminta.

Dez vezes tendes de rir durante o dia e alegrar-te: ou então o estômago, pai da tribulação, turbar-te-á à noite.

Poucos sabem disto: mas é preciso ter todas as virtudes para bem dormir. Estarei prestando falso testemunho? A cometer adultério?

Desejarei a mulher de meu próximo? Tudo isso concerta mal com o bom sono.

E mesmo quando se tem todas as virtudes, é preciso entender ainda de uma coisa: de mandar dormir no tempo certo mesmo as virtudes.

Para que não disputem entre si as lindas mulherzinhas! E sobre ti, desventurado!

Paz com Deus e com o vizinho: assim o quer o bem dormir. E paz mesmo com o diabo do teu próximo! Ou ele terá contigo à noite.

Honra e obediência à autoridade, e também à autoridade retorcida! Assim o deseja o bom sono. Que posso fazer se ao poder apraz caminhar com pernas retorcidas?

O que conduz sua ovelha ao prado mais verde será para mim sempre o melhor pastor: isso concerta bem com o bom sono.

Não desejo muitas honras, nem grandes tesouros: isso inflama o baço. Mas dorme-se mal sem um bom nome e um pequeno tesouro.

Para mim, mais bem-vinda é uma companhia pequena a uma ruim: contudo, tem ela de ir e vir no tempo certo. Isso concerta bem com o bom sono.

Muito me agradam também os pobres de espírito: fomentam o sono. São bem-aventurados, em especial se sempre se lhes dá razão.

Assim decorre o dia do virtuoso. Mas ao que vem a noite, eu bem me guardo de chamar o sono! O sono, senhor de todas as virtudes, não quer que o chamem!

Ou então penso no que fiz e pensei durante o dia. Ruminando me interrogo, paciente feito uma vaca: quais teriam sido, então, tuas dez superações?

E quais seriam as dez reconciliações e as dez verdades e as dez gargalhadas com que meu coração a si mesmo fez o bem?

A ponderar sobre tais coisas e acalentado por quarenta pensamentos, de súbito me toma de assalto o sono, o não chamado, o senhor das virtudes.

O sono bate em meus olhos: fazem-se pesados. O sono me toca na boca: e se faz aberta.

Na verdade, com solas macias ele chega a mim, o mais amado dos ladrões, e me rouba os pensamentos: e ali fico de pé, estúpido como esta cátedra.

Mas já não muito fico de pé: eis-me já deitado".

Ao que Zaratustra ouvia falar assim aquele sábio, riu consigo em seu coração: pois com ele raiara uma luz. E assim falou ele a seu coração:

"Um louco me parece esse sábio, com seus quarenta pensamentos: mas eu creio que ele bem entende de sono.

Bem-aventurado o que habita próximo desse sábio! Um tal sono contagia, e contagia mesmo através de espesso muro.

Mesmo em sua cátedra habita um feitiço. E não em vão sentam-se os jovens ante o pregador da virtude.

Sua sabedoria reza: ficar desperto para bem dormir. E em verdade, se a vida não tivesse sentido e tivesse eu de eleger um sem-sentido, também para mim seria ele o mais digno sem-sentido.

Agora compreendo claramente o que outrora mais que tudo se buscava ao se buscarem mestres da virtude.

Para todos esses louvados sábios das cátedras foi a sabedoria o sono sem sonos: não conhecem nenhum sentido melhor da vida.

Mesmo ainda hoje há alguns como esse pregador da virtude, e nem sempre honestos: mas seu tempo é passado. E não mais ficam de pé por muito tempo: ei-los já deitados.

Bem-aventurados esses que têm sono: pois logo adormecerão".
Assim falou Zaratustra.

DOS TRANSMUNDANOS

Outrora também Zaratustra lançou sua ilusão para além-do-homem, como todos os transmundanos. Como obra de um deus padecente e torturado apareceu-me o mundo.

Sonho me pareceu o mundo, e invenção poética de um deus; fumaça em cores ante os olhos de um insatisfeito divino.

Bem e mal e prazer e dor e eu e tu – fumaça em cores ante olhos criadores. O criador quis desviar o olhar de si mesmo – e então criou o mundo.

Ébrio prazer é, para o sofredor, desviar os olhos de seu sofrer e perder a si próprio. Ébrio prazer e perder a si mesmo me pareceu outrora o mundo.

Este mundo, eternamente imperfeito, imagem de uma contradição eterna, imagem imperfeita – um ébrio prazer de seu imperfeito criador: assim me pareceu outrora o mundo.

Assim mesmo eu projetei minha ilusão para além-do-homem, como todos os transmundanos. Para além-do-homem, em verdade?

Ah, irmãos, esse deus, que eu criei, foi obra humana e demência humana, como todos os deuses!

Homem ele era, e apenas um pobre fragmento de homem e de eu: de suas próprias cinzas e incandescência ele chegou a mim, esse espectro, e em verdade! Ele não me veio do além!

O que houve, meus irmãos? Superei a mim mesmo, o que padecia, trouxe minhas cinzas para a montanha, para mim inventei chama mais luminosa. E vede! Aqui o espectro *se desvanece* diante de mim!

Sofrimento me seria agora e tormento para o convalescente crer em tais espectros: sofrimento me seria agora, e humilhação. Então falo eu para os transmundanos.

Sofrimento foi, e incapacidade – isso criou todos os transmundanos: e aquela breve ilusão de felicidade que só o mais sofredor experimenta.

Cansaço, que com *um único salto* quer chegar ao fim, com um santo mortal, um pobre cansaço ignorante, que já não quer nem querer: ele criou todos os deuses e transmudanos.

Acreditai-me, meus irmãos! Foi o corpo que desesperou o corpo – que com os dedos do espírito transtornado apalpou as últimas paredes.

Acreditai-me, meus irmãos! Foi o corpo que desesperou da terra – ouviu que o ventre do ser lhe falava.

E então com a cabeça quis passar pelas últimas paredes, e não apenas com a cabeça – em direção "àquele mundo".

Mas bem oculto está aos olhos do homem aquele mundo, aquele mundo, desumanizado mundo, que é um nada celestial; e o ventre do ser nada fala com o homem, a não ser sob a forma de homem.

Em verdade, difícil de demonstrar é todo ser, e é difícil fazê-lo falar. Digam-me, meus irmãos, se a mais maravilhosa de todas as coisas não será também a mais demonstrada?

Sim, este eu e a contradição e confusão do eu continuam a falar de seu ser do modo mais honesto, este eu que cria, e estabelece valores, que é a medida e o valor das coisas.

E este mais probo dos seres, o eu, fala do corpo, e continua a querer o corpo, mesmo quando este poetiza, e fantasia, e esvoaça com asas quebradas.

Sempre de forma proba ele aprende a falar, o Eu: e quanto mais aprende, tanto mais palavras e honras encontra para o corpo e para a Terra.

Um orgulho novo me ensinou meu Eu, e eu o ensino aos homens: não mais ocultar a cabeça na areia das coisas celestes, mas levá-la livremente, uma cabeça-terra, que cria o sentido da terra!

Uma vontade nova eu ensino aos homens: querer este caminho, que o homem trilhou cegamente, e chamá-lo bom e não mais se insinuar para fora dele, como os doentes e moribundos!

Doentes e moribundos eram os que desprezaram corpo e Terra e inventaram as coisas celestes e as gotas de sangue redentoras: mas também esses doces e sombrios venenos tomaram eles do corpo e da Terra!

De sua miséria queriam escapar, e as estrelas lhes eram demais distantes. Então suspiraram: "Oh, se houvesse o caminho celestial, para nos insinuarmos em outro ser e em outra sorte!" – inventaram daí suas artimanhas e sangrentas poçõezinhas!

De seu corpo e desta terra imaginaram-se então arrebatados esses ingratos. Mas a quem deviam então as convulsões e delícias de seu arrebatamento? A seu corpo e a sua terra.

Benevolente é Zaratustra com os enfermos. Não se encoleriza, em verdade, com sua espécie de consolo e de ingratidão. Que possam se fazer convalescentes e superadores, e criar para si um corpo superior!

Tampouco se encoleriza Zaratustra com o convalescente, ao que ternamente contempla a sua ilusão e à meia-noite se insinua para a tumba de seu deus: porém suas lágrimas continuam a ser para mim doença e corpo doente.

Muito povo doente há entre os que poetizam e têm ânsia por Deus; odeiam furiosamente o homem do conhecimento e aquela virtude, de todas a mais jovem, que se chama: probidade.

Olham sempre para trás, para tempos sombrios: então certamente ilusão e fé eram outra coisa; o delírio da razão era semelhança com Deus, e a dúvida, um pecado.

Bem demais conheço esses semelhantes a Deus: querem que se acredite neles, e que a dúvida seja pecado. Bem demais também conheço os que mais acreditam em si mesmos.

Em verdade, não em transmundanos e em lágrimas de sangue redentoras: e sim no corpo acreditam mais, e seu próprio corpo lhes é a sua coisa em si.

Mas algo de doentio é para eles: e bem gostariam de sair de sua própria pele. Por isso escutam os pregadores da morte e predicam eles próprios os transmundos.

Melhor que me ouçam, meus irmãos, a voz do corpo saudável: é uma voz mais honesta e mais pura.

Com mais honestidade fala, e mais pureza, o corpo saudável, o corpo perfeito e saudável: e ele fala do sentido da terra.

Assim falou Zaratustra.

DOS DESPREZADORES DO CORPO

Aos desprezadores do corpo quero dizer minha palavra. Não devem aprender e ensinar de outro modo, mas sim tão só dizer adeus ao próprio corpo – e assim emudecer.

"Corpo sou, e alma", assim fala a criança. E por que não deveria o homem falar como as crianças?

Mas o desperto, o sapiente, diz: corpo sou ao todo e inteiramente, e nada além; e alma é apenas uma palavra para algo no corpo.

O corpo é uma grande razão, uma multiplicidade com *um único* sentido, uma guerra e uma paz, um rebanho e um pastor.

Instrumento de teu corpo é também tua pequena razão, meu irmão, a que tu chamas "espírito", um pequeno instrumento e brinquedo de tua grande razão.

"Eu", dizes tu, e és orgulhoso dessa palavra. Mas esse algo de maior, em que tu queres crer – teu corpo e sua grande razão: ele não diz eu, mas faz eu.

O que o sentido sente, o que o espírito conhece, nunca tem em si o seu fim. Mas sentido e espírito gostariam de o persuadir quanto a serem o fim de todas as coisas: tão vaidosos eles são.

Instrumentos e brinquedos são sentido e espírito: por trás deles ainda se tem o Si-mesmo. O Si-mesmo busca também com os olhos dos sentidos, ele obedece também com os ouvidos do espírito.

O Si-mesmo escuta sempre e sempre busca: ele compara, ele subjuga, conquista, destrói. Ele domina e é o dominador também do eu.

Por trás de teus pensamentos e sentimentos, meu irmão, encontra-se um soberano poderoso, um sábio desconhecido – ele se chama Si-mesmo. Em teu amor ele habita, teu corpo ele é.

Tem-se mais razão em teu corpo que em tua melhor sabedoria. E quem sabe então para que teu corpo precisaria de tua melhor sabedoria?

Teu Si-mesmo ri-se de teu eu e de seus saltos orgulhosos. "Que são para mim esses saltos e voos do pensamento?", diz-se. "Um desvio para meus fins. Eu sou as andadeiras do eu e o insuflador de seus conceitos."

O Si-mesmo diz para o eu: "Sente dor aqui!". E este então sofre e reflete sobre como não mais sofrer – e justamente para isso *deve* ele pensar.

O Si-mesmo diz para o eu: "Sente prazer aqui!". E este se alegra e reflete sobre como se alegrar com ainda mais frequência – e justamente para isso ele *deve* pensar.

Aos desprezadores do corpo quero dizer uma palavra. Que seu desprezar constitui seu apreciar. Mas o que veio a criar o apreço e o desprezo e o valor e a vontade?

O Si-mesmo criativo criou para si o apreço e o desprezo, ele se criou prazer e dor. O corpo criador criou para si o espírito, feito mão de seu querer.

Mesmo em vossa tolice e desprezo, vós desprezadores do corpo estais a servir a vosso Si-mesmo. Eu vos digo: o seu próprio Si-mesmo quer perecer e se volta contra a vida.

Já não mais é capaz de fazer aquilo de que mais gosta: criar para além de si. Isso é o que mais deseja, o seu inteiro fervor.

Mas para tanto se fez tarde demais: com isso, vosso Si-mesmo quer perecer, vós desprezadores do corpo.

Perceber quer o vosso Si-mesmo, e por isso os convertestes em desprezadores do corpo! Pois já não sois capazes de criar para além de vós.

E por isso vos enojais agora da vida e da terra. No olhar oblíquo de vosso desprezo há uma inveja inconsciente.

Eu não sigo por vosso caminho, vós desprezadores do corpo! Vós não sois para mim pontes para o além-do-homem!

Assim falou Zaratustra.

DAS PAIXÕES DE ALEGRIA E DE SOFRIMENTO

Meu irmão, quando tu tens uma virtude, e quando esta é tua, não a tem em comum com ninguém.

Por certo que desejas chamá-la pelo nome e acariciá-la; queres tirá-la da orelha e divertir-te com ela.

E vê: agora tens o seu nome em comum com o povo, e com tua virtude te converteste em povo e em rebanho!

Melhor farias em dizer: "inexpressável e sem nome é aquilo que constitui tormento e doçura de minha alma e também ainda a fome de minhas entranhas".

Seja a tua virtude demasiado elevada para a familiaridade dos nomes: e se tendes de sobre ela falar, não te envergonhes de fazê-lo aos balbucios.

Então fala e balbucia: "Este é o *meu* bem, que eu amo, que assim me agrada inteiramente, tão somente desse modo *eu* quero o bem.

Não o quero como lei de um deus, não o quero como um preceito e uma necessidade dos homens: que não seja para mim uma guia para mundos supraterrenos e paraísos.

Uma virtude terrena é a que eu amo: pouca inteligência se tem ali, e o que menos se tem é a razão de todos.

Mas esse pássaro construiu em mim o seu ninho: por isso eu o amo e o guardo no peito – e ele agora assenta em mim seus ovos de ouro".

Assim deves balbuciar e louvar tuas virtudes.

Outrora tinhas paixões e as chamavas de más. Mas agora ainda tens tuas virtudes: elas brotaram de tuas paixões.

Puseste teu alvo supremo no coração dessas paixões: tornaram-se elas então tuas virtudes e alegrias.

E ainda que fosses da estirpe dos coléricos ou da dos luxuriosos ou da dos fanáticos de sua fé ou dos vingativos:

Ao final se converteriam todas as tuas paixões em virtudes e todos os teus demônios em anjos.

Outrora tinhas cães selvagens em teu porão: mas ao final converteram-se em pássaros e em amáveis cantadores.

De teus venenos extraíste teu bálsamo: da tua vaca ordenhaste tribulação – agora bebes o leite doce de seu úbere.

E mal algum surgirá de ti no futuro, a não ser o mal que surge da luta de tuas virtudes.

Meu irmão, se tens sorte tens uma única virtude e nada mais: assim te fazes mais leve ao atravessar a ponte.

É distinção ter muitas virtudes, mas é uma sina pesada; e muitos foram ao deserto e se mataram, porque estavam cansados de ser batalha e campo de batalha de virtudes.

Meu irmão, serão más guerra e batalha? Mas necessário é este mau, necessária é a inveja e a desconfiança e a calúnia entre tuas virtudes.

Vê como cada qual de tuas virtudes cobiça o mais elevado: ela deseja teu inteiro espírito, para que seja *seu* arauto, quer toda a sua força em cólera, ódio e amor.

Ciumenta é cada virtude pela outra, e algo terrível são os ciúmes. Também virtudes podem perecer de ciúmes.

O que está cercado pela chama do ciúme contra si por fim direciona o aguilhão envenenado, tal como o escorpião.

Ah, meu irmão, não viste ainda uma virtude caluniar e picar a si mesma?

O homem é algo que tem de ser superado: e por isso deves amar as virtudes, pois tu perecerás por causa delas.

Assim falou Zaratustra.

DO PÁLIDO CRIMINOSO

Vós, senhores juízes e sacrificadores, não quereis matar antes que o animal tenha inclinado a cabeça? Vede, o pálido criminoso inclinou-a: de seus olhos fala o grande desprezo.

"O meu eu é algo que deve ser superado; o meu eu é para mim o grande desprezo do homem": assim dizem seus olhos.

Ter ele julgado a si mesmo foi o seu instante supremo: não deixeis que o sublime torne a cair em sua baixeza!

Não existe qualquer redenção para aquele que assim sofre tanto de si mesmo, a não ser a morte rápida.

Que vosso matar, vós juízes, seja uma paixão e não vingança. E ao que matais, cuidai vós próprios de justificar a vida!

Não basta que vos reconcilieis com aquele a quem matais. Que vossa tristeza seja o amor ao além-do-homem: assim justificareis vosso ainda--viver!

"Inimigo", deveis dizer, mas não "vilão"; "enfermo", deveis dizer, mas não "patife"; "tolo", deveis dizer, mas não "pecador".

E tu, rubro juiz, se quisesses dizer em alta voz tudo o que tens feito em pensamentos, todos gritariam: "Fora com essa imundície e esse verme venenoso!".

Mas outra coisa é o pensamento, outra coisa o ato, outra ainda a imagem do ato. A roda dos motivos não gira entre eles.

Uma imagem empalidece esses homens pálidos. Ele estava à mesma altura de seu ato ao cometer o ato: mas não suportou a imagem de seu ato quando o cometeu.

Desde então sempre se viu como autor de um único ato. A isso chamo demência: a exceção se inverteu e se fez essência.

A risca no chão atrai a galinha; o golpe do criminoso atraiu a sua pobre razão – loucura *após* o ato é como chamo a isso.

Ouvi, vós juízes! Há ainda outra loucura: a de antes do ato. Ah, vós não me desceis fundo o bastante nessa alma!

Então falou o rubro juiz: "O que, afinal, matou esse criminoso? Ele queria roubar.". Mas eu vos digo: sua alma queria sangue, não roubo; ele estava sequioso pela felicidade da faca!

Mas sua pobre razão não compreendeu essa loucura e o persuadiu. "Que importa o sangue!", disse ela, "não queres ao menos com isso cometer um roubo? Cobrar uma vingança?"

E ele obedeceu à sua pobre razão: como chumbo sobre ele pesava seu discurso – então roubou, ao assassinar. Não queria se envergonhar de sua demência.

E agora o chumbo de sua culpa de novo pesa sobre ele, e de novo sua pobre razão se vê tão rígida, tão paralisada, tão pesada.

Pudesse ele sacudir a cabeça, com isso seu peso rodaria até o chão: mas quem sacode essa cabeça?

O que é esse homem? Um depositário de enfermidades, que por meio do espírito se espraia pelo mundo: aqui querem fazer sua rapinagem.

O que é esse homem? Um novelo de serpentes selvagens, que raras vezes encontram repouso entre si – então cada qual se vai por si só, em busca de rapinagens mundo afora.

Vede teu pobre corpo! O que ele padeceu e cobiçou, essa pobre alma interpretou para si – como prazer assassino o interpretou, e ânsia pela felicidade da faca.

Quem agora adoece, a este acomete o mal, que agora é mau: quer ele causar dor com o que nele causa dor. Mas outros tempos houve, e outros males e bens.

Outrora foi a dúvida má, assim como a vontade de si mesmo. Outrora o enfermo se converteu em herege e em bruxa: como herege e bruxa padeceu e quis fazer padecer.

Porém isso não quer entrar em vossos ouvidos: é nocivo aos bons entre vós, me dizeis. Mas que me importam vossos bons?

Muita coisa em vossos bons me produz náuseas, e em verdade não é o seu mal. Pois eu queria que tivessem uma demência, pela qual viessem a padecer, como esse pálido criminoso!

Em verdade eu desejei que sua demência se chamasse verdade ou fidelidade ou justiça: mas eles têm sua virtude para viver por muito tempo e em miserável satisfação.

Eu sou um gradil junto à corrente: agarre-me quem agarrar possa! Porém não sou vossa muleta.

Assim falou Zaratustra.

DO LER E ESCREVER

De todos os escritos amo apenas o que se escreve com seu sangue. Escreve com sangue: e tu verás que sangue é espírito.

Não é lá muito fácil compreender um sangue estranho: eu odeio os ociosos que leem.

Quem conhece o leitor, nada mais faz para o leitor. Mais um século de leitores, e até o espírito vai cheirar mal.

Que todo mundo possa aprender a ler, com o tempo isso corrompe não apenas o escrever, mas também o pensar.

Outrora o espírito era Deus, então se converteu em homem e agora se converte até mesmo em plebe.

Quem escreve com sangue e máximas, este não quer ser lido, mas sim aprendido de cor.

Nas montanhas se tem o caminho mais curto de um cume a outro: mas para tanto deves ter pernas longas. Máximas devem ser cumes: e aqueles a quem se fala, homens altos e robustos.

O ar rarefeito e puro, o perigo próximo e o espírito pleno de uma alegre maldade: coisas que bem se combinam.

Quero ter duendes em torno de mim, pois sou corajoso. A coragem que afugenta espectros cria seus próprios duendes – a coragem deseja rir.

Já não sinto como vós: essas nuvens que vejo sob mim, esse negrume e peso de que me rio – precisamente essa é vossa nuvem tempestuosa.

Vós olhais para cima ao ansiar por elevação. E eu olho para cima quando quero ser elevado.

Quem de vós pode a um só tempo rir e se elevar?

Quem ascende às montanhas mais altas, este ri de todas as tragédias, as do teatro e as da vida.

Corajosos, despreocupados, escarnecedores, violentos – assim nos quer a sabedoria: ela é uma mulher e ama sempre tão somente a um guerreiro.

Vós me dizeis: "A vida é difícil de levar". Mas para que teríeis pelas manhãs vosso orgulho e pelas tardes, resignação?

A vida é difícil de levar: mas não me sejais tão delicados! Somos todos belos asnos e asnas de carga.

O que temos em comum com o botão de rosa, que tremula por ter sobre seu corpo uma gota de orvalho?

É verdade: amamos a vida, não por estar habituados à vida, mas por estar habituados a amar.

No amor há sempre algo de loucura. Mas há sempre também algo de razão na loucura.

E também para mim, que sou bom com a vida, os que mais sabem da felicidade parecem ser as borboletas e bolhas de sabão e aqueles que d'entre os homens forem de sua mesma espécie.

Ver esvoaçar essas pequenas almas leves, tolas, encantadoras, volúveis – tal seduz Zaratustra às lágrimas e ao canto.

Eu acreditaria tão somente num deus que soubesse dançar.

E quando vi meu demônio, encontrei-o sério, meticuloso, profundo, solene: era o espírito da gravidade – por meio dele caem todas as coisas.

Não com a ira, mas com o riso é que se mata. Avante, matemos o espírito da gravidade!

Aprendi a andar: desde então me permito correr. Aprendi a voar: desde então já não desejo ser empurrado para sair do lugar.

Agora sou leve, agora voo, agora vejo a mim mesmo sob mim, agora um deus dança por meio de mim.

Assim falou Zaratustra.

DA ÁRVORE NA MONTANHA

O olho de Zaratustra percebera que um discípulo o evitava. E quando em uma tarde caminhava sozinho pelos montes que circundam a cidade chamada "A Vaca Pintalgada", eis que ali encontrou em seu caminho aquele jovem, que, sentado, recostava-se a uma árvore a contemplar o vale num olhar cansado. Zaratustra agarrou a árvore junto à qual o jovem se recostava e então falou:

"Se eu quisesse com as minhas mãos sacudir esta árvore, eu não poderia.

Mas o vento, ao qual não vemos, ele a atormenta e a dobra para onde quer. Mãos invisíveis são as que da pior maneira nos dobram e atormentam".

Então o jovem se levantou atarantado e disse: "eu ouço Zaratustra e mesmo estava pensando nele". Ao que Zaratustra contrapôs:

"E por isso te assustaste? Mas com o homem acontece o mesmo que se dá com a árvore.

Quanto mais desejam se alçar às alturas e à luz, com tanto mais força aspiram suas raízes para a terra, para baixo, para a escuridão, para a profundeza – para o mal.".

"Sim, para o mal!", gritou o jovem. "Como é possível que tenhas descoberto a minha alma?"

Zaratustra sorriu e disse: "Algumas almas jamais descobrimos, a não ser que antes se as inventem".

"Sim, para o mal", bradou Zaratustra ainda uma vez.

"Disseste a verdade, Zaratustra. Já não confio em mim mesmo desde que passei a desejar as alturas, e ninguém mais confia em mim – como isso se deu?

Eu me transformo rapidamente: meu hoje contraria meu ontem. Com frequência passo por cima dos degraus ao subir – e degrau algum me perdoa por isso.

Quando estou em cima, vejo-me sempre sozinho. Não há quem fale comigo, o frio da solidão me faz tiritar. Mas o que desejo nas alturas?

Meu desprezo e minha ânsia crescem juntos; quanto mais alto eu me elevo, tanto mais desprezo o que se eleva. Mas o que desejo nas alturas? Quanto me acanho de meu subir e tropeçar! Como escarneço de meu violento bafejar! Como odeio os que voam! Quão cansado estou nas alturas!"

Aqui o jovem calou. E Zaratustra encarou a árvore em que ele se escorava, e assim falou:

"Esta árvore se encontra solitária aqui na montanha; ela cresce muito alto, por sobre o homem e o animal.

E se ela quisesse falar não teria ninguém que a compreendesse: tão alto ela cresce.

Agora ela espera e espera – mas espera pelo quê? Mora por demais próxima da sede das nuvens: estaria a esperar pelo primeiro relâmpago?".

Quando Zaratustra disse isso, o jovem bradou com gestos violentos: "Sim, Zaratustra, tu falas a verdade. Pelo meu declínio eu ansiava ao desejar as alturas, e tu és o relâmpago pelo qual eu esperava! Vede, quem sou eu desde que tu nos apareceste? A *inveja* de ti foi que me destruiu!". Assim falou o jovem e chorou amargamente. Mas Zaratustra o cingiu com seu braço e o levou consigo.

E ao que caminhavam juntos por algum tempo, Zaratustra começou a falar assim:

"Dilacera-se-me o coração. Ainda melhor do que dizem tuas palavras, teu olho me diz todos os teus perigos.

Ainda não és livre, tu *buscas* ainda a liberdade. Tresnoitado te fez a tua busca, e vigilante.

À altura livre queres te alçar, tua alma está sequiosa por estrelas. Mas também teus piores impulsos têm sede de liberdade.

Teus cães selvagens desejam liberdade; em sua cova ladram de prazer, quando o teu espírito considera desatar todas as prisões.

Ainda és para mim um prisioneiro que para si imagina liberdade: ah, faz-se inteligente a alma de tais prisioneiros, mas também astuciosa e má.

Ainda precisa purificar-se o liberto do espírito. Nele ainda restam muito de cárcere e de mofo: mas o seu olho tem ainda de tornar-se puro.

Sim, eu conheço teu perigo. Mas em meu amor e esperança eu te suplico: não lança fora teu amor e tua esperança!

Ainda te sentes nobre, e nobre também te sentem os outros, que te nutrem ódio e lançam olhares maus. Saiba que um nobre é a todos um obstáculo.

Também aos bons é o nobre um obstáculo: e ainda que o chamem bom, com isso querem o pôr de lado.

Algo de novo quer o nobre criar e uma virtude nova. O bom quer coisas velhas, e que o velho se conserve.

Porém não é esse o perigo do nobre, que ele se torne bom, mas sim um insolente, um zombador, um aniquilador.

Ah, conheci nobres que perderam sua mais elevada esperança. E desde então caluniaram todas as elevadas esperanças.

Desde então passaram a viver de modo impertinente, por prazeres imediatos, sem traçar metas a durar mais de um dia.

'Espírito é também volúpia', assim diziam eles. E então quebraram-se as asas de seu espírito: agora ele rasteja ao seu redor, a sujar o que lhe rói.

Outrora pensaram converter-se em heróis: agora são libertinos. O herói é para eles um desgosto e um horror.

Mas por meu amor e esperança eu conjuro a ti: não lances fora o herói que há em tua alma! Mantém sagrada tua mais elevada esperança!'".

Assim falou Zaratustra.

DOS PREGADORES DA MORTE

Existem pregadores da morte: e a Terra está cheia daqueles dos quais há que se pregar que se afastem da vida.

Cheia está a Terra de supérfluos, e corrompida está a vida, pelos demasiados. Que com a "vida eterna" sejam atraídos para fora desta vida!

"Amarelos": assim se chama aos pregadores da morte, ou "pretos". Mas eu quero lhes mostrar ainda em outras cores.

Estão ali os seres terríveis, que consigo levam o predador e não têm escolha alguma que não os prazeres ou a laceração de si. E mesmo seus prazeres são ainda a laceração de si.

Ainda não se tornaram homens, esses seres terríveis: que possam pregar o afastamento da vida e eles próprios irem-se dela!

São assim os tuberculosos da alma: mal nasceram e já começaram a morrer, a ansiar por doutrinas de fadiga e de renúncia.

De bom grado quereriam estar mortos, e o seu desejo deveríamos aprovar! Guardemo-nos de despertar esses mortos e de ferir esses ataúdes vivos!

Se deparam um enfermo ou um ancião ou um cadáver, logo dizem "a vida está refutada!".

Mas tão somente eles se encontram refutados, e seus olhos, que não veem mais que *um único* rosto na existência, envoltos em espessa melancolia e ávidos por pequenos acasos, que a morte traz: assim eles esperam, a apertar os dentes.

Ou então: lançam a mão em confeitos e com isso escarnecem de sua criancice; penduram-se à palhinha que é sua vida e escarnecem de ainda se apegarem a uma palhinha.

Sua sabedoria diz: "tolo é quem continua, mas tantos de nós somos tolos! E precisamente essa é a tolice maior da vida!".

"A vida é apenas sofrimento", assim dizem outros, e não mentem: assim, pois cuidai *vós* de acabar com ela! Mas cuidai, pois, de cessar a vida que é tão somente sofrimento!

E assim reza a doutrina de vossa virtude: "deves matar a ti mesmo! A ti mesmo deves dar as coisas!".

"Volúpia é pecado", assim dizem os que predicam a morte, "ponhamo-nos de parte e não geremos filhos algum!"

"Dar à luz é trabalho árduo", assim dizem outros, "mas para que dar à luz? Dão-se à luz apenas desgraçados!" E também eles são pregadores da morte.

"Compaixão é necessária", assim dizem os terceiros. "Tomai o que tenho! Tomai o que sou! Assim tanto menos me vinculará à vida!"

Fossem eles profundamente compassivos, seus próximos deixariam o gosto pela vida. Serem maus – esta seria a sua verdadeira bondade.

Mas eles querem se soltar da vida: que lhes importa se, com cadeias e presentes, atrelerarem-se a outros com tanto mais força!

E também vós, a quem a vida é trabalho selvagem e inquietude: não estais vós por demais cansados da vida? Não estais vós por demais maduros para a pregação da morte?

Vós todos que gostais do trabalho selvagem e do que é rápido, novo, estranho – suportais mal a vós mesmos, vosso afinco é fuga e vontade de se esquecer de si mesmo.

Se acreditásseis mais na vida, não vos lançaríeis tanto no momento presente. Mas não tendes em vós suficiente conteúdo para a espera – e tampouco para a preguiça!

Por toda parte ecoa a voz dos que pregam a morte: e a Terra está cheia dos que têm de pregar a morte.

Ou "a vida eterna": para mim é o mesmo – desde que se dirijam rapidamente para ela.

Assim falou Zaratustra.

DA GUERRA E DOS POVOS GUERREIROS

Não queremos ser poupados por nossos melhores amigos, e tampouco por aqueles que nos amam profundamente. Deixai, então, que eu vos diga a verdade!

Meus irmãos na guerra! Eu vos amo profundamente, eu sou e fui um vosso igual. E sou também seu melhor inimigo. Então, deixai-me vos dizer a verdade!

Eu sei sobre o ódio e a inveja de seu coração. Não sois suficientemente grandes para não conhecer o ódio e a inveja. Sede, pois, suficientemente grandes para deles não se envergonhar!

E se não podeis ser santos do conhecimento, sede ao menos seus guerreiros. São esses os acompanhantes e os precursores de tal santidade.

Vejo muitos soldados: quisera eu ver muitos guerreiros! "Uni-forme" chama-se o que vestem: que não seja uni-forme o que com eles escondem!

Deveis ser daqueles cujos olhos estão sempre em busca de um inimigo – de *vosso* inimigo. E entre alguns de vós há um ódio à primeira vista.

Deveis buscar vosso inimigo, deveis fazer a vossa guerra, e fazê-la para vossos pensamentos! E se vosso pensamento sucumbe, que ainda assim vossa probidade invoque a vitória!

Deveis amar a paz como um meio para novas guerras. E amar mais a paz breve do que a longa.

A vós não aconselho o trabalho, e sim a luta. A vós não aconselho a paz, mas a vitória. Que vosso trabalho seja uma luta, que vossa paz seja uma vitória!

Pode-se apenas se pôr quieto e tranquilo quando se tem flecha e arco: ou então se tagarela e se peleja. Seja vossa paz uma vitória!

Dizeis vós ser boa a causa que santifica, até mesmo a guerra? Eu vos digo: a boa guerra é a que santifica todas as causas.

A guerra e a coragem fizeram mais grandes coisas que o amor ao próximo. Não vossa compaixão, mas vossa valentia tem até agora salvo os desventurados.

"O que é bom?", perguntais. Ser valente é bom. Deixai falar as menininhas: "ser bom é o que a um só tempo é belo e comovente".

Diz-se que não tendes coração: mas vosso coração é autêntico, e eu amo o pudor de vossa cordialidade. Envergonhai-vos de vossa maré cheia, enquanto outros se envergonham da vazante.

Vós sois feios? Pois então, meus irmãos! Cercai-vos do sublime, que é o manto do feio!

E se vossa alma for grande, ela se torna petulante, e em vossa sublimidade se tem maldade. Eu vos conheço.

Na maldade o petulante encontra o debilitado. Mas não se compreendem um ao outro. Eu vos conheço.

Podeis ter inimigos apenas para odiar, não para desprezar. Deveis ser orgulhosos de vossos inimigos: então os êxitos de vossos inimigos se fazem vossos êxitos.

Rebelião – esta é a nobreza dos escravos. Vossa nobreza é a obediência! Que vosso próprio mandar seja um obedecer!

A um bom guerreiro soa mais agradável o "tu-deves" do que "eu quero". E a tudo o que vos é amado deveis antes deixar que vos mande.

Vosso amor à vida seja a vossa mais alta esperança: e vossa mais alta esperança seja o mais alto pensamento da vida!

Mas deveis permitir que vosso mais alto pensamento vos ordene – e ele reza: o homem é algo que deve ser superado.

Vivei então vossa vida de obediência e de guerra! De que importa viver muito tempo! Qual guerreiro quer ser poupado!

Eu não vos poupo, eu vos amo profundamente, meus irmãos na guerra!

Assim falou Zaratustra.

DO NOVO ÍDOLO

Em algum lugar ainda existem povos e rebanhos, ainda que não entre nós, meus irmãos: aqui se tem estados.

Estado? O que é isso? Pois bem! Abram agora vossos ouvidos, pois agora vos digo minha palavra sobre a morte dos povos.

Estado se chama o mais frio de todos os monstros frios. É frio também quando mente; e é essa mentira que desliza de sua boca: "Eu, o Estado, sou o povo".

É mentira! Criadores foram os que criaram os povos e sobre eles suspenderam uma crença e um amor: serviram, assim, à vida.

Aniquiladores são os que preparam armadilhas para muitos, chamando-as de Estado: por sobre eles fazem pender uma espada e uma centena de concupiscências.

Onde ainda há povo, este não compreende o Estado e o odeia, ao modo de mau-olhado e pecado contra costumes e direitos.

Este sinal eu vos dou: todo povo fala sua língua do bem e do mal; ela não compreende o vizinho. Ele inventou para si a sua língua em costumes e direitos.

Mas o Estado mente em todas as línguas do bem e do mal; e do que quer que ele fale, mente – e o que quer que tenha, tal ele roubou.

Nele tudo é falso; morde com dentes roubados, esse mordedor. Falsas são mesmo as suas vísceras.

Confusão de línguas do bem e do mal: esse sinal eu vos dou como sinal do Estado. Em verdade esse sinal significa vontade de morte! Em verdade ele acena aos que pregam a morte!

Nasce-se em demasia: para os supérfluos foi inventado o Estado!

Vede como ele atrai para si os demasiados! Como os devora, e mastiga e rumina!

"Sobre a Terra não há nada maior do que eu: eu sou o dedo ordenador de Deus", assim ruge o monstro. E não apenas os de orelhas longas e visão curta se ajoelham!

Mas também em vós, vós de almas grandes, sussurra ele suas mentiras sombrias! Ah, ele capta os corações ricos, que se esbanjam de bom grado!

Sim, também a vós ele percebe, vós vencedores do antigo deus! Vós vos afadigueis na luta, e agora vossa fadiga serve ainda aos novos ídolos!

Heróis e homens honrados ele queria ao seu redor, o novo ídolo! De bom grado se aquece no raio de sol das boas consciências – esse monstro frio!

Tudo quererá *vos* dar, o novo ídolo, contanto que o adoreis: assim ele compra o brilho de vossa virtude e a mirada de vossos olhos orgulhosos.

Ele quer vos engodar com os demasiados! Sim, um artifício infernal foi aqui inventado, o cavalo da morte, a tilintar nos adornos de divinas honrarias!

Sim, uma morte para muitos foi aqui inventada, e se enaltece como vida: em verdade, um serviço íntimo para todos os pregadores da morte.

Estado eu chamo o lugar onde todos, bons e maus, são bebedores de veneno; Estado, onde todos, bons e maus, perdem a si mesmos; Estado, onde o lento suicídio de todos significa – "vida".

Ora, vede esses supérfluos! Eles roubam para si as obras dos inventores e os tesouros do sábio: chamam de formação esse latrocínio – e para eles tudo se converte em doença e em desgraça!

Ora, vede esses supérfluos! Enfermos estão sempre, vomitam sua bílis e a isso chamam de jornal. Devoram-se uns aos outros sem nem sequer poder se digerir.

Ora, vede esses supérfluos! Adquirem riquezas e tornam-se com isso mais pobres. Querem poder e, antes disso, a alavanca do poder, muito dinheiro – esses incapazes!

Vede como escalam, os ágeis macacos! Eles escalam uns por sobre os outros a se arrastar na lama e nas profundezas.

Querem todos chegar ao trono: essa é a sua loucura – como se a felicidade se assentasse no trono! É frequente se pôr a lama sobre o trono – e também frequente é pôr o trono sobre a lama.

Loucos me são todos eles, e os macacos escaladores e fanáticos. Seu ídolo, o monstro frio, me cheira mal: a mim cheiram mal todos juntos, esses idólatras.

Meus irmãos, quereis vós asfixiá-los na bruma de suas mandíbulas e cobiças? Preferível seria quebrar as janelas e saltar ao ar livre!

Pois apartai-vos do mau cheiro! Apartai-vos da idolatria dos supérfluos!

Apartai-vos do mau cheiro! Apartai-vos do bafo desses sacrifícios humanos!

Ainda está livre a terra para as almas grandes. Vazios ainda estão muitos lugares para os solitários de um e de dois, em torno dos quais sopra o perfume de mares calmos.

Ainda existe uma vida livre para as grandes almas. Em verdade, quem pouco possui tanto menos é possuído: louvada seja a pequena pobreza!

Lá onde cessa o Estado, só ali começa o homem que não é supérfluo: ali começa a canção do necessário, da melodia única e insubstituível.

Lá, onde cessa o Estado – olhai para lá, meus irmãos! Não estão vendo o arco-íris e as pontes do além-do-homem?

Assim falou Zaratustra.

DAS MOSCAS DO MERCADO

Foge, meu amigo, para tua solidão! Eu te vejo ensurdecido pelo ruído dos grandes homens e alquebrado pelos aguilhões dos pequenos.

Dignamente sabem calar contigo o bosque e a rocha. Volta a ser igual à árvore que amas, à mais frondosa: silenciosa e atenta pende sobre o mar.

Onde cessa a solidão, ali tem início o mercado; e onde começa o mercado, ali começa o ruído do grande ator e o zumbido das moscas venenosas.

No mundo, de nada valem as melhores coisas sem alguém que as represente: grandes homens chama o povo a esses atores.

O povo quase não compreende o grande, isto é, o criador. Mas sensibilidade ele tem para todos os apresentadores e atores das grandes causas.

Em torno dos inventores de novos valores gira o mundo: invisível ele gira. Em torno do ator, porém, giram o povo e a fama: assim é o transcurso do mundo.

Tem espírito o ator, e, no entanto, escassa consciência do espírito. Acredita sempre no que melhor lhe permite fazer crer – fazer crer *em si*!

Amanhã ele tem uma nova crença e depois de amanhã outra mais nova. Sentidos rápidos ele tem, igual ao povo, e faros suscetíveis.

Derribar – isso para ele significa comprovar. Tornar louco – isso para ele significa convencer. E sangue vale para ele como o melhor dos argumentos.

Uma verdade que desliza tão somente em ouvidos delicados chama-se mentira e nada. Em verdade ele acredita tão somente em deuses que façam grande ruído no mundo!

Pleno de solenes bufões está o mercado – e o povo se vangloria de seus grandes homens! São para eles os senhores da hora.

Mas a hora urge para com eles: e eles urgem para contigo. E também de ti querem eles sim ou não. Ai de ti, queres tomar assento entre o favor e o contra?

Não sintas inveja desses incondicionados e prementes, tu, amante da verdade! Jamais andou a verdade de braço dado a um incondicionado.

Em razão desses homens repentinos, retorna à tua segurança: só mesmo no mercado se é tomado de assalto com um sim? Ou um não?

Lenta é a vivência de todos os poços profundos: por muito tempo têm de aguardar, até saber *o que* lhes cai na profundeza.

À margem do mercado e da fama sucede tudo o que é grande: à margem do mercado e da fama viveram desde sempre os inventores de novos valores.

Foge, meu amigo, para tua solidão: eu te vejo quebrantado por moscas venenosas. Foge para lá, onde sopra um vento áspero e forte!

Foge para a tua solidão! Viveste por demais próximo do pequeno e deplorável. Foge de tua raiva invisível! Contra ti eles nada mais são do que vingança.

Deixa de erguer o braço contra eles! Incontáveis são eles, e não será a tua sina ser um espanta-moscas.

Incontáveis são esses pequenos e deploráveis; e mais de um orgulhoso edifício gotas da chuva e ervas daninhas fizeram derribar.

Tu não és uma pedra, mas já foste escavado por muitas gotas. Ainda te rebentarás e te despedaçarás por tantas gotas.

Exaurido vejo-te eu por moscas venenosas, vejo-te arranhado, a sangrar em centenas de pontos; e teu orgulho não deseja sequer se indignar.

Sangue elas desejam de ti com toda a inocência, cobiçam sangue suas almas sanguinolentas – por isso picam com toda a inocência.

Porém tu, profundo, padeces por demais profundamente mesmo de pequenas feridas; e antes que te curasses, o mesmo verme venenoso rastejava sobre tua mão.

Tanto estás orgulhoso com isso, de matar esses gulosos. Mas guarda-te para que tua fatalidade não seja suportar toda essa tóxica injustiça!

Eles zumbem à tua volta mesmo com teus louvores: o seu louvor é impertinência. Querem a proximidade de tua pele e de teu sangue.

Adulam-te como a um deus ou a um diabo; choramingam diante de ti como perante um deus ou um diabo. Que importa! Aduladores e choramingas eles são, e nada mais.

Igualmente se dão a ti com frequência como sendo amáveis. Mas sempre foi essa a esperteza dos covardes. Sim, são espertos os covardes!

Pensam muito sobre ti com sua alma estreita – és sempre inquietante para eles! Tudo sobre o qual muito se reflete faz-se preocupante.

Castigam a ti por todas as tuas virtudes. Perdoam-te apenas, profundamente, por teus erros.

Porque és manso e de senso justo, dizes: "sem culpa são eles em sua mesquinha existência". Mas sua estreita alma pensa: "culpa é a sua grande existência".

Mesmo quando és manso para com eles, ainda se sentem desprezados por ti; e devolvem a ti o benefício com danos escondidos.

Teu lacônico orgulho vai sempre contra o gosto deles; e exultam se alguma vez és suficientemente humilde para ser vaidoso.

O que discernimos em alguém é também o que nele inflamamos. Por isso, guarda-te dos pequenos!

Diante de ti eles se sentem pequenos, e sua baixeza arde e incandesce contra ti numa raiva invisível.

Não percebes a frequência com que se faziam mudos quando neles te achegavas, e em como sua força se esvaía feito a embriaguez de um fogo a expirar?

Sim, meu amigo, tu és a má consciência de teu próximo: pois eles são indignos de ti. Por isso odeiam-te e bem gostariam de te sugar o sangue.

Teus próximos serão sempre moscas venenosas; o que é grande em ti, precisamente isso há de fazê-los mais venenosos e cada vez mais moscas.

Foge, meu amigo, para tua solidão e para onde o ar sopra áspero e forte. Não será tua sina ser um espanta-moscas.

Assim falou Zaratustra.

DA CASTIDADE

Eu amo a floresta. Nas cidades vive-se mal: ali há sempre demasiados que estão no cio.

Não será melhor cair na mão de um assassino do que nos sonhos de uma mulher no cio?

E vede uma vez esses homens: seus olhos o dizem — nada de melhor sabe sobre a Terra do que deitar-se com uma mulher.

Lama há no fundo de sua alma; e ai de ti se houver lama até mesmo em seu espírito.

Se ao menos fostes perfeitos como animais! Mas aos animais pertence a inocência.

E eu vos aconselho a matar vossos sentidos? Eu vos aconselho a inocência dos sentidos.

E eu vos aconselho a castidade? A castidade é para alguns uma virtude, e para muitos, porém, quase um vício.

Estes podem bem se abster: mas a cadela sensualidade olha com inveja de dentro de tudo o que fazem.

Mesmo nas alturas de sua virtude e até a adentrar o espírito frio segue--os essa besta e sua insatisfação.

E com que bons modos sabe a cadela sensualidade mendigar um pedaço de espírito quando se lhe nega um pedaço de carne!

Vós amais tragédias e tudo o quando dilacera o coração? Porém eu me ponho desconfiado de sua cadela.

Para mim tendes olhos por demais cruéis, a olhar com lascívia os que sofrem. Não terás travestido vossa volúpia e a chamado paixão?

E também esta parábola eu proponho a vós: não poucos, desejosos de expulsar seu demônio, foram com isso eles próprios conduzidos aos porcos.

A quem a castidade for difícil, a este se lha deve desaconselhar: para que não se converta em caminho para o inferno – isto é por demais lama e lascívia da alma.

Estou a falar de coisas sujas? Para mim isso não é o pior.

Não quando a verdade está suja, mas quando não é profunda, o homem do conhecimento a contragosto adentra a água.

Em verdade, há os que são castos do fundo de seu ser: são mansos de coração, riem com mais gosto e profusão do que vós.

Riem também da castidade e perguntam: "O que é a castidade?"

Não será a castidade uma tolice? Porém essa tolice vem a nós e não nós a ela.

A essa hóspedes oferecemos pousada e coração: agora ela habita entre nós – e pode ficar o quanto quiser!".

Assim falou Zaratustra.

DO AMIGO

"Um em torno de mim é sempre algo em demasia", assim pensa o eremita. "Sempre um por um – com o tempo se faz dois!"

Eu e mim mesmo estamos sempre a dialogar com fervor: como se poderia suportar se não houvesse um amigo?

Para o eremita o amigo é sempre o terceiro: o terceiro é a cortiça a impedir que a conversa de dois se afunde nas profundezas.

Ah, existem profundezas demais para todo eremita. Por isso tanto anseiam por um amigo e por suas alturas.

Nossa crença em outros delata o que em nós mesmos gostaríamos de crer. Nosso anseio por um amigo é nosso delator.

E com o amor não raro não mais se quer do que saltar por sobre a inveja. E com frequência atacamos e nos criamos um amigo para ocultar que somos atacáveis.

"Sê pelo menos meu amigo!", assim fala o verdadeiro respeito, que não se atreve a rogar amizade.

Se se quiser ter um amigo, também se terá de fazer a guerra por ele: e para conduzir a guerra, terá de *poder* ser inimigo.

Em seu amigo deve-se honrar também o inimigo. Podes te acercar de teu amigo sem passar para o seu lado?

Em seu amigo deve-se ter seu melhor inimigo. Com teu coração deves lhe estar em máxima proximidade, quando a ele opões resistência.

Não queres usar roupa alguma perante o teu amigo? Haverá de ser uma honra a teu amigo ofereceres como és? Mas por isso ele te mandará ao diabo!

Aquele que não faz segredo de si, escandaliza: tendes muita razão em recear a nudez! Sim, se fostes deuses, então poderíeis vos envergonhar de vossa roupa!

Para teu amigo nunca podes te adornar o bastante: pois para ele deves ser uma flecha e um anseio pelo além-do-homem.

Viste já dormir o teu amigo para saber como ele se parece? Como então será, aliás, o rosto de seu amigo? É o teu próprio rosto, num espelho grosseiro e imperfeito.

Viste já dormir o teu amigo? Não tiveste medo de o teu amigo parecer assim? Ó meu amigo, o homem é algo que deve ser superado.

No adivinhar e no manter-se calado deve o amigo ser mestre: não tens de querer ver tudo. Teu sonho deve revelar a ti o que teu amigo faz em vigília.

Que a tua compaixão seja um adivinhar: para que antes saibas se o teu amigo deseja compaixão. Talvez ele ame em ti o olhar constante e a visão da eternidade.

Sob uma dura casca se oculta a compaixão para com o amigo, e que ao mordê-lo percas um dente. Assim ela terá a sua delicadeza e doçura.

És ar puro e solidão e pão e remédio para teu amigo? Há quem não consiga se libertar de suas próprias cadeias, sendo mesmo assim um redentor para o amigo.

És tu um escravo? Com isso não podes ser amigo. És um tirano? Com isso não podes ter amigos.

Por excessivo tempo se ocultaram na mulher um escravo e um tirano. Por isso a mulher ainda não é capaz de amizade: conhece apenas o amor.

No amor da mulher tem-se a injustiça e a cegueira contra tudo o que ela não ama. E mesmo no amor sapiente da mulher continuam a haver assalto e raio e noite junto à luz.

A mulher ainda não é capaz de amizade: gatas sempre continuam a ser as mulheres, e pássaros. Ou, no melhor dos casos, vacas.

A mulher ainda não é capaz de amizade. Mas me digam, vós, homens, quem de vós será então capaz de amizade?

Ó que pobreza a vossa, varões, e vossa avareza de alma! O tanto que vós dais ao amigo, esse tanto eu darei a meu inimigo, e sem com isso me tornar mais pobre.
Existe camaradagem: que possa existir amizade!
Assim falou Zaratustra.

DOS MIL E UM ALVOS

Muitas terras viu Zaratustra, e muitos povos: assim ele descobriu o bem e o mal de muitos povos. Nenhum poder maior encontrou Zaratustra sobre a terra que não bem e mal.

Nenhum povo poderia viver se primeiro não avaliasse; mas se quiser se conservar, ele não deve avaliar como avalia o vizinho.

Muitas coisas que esse povo chamou de boas, para outro é escárnio e desonra: assim eu achei. Muitas coisas encontrei aqui chamadas de más e lá adornadas com honras de púrpura.

Jamais um vizinho entendeu o outro: sempre sua alma se assombrou com a demência e maldade do vizinho.

Uma tábua de bens pende sobre cada povo. Vede, é a sua tábua de superações; vede, é a voz de sua vontade de potência.

Louvável é o que lhe parece difícil; o que é indispensável e difícil chama-se bom, e o que o liberta da mais extrema necessidade, o raro, o mais difícil – este ele enaltece como sagrado.

O que faz com que domine e triunfe e brilhe, para horror e inveja de seu vizinho: isso faz dele o elevado, o primeiro, a medida, o sentido de todas as coisas.

Em verdade, meu irmão, se conhecesses primeiro a miséria de um povo, e a sua terra e o céu e o seu vizinho, com isso bem adivinharias a lei de suas superações e o porquê de se subir essa escada para a esperança.

"Sempre deves ser o primeiro e preceder os outros: a não ser o amigo, ninguém deve amar tua alma ciumenta" – num grego isso fazia a alma estremecer; e com isso trilhou ele sua senda de grandeza.

"Dizer a verdade e ser bom no manejo de arco e flecha" – tal pareceu a um só tempo precioso e difícil àquele provo de que provém meu nome, nome que é para mim a um só tempo precioso e difícil.

"Honrar pai e mãe e ser obediente à sua vontade até a raiz da alma", este mandamento de superação está a pender sobre outro povo, e com ele se fez poderoso e eterno.

"Praticar a fidelidade e pela fidelidade empenhar honra e sangue, mesmo nas causas más e perigosas": com esse ensinamento outro povo se dominou, e assim se dominando fez-se grávido e prenhe de grandes esperanças.

Em verdade, os homens a si mesmo deram todo o seu bem e mal. Em verdade, não os tomaram, não os encontraram, não caíram sobre eles como voz do céu.

Valores depositou o homem nas coisas, para se conservar – criou primeiro o sentido das coisas, um sentido humano! Por isso ele se chama "homem", isto é: o que avalia.

Valorar é criar: ouçam-no, criadores! O próprio valorar é tesouro e joia de todas as coisas valoradas.

Tão só pelo valorar existe o valor: e sem o valorar estaria oca a noz da existência. Ouçam-nos, criadores!

Mudança de valores – isto é mudança de criadores. Sempre aniquila aquele que tem de ser um criador.

Criadores foram primeiramente povos e mais tarde indivíduos; na verdade, o próprio indivíduo é a criação mais recente.

Outrora povos suspenderam sobre si uma tábua de bens. O amor que deseja dominar e o amor que deseja obedecer criaram juntos para si essas tábuas.

Mais velho é o prazer no rebanho que o prazer no eu – e enquanto a boa consciência se chamar rebanho, só a má consciência diz: eu.

Em verdade, o eu astuto, o sem amor, a desejar utilidade na utilidade de muitos: essa não é a origem do rebanho, mas o seu ocaso.

Amantes foram sempre, e criadores, os que criaram bem e mal. Fogo de amor incandesce nos nomes de todas as virtudes, e fogo de cólera.

Muitas terras viu Zaratustra e muitos povos: nenhum poder maior encontrou Zaratustra na terra do que as obras dos amantes: "bem" e "mal" é o seu nome.

Em verdade, um monstro é o poder desse louvar e censurar. Dizei, vós irmãos, quem o dominará? Dizei, quem lançará os grilhões sobre as mil nucas desse animal?

Mil alvos até agora houve, já que houve mil povos. Ainda faltam apenas os grilhões das mil nucas, falta o alvo único. A humanidade ainda não possui alvo nenhum.

Porém dizei-me, meus irmãos: se de alvo ainda carece a humanidade, não carecerá também, ainda, dela própria?

Assim falou Zaratustra.

DO AMOR AO PRÓXIMO

Vós sois pressurosos em favor do próximo e têm para tal belas palavras. Porém eu vos digo: vosso amor ao próximo é vosso mau amor para consigo.

Para junto do próximo fugis de vós mesmos e com isso gostaríeis de praticar uma virtude: mas com a vista penetro vosso "desinteresse".

O tu é mais antigo do que o eu; o tu foi santificado, mas o eu ainda não: de modo que o homem se apressa em favor do próximo.

Eu vos aconselho o amor ao próximo? De preferência vos aconselho a fuga do próximo e o amor ao longínquo!

Mais elevado que o amor ao próximo é o amor ao longínquo e futuro; e ainda mais elevado que o amor ao homem é o amor às coisas e aos fantasmas.

Esse fantasma, a correr diante de ti, meu irmão, é mais belo do que tu; por que não lhe dás tua carne e teus ossos? Mas tens medo e corres para o teu próximo.

Não vos conseguis suportar a vós mesmos e não vos amais o suficiente: por isso quereis seduzir o próximo a amar-vos, para que vos doure com seu erro.

Quisera eu que vós não suportásseis nenhum tipo de próximo e seus vizinhos; assim, vós próprios teríeis de criar vosso amigo e seu coração transbordante.

Quando quereis falar bem de vós, convidais uma testemunha; e quando a tiver seduzido a pensar bem de vós, penseis vós próprios bem de vós.

Não mente apenas aquele que fala contra o que sabe, mas antes bem aquele que fala contra o seu não saber. E assim de vós mesmos falais ao lidar com o outro, e ao mentir a vós mentis a vosso próximo.

Assim fala o louco: "o trato com os homens deteriora o caráter, em especial quando não se tem nenhum".

Este vai ter com o próximo por buscar a si, e o outro porque gostaria de se perder. Vosso mau amor para convosco faz de vossa solidão uma prisão.

São os distantes que pagam pelo vosso amor ao próximo; e já quando juntais cinco, tem de sempre morrer um sexto.

Tampouco amo vossas festas: excesso de atores nelas encontrei, e também os espectadores com frequência gesticulavam como atores.

Não os mais próximos eu vos ensino, mas sim o amigo. Que o amigo vos seja a festa da terra e um presságio do além-do-homem.

Eu vos ensino o amigo e seu coração transbordante. Mas é preciso se saber ser uma esponja quando se quer ser amado por um coração transbordante.

Eu vos ensino o amigo no qual o mundo se encontra acabado, como um invólucro do bem — o amigo criador, que sempre tem a oferecer um mundo repleto.

E assim como o mundo se desenrolou para ele, tornará a se enrolar em anéis, como o vir-a-ser do bem pelo mal, como o vir-a-ser das finalidades a surgir do acaso.

Que o futuro e o mais longínquo te sejam a causa de teu hoje: em teu amigo deves amar o além-do-homem como a causa de ti.

Meus irmãos, eu não vos aconselho o amor ao próximo: eu vos aconselho o amor ao longínquo.

Assim falou Zaratustra.

DO CAMINHO DO CRIADOR

Queres tu, meu irmão, refugiar-se na solidão? Queres tu procurar o caminho para ti mesmo? Pois detém-te um tanto e me ouça.

"Quem procura facilmente se perde a si mesmo. Todo isolamento é culpa", assim falou o rebanho. E de há muito pertences ao rebanho.

A voz do rebanho ainda ecoará em ti. E quando disser "já não tenho a *mesma* consciência que vós", tal será um lamento e uma dor.

Vede, porém, que essa mesma dor foi gerada por *aquela tal* consciência: e o derradeiro vislumbre daquela consciência ainda arde sobre a tua aflição.

Mas queres percorrer o caminho de tua aflição, que é o caminho para ti mesmo? Pois mostra-me o teu direito e tua força para fazê-lo!

És tu uma nova força e um novo direito? Um primeiro movimento? Uma roda a se mover por si mesma? Podes coagir também as estrelas para que não girem?

Ah, tanta cobiça existe em elevar-se! Tantas convulsões dos ambiciosos! Mostra-me que não és nenhum desses cobiçosos e ambiciosos!

Ah, existem tão grandes pensamentos que nada mais fazem do que um fole: inflam-se e se fazem ainda menores.

Chamas-te livre? A teu pensamento dominante quero ouvir e não que tu escapaste de um jugo.

Serás alguém a quem é permitido escapar a um jugo? Existem aqueles que lançam fora seu valor último ao lançar fora a sua servidão.

Livre de quê? Que isso importa a Zaratustra? Teus olhos devem anunciar-me com clareza: livre *de quê*?

Podes prescrever a ti mesmo teu mal e teu bem e fazer tua vontade pender sobre ti, como lei? Podes ser tu mesmo juiz e vingador de tua lei?

Terrível é estar a sós como juiz e vingador da própria lei. Assim é arrojada uma estrela no espaço deserto e no sopro gelado do estar a sós.

Hoje ainda sofres junto a muitos, tu que és um só: hoje ainda tens tua inteira coragem e tuas esperanças.

Porém um dia a tua solidão te cansará, teu orgulho se curvará e tua coragem rangerá os dentes. E então gritarás "estou sozinho!".

Um dia já não ansiarás pelas tuas alturas e verás por demais perto a tua baixeza; tua própria sublimidade te aterrorizará como um fantasma. E então gritarás: "tudo é falso!".

Existem sentimentos desejosos de matar o solitário; e não o conseguem, eles próprios devem morrer! Porém és capaz de ser assassino?

Conheces já, meu irmão, a palavra "desprezo"? E o tormento de tua justiça, que é o de ser justo com os que te desprezam?

A muitos obrigas a mudar de orientação acerca de ti; com isso te fazem pagar caro. Tu te aproximaste deles e passaste ao largo: isso não te perdoam jamais.

Tu os ultrapassas: mas quanto mais sobes, menor te vê o olho da inveja. De todos, o mais odiado, porém, é o que voa.

"Como querereis ser justos para comigo?", tens de falar. "Elejo para mim vossa injustiça como a parte que me é atribuída."

Injustiça e sujidade lançam eles ao solitário: mas, meu irmão, se queres ser uma estrela, nem por isso tens de os iluminar menos!

E guarda-te dos bons e justos! Com gosto crucificam a quem se inventa uma virtude própria – eles odeiam o solitário.

Guarda-te também da santa simplicidade! Para ela é não santo aquele que não é simples; e também gosta de brincar com fogo – o fogo das piras.

E guarda-te também dos arroubos de teu amor! Por demais rápido é o solitário a estender a mão a quem o encontra.

A muitos não deves dar a mão, mas tão somente a pata; e desejo que tua pata tenha também garras.

Mas o pior inimigo que podes encontrar será sempre tu mesmo; tu mesmo te espreitas nas cavernas e florestas.

Solitário, segues o caminho para ti mesmo! E teu caminho passa bem junto de ti e de teus sete demônios!

Hereges serás tu para ti mesmo e bruxo e vidente e néscio e cético e ímpio e vilão.

Queimar-te, hás de querer, em tuas próprias chamas: como queres te renovar sem antes fazer-te cinzas!

Solitário segues o caminho do criador: um deus queres criar para ti, a partir de teus sete demônios!

Solitário segues o caminho do amante: amas a ti mesmo e por isso te desprezas, como só mesmo os amantes desprezam.

O amante deseja criar, porque ele despreza! Que sabe sobre o amor aquele que não teve de desprezar o que amava!

Com teu amor vai-te para a solidão, e com teu criar, meu irmão; e só mais tarde te seguirá a justiça, a claudicar.

Com tuas lágrimas vai-te para a tua solidão, meu irmão. Amo aquele que deseja criar por sobre si mesmo e com isso vem a sucumbir.

Assim falou Zaratustra.

DAS VELHAS E JOVENS MULHERZINHAS

"Por que deslizas de modo tão esquivo pelo crepúsculo, Zaratustra? E o que escondes com tanto cuidado sob o teu manto?

Será um tesouro com que te presentearam? Ou uma criança que nasceu de ti? Ou então tu mesmo seguirás agora pelos caminhos dos ladrões, tu, amigo dos maus?"

"Em verdade, meu irmão!", falou Zaratustra, "é um tesouro que me foi presenteado: uma pequena verdade é o que trago".

Mas ela é rebelde feito criança pequena; e se não lhe tapo a boca, passa a gritar com toda força.

Quando hoje seguia a sós pelo meu caminho, à hora em que o sol se põe, deparei com uma senhorinha idosa, que disse à minha alma:

"Muitas coisas nos disse Zaratustra, também para nós, mulheres, porém jamais nos falou sobre a mulher."

Ao que respondi a ela: "Sobre a mulher somente homens devem falar".

"Fale também a mim sobre a mulher", disse ela; "sou velha o bastante para de pronto esquecer".

Acedi à vontade da velhinha e então lhe falei:

"Tudo na mulher é enigma, e tudo na mulher tem uma solução: chama-se gravidez.

O homem é para a mulher um meio: o fim é sempre o filho. Mas o que será a mulher para o homem?

Duas coisas deseja o homem autêntico: o perigo e o jogo. Por isso ele deseja a mulher, ao modo do jogo mais perigoso.

O homem deve ser educado para a guerra, e a mulher, para o repouso do guerreiro: todo o restante é tolice.

Frutos por demais doces não aprazem ao guerreiro. Por isso ele gosta da mulher: amarga é até mesmo a mais doce das mulheres.

A mulher entende as crianças melhor do que o homem, porém este é mais criança do que a mulher.

No homem autêntico se esconde uma criança: ela quer brincar. Avante, mulheres, descobri a criança no homem!

Que seja a mulher um brinquedo, puro e delicado, igual à pedra preciosa irradiada pelas virtudes de um mundo que ainda não existe.

Que o brilho de uma estrela resplandeça em vosso amor! Que a vossa esperança seja: 'possa eu dar à luz o além-do-homem!'

Que em vosso amor haja valentia! Com vosso amor deveis vos lançar àquele que vos infunde medo!

Que o homem tema a mulher quando ela ama: ela então realiza todo o sacrifício, e a toda outra coisa considera sem valor.

Que o homem tema a mulher quando ela odeia: pois no fundo da alma o homem é apenas mau, ao que a mulher é ali ruim.

A quem odeia a mulher mais do que tudo? Assim falava o ferro ao ímã: 'Eu te odeio ao máximo, porque tu atrais, mas não és suficientemente forte para te atrair'.

A felicidade do homem se chama: eu quero. A felicidade da mulher se chama: eu quero.

'Vede, justo agora o mundo se tornou perfeito!', assim pensa toda mulher ao obedecer com todo o amor.

E obedecer deve a mulher, e encontrar uma profundidade para a sua superfície. Superfície é o ânimo da mulher, uma pele móvel tempestuosa sobre águas pouco profundas.

O ânimo do homem, porém, é profundo; sua corrente rumoreja em cavernas subterrâneas: a mulher pressente a sua força, mas não a compreende."

Então replicou-me a senhorinha idosa: "Coisas muito gentis disse Zaratustra, em especial para aquela que ainda é jovem o bastante para tal.

É estranho, Zaratustra conhece pouco a mulher, e, todavia, tem razão a respeito dela! Acaso ocorre isso porque à mulher nada é impossível?

E agora toma em agradecimento uma pequena verdade! Eu já estou um tanto velha para ela!

Enrole-a e tapa-lhe a boca: ou então gritará com toda a força essa pequena verdade.".

"Dá-me, mulher, tua pequena verdade!", eu lhe disse. E assim falou a velha mulherzinha:

"Tu vais às mulheres? Não esqueças do chicote!".

Assim falou Zaratustra.

DA PICADA DA VÍBORA

Um dia Zaratustra estava a dormir sob uma figueira, pois fazia calor, e ele pousara o braço sobre a face. Eis que chegou uma víbora e o picou no pescoço, ao que Zaratustra gritou de dor. Quando tirou o braço do rosto viu a serpente: "Não", disse Zaratustra, "ainda não recebeste meu agradecimento! Despertaste-me a tempo, meu caminho é ainda longo". "Teu caminho é ainda curto", disse a víbora, triste, "meu veneno mata". Zaratustra riu. "Quando foi que um dragão morreu pelo veneno de uma serpente?", disse. "Mas toma de volta o teu veneno! Não és suficientemente rica para com ele me presentear." E nisso a víbora de novo se lançou em torno de seu pescoço e lambeu-lhe a ferida.

Quando Zaratustra narrou-o a seus discípulos, eles perguntaram: "ó Zaratustra, qual é a moral de tua história?". Zaratustra respondeu assim:

"De aniquilador da moral me chamam os bons e os justos: minha história é imoral.

Se vós tendes um inimigo, não lhe pagueis mal com bem: pois isso o envergonharia. Mas demonstrai que ele vos fez algo de bom.

E é preferível que vos zangueis a humilhar o outro! E se vos maldisserem, não me agrada que desejeis bendizer. É preferível maldizer um pouco!

E se cometeram contra vós uma grande injustiça, cometei, rápido, cinco pequenas! Abominável é ver alguém ser o único oprimido pela justiça.

Sabíeis disso já? Injustiça partilhada é meia justiça. E só deve tomar injustiça para si quem a pode carregar!

Uma vingança pequena é mais humana do que nenhuma vingança. E se o castigo não é também um direito e uma honra para o infrator, tampouco me apraz vosso castigo.

Mais nobre é assumir o erro a se dar razão, sobretudo quando se tem razão. Mas para tal é preciso ser suficientemente rico.

Não me agrada a vossa injustiça fria; e pelos olhos de vosso juiz observam-me sempre o carrasco e seu frio cutelo.

Dizei, onde se acha a justiça, que tem amor com olhos de ver?

Inventai, pois, o amor que traz em si não apenas todo o castigo, mas também toda a culpa!

Inventai, pois, a justiça que absolve todos, exceto os que julgam!

Quereis ouvir ainda outra coisa? Naquele que deseja ser radicalmente justo até mesmo a mentira se converte em amabilidade para com os homens.

Mas como eu quereria ser radicalmente justo! Como posso eu dar a cada qual o que é seu! Isto para mim é o suficiente: dou a cada qual o meu.

Por fim, meus irmãos, guardai-vos de ser injustos com os eremitas! Como poderia um eremita esquecer! Como poderia ele ressarcir!

Como um poço profundo é um eremita. É fácil lançar-lhe uma pedra; mas, tão logo ela chega ao fundo, dizei, quem desejará atirá-la de novo?

Guardai-vos de ofender um eremita! Mas se o fizestes, pois matai-o também!".

Assim falou Zaratustra.

DO FILHO E DO CASAMENTO

Tenho uma pergunta para ti somente, meu irmão: como um prumo lanço essa pergunta em tua alma, para saber o quanto é profunda.

Tu és jovem e desejo a ti filhos e casamento. Mas eu te pergunto: és um homem que *pode* desejar um filho?

És tu o vitorioso, o dominador de si, o dono dos sentidos, o senhor de tuas virtudes? Assim pergunto a ti.

Ou falam em teu desejo o animal e a necessidade? Ou a solidão? Ou a insatisfação contigo?

Quero que tua vitória e tua liberdade anseiem por um filho. Monumentos vivos deves erigir à tua vitória e à tua libertação.

Por sobre ti deves construir. Porém antes a ti mesmo tens de estar construído, em quadrado de corpo e alma.

Não só para a frente deves te propagar, mas para o alto! Que a isso te auxilie o jardim do casamento!

Um corpo mais elevado deves criar, um primeiro movimento, uma roda a girar por si mesma – um criador deves criar.

Casamento: assim chamo a vontade a dois, de criar *um* que seja mais que aqueles que o criaram. De respeito recíproco chamo o casamento, entre os desejosos de tal vontade.

Que esse seja o sentido e a verdade de teu casamento. Mas o que chamam de casamento esses demasiados, esses supérfluos – enfim, como o chamou eu?

Ah, essa pobreza de alma entre dois! Ah, essa sujeira de alma entre dois! Ah, essa atitude lamentável entre dois!

Casamento chamam eles a tudo isso; e eles dizem, seu casamento foi celebrado no céu.

Ora, a mim não agrada esse céu de supérfluos! Não, não me agradam esses animais devorados em ninho celestial!

Que se mantenha longe de mim também o deus que se acerca claudicando para abençoar o que ele não uniu!

Não te rias desses casamentos! Qual filho não teria motivo de chorar sobre seus pais?

Digno parecia a mim esse homem, e maduro para o sentido da Terra: mas quando vi sua mulher, o casamento me pareceu uma casa de insensatos.

Sim, eu desejaria que a terra tremesse em convulsões quando um santo e uma gansa se emparelham.

Este saiu como um herói em busca de verdades e por fim trouxe como butim uma pequena mentira asseada. Chama a isso de seu casamento.

Aquele foi arisco em suas relações e seletivo selecionador. Mas uma única vez deteriorou sua companhia para sempre: a isso chama de seu casamento.

Aquele procurava uma serva com as virtudes de um anjo. De uma só vez, porém, converteu-se em servo de uma mulher, e agora seria necessário, ainda por cima, converter-se em anjo.

Cautelosos achei agora todos os compradores, e todos com olhos astutos. Mas é às cegas que mesmo o mais astuto compra a sua mulher.

Muitas breves tolices – isso entre vós significa amor. E vosso casamento põe fim a muitas breves tolices, como *uma só* e prolongada estupidez.

Nosso amor à mulher e o amor da mulher ao homem: ah, quisera fosse paixão por deuses sofredores e encobertos! Mas o mais das vezes dois animais se adivinham um ao outro.

Porém mesmo vosso melhor amor não é mais que um símbolo extasiado e um doloroso fervor. Uma tocha ele é, que deveria vos iluminar os mais elevados caminhos.

Por sobre vós próprios devei amar alguma vez! Então, primeiramente aprendei *a amar*! E para tanto tereis de beber o cálice amargo de vosso amor.

Há amargura no cálice do melhor amor: produzi então o anseio pelo além-do-homem, produz em ti a sede, criador!

Sede do criador seta e anseio para o além-do-homem: fala, meu irmão, será isso a tua vontade de casamento?

Santos são para mim tal vontade e tal casamento.

Assim falou Zaratustra.

DA MORTE LIVRE

Muitos morrem tarde demais, e alguns morrem por demais cedo. E ainda soa estranha a doutrina: "morra no tempo certo!".

Morra no tempo certo: assim ensina Zaratustra.

Sem dúvida, quem nunca vive no tempo certo, como deveria ele morrer no tempo certo? Quisera jamais ter nascido! Assim aconselho aos supérfluos.

Mas também os supérfluos ainda se dão importância com sua morte, e também a noz mais vazia deseja ser quebrada.

Todos dão importância ao morrer: mas a morte ainda não é uma festa. Os homens ainda não aprenderam como se celebram as mais belas festas.

A morte consumadora eu vos mostrarei, ela que para os vivos se faz um aguilhão e uma promessa.

De sua morte morre o homem consumador, vitorioso, rodeado dos que esperam e prometem.

Assim se deveria aprender a morrer: e não deveria haver festa em que tal moribundo não consagrasse os juramentos dos vivos!

Morrer é, com isso, o melhor; mas o segundo é: morrer em luta e esbanjar uma grande alma.

Porém tanto ao combatente quanto ao vitorioso se faz odiosa a sua morte sorridente, que furtivamente se esquiva para dentro feito um ladrão – e não obstante ela vem como senhor.

Da minha morte, eu vos faço o louvor, da morte livre, que vem a mim, porque *eu* quero.

E quando quererei? Quem tem um alvo e um herdeiro, este deseja a morte no tempo certo para alvo e herdeiro.

E por respeito perante o alvo e o herdeiro não mais farás pender coroas secas no santuário da vida.

Em verdade não quero assemelhar-me aos cordeiros: estes puxam seus fios na extensão e com isso vão sempre para trás.

Há também os que ficam demasiado velhos para suas verdades e vitórias; uma boca sem dentes já não tem direito a todas as verdades.

E no devido tempo todo aquele desejo de fama deve se despedir das honras e exercer a difícil arte de, no tempo certo, ir-se embora.

É preciso cessar de se deixar comer quando se está mais saboroso: isso sabem os que desejam ser amados por muito tempo.

Maçãs ácidas há, por certo, cuja sina deseja esperar até o último dia do outono: ao mesmo tempo se fazem maduras, amarelas e rugosas.

Em uns envelhece primeiro o coração, em outros, o espírito. E alguns são idosos na juventude: mas uma juventude tardia mantém jovem por muito tempo.

Para não poucos a vida se malogra: um peçonhento verme lhes devora o coração. Cuidem, pois, para que a morte vos seja bem lograda.

Alguns não chegam jamais a estar doces e apodrecem já no verão. A covardia é o que lhes mantém em seu galho.

Demasiados são os que vivem e por muito tempo fazem pender seus galhos. Quisera viesse um temporal, a balançar todos esses pútridos e carcomidos por vermes!

Quisera viessem predicadores da morte *rápida*! Para mim seriam as tempestades oportunas a sacudir as árvores da vida. Mas ouço pregar tão somente a morte lenta e a paciência para com todos os "terrenos".

Ah, vós pregais paciência para com os terrenos? É esse terreno que tem excessiva paciência para convosco, vós blasfemadores!

Em verdade, cedo demais morreu aquele hebreu a que honram os pregadores da morte lenta: e para muitos se tornou desde então uma fatalidade ter ele morrido tão cedo.

Ainda conhecia ele apenas lágrimas e a melancolia dos hebreus, junto com o ódio dos bons e justos – o hebreu Jesus: então lhe acometeu a ânsia pela morte.

Quisera tivesse ficado no deserto e longe dos bons e justos! Talvez tivesse aprendido a viver e aprendido a amar a terra – e também o riso!

Acreditai-me, meus irmãos! Ele morreu cedo demais; ele próprio teria renunciado a sua doutrina, tivesse chegado à minha idade! Nobre o bastante ele era para se retratar!

Mas imaturo ele era ainda. Imaturamente ama o jovem e imaturamente odeia ele também o homem e a terra. Ainda tem atados e pesados o ânimo e as asas do espírito.

Mas no homem há mais criança do que no jovem, e menos melancolia: ele entende melhor de morte e de vida.

Livre para a morte e livre na morte, um santo que diz não, quando já não é tempo de dizer sim: assim é como ele entende de morte e de vida.

Que vosso morrer não seja uma blasfêmia contra o homem e a terra, meus amigos: isso eu vos peço ao mel de vossa alma.

Em vosso morrer devem seguir brilhando vosso espírito e vossa virtude, tal qual um pôr do sol em torno à Terra: ou então o morrer vos terá sido malogrado.

Assim desejo eu próprio morrer, para que vós, por mim, ameis mais a terra; e à terra quero de novo tornar, para que tenha paz naquela que me deu à luz.

Em verdade, um fito detinha Zaratustra, lançou sua bola: agora só vós, amigos, herdeiros de meu fito, a vós lanço a bola de ouro.

Mais do que tudo prefiro ver-vos lançar a bola de ouro! E com isso demoro ainda um pouco na terra: perdoai-me!

Assim falou Zaratustra.

DA VIRTUDE DADIVOSA

1

Quando Zaratustra se despediu da cidade que seu coração amava e cujo nome era "A Vaca Pintalgada", seguiram-no muitos que se designavam seus discípulos e lhe faziam companhia. E então chegaram a uma encruzilhada: ali Zaratustra lhes disse que doravante queria seguir sozinho; pois era amigo do seguir sozinho. Seus discípulos, porém, como forma de despedida, entregaram-lhe um bastão, em cujo cabo de ouro anelava-se uma serpente em torno do Sol. Zaratustra alegrou-se do bastão e escorou-se nele; então falou aos discípulos:

Dizei-me, pois: como chegou o ouro a ser o valor mais elevado? Por ser raro e inútil e reluzente e suave em seu brilho; ele sempre se presenteia.

Só mesmo como imagem da mais elevada virtude pode o ouro se converter em valor mais elevado. Igual a ouro reluz o olhar do dadivoso. O brilho do ouro celebra a paz entre luz e Sol.

Incomum é a mais elevada virtude, e inútil, reluzente ela é, e suave em seu brilho: uma virtude dadivosa é a mais elevada virtude.

Em verdade, eu vos percebo, meus discípulos: assim como eu, vós aspirais pela virtude dadivosa. O que teríeis vós em comum com gatos e lobos?

Esta é a vossa sede: de vós próprios se converterem em sacrifícios e presentes; por essa razão tendes sede de acumular todas as riquezas em vossas almas.

Insaciável, aspira a vossa alma a tesouros e joias, pois insaciável é vossa virtude na vontade de presentear.

Forçais todas as coisas a ir a vós e a estar em vós, para que tornem a fluir de vosso manancial como os dons de vosso amor.

Em verdade, tem de se converter em ladrão de todos os valores tal amor dadivoso; mas a esse egoísmo eu chamo são e sagrado.

Existe outro egoísmo, demasiado pobre, um egoísmo faminto, que sempre deseja furtar, aquele egoísmo dos enfermos, o egoísmo enfermo.

Com os olhos do dragão contempla ele tudo o que reluz; com a avidez da fome, mede os que têm comida farta; e sempre desliza, insidioso, em torno à mesa dos dadivosos.

Doença é o que fala por tal cobiça, e degeneração invisível; e desse corpo enfermo fala a cobiça gatuna desse egoísmo.

Dizei-me, meus irmãos: o que é para vós o mal e o pior? Não será a *degenerescência*? E degeneração sempre adivinhamos ali onde falta a alma dadivosa.

Para cima vai nosso caminho, da espécie ascende-se para a além-espécie. Mas horroriza-nos o sentido degenerado, que diz: "tudo é para mim".

Para cima voa o nosso sentido: desse modo é ele um símbolo de nosso corpo, símbolo de uma elevação. Tais símbolos de elevação são os nomes das virtudes.

É assim que o corpo atravessa a história, como algo que se torna e que luta. E o espírito – o que é ele para o corpo? Arauto, companheiro e eco de suas lutas e vitórias.

Símbolos são todos os nomes de bem e mal: não se expressam, somente acenam. Tolo é aquele que deles deseja saber!

Prestai atenção, meus irmãos, a todas as horas em que vosso espírito quer falar em símbolos: ali está a origem de vossa virtude.

Elevado está o vosso corpo, e ressuscitado: com seus deleites ele encanta o espírito, para que se converta em criador e apreciador e amante e benfeitor de todas as coisas.

Quando eferversce vosso coração, amplo e cheio, feito um rio, uma bendição e um perigo se têm para os que habitam a sua orla: ali está a origem de vossa virtude.

Quando vos elevais por sobre o louvor e a censura, e vossa vontade quiser dar ordens a todas as coisas, como vontade amorosa: ali está a origem de vossa virtude.

Quando desprezais o agradável e o leito macio, e não podeis recostar-se longe o bastante dos molóides: ali está a origem de vossa virtude.

Quando sois animados por *uma única* vontade, e essa viragem de toda necessidade chama-se para vós necessidade: ali está a origem de vossa virtude.

Em verdade, é ela um novo bem e mal! Em verdade, um novo e profundo murmúrio e a voz de um novo manancial!

Poder ela é, esta nova virtude; um pensamento dominante ela é, e em torno dela uma alma sagaz: um sol de ouro e em torno dele a serpente do conhecimento.

2

A esse ponto se calou Zaratustra um instante e olhou amorosamente seus discípulos. E então continuou a falar assim: e sua voz havia se transformado.

Permanecei fiéis à terra, meus irmãos, como o poder de vossa virtude! Vosso dadivoso amor e vosso conhecimento servem ao sentido da terra! Isso eu vos peço e vos conjuro.

Não os deixeis voar para longe das coisas terrenas e bater com as asas contra paredes eternas! Ah, sempre houve tanta virtude dissipada!

Conduzi de novo à terra, como faço eu, a virtude extraviada – sim, de novo ao corpo e à vida: para que dê à terra seu sentido, um sentido humano!

Centenas de vezes até agora se dissipou e se extraviou o espírito, como a virtude. Ah, em nosso corpo habita agora todo esse delírio e engano: nele se tornaram corpo e vontade.

Centenas de vezes até agora se equivocou e se extraviou o espírito, como a virtude. Sim, o homem foi um ensaio. Ah, em muita ignorância e erro se nos converteu o corpo!

Não apenas a razão de milênios – também sua loucura irrompe em nós. Perigoso é ser herdeiro.

Ainda lutamos passo a passo com o gigante acaso, e sobre a inteira humanidade dominou até agora o absurdo, o sem-sentido.

Que vosso espírito e vossa virtude sirvam ao sentido da terra, meus irmãos: e que o valor de todas as coisas seja de novo estabelecido por vós! Por isso deveis ser lutadores! Por isso deveis ser criadores!

Pelo saber purifica-se o corpo; por ensaios com o saber ele se eleva; ao homem do conhecimento todos os impulsos se santificam; ao homem que se elevou, a alma torna-se alegre.

Médico, ajuda-te a ti mesmo: assim ajudas ainda o teu enfermo. Que para ele a melhor ajuda seja ver com seus próprios olhos quem a si mesmo se cura.

Mil caminhos existem que ainda jamais percorridos; mil saúdes e ocultas ilhas de vida. Não esgotado nem descoberto é sempre ainda o homem e a terra do homem.

Vigiai e escutai, vós solitários! Do futuro chegam ventos com um furtivo bater de asas; e pronunciam boa nova a ouvidos delicados.

Vós, solitários de hoje, segregados, um dia sereis um povo: de vós, vós que a vós próprios vos elegestes, deve um dia surgir um povo eleito: e dele, o além-do-homem.

Em verdade, um lugar de convalescença deve ainda se tornar a terra! E em torno dela já paira um novo aroma, a trazer a sanidade – e uma nova esperança!

3

Ao que proferiu essas palavras, Zaratustra calou como alguém que não tivesse dito a sua última; por muito tempo sopesou, duvidando, bastão na mão. Por fim falou assim: e sua voz se transformara.

Sozinho me vou, discípulos meus! Também vós ide agora sozinhos! Assim o desejo.

Em verdade eu vos aconselho: tomai distância de mim e guardai-vos de Zaratustra! E melhor ainda: avergonhai-vos dele! Talvez vos tenha enganado.

O homem do conhecimento tem de não apenas amar seus inimigos, mas também poder odiar seus amigos.

Retribui-se mal a um mestre quando se permanece sempre discípulo. E por que não desejais depenar minha coroa?

Vós me venerais; mas e se algum dia vossa veneração vier a cair? Guardai-vos para não ser esmagados por uma estátua!

Dizeis crer em Zaratustra? Mas o que importa Zaratustra? Vós sois meus crentes: mas que importam todos os crentes?

Ainda não haveis buscado a vós mesmos: então me encontrastes. Assim fazem todos os crentes: por isso tão pouco valem todas as crenças.

Agora vos ordeno que me perdei e vos encontrai; e só mesmo quando todos me tiverem negado, retornarei a vós.

Em verdade, com vossos olhos, meus irmãos, eu então buscarei meus perdidos; com outro amor eu então os amarei.

E algum dia haveis de ser meus amigos e filhos de *uma única* esperança: pois desejo pela terceira vez estar entre vós, para convosco celebrar o grande meio-dia.

E este é o grande meio-dia, quando o homem se encontra no meio do caminho entre animal e além-do-homem, a celebrar sua via para o entardecer como sua mais elevada esperança: pois este é o caminho para um novo amanhã.

O que declina então a si mesmo se abençoará, por ser um dos que passam ao outro lado; e o sol de seu conhecimento se lhe manterá ao meio-dia.

"*Mortos estão todos os deuses; agora queremos que viva o além-do-homem.*" – que esta seja alguma vez, ao meio-dia, nossa última vontade!

Assim falou Zaratustra.

SEGUNDA PARTE

E só mesmo quando todos me tiverem negado, retornarei a vós.

Em verdade, com vossos olhos, meus irmãos, eu então buscarei meus perdidos; com outro amor eu então os amarei.

Zaratustra, "Da virtude dadivosa" (I, p. 81)

A CRIANÇA COM O ESPELHO

Em seguida, Zaratustra retornou à montanha e à solidão de sua caverna, furtando-se aos homens: pôs-se a aguardar, tal como um semeador que lançou suas sementes. Mas sua alma estava plena de impaciência e de desejos por aqueles a quem amava: pois ainda tinha tanto a lhes dar. Isto é bem o mais difícil, cerrar por amor a mão aberta e, como dadivoso, guardar o pudor.

Assim transcorreram luas e anos para o solitário; mas sua sabedoria crescia e lhe fazia sofrer com sua abundância.

Certa manhã, porém, despertou antes da aurora, refletiu longamente em seu leito e por fim falou a seu coração:

"Mas o que tanto me assustou em meu sonho que me fez despertar? Não se aproximou de mim uma criança trazendo consigo um espelho?

'Ó Zaratustra', disse a mim a criança, 'olha-te no espelho!'

Mas ao que olhei no espelho, soltei um grito, alvoroçou-se meu coração: pois não a mim mesmo ali eu via, mas a careta e o sardônico riso de um demônio.

Em verdade, bem demais compreendo o sinal e a advertência do sonho: minha *doutrina* está em perigo, a cizânia quer se chamar sabedoria!

Meus inimigos se fizeram poderosos e deformaram a imagem de minha doutrina, e com isso os meus mais queridos tiveram de se avexar dos dons que por mim lhes foram dados.

Perdidos me estão meus amigos; chegada me é a hora de buscar meus perdidos!".

Com essas palavras ergue-se Zaratustra de um salto, mas não como um angustiado à procura de ar, e mais como um vidente e um cantor de quem acomete o espírito. Olharam-lhe surpresos a águia e a serpente: pois semelhante à aurora, seu semblante irradiava uma felicidade iminente.

"Que me sucedeu, ora, meus animais?", disse Zaratustra. "Não estou transformado? Não me sobreveio a bem-aventurança feito um vento de tempestade?

Néscia é a minha felicidade, e como néscia falará: por demais jovem ainda é – tende paciência com ela!

Ferido estou por minha felicidade: que todos os que sofrem me sejam médicos!

A meus amigos devo de novo descer, e também a meus inimigos! Zaratustra deve novamente falar e enviar e presentear e fazer o melhor aos que mais ama!

Meu amor impaciente transborda em rios, a descer para levante e poente. De silenciosas montanhas e tempestades de dor desce rumorejante a minha alma aos vales.

Por muito tempo tenho ansiado e contemplado a distância. Por muito tempo tenho pertencido à solidão: de modo que desaprendi o calar.

Em boca me transformei por completo, e em bramido de riacho a cair de encostas elevadas: quero lançar minhas palavras abaixo, aos vales.

Possa a minha torrente de amor precipitar-se em solo intransitável! Como não poderia enfim uma torrente encaminhar-se para o mar!

Por certo que há em mim um lago, um lago eremita, que a si mesmo se basta; mas minha torrente de amor arrasta-o para baixo consigo – para o mar!

Novos caminhos eu percorro, um novo discurso vem a mim; cansado fiquei, como todos os criadores das antigas línguas. Tampouco deseja meu espírito caminhar sobre solas gastas.

Lentos demais correm a mim todos os discursos: em teu carro vou pular, tempestade! Também a ti ainda quero fustigar com minha maldade!

Como um grito e um grito de regozijo quero correr sobre amplos mares, até achar as ilhas bem-aventuradas, onde residem meus amigos.

E meus inimigos entre eles! Como amo todo aquele a quem posso falar agora! Também meus inimigos são parte de minha ventura.

E quando quero montar meu cavalo selvagem, minha lança é sempre de maior valia: é o estribeiro de meu pé, e sempre às ordens.

A lança que contra meus inimigos eu arremesso! Como sou grato a meus inimigos, que eu por fim a possa lhes arremessar!

Grande demais era a tensão de minha nuvem: entre gargalhadas de raios quero lançar granizos às profundezas.

Poderoso então se inflará o meu peito, poderoso ele soprará sua tempestade por sobre os montes: desse modo lhe vem seu alívio.

Em verdade, feito uma tempestade chegam minha felicidade e minha liberdade! Mas meus inimigos devem crer que *o maligno* enfurece sobre suas cabeças.

Sim, também vós, meus amigos, ficareis assustados com minha selvagem sabedoria; e possivelmente fujais dela junto com meus inimigos.

Ah, se eu soubesse atraí-los de volta com flautas pastoris! Ah, se eu soubesse ternamente bramir minha leoa sabedoria! E muito aprendemos uns com os outros!

Minha selvagem sabedoria fez-se prenhe de montes solitários; sobre ásperos rochedos deu à luz a sua nova, última cria.

E agora corre ensandecida por árduos desertos, a procurar e procurar pelas relvas macias – minha antiga selvagem sabedoria!

Nas relvas macias de vossos corações, meus amigos! Em vosso amor ela gostaria de recostar o que lhe é o mais querido!".

Assim falou Zaratustra.

NAS ILHAS BEM-AVENTURADAS

Os figos caem das árvores, e são bons e doces; tão logo caem, rasga-se sua pele vermelha. Um vento do norte sou para figos maduros.

Assim, meus amigos, iguais a figos caem para vós estes ensinamentos: bebei então o seu sumo e a sua carne doce! O outono ao redor é céu puro e sol da tarde.

Vede, quanta abundância à nossa volta! E é belo o mirar da superabundância a mares ao longe.

Outrora dizia deus quando se olhava mares ao longe; mas agora eu vos ensinei a dizer: além-do-homem.

Deus é uma conjectura; mas eu desejo que vossa conjectura não vá mais longe que vossa vontade criadora.

Poderíeis vós *criar* um deus? Pois então calai-vos sobre todos os deuses! Mas o além-do-homem, poderíeis bem criá-lo.

Talvez não vós em pessoa, meus irmãos! Mas poderíeis vos transformar em pais e antepassados do além-do-homem: que seja essa vossa melhor criação!

Deus é uma conjectura: mas eu desejo que vossa conjectura mantenha-se nos limites do pensável.

Poderíeis *pensar* um deus? Porém isso vos significa desejo de verdade, de que tudo se transforme em algo pensável ao homem, visível ao homem, sensível ao homem! Vossos próprios sentidos devei pensar até o fim!

E ao que haveis dado o nome de mundo, esse deve primeiro ser criado por vós: vossa razão, vossa imagem, vossa vontade, vosso amor devem se tornar! E em verdade, para vossa bem-aventurança, homens de conhecimento!

E como queríeis suportar a vida sem essa esperança, homens do conhecimento? Nem no inconcebível, tampouco no irracional poderíeis haver nascido.

Mas para de todo vos revelar meu coração a vós, amigos: *se* houvesse deuses, como suportaríeis não ser deus nenhum?! *Portanto*, não existem deuses.

Eu bem tirei a conclusão; agora, porém, ela me tira.

Deus é uma conjectura: mas quem beberia todo o tormento dessa presunção sem morrer? Ao criador deve-lhe ser tomada a fé, e à águia o pairar em aquilinas distâncias?

Deus é um pensamento que faz torto o que é reto, e que faz girar o que está parado. Como? Estaria abolido o tempo, e seria mentira todo o passado?

Pensá-lo é redemoinho e vertigem a ossos humanos, e ao estômago, ainda, é um vômito: em verdade, do padecimento de vertigens chamo tal presunção.

De maus e anti-humanos chamo a todos esses ensinamentos do uno e do pleno e do imóvel e saciado e do imperecível!

Todo o imperecível – isso é apenas um símile! E os poetas mentem demasiado.

Mas de tempo e devires devem falar os melhores símiles: um louvor devem eles ser e uma justificação de todo o passado!

Criar – esta é a grande redenção do sofrimento, e o que torna mais leve a vida. Mas para que o criador exista, para tanto são necessários sofrimento e muita transformação.

Sim, muitos amargos morreres têm de haver em vossa vida, vós criadores! Assim, sede vós intercessores e justificadores de todo o transitório.

Para que o próprio criador seja a criança, para que ela volte a nascer, para tanto ele deve querer ser a parturiente e a dor da parturiente.

Em verdade, por meio de cem almas percorro meu caminho e por meio de cem berços e cem dores do parto. Mais de uma vez me despedi, e conheço as dilacerantes horas derradeiras.

Mas assim o quer minha vontade criadora, meu destino. Ou, dizendo-vos com mais honestidade: precisamente tal destino deseja a minha vontade.

Todo o sensível em mim padece e se encontra em prisões: porém meu querer me chega sempre como meu libertador e portador de alegria.

Querer liberta: esse é o verdadeiro ensinamento da vontade de liberdade – assim também vos ensina Zaratustra.

Não-mais-querer e não-mais-estimar e não-mais-criar! Ah, que esse grande cansaço se mantenha sempre longe de mim!

Também no conhecer sinto apenas o prazer de minha vontade de gerar e vir-a-ser: e se há inocência em meu conhecimento, isso acontece porque há vontade de gerar.

Para longe de Deus e dos deuses me atraiu essa vontade; o que então haveria para criar – se houvesse deuses?!

Mas para o homem impele-me sempre de novo minha ardente vontade de criar: assim se sente impelido o martelo para a pedra.

Ah, homens, na pedra dorme para mim uma imagem, a imagem de minhas imagens! Ah, que ela tenha de dormir na pedra mais dura, na pedra mais feia!

Agora, contra a prisão meu martelo se enfurece com crueza. Da pedra se expelem estilhaços: que me importa?

Eu o desejo consumar: pois uma sombra chegou a mim – a mais silenciosa e mais leve de todas as coisas chegou a mim!

A beleza do além-do-homem chegou-me feito sombra. Ah, meus irmãos! Que me importam os deuses?

Assim falou Zaratustra.

DOS COMPASSIVOS

Meus amigos, palavras de escárnio chegaram ao vosso amigo: "Olhai só Zaratustra! Não estará ele a vagar entre nós como entre animais?".

Porém assim diriam melhor: "Quem conhece caminha entre os homens *como* entre animais".

Mas para o que busca o conhecimento o próprio homem se chama: o animal que tem faces vermelhas.

Como lhe aconteceu isso? Não será porque teve de se envergonhar tantas vezes?

Ó meus amigos! Assim fala o que busca o conhecimento: vergonha, vergonha, vergonha – essa é a história do homem!

E por isso o nobre impõe a si não se envergonhar: impõe a si a vergonha perante todos os que sofrem.

Em verdade, não gosto deles, dos misericordiosos, que se bem-aventuram em sua compaixão: é frequente lhes faltar o pudor.

Se compassivo hei de ser, não quero que assim me chamem; e se o sou, de bom grado o serei de longe.

De bom grado escondo também a cabeça e fujo dali, antes de ser reconhecido: e assim mando que façais vós, meus amigos!

Queira o destino pôr sempre em meu caminho gente que não sofre, feito vós, e gente com quem se *possa* ter em comum a esperança, a refeição e o mel!

Em verdade já fiz isso e aquilo pelos que sofrem: mas pareceu-me sempre fazer o melhor quando aprendia a me alegrar melhor.

Desde que há homens, alegrou-se o homem pouco demais: só mesmo isso, meus irmãos, é nosso pecado original!

E se aprendermos a melhor nos alegrar, melhor desaprenderemos a fazer sofrer o outro e a inventar sofrimentos.

Por isso eu lavo a mão que auxiliou o que sofre, por isso eu limpo até mesmo a alma.

Pois tendo visto o sofredor a sofrer, envergonhei-me de querer a sua vergonha: e ao que o ajudei, duramente atentei a meu orgulho.

Grandes comprometimentos não geram gratidão, e sim a vingança; e se não é esquecido o pequeno benefício, daí ainda se torna um verme roedor.

"Sede esquivo ao aceitar! Distingui-vos por isso, que aceitais!", assim aconselho aos que nada têm a presentear.

Agora eu sou um dadivoso: de bom grado eu presenteio, como amigo dos amigos. Que estranhos e pobres, porém, colham eles próprios os frutos de minha árvore: isso envergonha menos.

Mas aos mendigos se deveria aniquilar de todo! Em verdade, irrita lhes dar alguma coisa, como irrita não lhes dar.

E ao mesmo tempo os pecadores e as consciências malignas! Acreditem-me, meus amigos: as mordidas de consciência ensinam a morder.

Mas o pior são os pequenos pensamentos. Em verdade, melhor ainda seria fazer com maldade a pensar com mesquinhez!

Com efeito, dizeis: "o prazer nas pequenas maldades nos poupa de várias grandes ações más". Mas aqui não se deveria querer poupar.

Feito um abscesso é a má ação: ela coça e irrita e rebenta – ela fala honestamente.

"Vede, eu sou a doença", assim fala a má ação; essa é a sua honestidade.

Mas tal como o fungo é o pensamento mesquinho: ele se arrasta e se agacha, querendo não estar em parte alguma – até que o corpo inteiro se faça apodrecido e murcho de pequenos fungos.

Àquele, porém, que está possuído pelo demônio, digo a ele uma palavra no ouvido: "tanto melhor, fazes crescer a teu demônio! Também para ti há ainda um caminho da grandeza!".

Ah, meus irmãos! De cada qual se sabe algo de mais! E muitos se nos tornam transparentes, mas por isso já de há muito não os podemos penetrar.

É difícil viver com homens, pois calar é tão difícil.

E não somos mais iníquos com aquele que nos repugna, mas contra aquele que não nos ataca de modo algum.

Se tens, porém, um amigo que sofre, que seu sofrimento seja um lugar de descanso, e ao mesmo tempo um leito duro, uma cama de campanha: assim tu lhe serás mais útil.

E se um amigo te faz o mal, fala então: "eu te perdoo o que me fazes; mas que tu o faças *a ti*, como isso eu poderia perdoar?!".

Assim fala todo o grande amor: supera até mesmo perdão e compaixão.

É preciso deter o próprio coração: se o deixa ir, de pronto vai com ele também a cabeça!

Ah, onde no mundo se deram tolices maiores que entre os compassivos? E que coisa no mundo instaurou mais sofrimento que as tolices dos compassivos?

Ai de todos os que amam, que ainda não têm altura que esteja por cima de sua compaixão!

Assim certa vez me falou o demônio: "Também Deus tem seu inferno: é seu amor aos homens".

E há pouco o ouvi dizer estas palavras: "Deus está morto; desfaleceu de sua paixão pelos homens".

Estais, pois, prevenidos da compaixão: *pois dela* ainda chega aos homens uma nuvem pesada! Em verdade, eu entendo os sinais do tempo!

Recordai, porém, também destas palavras: todo grande amor está ainda acima de toda a sua compaixão, pois ao amado ele quer ainda criar!

"A mim mesmo ofereço o meu amor, *e a meu próximo como a mim*", assim reza o discurso de todos os criadores.

Mas todos os criadores são duros.

Assim falou Zaratustra.

DOS SACERDOTES

E certa vez Zaratustra fez um sinal aos discípulos e lhes falou estas palavras:

"Aqui há sacerdotes: e por mais que sejam também meus amigos, passei silenciosamente diante deles e com espada adormecida!

Também entre eles se tem heróis. Muitos dentre eles padeceram demais: por isso, querem fazer sofrer a outros.

Inimigos malignos eles são: nada é mais vingativo do que sua humildade. E facilmente se macula quem o ataca.

Porém meu sangue é aparentado ao seu; e quero que meu sangue se saiba honrado mesmo no deles".

E após terem passado, Zaratustra foi acometido de dor; e não muito havia ele lutado com ela, ergueu-se a falar assim:

"Lamento por esses sacerdotes. E ademais me vão contra o gosto; mas isso me é o de menos, desde que estou entre os homens.

Mas eu sofro e padeço com eles: prisioneiros são para mim, e estão marcados. Aquele a quem chamam de Redentor lhes pôs em grilhões:

Em grilhões de falsos valores e palavras ilusórias! Ah, se alguém os redimisse de seu Redentor!

Ao que o mar os arrastou, em uma ilha acreditaram aportar; mas vede, era um monstro adormecido!

Falsos valores e palavras ilusórias: são os piores monstros para os mortais – por longo tempo dormir e neles esperar a fatalidade.

Mas por fim chega e vigia e devora e traga os que sobre ela erigiu choupanas.

Oh, então contemplai essas choupanas que esses sacerdotes erigiram! 'Igrejas' é como eles chamam a suas cavernas de doce fragrância.

Oh, essa falseada luz, esse ar cheirando a mofo! Aqui, onde a alma, para alçar-se às alturas, não tem o direito de voar!

E sua fé, ao contrário, assim ordena: 'De joelhos, subi a escada, pecadores!'.

Em verdade, prefiro ainda ver os despudorados aos olhos revirados de seu pudor e devoção!

Quem criou para si tais cavernas e escadas de penitência? Não foram os tais que se queriam ocultar e sentiam vergonha ante o puro céu?

E só mesmo quando o puro céu olhar de novo através dos tetos destruídos, e chegar à relva e à rubra papoula junto aos muros quebrados, só então quero de novo dirigir meu coração às moradas desse deus.

Chamaram Deus ao que os contradizia e provocava dor: e na verdade, muito de heroico havia em sua adoração.

E de outra maneira não souberam amar a seu deus que não o pregando na cruz!

Como cadáver pensaram viver, de preto revestiram seu cadáver; também em seus discursos cheiro ainda os odores ruins das câmaras dos mortos.

E aquele que vive perto deles vive perto de lagoas negras, das quais canta o sapo sua canção com doce profundidade.

Melhores canções teriam de me cantar para que eu aprendesse a crer em seu redentor: redimidos teriam de me parecer seus discípulos!

Desnudos eu quisera vê-los: pois só assim deveria a beleza pregar a penitência. Mas a quem convence essa tribulação encapuzada?

Em verdade, seus próprios redentores não vieram da liberdade e da liberdade do sétimo céu! Em verdade, eles próprios jamais caminharam sobre o tapete do conhecimento!

De brechas se compunha o espírito desses redentores; mas em cada brecha tinham colocado sua *ilusão*, seu tapa-buracos a quem chamaram Deus.

Em sua compaixão se afogara seu espírito, e se se inchavam e transbordavam de compaixão, à superfície vinha sempre flutuar uma grande estultice.

Com avidez, e aos gritos, impeliam seu rebanho por sua estreita ponte: como se para o futuro houvesse *uma única* ponte! Em verdade, também esses pastores estão entre as ovelhas!

Espíritos pequenos e almas portentosas tinham esses pastores: mas, meus irmãos, quão exíguos territórios foram até agora as almas portentosas!

Sinais de sangue escreveram no caminho percorrido, e sua estultice ensinava que com sangue se comprova a verdade.

Porém o sangue é a pior testemunha da verdade: o sangue envenena mesmo o mais puro ensinamento, a convertê-lo em ilusão e ódio do coração.

Se alguém por seu ensinamento atravessa uma fogueira, o que isso comprova? Mais vale, em verdade, o próprio ensinamento vir do próprio incêndio!

Coração abafado e cabeça fria: quando coincidem, surge daí o vento impetuoso, o 'redentor'.

Homens maiores em verdade tem havido, e de nascimento mais alto que os desses a quem o povo chama de redentor, esses tufões arrebatadores!

E por homens ainda maiores do que todo o redentor tereis de ser redimidos, meus irmãos, se quiserdes encontrar o caminho da liberdade!

Nunca houve ainda um além-do-homem. Nus eu via a ambos, o maior dos homens e o menor:

Por demais semelhantes são eles entre si. Em verdade, também o maior eu achei – demasiado humano!".

Assim falou Zaratustra.

DOS VIRTUOSOS

Com trovões e celestiais fogos de artifício deve-se falar de sentidos flácidos e adormecidos. Mas a voz da beleza fala mansamente: apenas se insinua nas almas despertas.

Suavemente estremeceu e riu hoje o meu escudo; essa é a beleza do sagrado rir e estremecer.

De vós, virtuosos, ri-se hoje a minha beleza! E assim vem a mim a sua voz: "querem ademais – ser pagos!".

Quereis ainda ser pagos, vós virtuosos! Quereis ter recompensa em troca da virtude e céu para a terra e o eterno para vosso hoje?

E agora, enraivecei-vos comigo porque ensino que não existe remunerador e tesoureiro? E em verdade nem sequer ensino ser a verdade a sua própria recompensa.

Ah, este é o meu desgosto: no fundo das coisas encontram-se situadas recompensa e punição – e eis que assim também no fundo de vossas almas, vós virtuosos!

Mas tal e qual o focinho do javali, deve a minha palavra revolver o fundo de vossas almas; relha de arado quero ser para vós.

Todos os segredos de vosso fundo devem sair à luz; e quando vós estiverdes agitados e alquebrados sob o sol, também vossa mentira será apartada de vossa verdade.

Pois esta é vossa verdade: vós sois *por demais puros* para a sujeira das palavras: vingança, punição, recompensa, retribuição.

Vós amais vossa virtude, como a mãe ao filho; mas quando se ouviu dizer que uma mãe queria a paga por seu amor?

Vosso mais querido si-mesmo é vossa virtude. Sede de anel se tem em vós: para tornar a alcançar a si, todo anel luta e gira.

E semelhante à estrela que se apagou é todo o trabalho de vossa virtude: sua luz continua sempre a caminho e a vaguear — e quando ela não mais estiver a caminho?

Assim continua em seu caminho a luz de vossa virtude, mesmo ao que realizada a obra. Que possa ela ser esquecida e morta: sua irradiação de luz ainda vive e vagueia.

Que vossa virtude seja vosso si-mesmo e não algo de estranho, uma pele, uma cobertura: essa é a verdade vinda do fundo de vossa alma, ó virtuosos!

Mas ainda há aqueles cuja verdade significa a convulsão sob um chicote: e para mim, seus gritos tendes ouvido demais!

E outros há que chamam de virtude a indolência de seus vícios; e quando seu ódio e seu ciúme estiram algum de seus membros, sua "justiça" acorda e esfrega os olhos sonolentos.

E outros há que são puxados para baixo: puxados por seus demônios. Mas quando mais afundam, tanto mais radiante lhe brilham os olhos e a ânsia para o seu deus.

Ah, também seus gritos penetraram-lhes os ouvidos, ó virtuoso: "o que *não* sou, isto é, para mim, Deus e virtude!".

E outros há que vêm pesados, desse modo a ranger, igual a carros a descer carregados de pedras: falam muito em dignidade e em virtude — a seu freio chamamos virtude!

E outros há semelhantes a relógios a que se deu corda; fazem o seu tique-taque, desejando que tal tique-taque se chame virtude.

Em verdade, junto a estes me divirto: onde encontro tais relógios, dou-lhes corda com minha zombaria; e com isso hão de ainda ronronar!

Outros fazem-se orgulhosos de seu punhado de justiça, e em razão dela cometem infrações contra todas as coisas: de modo a afogar o mundo em injustiça.

Ah, como lhes sai mal da boca a palavra "virtude"! E quando dizem: "sou justo", isso sempre soa igual "estou vingado!".

Com sua virtude querem arrancar os olhos de seus inimigos: e se elevam tão somente para rebaixar os outros.

E mais uma vez há aqueles que se sentam em seu pântano e assim falam do meio do juncal: "Virtude é assentar-se quieto no pântano. Não mordemos ninguém e nos apartamos do caminho de quem deseja morder; e em tudo temos a opinião que se nos dá".

E ainda uma vez se tem aqueles que amam os gestos e pensam: a virtude é um tipo de gesto.

Seus joelhos estão sempre a adorar, e suas mãos são exaltações da virtude, porém seu coração nada sabe a respeito.

E mais uma vez há aqueles que tomam por virtude dizer: "A virtude é necessária", mas no fundo acreditam que tão somente a polícia seja necessária.

E aqueles incapazes de ver o elevado no homem de virtude chamam o ver perto demais o que nele há de baixo; assim chamam de virtude o seu maligno olhar.

E há aqueles desejosos de ser edificados e elevados, e a isso chamam virtude; e outros querem ser derrubados – e a isso chamam também virtude.

E desse modo creem quase todos ter participação na virtude; e ao menos quer cada qual ser conhecedor de "bem" e "mal".

Mas não para isso veio Zaratustra, a dizer a esses mentirosos e néscios: "o que sabeis *vós* de virtude?! O que *poderíeis* saber vós de virtude?!".

Se não para que vós, meus amigos, ficásseis cansados das velhas palavras aprendidas de néscios e mentirosos:

Cansados das palavras "recompensa", "retribuição", "punição", "vingança na justiça".

Cansados para dizer: "para que uma ação seja boa, tem de ser desinteressada".

Ah, meus amigos! Que *vosso* si-mesmo esteja na ação como a mãe está na criança: esta é para mim *vossa* palavra de liberdade!

Em verdade, cem palavras tirei de vós, e os brinquedos favoritos de vossa virtude: e agora vos zangais comigo como crianças se zangam.

Brincavam junto ao mar, veio então a onda e arrastou o seu brinquedo para as profundezas: agora choram.

A mesma onda, porém, deve lhes trazer novos brinquedos e à sua frente verter novas conchas coloridas.

Assim serão consolados: e tal como elas também vós, meus amigos, tereis vossos consolos – e novas conchas coloridas!

Assim falou Zaratustra.

DA CANALHA

A vida é um manancial de prazer: mas lá onde a canalha vai beber com os demais, as fontes todas são envenenadas.

Por tudo o que é límpido eu me afeiçoo; mas não gosto de ver a bocarra em seu riso afetado nem a sede dos impuros.

Lançaram os olhos para o fundo do poço: e eis que agora me sobe do poço, em reflexo, um repugnante sorriso.

Com sua lascívia envenenaram a água santa: e como se chamassem de prazer seus sonhos imundos, envenenaram também as palavras.

Relutante se faz a chama quando ateiam fogo a seus úmidos corações; o próprio espírito fervilha e esfumaça lá onde a canalha se acerca do fogo.

Doce e excessivamente brando se lhe torna o fruto nas mãos: a árvore frutífera é feita frágil e árida pelo seu olhar.

E os que se desviaram da vida desviaram-se tão somente da canalha: não queriam com ela compartilhar o poço, a chama e o fruto.

E os que foram ao deserto e com os animais de rapina tiveram de sede, estes queriam tão somente sentar com cameleiros sujos em torno à cisterna.

E os que vieram feito um aniquilador, e feito granizo sobre todos os campos férteis, estes queriam tão somente meter o pé na canalha, em vingança, e com isso lhe tapar a goela.

E não foi o bocado com que mais vezes engasguei esse de saber que a própria vida necessita inimizade e morte e cruzes de martírio.

E, sim, certa vez perguntei e quase me asfixiei com minha pergunta: como? Também a vida *precisa da* canalha?

Serão necessários poços envenenados e fogos malcheirosos e sonhos encardidos e larvas no pão da vida?

Não o meu ódio, mas sim o meu asco me corroeu, faminto, a vida! Ah, do espírito frequentes vezes me cansei, achando que mesmo a canalha encontrei com espírito!

E aos que dominam voltei as costas quando vi o que agora chamam dominar: pechinchar e mercadejar pelo poder – com a canalha!

Entre povos de língua estranha habitei com ouvidos fechados: para que estranha se me permanecesse sua língua do pechinchar e seu mercadejar pelo poder.

E tapando-me o nariz, com desgosto passei por todos os ontem e hoje: em verdade, à canalha que escrevinha cheiram mal todos os ontem e hoje!

Tal qual um aleijado que em surdo, cego e mudo se convertesse: assim por muito tempo vivi da escrita, do prazer para não viver com a canalha do poder.

Com esforço meu espírito subiu as escadas, e cauteloso; esmolas de prazer foram o seu bálsamo: com o cajado a vida se arrastava para o cego.

O que então me aconteceu? De que modo me redimi da náusea? Quem rejuvenesceu meus olhos? Como voei até a altura em que já canalha alguma se assenta junto ao poço?

Terá minha própria náusea criado asas e forças que pressentem fontes? Em verdade, às alturas tive eu de voar para de novo encontrar o manancial de prazer!

Ó, pois encontrei-o, meus irmãos! Aqui nas maiores alturas brota para mim a fonte do prazer! E há uma vida de que a canalha não bebe junto aos outros!

Quase por demais impetuosa jorras para mim, fonte do prazer! E com frequência tornas a esvaziar o copo, ao querer enchê-lo!

E ainda tenho de aprender a me aproximar de ti com mais modéstia: com excessivo ímpeto ainda aflui meu coração ao teu encontro.

Meu coração, sobre ele arde o meu estio, o breve, ardente, melancólico, bem-aventurado: quanto anseia meu coração estival por teu frescor!

Passada se fez a titubeante tribulação de minha primavera! Passada se fez a malignidade de meus flocos de neve em junho! Em estio me transformei inteiramente, em meio-dia estival!

Um estio nas maiores alturas, com nascentes frias e bem-aventurado silêncio: ó, vinde, meus amigos, que o silêncio se fará ainda mais bem-aventurado!

Pois esta é a *nossa* altura e a nossa pátria: por demais alta e íngreme é aqui nossa morada, para todos os impuros e para a sua sede.

Lançai vossos olhos puros no manancial de meu prazer, ó amigos! Como isso haveria de turvá-lo? Ele rirá em resposta a vós, com *sua* pureza.

Na árvore do futuro, construamos nosso ninho: em seus bicos, águias hão de trazer alimento a nós, solitários!

Em verdade, não um alimento de que também os impuros pudessem comer! Fogo imaginariam devorar, e queimar a bocarra!

Em verdade, morada alguma temos aqui preparada para os impuros! Caverna de gelo pareceria nossa felicidade a seu corpo e a seus espíritos!

E tal qual fortes ventos queremos viver por sobre eles, vizinhos de águias, vizinhos da neve, vizinhos do sol: assim vivem os ventos fortes.

E tal qual um vento quero algum dia soprar entre eles, e com meu espírito cortar o respiro de seu espírito: assim deseja o meu futuro!

Em verdade, um vento forte é Zaratustra para todas os baixios: e tal conselho ele oferece a seus inimigos e a tudo o quanto escarra e cospe: "guardai-vos de cuspir *contra o* vento!".

Assim falou Zaratustra.

DAS TARÂNTULAS

Vede, esta é a caverna da tarântula! Queres ver a própria? Aqui pende sua teia: toca-a, e ela treme.

Aí vem ela, disposta: bem-vinda, tarântula! Em teu dorso se assenta, negro, o teu triângulo e emblema; e eu sei também o que em tua alma se assenta.

Em tua alma assenta-se a vingança; ali onde tu mordes, cresce uma crosta preta; com vingança teu veneno faz tua alma girar!

Assim, eu vos falo em parábolas, e nas almas elas provocam vertigem, vós pregadores da *igualdade*! Tarântulas sois vós para mim, e vingativos às ocultas!

Porém eu quero trazer à luz o vosso oculto: por isso rio em vossa cara meu riso das alturas.

Por isso eu rasgo a vossa teia, para que vossa raiva vos atraia para fora de vossa toca mentirosa, e para que vossa vingança sobressaia por trás da palavra "justiça".

Pois *que o homem seja redimido da vingança*: esta é para mim a ponte para a mais alta esperança e um arco-íris após longos temporais.

Porém por certo que as tarântulas desejam outra coisa: "Precisamente isto é para nós a justiça, que o mundo se faça tomado dos temporais de nossa vingança", assim falam elas entre si.

"Vingança queremos nós exercer e lançar insultos a todos os que não são iguais a nós", assim juram os corações das tarântulas.

"E 'vontade de igualdade' – este doravante deve ser o nome da virtude: e contra tudo o que tem poder queremos elevar o nosso brado!"

Vós, pregadores da igualdade, é o delírio dos tiranos que de sua impotência brada por "igualdade": vossas mais secretas ânsias de tirano disfarçam-se, assim, em palavras de virtude!

Presunção que se azedou, inveja que se conteve, talvez presunção e inveja de vossos pais: de vós isso irrompe como chama e delírio de vingança.

O que silencia o pai, no filho vem falar; e frequentes vezes vi desnudo no filho o segredo do pai.

Eles se assemelham aos entusiasmados: mas não o coração está a entusiasmá-los – e sim a vingança. E se se tornam sutis e frios, não é o espírito, mas a inveja a fazê-los sutis e frios.

O seu ciúme os conduz também à trilha do pensador; e esta é a marca de seu ciúme – vai sempre demasiado longe: ao ponto em que, por cansaço, enfim, tenham de dormir, ainda que sobre a neve.

Em cada lamento seu soa a vingança, em cada qual de seus louvores, um desejo de magoar; e ser juiz lhes parece a sua bem-aventurança.

Mas assim vos aconselho, meus amigos: desconfiai de tudo em que é poderoso o impulso a castigar!

É gente da pior espécie e procedência; em sua face resplandecem o verdugo e o sabujo.

Suspeitai de todo aquele que muito fala em justiça! Em verdade, sua alma não carece apenas de mel.

E quando a si mesmos chamam "os bons e justos", não esqueçais de que nada lhes falta para a condição de fariseus – só não o poder!

Meus amigos, não desejo ser misturado e confundido.

Há aqueles que apregoam minha doutrina de vida: e ao mesmo tempo são pregadores da igualdade e tarântulas.

Que elas falem em favor da vida, ainda que sentadas em suas cavernas, essas aranhas venenosas, e apartadas da vida: é porque com isso desejam ferir.

Desejam com isso ferir aqueles que agora detêm o poder: pois é junto desses que a pregação da morte mais se sente em casa.

Fosse de outro modo, as tarântulas ensinariam diferente: e precisamente elas foram outrora os melhores negadores do mundo e queimadores de hereges.

Com essas pregações de igualdade não quero ser misturado e confundido. Pois assim vem falar *em mim* a justiça: "os homens não são iguais".

E tampouco devem sê-lo! O que seria, pois, o meu amor ao além-do-homem se eu falasse diferente?

Por mil pontes e veredas deverão precipitar-se para o futuro, com sempre mais guerra e desigualdade a entre eles se interpor: é assim que me põe a falar meu grande amor!

Inventores de imagens e de fantasmas devem se tornar em suas amizades, e com suas imagens e fantasmas ainda vão travar, entre si, a mais elevada luta!

Bem e mal, e rico e pobre, e alto e baixo, e todos os nomes de valores: armas devem ser e marcas tilintantes de que a vida tem de sempre a si mesma superar!

Nas alturas quer se erigir, com pilares e degraus, a vida mesma: para amplas distâncias quer olhar, em busca de bem-aventuradas belezas – *por isso* precisa de altura!

E porque precisa de altura, precisa de degraus e contradição entre os degraus e os que sobem! Subir deseja a vida e, subindo, a si mesma superar.

Olhai, então, meus amigos! Aqui, onde se acha a caverna da tarântula, erguem-se as ruínas de um templo antigo – contemplai-as com olhos iluminados!

Em verdade, quem aqui outrora edificou em pedras seus pensamentos, feito uma torre, este sabia o mistério da vida tanto quanto o maior dos sábios!

Que até na beleza há luta e desigualdade, e guerra pelo poder e sobrepoder: isso ele nos ensina aqui, no mais claro dos símbolos.

E assim como divinamente irrompem aqui abóbadas e arcos em combate, assim pelejam com luz e sombras esses aspiradores do divino.

De maneira assim segura e bela sejamos também nossos inimigos, meus amigos! Divinamente queremos nós aspirar um *contra* o outro!

Ah! A mim mesmo picou a tarântula, minha velha inimiga! Divinamente segura e bela veio me picar o dedo!

"Castigo deve haver, e justiça", assim ela pensa, "não em vão deve ele aqui entoar cânticos de louvor à inimizade!".

Sim, fez-se vingada! E ai de mim! Por vingança agora também a minha alma fará girar!

Para que eu *não* gire, meus amigos, atai-me fortemente a estes pilares! Prefiro ainda ser santo-do-pilar a torvelinho de vingança!

Em verdade, Zaratustra não é vento girante nem torvelinho; e se é um dançarino, em tempo algum será um dançarino de tarantela!

Assim falou Zaratustra.

DOS SÁBIOS FAMOSOS

Ao povo haveis servido e à superstição do povo, vós todos famosos sábios! – e *não à* verdade! E precisamente por isso fostes alvo de veneração.

E também por isso se tolerou vossa incredulidade, já que esta era um ardil e um desvio para se ir ao povo. Assim concede o senhor liberdade a seus escravos e ainda se diverte com sua petulância.

Mas quem é odiado pelo povo é tal qual um lobo em relação aos cães: este é o espírito livre, o inimigo dos grilhões, o que não adora, o que as florestas habita.

Caçá-lo de seu refúgio – para o povo isso sempre significa "senso de justiça": a ele continuam a açular seus cães dos mais afiados dentes.

"Pois a verdade está aqui: pois o povo está aqui! Ai, ai daqueles que buscam!", assim vem ressoando desde sempre.

A vosso povo queríeis dar razão em sua veneração: isso significa sua "vontade de verdade", vós mais famosos sábios!

E vosso coração a si mesmo sempre falou: "eu vim do povo; de lá de onde me veio a voz de Deus".

Obstinados e espertos, qual o asno, sempre fostes como intercessores do povo.

E mais de um poderoso, que bem queria caminhar com o povo, ante seus cavalos atrelou também um burrico, um sábio famoso.

E eu desejaria agora, vós sábios famosos, que por fim de todo vos alijásseis da pele de leão!

A pele da fera, de manchas pintalgada, e as melenas do que explora, do que busca, do conquistador!

Ah, para que eu aprenda a crer em vossa "veracidade", para isso tereis antes de romper vossa vontade de veneração.

Veraz – assim chamo o que vai aos desertos sem deus e que rompeu seu coração venerador.

Na areia amarela e queimado de sol, sedento olha bem de soslaio os oásis em que abundam fontes, onde sob as árvores escuras repousam seres vivos.

Mas a sua sede não o persuade a se fazer igual a esses aconchegados: pois onde há oásis, há também imagens de ídolos.

Faminta, violenta, solitária, sem deus: assim se quer a si mesma a vontade do leão.

Livre da felicidade dos servos, redimida de deuses e adorações, impávida e pavorosa, grande e solitária: assim é a vontade do homem veraz.

No deserto habitaram desde sempre os verazes, os espíritos livres, como fossem senhores do deserto: porém nas cidades habitam os sábios famosos e bem fornidos – os animais de tiro.

Sempre tiram precisamente eles, como asnos, do carro do *povo*!

Não por isso quero me zangar com eles: mas para mim seguem sendo servidores, e arreados, mesmo quando a reluzir com arreios de ouro.

E muitas vezes foram bons e valorosos servidores. Pois assim fala a virtude: "se tens de ser servidor, procura o que mais proveito faz de teu serviço!

O espírito e a verdade de teu senhor devem crescer, pelo fato de *tu* seres seu senhor: assim cresces tu mesmo com seu espírito e com sua virtude!".

E em verdade, vós sábios famosos, vós servidores do povo! Vós próprios cresceis com o espírito e a virtude do povo – e o povo por meio de vós! Em vossa honra eu digo isso!

Mas povo seguis sendo vós, para mim, em vossas virtudes. Povo de olhos estúpidos – povo que não sabe o que é *espírito*!

Espírito é a vida a cortar na própria vida: no próprio tormento aumenta o próprio saber – sabíeis já disso?

E a felicidade do espírito é isto: ser ungido e por lágrimas consagrado em animal de sacrifício – sabíeis já disso?

E a cegueira do cego, e seu buscar e tatear deverão testemunhar sobre o poder do sol para o qual olhou – sabíeis já disso?

E com montes deverá aprender a erigir quem busca o conhecimento! É pouco o espírito mover montanhas – sabíeis já disso?

Conheceis as centelhas do espírito: mas não vedes a bigorna que ele é nem a crueldade de seu martelo!

Em verdade, não conheceis a altivez do espírito! Mas menos ainda suportaríeis a modéstia do espírito, se alguma vez ela quisesse falar!

E jamais em tempo algum pudestes arrojar vosso espírito num fosso de neve: para tal não sois quente o bastante! E assim tampouco conheceis os êxtases de sua frieza.

Mas em tudo agis em familiaridade excessiva para com o espírito; e da sabedoria fazeis com frequência um asilo e hospital para poetas ruins.

Vós não sois águias: desse modo tampouco experimentastes a felicidade no terror do espírito. E quem pássaro não é não deve acampar sobre abismos.

Tenho-vos por mornos: porém todo conhecimento profundo corre frio. Gélidos são os mais íntimos poços do espírito: alívio para mãos e manuseadores ardentes.

Honrados estais aí para mim, e tesos e aprumados, vós sábios famosos! – a vós não impele nenhum vento e vontade forte.

Nunca vistes uma vela a seguir pelo mar, redonda, inflada e a tremular ante o frenesi do vento?

Tal qual a vela, a tremular ante o frenesi do espírito, segue minha sabedoria pelo mar – minha selvagem sabedoria!

Porém, vós servidores do povo, vós sábios famosos – como *poderíeis* seguir comigo?

Assim falou Zaratustra.

A CANÇÃO DA NOITE

É noite: ora falam mais forte todas as fontes borbulhantes. E também minha alma é uma fonte borbulhante.

É noite: só agora despertam todas as canções dos que amam. E também a minha alma é a canção de alguém que ama.

Em mim se tem algo de insaciado, de insaciável; e quer falar. Em mim se tem a avidez de um amor, a falar ela própria a linguagem do amor.

Luz sou eu: ah, fosse eu a noite! Porém esta é minha solidão, a de estar cingido pela luz.

Ah, fosse eu escuro e noturno! Como eu não quereria sugar os seios da luz!

E mesmo quereria abençoar a vós, pequenos astros cintilantes e vaga-lumes, lá do alto! E abençoado ser por vossas dádivas de luz.

Mas eu vivo em minha própria luz, torno a beber as chamas que irrompem de mim.

Desconheço a felicidade dos que recebem; e muitas vezes sonhei ser o roubar ainda mais abençoado que o receber.

Esta é a minha pobreza: que minha mão jamais descansa de presentear; esta é a minha inveja, de ver olhos à espera e as noites iluminadas de anseio.

Oh, desventura de todos os dadivosos! Oh, eclipse de meu sol! Oh, avidez de desejo! Ó, fome ardente na saciedade!

Tomam de mim: mas chego ainda a tocar a sua alma? Um abismo há entre dar e tomar; e o menor abismo é o mais difícil de transpor.

Uma fome cresce de minha beleza: eu desejaria causar mágoa àqueles a quem ilumino, e desejaria roubar aqueles a quem presenteio – por isso sinto fome de maldade.

Retirar a mão quando já a outra mão se estende a ele: tal qual a queda d'água, que segue a relutar em sua queda – por isso sinto fome de maldade.

Tal vingança vem tramar plenitude; tal ardil emana de minha solidão.

Minha ventura em presentear extinguiu-se no presentear, minha virtude ela própria se exauriu por sua abundância!

Quem sempre dá, seu perigo está em perder a vergonha; quem sempre divide, por força de distribuir traz calos na mão e no coração.

Já não vertem os meus olhos ante a vergonha dos que pedem: minha mão fez-se dura demais para o tremular das mãos cheias.

Para onde foram as lágrimas dos meus olhos e a penugem de meu coração? Ó solidão de todos os dadivosos! Oh, silêncio de todos os luminosos!

Muitos sóis se cruzam em espaços desertos: com sua luz, falam a tudo o quanto seja escuro – para mim se calam.

Oh, tem-se aí a hostilidade da luz contra o que é luminoso, impiedosa ela vagueia em suas órbitas.

Injusto, do mais profundo de seu coração, com tudo o quanto seja luminoso: frio contra todos os sóis – assim vagueia todo sol.

Tal qual uma tempestade voam os sóis por suas órbitas, é esse o seu vaguear. Seguem sua vontade inexorável, sendo essa a sua frieza.

Ó, só mesmo vós, seres obscuros, seres noturnos, criais vosso calor do que ilumina! Só mesmo vós bebeis vosso leite e consolo dos úberes da luz!

Ah, gelo à minha volta, minha mão a queimar no gelo! Ah, sede há em mim, a definhar por vossa sede!

É noite: ah, que eu tenha de ser luz! E sede pelo que é noturno! E solidão!

É noite: agora, feito um manancial brota em mim um anseio – falar é meu anseio.

É noite: agora falam mais forte todas as fontes borbulhantes. E também minha alma é uma fonte borbulhante.

É noite: só agora despertam todas as canções dos que amam. E também minha alma é uma canção de alguém que ama.

Assim cantava Zaratustra.

A CANÇÃO DA DANÇA

Certa vez, ao cair da noite, Zaratustra adentrou a floresta com os discípulos e, como estava a buscar uma fonte, viu que chegava a um prado verde, silenciosamente circundado de árvores e arbustos: nele, algumas jovens dançavam entre si. Tão logo as jovens reconheceram Zaratustra, deixaram de dançar; mas Zaratustra achegou-se a elas com gestos amistosos e falou estas palavras:

"Não deixeis de dançar, queridas jovens! Não é um desmancha-prazeres que aqui vos chega, nem com olhar ruim, tampouco inimigo das moças.

Intercessor de Deus, eu sou, ante o diabo: mas este é o espírito de gravidade. Como eu haveria de ser inimigo de vossa dança delicada e divina? Ou de pés de moças com belos ossos?

Sou bem uma floresta e uma noite com árvores escuras: mas quem não teme a minha escuridão encontra também roseirais entre meus ciprestes.

E bem encontrará mesmo o pequeno deus, que é o mais querido das moças: junto à fonte ele se encontra, quieto, de olhos fechados.

Em verdade adormeceu em plena luz do dia o preguiçoso! Terá corrido demais, a apanhar borboletas?

Não vos zangueis comigo, vós belas dançarinas, se ao pequeno deus eu um tanto castigo! Ele por certo gritará, e chorará – mas a rir ele se põe, mesmo quando chora!

E com lágrimas nos olhos deve ele vos rogar por uma dança; e eu próprio quero cantar uma canção para uma dança:

Uma canção de dança e de escárnio ao espírito de gravidade, meu supremo e mais poderoso demônio, do qual vocês dizem ser 'o senhor do mundo'."

E esta é a canção que cantou Zaratustra, ao modo de Cupido, e as moças juntas dançaram.

Em teus olhos olhei por um momento, ó vida! E eu me via a afundar no insondável.

Mas para fora me puxaste com anzol de ouro; riste com escárnio, ao que te chamei de insondável.

"Assim é a fala de todos os peixes", tu disseste, "o que *eles* não sondam, é insondável.

Porém mutável sou apenas e selvagem e em tudo uma mulher, e não virtuosa:

Ainda que vós homens me chamais 'a profunda' ou 'a fiel', 'a eterna', 'a misteriosa'.

Vós homens, contudo, sempre nos presenteais com vossas próprias virtudes – ah, vós virtuosos!"

Assim ela ria, a inacreditável; mas eu jamais acredito nela e em seu riso quando fala mal de si mesma.

E quando lhe falei a sós com minha sabedoria selvagem, ela me disse, indignada: "Tu queres, tu anseias, tu amas, e tão só por isso *louvas* a vida!".

Estive a ponto de responder-lhe mal e à indignada eu disse a verdade: não se pode responder pior quando "se diz a verdade" à sua sabedoria.

Bem assim estão as coisas entre nós três. No fundo, amo tão somente a vida – e em verdade, tanto mais quando a odeio!

Mas que eu seja bom com a sabedoria e não raro bom demais; isso se deve a ela deveras me lembrar da vida!

Ela tem seus olhos, o seu sorriso e até mesmo seu pequeno caniço com anzol de ouro: que posso fazer, se ambas são tão parecidas?

E ao que a vida certa vez me perguntou: "Quem é, pois, a sabedoria?", apressei-me a dizer: "Ah, sim, a sabedoria!

Dela se tem sede e não se é saciado, olha-se para ela por entre véus, intenta-se apanhá-la por meio de redes.

É bonita? Que sei eu! Mas até as mais velhas carpas ainda se atraem por elas.

Mutável ela é, e desafiadora: não raro eu a vi morder os lábios e pentear-se a contrapelo.

Talvez seja perversa e falsa, e em tudo uma mulher; mas quando fala mal de si, é bem ali que mais seduz".

Ao que eu disse isso à vida, ela riu maldosamente e fechou os olhos. "De quem estás a falar?", disse ela, "de mim, não é verdade?

E ainda que tivesses razão – dizer-me *isso* na cara! Mas fala então agora também de tua sabedoria!".

Ah, então voltaste a abrir os olhos, vida amada! E de novo me vi a afundar no insondável.

Assim cantou Zaratustra. Mas quando a dança estava no fim, as moças tendo ido embora, ele se entristeceu.

"O sol de há muito já se pôs", disse, finalmente; "a relva está úmida, das florestas vem o frio.

Algo de desconhecido se encontra a meu redor e olha pensativo. Quê! Ainda vives, Zaratustra?

Por quê? Para quê? Por que meio? Para onde? Como? Não será uma tolice ainda viver?

Ah, meus amigos, é a noite que assim pergunta de mim. Perdoai-me a minha tristeza!

Noite se fez: perdoai-me por ter se feito noite!"

Assim falou Zaratustra.

A CANÇÃO DO SEPULCRO

"Lá está a ilha do sepulcro, a silenciosa; lá também estão os sepulcros de minha juventude. Para lá quero levar uma sempre verde coroa da vida."

Tendo assim deliberado em meu coração, atravessei o mar.

Ó vós, visões e aparições de minha juventude! Ó vós, todos os olhares de amor, vós, instantes divinos! Como para mim morrestes tão depressa! Eu hoje lembro de vós como de meus mortos.

De vós, meus mortos mais queridos, vem a mim um cheiro doce, desatador de corações e lágrimas. Em verdade, ele comove e alivia o coração do navegante solitário.

Ainda se mantém o mais rico e o mais invejável – eu, o mais solitário! Pois eu, sim, os tive, e vós a mim tivestes: dizei, para quem, como para mim, da árvore caíram tais maçãs de rosa?

Eu sou ainda o herdeiro de vosso amor, e um rico herdeiro, a florescer em vossa memória de agrestes e multicores virtudes, ó vós, que sois os mais amados!

Ah, fomos feitos para nos mantermos próximos uns dos outros, vós suaves e estranhos prodígios; e a mim e a meu desejo viestes não como pássaros envergonhados – não, mas como a confiar naquele que confiava!

Sim, feitos para a fidelidade, como eu, e para ternas eternidades: e agora tenho de vos denominar de acordo com vossa infidelidade, vós olhares e instantes divinos: ainda não aprendi nenhum outro nome.

Em verdade, morrestes para mim um tanto depressa, vós fugitivos. Porém não fugistes de mim, nem eu de vós: inocentes somos uns para com os outros em nossa infidelidade.

Para matar *a mim*, estrangularam a vós, pássaros cantantes de minhas esperanças! Sim, contra vós, queridíssimos, a seta da maldade sempre disparou – para encontrar meu coração!

E o encontrou! Pois sempre fostes o mais querido de meu coração, minha posse e meu ser-possuído: *por isso* tivestes de morrer jovem e cedo demais!

Contra o mais vulnerável que eu possuía atirou-se a flecha: eram vós, cuja pele semelhava a uma penugem e mais ainda ao sorriso que a um olhar desfalece!

Porém esta palavra quero dizer a meus inimigos: o que são todos os homicídios em comparação ao que me fizestes?!

Algo de mais perverso vós me fizestes do que todo homicídio; algo de irrecuperável me tirastes – assim falo eu a vós, meus inimigos!

Pois vós assassinastes minhas visões e os mais amados prodígios de minha juventude! De mim tirastes meus companheiros de jogo, os espíritos bem-aventurados! Em vossa memória deposito esta coroa e esta maldição.

Esta maldição contra vós, meus inimigos! Abreviastes o que me era eterno, como um som a se quebrar na noite fria! Quase como um piscar de olhos divinos chegou até a mim – como um instante!

Assim falou certa vez em boa hora a minha pureza: "divinos devem ser para mim todos os seres".

E eis que sobre mim caístes com imundos fantasmas; para onde então fugiu aquela boa hora!

"Todos os dias me devem ser sagrados", assim falou certa vez a sabedoria de minha juventude: em verdade, palavras de uma sabedoria feliz!

Mas então vós inimigos me roubastes minhas noites e as vendestes a um tormento insone: ah, para onde então fugiu aquela feliz sabedoria?

Outrora aspirei por felizes presságios: mas eis que em meu caminho cruzou uma repugnante coruja. Ah, para onde fugiram meus ternos desejos?

A toda a náusea outrora eu prometi renunciar: e eis que em pústulas transformastes meus próximos e vizinhos!

Feito cego trilhei caminhos outrora bem-aventurados: e eis que lançastes imundícies no caminho dos cegos; e agora a vós provoca náuseas o velho atalho dos cegos.

E quando realizei o que me era mais difícil e a vitória de minhas superações eu celebrei: aos que me amavam então fizestes gritar que eu jamais os magoara tanto.

Em verdade, foi sempre esse o vosso agir: estragastes o melhor de meu mel e o labor de minhas melhores abelhas.

À minha beneficência enviastes sempre os mendigos mais insolentes; em torno de minha compaixão amontoastes sempre os despudorados incorrigíveis. Assim feristes a minha virtude em vossa fé.

E se eu ainda deitasse em sacrifício o que me era mais sagrado: de pronto vossa "devoção" lhe trazia gordurosas oferendas: e o que me era mais sagrado sufocava ao vapor de vossa gordura.

E outrora eu desejei dançar, como jamais dançara: indo além de todos os céus eu desejei dançar. Eis que aliciastes o meu mais amado cantor.

E então ele entoou uma nênia apática e horripilante; ah, e buzinava em meus ouvidos feito uma trompa sombria!

Cantor assassino, instrumento da maldade, inocentíssimo! Eu já estava pronto para a melhor dança: com teus sons assassinaste meu êxtase!

Só mesmo na dança eu sei falar em parábolas, e das mais elevadas coisas: e eis que minha suprema parábola se manteve calada em meus membros!

Calada e não redimida se manteve para mim a mais alta esperança! E morreram para mim todas as visões e consolos de minha juventude!

Ora, como pude suportá-lo? Como superei e venci essas feridas? Como de tais sepulcros reergueu-se a minha alma?

Sim, há em mim algo invulnerável, de insepultável, a explodir rochedos: tal se chama a minha *vontade*. Silenciosa ela avança, e imutável ao longo dos danos.

Seu caminho quero percorrer com meus pés, minha velha vontade; duro de coração lhe é o sentido, invulnerável.

Invulnerável sou tão só em meu calcanhar. Sempre ainda vives e és igual a ti mesma, ó pacientíssima! Sempre de novo irrompes em todos os sepulcros!

Em ti vive ainda o irredimido de minha juventude; e como vida e juventude assentas-te aqui esperançosa, sobre amarelas ruínas sepulcrais.

Sim, ainda me és o que arruína todos os sepulcros: Salve, minha vontade! E apenas onde há sepulcros há ressurreições.

Assim falou Zaratustra.

DA AUTOSSUPERAÇÃO

"Vontade de verdade", chamais vós, sapientíssimos, ao que vos impele e vos faz ardorosos?

Vontade de tornar pensável tudo o quanto existe: assim chamo *eu* a vossa vontade!

Quereis primeiro *fazer* pensável tudo o quanto existe: pois de que seja pensável duvidais, com justa desconfiança.

Mas ele deve submeter-se e curvar-se a vós! Assim deseja vossa vontade. Liso deve se tornar, e ao espírito se submeter, como a seu espelho e reflexo.

Essa é vossa inteira vontade, vós sapientíssimos, como vontade de potência; e também quando falais de bem e mal e de avaliações de valor.

Ainda quereis criar o mundo, ante o qual pudésseis ajoelhar: essa é vossa última esperança e embriaguez.

Por certo que os não sábios, o povo, são tais quais o rio no qual uma canoa segue a flutuar: e na canoa assentam-se solenes e encapuzadas as avaliações de valor.

Vossa vontade e vossos valores, vós os haveis posto no fluxo do vir-a-ser; uma velha vontade de potência revelou-me o que o povo credita como bom e mal.

Fostes vós, sapientíssimos, que tais passageiros colocastes nessa barca, e lhes desses faustosos e orgulhosos nomes – vós e vossa dominadora vontade!

Adiante agora o rio leva a vossa barca: ele a *tem de* levar. Pouco importa se a onda quebrada faz espuma e se colericamente contradiz a quilha!

Não o rio é vosso perigo e o fim de vosso bem e mal, vós sapientíssimos: mas, sim, aquela própria vontade, a vontade de potência – a inesgotável e fecunda vontade de vida.

Mas para que vós compreendeis minha palavra sobre bem e mal: para tanto quero ainda vos dizer minha palavra sobre a vida e sobre a índole de todo o vivente.

O vivente eu segui, percorri os maiores e menores caminhos, e por isso eu conheço a sua índole.

Com um espelho de cem faces apanhei o seu olhar, quando cerrada lhe estava a boca: que seus olhos me falassem. E seus olhos me falaram.

Porém tão logo eu encontrasse seres vivos, ali também ouvia falar em obediência.

E esta, a segunda coisa: aquele que é mandado não sabe obedecer a si mesmo. Essa é a índole do ser vivo.

E esta, porém, foi a terceira coisa que eu ouvi: o mandar é mais difícil que o obedecer. E não apenas porque o que manda recebe o peso de todos os que obedecem, e esse peso o esmaga facilmente:

Em todo mandar vi um experimento e um risco; e ao mandar, sempre ali o ser vivo arrisca a si mesmo.

E mais ainda quando manda em si mesmo: também ali tem de expiar o seu mandar. Tem ele de se tornar juiz e vingador e vítima de sua própria lei. Ora, como acontece isso?! Assim eu me pergunto. O que persuade o ser vivo ao exercício do obedecer, e do mandar, e ao mandar ainda obedecer? Ouvi agora minhas palavras, vós sapientíssimos! Com seriedade examinai se deslizei ao próprio coração e até as raízes de seu coração!

Onde encontrei seres vivos, ali encontrei vontade de potência; e mesmo na vontade de servir encontrei vontade de ser senhor.

Que o mais forte sirva ao mais fraco, a tanto lhe persuade a sua vontade, desejosa de se assenhorear de um ainda mais fraco: tão só a esse prazer ele não quer renunciar.

E assim como o menor se entrega ao maior, para sobre o mínimo exercer prazer e potência, assim também se entrega o maior de todos, e pela potência põe em jogo a própria vida.

Esta é a entrega do maior de todos, que é ousadia e perigo e um jogo de dados com a morte.

E onde se tem sacrifício e serviço e olhares de amor, ali também está a vontade de se assenhorear. Por caminhos insidiosos se insinua o mais fraco no castelo e até no coração do mais potente – e ali rouba a potência.

E este segredo a própria vida me confiou. "Vede", disse ela, "eu sou o *que sempre tem de a si mesmo se superar*".

Por certo que vós lhe chamais vontade, procriação ou impulso à finalidade, ao mais elevado, ao mais distante, aos mais multifacetado: porém tudo isso é uma única coisa e um único segredo.

Ainda prefiro o meu ocaso a renunciar a essa única coisa; e em verdade, onde há ocaso e quedas de folhas, vede, ali se sacrifica a vida – por potência!

Que eu tenha de ser luta e vir-a-ser e finalidade e contradição de finalidades: ah, quem adivinha a minha vontade igualmente bem adivinha por quais *tortuosos* caminhos ela tem de seguir!

O que eu também crio e como quer que também eu ame – logo terei de ser seu adversário, e de meu amor: assim o deseja a minha vontade.

E também tu, homem de conhecimento, és tão somente a senda e as pegadas de minha vontade: em verdade, minha vontade de potência vagueia, também, nos pés de tua vontade de verdade!

Por certo que não acertou a verdade aquele que desferiu a expressão "vontade de existência": essa vontade não existe!

Pois o que não é não pode querer; mas o que está na existência, como poderia ainda querer a existência?!

Só mesmo onde há vida há também vontade: mas não vontade de vida, e sim – assim eu te ensino – vontade de potência!

Muitas coisas tem o vivente em maior estima do que a própria vida; mas no próprio estimar fala: "vontade de potência!".

Assim um dia me ensinou a vida: e desse modo vos resolvo eu, vós sapientíssimos, mesmo o enigma de vosso coração.

Em verdade, eu vos digo: bem e mal, que fossem imperecedouros – isso não existe! Por si mesmos devem sempre de novo ser superados.

Com vossos valores e palavras de bem e mal exerceis violência, vós avaliadores de valores: e este é vosso amor oculto e brilho, tremor e transbordamento de vossa alma.

Porém uma violência mais forte cresce de vossos valores e uma nova superação: nela se quebram ovo e casca.

E quem tiver de ser um criador em bem e mal, em verdade, esse tem antes de ser um aniquilador e despedaçador de valores.

Assim o mais elevado mal pertence ao bem mais elevado: este, porém, é criador.

Falemos disso, vós, sapientíssimos, por mais que seja difícil. Calar é mais difícil; todas as verdades caladas se tornam venenosas.

Que possa então despedaçar tudo o quanto em nossas verdades possa despedaçar-se! Há ainda muitas moradas para se construir!

Assim falou Zaratustra.

DOS SUBLIMES

Silencioso é o fundo de meu mar: quem bem adivinharia que ele esconde um monstro brincalhão!

Imperturbável é a minha profundidade: mas resplandece de enigmas e de risos flutuantes.

Um sublime hoje eu vi, um solene, um penitente do espírito: oh, como riu minha alma ante a sua fealdade!

Com o peito levantado, como alguém que segura a respiração, assim ele se postava, o sublime, e calado:

Adornado de feias verdades, seu butim de caça, e rico em vestes rasgadas; também muitos espinhos dele pendiam – porém não vi nenhuma rosa.

Não tinha ainda aprendido o riso nem a beleza. Sombrio voltou esse caçador da floresta do conhecimento.

Da luta com animais selvagens ele regressava: mas de sua seriedade continua a espreitar um animal selvagem – um que ainda não vencido!

Ali ele continua feito um tigre a ponto de saltar; mas não me agradam essas almas tensas, e a meu gosto repugnam todos esses retraídos.

E vós me dizeis, amigos, que sobre gosto e sabor não se discute? Mas toda a vida é discussão em torno de gosto e sabor!

Gosto: isso é a um só tempo balança e pesador; e ai de todo vivente que queira viver sem discutir sobre peso e balança e pesador!

E quando de sua sublimidade se cansasse esse sublime, só então se ergueria a sua beleza – e só então vou querer saboreá-lo e achá-lo saboroso.

E, só mesmo quando ele próprio se evitar, saltará sobre sua própria sombra – e, em verdade, para o *seu sol* adentro.

Por tempo demais esteve sentado nas sombras, e as faces do penitente do espírito empalideceram; quase morreu de fome em suas esperas.

Desprezo se tem ainda em seus olhos; e náusea se esconde em sua boca. É certo que ele agora repousa, mas seu repouso ainda não se deitou ao sol.

Ele deveria fazer como o touro; e sua felicidade deveria exalar a terra e não ao desprezo da terra.

Como touro branco eu gostaria de vê-lo, como vai bufando e mugindo à frente do arado: e seu mugido deveria ainda louvar tudo o que é terreno!

Escuro ainda está o seu semblante; a sombra da mão brinca sobre ele. Turvado ainda lhe está o sentido da visão.

Sua própria ação é ainda a sombra a encobri-lo: a mão ensombrece aquele que manuseia. Ele ainda não superou o seu ato.

É certo que nele gosto da nuca do touro: mas agora quero ver também o olho do anjo.

Também sua vontade de herói deve ainda desaprender: para mim ele deve ser um elevado, não um sublime; o próprio éter deveria alçá-lo, o sem-vontade!

Venceu monstros, resolveu enigmas: mas deveria ainda redimir seus próprios monstros e enigmas, deveria ainda os transformar em crianças celestes.

Seu conhecimento ainda não aprendeu a sorrir e a não ter ciúmes; e ainda não se aquietou na beleza a sua paixão torrencial.

Em verdade, não na saciedade deve seu anseio calar e submergir, mas na beleza! O garbo é próprio à magnanimidade das grandes almas.

O braço pousado sobre a cabeça: assim deve descansar o herói, assim deve também superar o seu descanso.

Mas justamente ao herói o *belo* de todas as coisas é mais difícil. Inconquistável é o belo para toda vontade impetuosa.

Um pouco mais, um pouco menos: isso precisamente é aqui muito, é aqui o máximo.

Com lasseados músculos estar de pé, e com vontade desatrelada: a vós todos é isso o mais difícil, ó sublimes!

Quando o poder se faz clemente e vem descer ao visível: beleza é como chamo tal descida.

E de ninguém desejo tanta beleza quanto de ti, ó, poderoso: que o teu bem seja o teu último autossuperar.

De todo o mal creio-te capaz: por isso que de ti eu quero o bem.

Em verdade, frequentes vezes ri dos fracotes que se acreditavam bons por terem patas aleijadas!

À virtude da coluna deves aspirar: tão mais bela se torna, e mais delicada, mas por dentro faz-se mais dura e subsistente, quanto mais se ergue.

Sim, tu, ser sublime, algum dia deverás ainda ser belo e ante tua própria beleza segurar o espelho.

Então a tua alma estremecerá perante os apetites divinos; e adoração ainda será, à tua vaidade!

Pois este é o segredo da alma: só mesmo quando o herói a abandonou, como em sonho dela vem se aproximar: o além-herói.

Assim falou Zaratustra.

DO PAÍS DA CULTURA

Longe demais voei rumo ao futuro: um horror me tomou de assalto.

E quando olhei à minha volta, vede! Só o tempo me era contemporâneo.

Então voei para trás, e de volta – e sempre mais depressa: e assim cheguei a vós, homens do presente, e ao país da cultura.

Pela primeira vez, para vós trouxe comigo um olhar, e bons apetites: em verdade, com anseios no coração eu cheguei.

Mas o que me aconteceu? Por angustiado que estivesse, tive de rir! Jamais viram meus olhos algo de tão sarapintado!

Eu ria e ria, enquanto o pé ainda me tremia, e também o coração: "sem dúvida aqui se tem a pátria de todos os potes de tinta!", disse eu.

Com cinquenta borrões de tinta pelo rosto e pelos membros: assim estáveis sentados, para meu espanto, vós, contemporâneos!

E com cinquenta espelhos à vossa volta, a lisonjear e repetir vossos jogos de cores!

Em verdade, não poderíeis usar melhores máscaras, vós homens do presente, do que vosso próprio rosto, homens do presente! Quem poderia vos *reconhecer*?!

De todo cobertos com sinais do passado, e também com novos signos pintados sobre esses signos: assim haveis bem se escondido de todos os intérpretes de signos!

E também quando se é perscrutador de rins: quem ainda acredita que tenhais rins! De cores pareceis formados, e de pedaços de papel colados.

Todos os tempos e todos os povos lançam olhares multicores por entre vossos véus; todos os costumes e crenças falam multicores por vossos gestos.

Quem vos tirasse véus e capas e cores e gestos: manteria apenas o suficiente para com isso espantar os pássaros.

Em verdade, eu mesmo sou o pássaro espantado, que outrora vos vi nus e sem cor alguma; e fugi voando, ao que o esqueleto me lançou sinais amorosos.

Eu preferiria ser ainda jornaleiro no submundo e junto às sombras de outrora! – mais obesos e robustos do que vós são os que habitam o submundo!

Sim, isso é amargor a minhas entranhas, eu não vos suportar nem desnudos nem vestidos, vós homens do presente!

Tudo o que no futuro há de inquietante, e que um dia assustou pássaros fugidios, é em verdade ainda mais familiar e tranquilizador do que vossa "realidade".

Pois assim vós falais: "Inteiramente reais somos nós, alheios a crenças e crendices"; assim inflais o peito – ah, ainda nem ao menos tendo peitos!

Sim, como *poderíeis* crer, vós salpicados de tantas cores! – que sois pinturas de tudo o quanto um dia foi fé!

Refutações ambulantes sois da própria fé, e fratura de todos os pensamentos. *Indignos da fé*: assim eu vos chamo, vós reais!

Em vossos espíritos todos os tempos tagarelam uns contra os outros; e os sonhos e tagarelices de todos os tempos foram ainda mais reais que a vossa vigília!

Vós sois estéreis: *para tanto* careceis de fé. Aquele que tinha de criar, porém, sempre teve também seus sonhos proféticos e sinais dos astros – e acreditava na fé!

Portas entreabertas sois vós, junto às quais aguardam coveiros. E esta é a vossa realidade: "Tudo merece perecer".

Ah, como vós que se postam perante mim, vós estéreis, quão magras são vossas costelas! E muitos de vós por certo que compreenderam isso.

E ele falou: "será que um deus subtraiu-me algo enquanto eu dormia? Em verdade, o bastante para com isso formar uma mulherzinha!

Assombrosa é a pobreza de minhas costelas!", assim falavam muitos homens do presente.

Sim, vós me sois para rir, vós homens do presente! Em especial quando vos assombrais de vós mesmos!

E ai de mim, se eu não pudesse rir de vosso maravilhamento e tivesse de tragar todas as coisas repugnantes de vossas tigelas!

Mas quero vos tomar de forma leve, já que tenho de levar *algo de pesado*; e que me importa se besouros e moscas vêm pousar em minha trouxa!

Em verdade, nem por isso haverá de pesar mais! E não de vós, homens do presente, deve-me chegar a grande fadiga. Ah, para onde eu devo ainda ascender, com meu anseio! De todos os montes olho em volta em busca de pátrias – e mátrias.

Porém pátria não encontro em parte alguma: nômade sou eu em todas as cidades, e, de partida, eu me vejo em todas as portas.

Alheios são para mim, e um escárnio, os homens do presente, para os quais cedo o coração me impeliu; e expulso estou de pátrias e mátrias.

Por isso, amo tão somente a *terra de meus filhos*, o não descoberto, em mares longínquos: que o busquem sem cessar, ordeno eu a minhas velas.

A meus filhos eu quero reparar ter sido filho de meus pais: e a todo o futuro – *este* presente!

Assim falou Zaratustra.

DO IMACULADO CONHECIMENTO

Quando ontem surgiu a lua, imaginei que ela quisesse parir um sol: tão ampla e prenhe jazia ela no horizonte.

Mas era mentira, ela com sua gravidez; e ainda prefiro acreditar que a lua tem mais de homem que de mulher.[1]

---

1. Nietzsche o afirma porque em alemão a Lua (*der Mond* [*der* é o artigo masculino]) é substantivo masculino e o Sol (*die Sonne* [*die* é o artigo feminino]) é feminino.

Por certo que pouco homem ela é também, esta encabulada notívaga. Em verdade, com má consciência ela vagueia por sobre os telhados.

Pois é lascivo e ciumento o monge na Lua, a cobiçar a Terra e todas as alegrias dos amantes.

Não, dele não gosto, este gato sobre o telhado! Repugnantes me são todos os que se arrastam pelas janelas entreabertas!

Devoto e silente ele vagueia pelos tapetes de estrelas: porém não gosto dos pés de homens que pisam de leve, nos quais nem mesmo uma espora vem tilintar.

Todo passo honesto vem falar; porém o gato esgueira-se furtivo pelo chão. Vede como feito um gatuno vem a lua, e desonesta.

Essa parábola eu ofereço a vós, sensíveis hipócritas, vós, do "puro conhecimento!". A vós eu chamo – lascivos!

Também vós amais a Terra e o que é terreno: eu bem os adivinhei! – mas a vergonha está em vosso amor e má consciência – assemelhais à Lua!

Ao desprezo do que é terreno persuadiram vosso espírito, mas não a vossas vísceras: e *estas* são em vós o que há de mais forte!

E agora, envergonha-se vosso espírito de desejar vossas vísceras, e por sua própria vergonha vai pelas vias da insídia e da mentira.

"Tal me seria o mais elevado", assim falou para si vosso enganador espírito, "olhar a vida sem cobiça, não como os cães com a língua a pender:

Ser feliz ao contemplar, a vontade já expiada, alheio à rapacidade e avidez do egoísmo – no corpo inteiro frio e cinéreo, mas com embriagados olhos de lua!"

"Tal me seria o preferível" – assim a si mesmo seduz o seduzido – "amar a Terra, como a Lua a ama, e somente com os olhos apalpar sua beleza.

E que o conhecimento *imaculado* de todas as coisas signifique nada querer das coisas: a não ser poder se postar diante delas como um espelho com mil olhos".

Ó vós, sensíveis egoístas, vós lascivos! A vós falta a inocência nos apetites: então por isso caluniais o desejar!

Em verdade, não como criadores, geradores, lascivos pelo vir-a-ser ameis a Terra!

Onde está a inocência? Lá onde está a vontade de gerar. E aquele que deseja criar por sobre si mesmo, este detém para mim a mais pura vontade.

Onde está a beleza? Lá onde eu *tiver de querer* com toda a vontade; lá onde eu quiser amar e perecer, para que uma imagem não se mantenha apenas imagem.

Amar e perecer: coisas que se harmonizam desde a eternidade. Amor à vida: isso significa disposição também para a morte. Assim digo eu a vós, covardes!

Mas agora vosso castrado olhar enviesado quer se chamar "contemplação"! E o que se deixa tatear com olhos covardes como "belo" deve ser batizado! Ó, vós, conspurcadores de nomes nobres!

Porém essa deve ser vossa maldição, vós imaculados, homens do conhecimento puro, a de que jamais dareis à luz: ainda que jazeis amplo e prenhe no horizonte!

Em verdade, tendes a boca cheia de palavras nobres: e devemos nós acreditar que vos transborda o coração que transborda, ó embusteiros?

Porém *minhas* palavras são palavras fúteis, desprezadas, tortas: de bom grado eu recebo o que em vossos banquetes cai sob a mesa.

Com elas sempre de novo posso dizer a verdade aos hipócritas! Sim, minhas espinhas, conchas e sarças devem comichar as narinas dos hipócritas!

Um ar nefasto está sempre em torno de vós e de vossas refeições: vossos pensamentos lascivos, vossas mentiras e dissimulações de fato estão no ar!

Ousai primeiro crer em vós mesmos – em vós e em vossas vísceras! Quem em si mesmo não crê está sempre a mentir!

Uma máscara de Deus fazeis pender em torno de vós mesmos, ó "puros": em uma máscara de Deus se oculta vossa larva repelente.

Em verdade, vos iludis, vós "contemplativos"! Também Zaratustra outrora foi feito de bobo por vossas divinas peles; não adivinhava o novelo de serpentes que lhe era o enchimento.

Uma alma de Deus outrora eu imaginava em vossos jogos, vós homens do conhecimento puro! Não imaginava arte alguma que fosse melhor do que as vossas artes!

Imundície de serpentes e mau cheiro dissimulava-se de mim a distância: e por aqui rondava, lasciva, uma astúcia de lagartixa.

Mas eu cheguei *perto* de vós: e eis que a mim chegou o dia – e agora chega ele a vós – e é chegado o fim do namoro da Lua.

Olhai lá! Surpreendida e pálida está ela – antes do alvorecer!

Pois logo chega ele, o ardente – é *o seu* amor que vem à Terra! Inocência e desejo de criar é todo o amor do Sol!

Olhai lá, quão impaciente ele vem por sobre o mar! Não estais a sentir a sede e o hálito quente de vosso amor?

Do mar ele deseja sorver e beber sua profundidade, levando-a para as alturas: e com mil peitos então se eleva o desejo do mar.

Beijado e sorvido este *quer* ser, pela sede do sol; vento *quer* ele se tornar, e altura e atalho de luz, e em si próprio luz!

Em verdade, igual ao Sol eu amo a vida e todos os mares profundos.

E isso significa *para mim* conhecimento: todo o profundo deve se alçar às minhas alturas!

Assim falou Zaratustra.

DOS ERUDITOS

Enquanto eu dormia, uma ovelha veio comer da coroa de heras da minha cabeça – comeu e a esse respeito falou: "Zaratustra já não é nenhum sábio".

Falou e dali se foi embora, empertigada e orgulhosa. Uma criança me contou.

Agrada-me estar aqui deitado, onde as crianças brincam, junto ao muro despedaçado, sob cardos e papoulas vermelhas.

Homem douto ainda eu sou para as crianças e também para os cardos e papoulas vermelhas. Inocentes elas são, mesmo em sua perversidade.

Mas para as ovelhas já não mais o sou: assim deseja o meu destino – abençoado seja!

Pois esta é a verdade: saído sou da casa dos eruditos, e a porta ainda fiz bater atrás de mim.

Por muito tempo assentou-se minha alma faminta em sua mesa; diferentemente deles, não me versei no conhecimento de como se quebram nozes.

Amo a liberdade e o ar sobre a terra fresca; preferível ainda me é dormir sobre couros de bois do que sobre seus títulos e respeitabilidades.

Sou por demais ardente e queimado pelos próprios pensamentos: não raro me deixam sem fôlego. Então preciso de ar livre e afastar-me de todos os quartos empoeirados.

Mas eles se assentam frios em sombras frias: em tudo querem ser espectadores e resguardar-se de sentar lá onde o sol queima os degraus.

Semelhantes aos que param na rua e boquiabertos olham pensamentos que por outros foram pensados.

Se os agarra com as mãos, sem querer soltam pó feito sacos de farinha, mas quem adivinharia que seu pó advém do trigo e do deleite amarelo dos campos de verão?

Ao que se fazem de sábios, suas pequenas sentenças e verdades me põem a tilintar de frio; em sua sabedoria não raro se tem um odor como se viesse do pântano: e em verdade, nela até já um sapo ouvi a coaxar!

São hábeis, têm dedos espertos: o que desejará a *minha* simplicidade ante a sua variedade? Não há trama, entrelaço ou tecedura de que não entendam seus dedos: assim produzem as meias do espírito!

Bons relojoeiros eles são: cuida apenas de corretamente lhes dar a corda! Então indicam as horas sem falhar, e nisso fazem um ruído modesto.

Feito moinhos trabalham, e feito trituradores: basta que se lhes lance seus cereais! – já bem sabem moer pequeno o trigo e dele extrair um pó branco.

Olham-se uns para os outros nos dedos e não se atrevem a algo melhor. Inventivos nas pequenas astúcias, esperam por aqueles cujo saber tem os pés coxos – esperam iguais a aranhas.

Sempre os vi preparando veneno com cautela; e nos dedos sempre usavam luvas de vidro.

Também com dados falsos sabem eles jogar; e tão fervorosos os vi a jogar, que suavam ao fazê-lo.

Somos estranhos uns aos outros, e suas virtudes repugnam-me o gosto ainda mais que suas falsidades e dados falsos.

E quando eu morava entre eles, por sobre eles eu morava. Por isso agastaram-se comigo.

Nem sequer desejam ouvir que alguém vagueia por sobre suas cabeças; por isso dispuseram madeira e terra e lixo entre mim e suas cabeças.

Assim amorteceram o ruído de meus passos: e até hoje, os que pior me ouviram foram os mais doutos.

Pisadas em falso e fraquezas humanas, todas, dispuseram-se entre si e mim: "sobrepiso", chamam-no em suas casas.

Mesmo assim, com meus pensamentos eu vagueio *sobre* suas cabeças; e mesmo que eu quisesse vaguear sobre meus próprios erros, ainda assim eu o faria sobre eles e suas cabeças.

Pois os homens *não* são iguais: assim fala a justiça. E o que eu desejo, *eles* não têm o direito de querer!

Assim falou Zaratustra.

DOS POETAS

"Desde que melhor conheço o corpo", disse Zaratustra a seus discípulos, "o espírito para mim continua a ser tão somente espírito; e todo o 'imperecível' – é também tão somente um símbolo."

"Assim já o ouvi falar uma vez", respondeu o discípulo; "e na ocasião acrescentaste: 'mas os poetas mentem demais'. Ora, por que dizes que os poetas mentem tanto?"

"Por quê?", disse Zaratustra. "E perguntas por quê? Sou daqueles a quem não se deve perguntar por quê.

Será de ontem a minha vivência? Muito tempo faz que vivi as razões de minhas opiniões.

Acaso eu não teria de ser um tonel de memórias se quisesse ter comigo minhas razões?

Para mim já é o bastante conservar minhas próprias opiniões; e mais de um pássaro voa embora daqui.

Por vezes também encontro em meu pombal um animal que veio voando e que me é estranho, e que estremece quando nele eu ponho a mão.

Ora, mas o que outrora te disse Zaratustra? Que os poetas mentem demais? Mas também Zaratustra é um poeta.

Acreditas, então, que ele aqui falava a verdade? Por que acreditas nisso?".

O discípulo respondeu: "eu acredito em Zaratustra". Mas Zaratustra sacudiu a cabeça e sorriu.

"A fé não me faz bem-aventurado", disse ele, "e muito menos a fé em mim".

Admitindo, porém, que com toda a seriedade alguém dissesse que os poetas mentem demais: nisso ele tem razão – *nós* mentimos demais.

Também sabemos muito pouco e aprendemos mal: então temos de mentir.

E quem entre nós, poetas, não teria adulterado o seu vinho? Mais de uma venenosa mescla aconteceu em nossas adegas, muito de indescritível foi feito por ali.

E uma vez que sabemos pouco, de todo o coração apreciamos os pobres de espírito, em especial quando são jovens mulherzinhas!

E temos avidez até mesmo pelo que as velhas mulherzinhas contam à noite umas às outras. A isso chamamos de o eterno feminino.

E como se houvesse especial e secreto acesso ao saber, e como fosse ele *obstáculo* aos que algo desejam aprender: desse modo acreditamos no povo e em sua "sabedoria".

Nisto porém creem todos os poetas: que aquele que, deitado na relva ou em alguma encosta solitária, aguça os ouvidos, experimenta algo das coisas que estão entre o céu e a Terra.

E se chegam a eles delicados movimentos, os poetas sempre pensam que a própria natureza lhes estaria enamorada:

E que ela vem de mansinho a seus ouvidos, para lhe dizer coisas secretas e lisonjas enamoradas: disso se gabam e vangloriam diante de todos os mortais!

Ah, entre o céu e a Terra há tantas coisas de que tão somente os poetas se permitiram sonhar!

E especialmente *sobre* o céu: pois todos os deuses são símiles de poetas, artimanhas de poetas!

Em verdade, somos sempre arrastados para o alto – para o reino das nuvens: assentamos nelas nossas pelagens multicores e as chamamos de deuses e além-homens.

Pois eles justamente são leves o bastante para estas cadeiras! – todos esses deuses e além-homens.

Ah, como estou cansado de tudo o que, insuficiente, a todo custo quer ser acontecimento! Ah, como estou cansado dos poetas!

Ao que Zaratustra assim falou, encolerizou-se com ele o discípulo, mas calou. Calou-se também Zaratustra; e seus olhos voltaram-se para dentro, como se olhassem a remotas distâncias. Por fim ele suspirou e respirou fundo.

Eu sou de hoje e de outrora, disse então; mas há algo em mim que é de amanhã e depois de amanhã e do porvir.

Cansei-me dos poetas, dos velhos e dos novos: superficiais me parecem todos e mares rasos.

Não pensaram fundo o bastante: por isso seu sentimento não submergiu até a razões profundas.

Algo de lascívia e algo de monotonia: assim se tornou sua melhor reflexão.

Um sopro e um deslizar de fantasmas me parecem todos os seus repiques de harpa; o que até hoje souberam sobre o ardor que há nos sons?!

Tampouco são para mim suficientemente puros: eles turvam todas as suas águas, para que pareçam profundas.

E com gosto se dão o ar de conciliadores: mas mediadores e intromissores continuam a ser para mim, e meio isso e meio aquilo e gente suja!

Ah, por certo que eu lancei minha rede em seu mar e gostaria de fisgar bons peixes; porém da água sempre tirei a cabeça de um velho deus.

Com isso o mar proporcionou uma pedra ao faminto. E eles próprios podem bem provir do mar.

Por certo que neles se encontram pérolas: daí tanto mais se assemelharem a duras ostras. E, em vez da alma, com frequência neles encontrei gosma salgada.

Do mar também apreenderam sua vaidade: não será o mar o pavão dos pavões?

Mesmo ante o mais feio de todos os búfalos ele desenrola a cauda, jamais cansa de seu leque de prata e seda.

Contrariado ele olha para o búfalo, próximo da areia em sua alma, e ainda tanto mais próximo da selva, porém sumamente próximo do pântano.

O que para ele será beleza e mar, e a pompa do pavão! Essa parábola eu dedico aos poetas.

Em verdade, vosso espírito mesmo é o pavão dos pavões e um mar de vaidade!

Espectadores deseja o espírito do poeta: podem mesmo ser búfalos!

Porém desse espírito eu me cansei: e vejo chegar o momento em que de si próprio se cansará.

Transformados já vi os poetas, e com o olhar voltado para si mesmos.

Penitentes do espírito eu vi chegar: cresceram deles.

Assim falou Zaratustra.

DOS GRANDES ACONTECIMENTOS

Existe uma ilha no mar – não longe das ilhas bem-aventuradas de Zaratustra – na qual está continuamente a fumegar um vulcão; dele diz o povo, e em especial dizem as mulherzinhas velhas do povo, que ele se põe como um penhasco ante a porta do submundo: mas através do próprio vulcão desce um estreito caminho a conduzir à porta do submundo.

Ora, à época em que Zaratustra se achava nas ilhas bem-aventuradas, aconteceu de um navio deitar âncora na ilha em que se encontrava a montanha fumegante; e sua tripulação baixou à terra, a fim de caçar coelhos. À altura do meio-dia, porém, estando o capitão e a sua gente novamente reunidos, de súbito viram que pelo ar se aproximava um homem, e uma voz dizia nitidamente: "é tempo! É mais que chegado o tempo!". Mas ao que o vulto se lhe chegava ao ponto mais próximo – voando rápido feito uma sombra, na direção da montanha de fogo –, com grande consternação reconheceram tratar-se de Zaratustra: pois todos já o tinham visto, exceto o próprio capitão, e o amavam como o povo ama: com amor e temor conjugados em partes iguais.

"Vede!", disse o velho timoneiro, "lá vai Zaratustra para o inferno!"

Ao mesmo tempo em que esses navegadores aportavam na ilha do fogo, correu o rumor de que Zaratustra havia desaparecido; e quando se perguntava a seus amigos, contavam que embarcara à noite, sem dizer para onde queria viajar.

Assim surgiu uma apreensão; após três dias, porém, a essa apreensão vieram se juntar os relatos dos marinheiros – e então todo o povo passou a dizer que o diabo tinha levado Zaratustra. Os discípulos riam-se dessas conversas; um deles chegou a dizer: "antes eu até acreditava que Zaratustra é que tinha levado o diabo". Mas no fundo da alma estavam todos repletos de aflição e saudade: de modo que foi grande a sua alegria quando no quinto dia Zaratustra apareceu entre eles.

E este é o relato da conversa de Zaratustra com o cão de fogo.

"A terra", disse ele, "tem a sua pele; e essa pele tem doenças. Uma dessas doenças chama-se, por exemplo: 'homem'."

E uma outra dessas doenças chama-se 'cão de fogo': sobre *ele* os homens muito mentiram a si mesmos e deixaram que se lhes mentissem.

Para compreender esse mistério, eu me fiz ao mar: e vi a verdade desnudada, em verdade! Descalça até o pescoço.

Quanto ao que há com o cão de fogo, agora eu já sei; e ao mesmo tempo com todos os demônios da ralé e da revolta, temidos não só pelas mulherzinhas velhas.

"Saia, cão de fogo, da tua profundeza!", bradei, "desconheço quão profunda é essa profundeza! De onde vem isto que bafejas para cima?

Fartamente bebes do mar: isso revela tua salgada eloquência! Sem dúvida que, para um cão das profundezas, de modo excessivo tomas teu alimento da superfície!

No máximo te considero o ventríloquo da Terra: e sempre que ouvi falar o demônio da revolta e da ralé, encontrei-o igual: salgado, mentiroso e raso.

Sabeis rugir e tudo escurecer com cinzas! Sois os melhores bravateiros e vos saciastes em aprender a arte de ferver a lama.

Onde estais vós, ali tem de sempre haver lama nas cercanias, e muito de esponjoso, de cavernoso, de comprimido: isso anseia por liberdade.

'Liberdade' é o que vós todos mais gostais de vociferar: mas eu desaprendi a crença nos 'grandes acontecimentos' tão logo se lhe há no entorno gritaria e fumaça.

E apenas creia em mim, amigo ruído infernal! Os maiores acontecimentos, eles não são nossas horas mais perfeitas, mas as horas mais silenciosas.

O mundo gira não em torno dos inventores de novos ruídos, mas em torno dos inventores de novos valores; *inaudível* gira em torno de si.

E confessa-o! Sempre foi pouco o que sucedia ao que teu ruído e tua fumaça se dissipavam. Que importa se uma cidade se converteu em múmia e se uma estátua jaz na lama?

E estas palavras digo ainda aos derribadores de estátuas. Esta é bem a maior das tolices, arrojar sal ao mar e estátuas na lama.

Na lama de vosso desprezo jazia a estátua: porém esta é precisamente a sua lei, que do desprezo venha a crescer novamente vida e beleza viva!

Com traços divinos ela agora se ergue e com a sedução dos que sofrem; e em verdade! Ainda vos agradecerá por a ter derribado, vós derribadores!

Porém este conselho dou a reis e a Igrejas e a todo o quanto é débil por idade e por virtude – deixai-vos derribar! Para que volteis à vida e a vós retorne a virtude!"

Assim eu falei ante o cão de fogo: e eis que ele me interrompeu e me perguntou, rabugento: "Igreja? O que é isso?".

"Igreja?", respondi, "isso é uma espécie de Estado, e na verdade a mais mentirosa. Mas cala-te, cão hipócrita! Conheces a tua espécie melhor do que ninguém!

Tal como tu, o Estado é um cão hipócrita; tal como tu, gosta de falar com fumaça e rugidos – para fazer crer, como tu, que fala do ventre das coisas.

Porque é inegociável o quanto deseja ser o animal mais importante da Terra, o Estado; e ademais há os que acreditam nele."

Ao que eu disse isso, o cão de fogo gesticulou como que em irracional inveja. "Como?", bradou, "o animal mais importante da Terra? E ademais se acredita nele?" E com isso muito vapor e vozes horrendas lhe vieram da garganta, fazendo-me pensar que fosse sufocar de dissabor e inveja.

Por fim ele aquietou, o seu arquejar se arrefeceu; mas tão logo se pôs em silêncio, disse-lhe eu, rindo:

"Tu te irritas, cão de fogo; assim tenho razão no que digo sobre ti!

E para continuar a ter razão, ouço de um outro cão de fogo: ele realmente fala do coração da Terra.

Sua respiração exala ouro e chuva dourada: assim quer o seu coração. Que lhe importam cinzas e fumaça e escarro quente!

O riso lhe sai a revolutear feito uma nuvem multicor; avesso ele é a teu gorgolejar e a teu cuspir e ao furor de tuas entranhas.

O ouro, porém, e o riso – isso ele extrai do coração da Terra: pois só para que o saibas – é de ouro o coração da *Terra*".

Ao que o cão de fogo disso ficou sabendo, já não suportou me ouvir. Recolheu a cauda envergonhado, disse "au! au!" com voz abatida e, arrastando-se, desceu à sua caverna.

Assim contou Zaratustra. Mas seus discípulos quase não o ouviam: tão grande era o seu desejo de lhe contar dos marinheiros, dos coelhos e do homem voador.

"Que devo eu pensar disso!", disse Zaratustra. "Serei eu um fantasma?

Mas terá sido a minha sombra. Tereis já ouvido algo sobre o caminhante e sua sombra?

Uma coisa, porém, é certa: tenho de mantê-la à rédea curta – ou ainda prejudicará minha reputação."

E ainda uma vez Zaratustra sacudiu a cabeça e maravilhou-se: "O que devo eu pensar disso?", disse ainda uma vez.

"Por que razão gritou o fantasma: 'é tempo! É mais do que tempo!'?

Para que então se faz – mais do que tempo?"

Assim falou Zaratustra.

O ADIVINHO

"E eu vi uma grande tristeza sobrevir aos homens. Os melhores deles se cansaram de suas obras.

Uma teoria se difundiu, uma crença andou com ela: 'Tudo é vazio, tudo é igual, tudo foi!'

E de todos os montes ecoou: 'Tudo é vazio, tudo é igual, tudo foi!'.

Por certo que fizemos a colheita: mas por que todos os frutos se fizeram podres e escuros? O que da pérfida lua caiu cá embaixo na última noite?

Inútil foi todo o trabalho, nosso vinho se tornou veneno, um olhar maligno abrasou nossos campos e amarelou nossos corações.

Tornamo-nos todos secos; e se fogo caísse sobre nós, pulverizados seríamos, feito cinzas: sim, cansamos do próprio fogo.

Todas as fontes secaram para nós, mesmo o mar retrocedeu. Todo o solo quer se rasgar, mas o abismo não nos quer tragar!

'Ah, onde há ainda um mar do qual se possa beber': assim soa nosso lamento – a correr sobre rasos pântanos.

Em verdade, para morrer já estamos cansados; então continuamos a nos fazer despertos e a sobreviver – em câmaras sepulcrais!"

Assim ouviu Zaratustra falar um adivinho; e seu vaticínio lhe chegou ao coração e o transformou. Triste andava de um lado a outro, e cansado; fez-se parecido àqueles dos quais falara o adivinho.

"Em verdade", assim disse a seus discípulos, "falta pouco, e logo chegará esse longo crepúsculo. Ah, como não salvarei minha luz levando-a ao outro lado!

Que eu não sufoque nesta tristeza! Para mundos mais distantes deve bem ser luz, como para noites mais distantes!".

Desse modo afligido no coração, Zaratustra andava de um lado a outro; e durante três dias não tomou para si bebida nem refeição, não teve repouso, perdeu a fala. Aconteceu, por fim, que caiu num sono profundo. Mas seus discípulos sentaram-se à sua volta em longas vigílias, e aflitos esperaram que ele despertasse e de novo falasse, e convalescesse de sua tribulação.

Este, porém, é o discurso que Zaratustra proferiu ao despertar; mas sua voz chegou aos discípulos como de uma distância longínqua.

Ouvi o sonho que eu sonhei, vós amigos, e ajudai-me a lhe adivinhar o sentido!

Um enigma ainda me é este sonho; seu sentido nele está oculto e aprisionado e ainda não voa por sobre ele com asas livres.

A toda vida eu renunciara, assim eu sonhei. Em vigilante noturno e guardião de sepulcros eu me tornara, lá no solitário castelo montano da morte.

Lá em cima eu guardava seus ataúdes: as abóbadas estavam plenas de tais sinais de vitória. Dos ataúdes reluzentes a vida vencida olhava para mim.

O odor de eternidades empoeiradas eu respirava: abafada e empoeirada jazia a minha alma. E quem mais ali poderia arejar a sua alma!

A luz da meia-noite esteve sempre em meu entorno, a solidão acocorada junto a ela; como um terceiro, um estertorado silêncio de morte, o pior de meus amigos.

Chaves eu levava, as mais enferrujadas de todas as chaves; e eu sabia abrir, com elas, as mais rangentes de todas as portas.

Como um iracundo grasnido o som percorria os longos corredores, ao que se içavam os caixilhos das portas: relutando em ser acordado, aquele pássaro lançava gritos execráveis.

Porém tanto mais terrível e mais aterrador era quando tudo novamente calava e em volta se fazia silêncio, e sozinho me via eu sentado em insidioso silêncio.

Assim se me ia e escapava o tempo quando tempo ainda havia: o que sei eu disso! Mas finalmente se deu o que me despertou.

Por três vezes soaram pancadas à porta como fossem trovões, e por três vezes as abóbadas ecoaram e rangeram de volta: então fui eu à porta.

Alpa!, gritei, quem traz suas cinzas para o monte? Alpa! Alpa![1] Quem traz suas cinzas para o monte?

E eu pressionava a chave, empurrava a porta, fazia esforço. Mas nem mesmo a largura de um dedo ali se abria:

E eis que um vento a bramir escancarou-a: a silvar, a estrilar, a uivar, atirou a mim um esquife negro:

E em meio a bramidos, silvos e estrilos o esquife se espatifou, lançando mil gargalhadas.

E por mil caretas de crianças, anjos, corujas, bufões e borboletas do tamanho de crianças, se ria e escarnecia, e se bramia contra mim.

Foi com horror que eu me assustei: no chão eu fui jogado. E eu gritava aterrorizado, como jamais gritara.

Mas o próprio grito me despertou – e ele veio até mim."

Assim narrou Zaratustra o seu sonho e então calou: pois ainda não sabia a interpretação de seu sonho. Porém o discípulo a que mais amava rapidamente se levantou, agarrou-lhe a mão e falou:

"Tua própria vida nos interpreta esse sonho, ó Zaratustra!

Não serás tu mesmo o vento de silvos estridentes, a escancarar as portas dos castelos da morte?

Não serás tu mesmo o esquife cheio de malignidade multicor e das angelicais caretas da vida?

Em verdade, igual a milhares de gargalhadas de crianças chega Zaratustra a todas as câmaras sepulcrais, a se rir desses guardiães noturnos e vigilantes de sepulcros, e a quem mais fizer matraquear chaves sinistras.

---

1. Ao que tudo indica, "Alpa" seria referência ao termo alemão *Alptraum*, pesadelo, *Alp* sendo o nome de um demônio noturno que provocaria pesadelos na pessoa que dorme ao comprimir--lhe o peito.

Irás assustá-los e lançá-los ao chão com o teu riso; impotência e vigília provarão teu poder sobre eles.

E ademais, quando vier o longo crepúsculo e o cansaço de morte, tu não declinarás em nosso céu, tu, porta-voz da vida!

Novas estrelas deixaste-nos ver e novos esplendores noturnos; em verdade, o próprio riso estiraste sobre nós feito uma tenda multicor.

Agora de teus esquifes jorrará sempre um riso de criança; agora um vento forte sempre virá, vitorioso sobre todo cansaço de morte: disso és tu mesmo fiador e adivinho!

Em verdade, *com eles próprios tu sonhaste*, com teus inimigos: foi teu sonho mais angustiante!

Mas assim como tu deles despertaste e voltaste a ti, também eles próprios devem despertar para ti – e voltar a ti!",

Assim falou o discípulo; e todos os demais apinhavam-se em torno de Zaratustra e seguravam-no pelas mãos e queriam convencê-lo a deixar a cama e a tristeza e a retornar para eles. Zaratustra, porém, soergueu-se no leito com um olhar estranho. Como alguém que regressa de uma longa estada em terras distantes, olhava os discípulos, a lhes examinar o rosto; e ainda não os reconhecia. Quando, porém, o levantaram e o puseram em pé, seu olhar subitamente se transformou; compreendeu tudo o que acontecera, alisou a barba e disse com voz forte:

"Pois bem! Isso virá a seu tempo; agora cuidai, meus discípulos, para que façamos uma boa refeição, e o quanto antes! Assim considero me penitenciar pelos sonhos ruins!

Mas o adivinho deve comer e beber ao meu lado: e em verdade, quero ainda lhe mostrar um mar, em que possa se afogar!".

Assim falou Zaratustra. Em seguida, porém, por um bom tempo contemplou o discípulo que lhe interpretara o sonho, e nisso meneava a cabeça.

DA REDENÇÃO

Quando Zaratustra certa vez passava pela ponte grande, foi cercado por aleijados e pedintes, e um corcunda então disse para ele:

"Vê, Zaratustra! Também o povo aprende contigo e começa a crer em tuas doutrinas: mas para que lhe acredite de todo, é preciso ainda uma coisa – deves ainda primeiro convencer a nós, os aleijados! Aqui tens uma boa seleção e, em verdade, uma oportunidade para se agarrar! Cegos podes curar e aleijados fazer andar; e daquele que tem algo demais atrás de si, poderias bem também tirar um pouco: este, penso eu, seria o modo certo de fazer com que os paralíticos acreditassem em Zaratustra!'".

Zaratustra, contudo, contrapôs assim ao que lhe falara: "Se ao corcunda tiramos a corcunda, tiramos-lhe o espírito – assim ensina o povo. E se ao cego damos olhos, ele passa a ver um excesso de coisas ruins sobre a Terra: assim passa a amaldiçoar quem o curou. Aquele, porém, que faz correr o paralítico, este lhe provoca o maior dos danos: pois, mal ele passa a andar, seus vícios todos o arrastam consigo – assim ensina o povo sobre os aleijados. E por que deveria Zaratustra não aprender com o povo, se o povo aprende com Zaratustra?

Ora, desde que tenho estado entre os homens, isto é o mínimo do que vejo: 'A este falta um olho, àquele uma orelha, a um terceiro a perna, e outros há que perderam a língua ou o nariz ou a cabeça'.

Eu vejo e vi coisas piores e por vezes tão repulsivas que não gostaria de falar de todas, e tampouco gostaria de calar sobre algumas: homens aos quais falta tudo, a não ser o que têm em excesso – homens que não passam de um grande olho, ou de uma grande boca, ou de uma grande barriga, ou de alguma coisa grande – aleijados às avessas, assim os chamo.

E ao que saí de minha solidão e pela primeira vez passei nesta ponte: não acreditava em meus olhos, e olhei, e olhei de novo, e disse enfim: 'isso é uma orelha! Uma orelha, tão grande quanto um homem!'. Olhei ainda melhor: e de fato, sob a orelha mexia-se ainda algo, de dar pena de tão pequeno e miserável e franzino. E em verdade, a enorme orelha assentava-se num caule pequeno e estreito – o caule, porém, era um homem! Quem pusesse uma lente diante do olho poderia até mesmo reconhecer um pequeno rosto invejoso; e também que uma alminha túmida balançava junto ao caule. Mas o povo me disse que a grande orelha não apenas era um homem como era um grande homem, um gênio. Eu, porém, jamais acreditei no povo quando falava de grandes homens – e mantive minha crença de que era um aleijado invertido, que de tudo tinha pouco e demasiado de uma única coisa".

Quando Zaratustra assim externou ao corcunda e àqueles de quem era porta-voz e intercessor, voltou-se com profundo mau humor aos discípulos e disse:

"Em verdade, meus amigos, eu vagueio entre os homens como entre os corcundas e entre fragmentos de homens!

Para meus olhos, o mais terrível é encontrar o homem destroçado e disperso como num campo de batalha e de matança.

E ao que meus olhos escapam do agora para o outrora, sempre o mesmo ele encontra: fragmentos e membros e acasos horrendos – porém não homens!

O agora e o outrora sobre a Terra – ah! Meus amigos – isto é *para mim* o mais insuportável; e eu não saberia viver não fosse eu um vidente do que há de vir.

Um vidente, um querente, um criador, um futuro ele próprio e uma ponte para o futuro – e ah, também ainda um aleijado nessa ponte: tudo isso é Zaratustra.

E também vós com frequência vos perguntastes: 'Quem é Zaratustra para nós? Como deve ele nos chamar?' E tal como eu mesmo, haveis dado perguntas por respostas.

Será ele um prometedor? Ou um cumpridor? Um conquistador? Ou um herdeiro? Um outono? Ou uma relha de arado? Um médico? Ou um convalescente?

Será ele um poeta? Ou um homem veraz? Um libertador? Ou um forjador de grilhões? Um bom? Ou um mau?

Eu vagueio entre homens como entre fragmentos de futuro: aquele futuro que eu contemplo.

E este é todo o meu poetar e aspirar, em unidade eu componho e recolho o que é fragmento e enigma e horrível acaso.

E como eu suportaria ser homem, não fosse o homem também poeta e solucionador de enigmas e o redentor do acaso?!

Redimir os que passaram e assistiram a tudo 'o que foi' num 'assim eu o quis!' – somente a isso eu chamaria redenção!

Vontade – assim se chama o libertador e o que traz alegria: assim eu vos ensino, meus amigos! E agora aprendei ainda isto: a própria vontade é ainda um prisioneiro.

O querer liberta: mas como se chama isso que também ao libertador ainda mantém em cadeias?

'Foi assim': assim se chama o ranger de dentes e a mais solitária tribulação da vontade. Impotente contra o que está feito – de todo o passado ele é um mau espectador.

Não pode a vontade querer para trás; que ela não possa quebrantar o tempo nem a voracidade do tempo – esta é a mais solitária tribulação da vontade.

O querer liberta: o que imagina o próprio querer, para se fazer livre de sua tribulação e escarnecer de suas cadeias?

Ah, em insensato se torna todo prisioneiro! E pela insensatez ele se redime, mesmo da vontade prisioneira.

Que o tempo não anda para trás, aí está sua raiva; 'aquilo que foi' – assim se chama a pedra que ele não pode rolar.

E assim vai rolando ele a pedra, de raiva e desgosto, a exercer a vingança em quem não sente ira e desgosto feito ele.

Assim converteu-se a vontade, a libertadora, naquele que provoca a dor: e em tudo o quanto pode sofrer ele se vinga por não poder retroceder.

Isso, tão somente isso, é a própria *vingança*: a aversão da vontade ao tempo e a seu 'foi'.

Em verdade, uma grande insensatez habita em nossa vontade; e converteu-se em maldição a todo o humano, que essa insensatez aprendesse a ter espírito!

O espírito da vingança: meus amigos, foi sobre isso que até agora o homem melhor ponderou; e onde houvesse sofrimento, ali devia sempre haver castigo.

'Castigo', é bem assim que a vingança chama a si: com uma palavra mentirosa dissimula ter boa consciência.

E uma vez que no próprio querer há sofrimento, por não poder querer para trás, assim deveriam ser o próprio querer e toda a vida – um castigo!

E eis que nuvem após nuvem rolou sobre o espírito; até que por fim a demência veio predizer: 'Tudo perece, por isso tudo merece perecer!'.

'E isto é a própria justiça, aquela lei do tempo, pela qual ele tem de devorar os filhos': assim veio pregar a loucura.

'Eticamente estão reguladas as coisas segundo direito e castigo. Oh, onde estará a redenção da maldição das coisas e do castigo chamado *existência*?' Assim veio pregar a loucura.

'Pode haver redenção se existe um direito eterno? Ah, impossível de rolar é a pedra "foi": eternos também têm de ser todos os castigos!' Assim veio pregar a loucura.

'Ato nenhum pode ser aniquilado: como poderia ser desfeito por meio do castigo! Isto, isto é o eterno no castigo chamado *existência*, que também a existência tem de voltar a ser eternamente ato e culpa!

A não ser que a vontade por fim a si mesma se redima e o querer se faça não querer': porém vós conheceis, meus irmãos, esse canto fabuloso da demência!

Para longe eu vos levei desses cantos fabulosos, como eu vos ensinei: 'a vontade é criadora'.

Todo 'foi assim' é um fragmento, um enigma, um horrendo acaso – até a vontade criadora dizer a respeito: 'mas assim eu o quis!'.

Até a vontade criadora dizer a respeito: 'Mas assim eu o quis! Assim eu hei de querer!'.

Mas ele já falou assim? E quando se deu isso? Já se desatrelou a vontade de sua própria loucura?

Já se tornou a vontade seu próprio redentor e do que traz alegria? Desaprendeu o espírito da vingança e de todo ranger de dentes?

E quem ensinou a ela a reconciliação com o tempo, e algo mais elevado que toda a reconciliação?

Algo mais elevado que toda a reconciliação tem de querer a vontade, que é vontade de potência: ora, como se lhe sucede isso? Quem ensina a também querer para trás?".

Mas a essa altura de seu discurso aconteceu que Zaratustra de súbito estancou e parecia alguém atemorizado ao extremo. Com olhos amedrontados, contemplava os discípulos; feito flechas, seus olhos perfuravam seus pensamentos e segundas intenções. Mas depois de um breve instante, novamente sorriu e disse, benevolente:

"É difícil viver com pessoas, pois calar é tão difícil. Sobretudo para um tagarela".

Assim falou Zaratustra. Mas o corcunda ouvira o discurso e ao fazê-lo cobria o rosto; mas quando ouviu Zaratustra sorrir, olhou curioso e disse lentamente:

"Mas por que Zaratustra fala diferente com nós do que com seus discípulos?".

Zaratustra respondeu: "O que há aí para se admirar! Com corcundas se deve falar de maneira corcunda!".

"Bem", disse o corcunda; "e com discípulos deve-se já contar os segredos de cátedra.[2]

Mas com seus discípulos Zaratustra fala diferente de quando fala consigo mesmo?".

---

2. Em alemão consta uma expressão idiomática intraduzível. Nietzsche aqui não usa o termo "discípulo" (*Jünger*) e, sim, *Schüler* (aluno). Isso porque pretende jogar com *Schüler* [aluno] e *Schule* [escola] para dizer: "*und mit Schülern darf man schon aus der Schule schwätzen*", lançando mão da expressão "*aus der Schule schwätzen*", que significa ser tagarela, ser indiscreto.

DA PRUDÊNCIA HUMANA

Não a altura: o terrível é o declive!

O declive, de onde o olhar se despenha *para baixo* e a mão agarra *para cima*. Ali sente vertigens o coração, ante sua dupla vontade.

Ah, amigos, adivinhais também a dupla vontade de meu coração?

Isto, isto é *meu* declive e meu perigo, que meu olhar se despenhe nas alturas, e que minha mão queira se ater e se apoiar – nas profundezas!

Ao homem se aferra a minha vontade, com cadeias eu me atrelo ao homem, para não ser arrastado para o alto, para o além-do-homem: pois para lá deseja a minha outra vontade.

E *para isso* eu vivo cego entre os homens, como se não os conhecesse: para que minha mão não perca de todo a fé em algo firme.

Não vos conheço, homens: essa treva e esse consolo não raro se estendem à minha volta.

Assento-me junto ao portão, à mercê de qualquer velhaco, e pergunto: "quem quer me enganar?".

Esta é minha primeira prudência humana, a de não me deixar enganar, a de não ser vigilante contra os intrujões.

Ah, fosse eu vigilante para com os homens: como poderia o homem ser uma âncora para meu balão! Demasiado fácil seria eu me ver arrastado para cima e para longe!

Esta providência está acima de meu destino: que eu tenha de existir sem precauções.

E quem entre homens não quiser morrer de sede, este tem de aprender a beber de todos os copos; e quem entre os homens quiser manter-se puro tem de compreender a se lavar mesmo com água suja.

E assim falei com frequência para meu consolo: "Pois bem! Avante! Velho coração! Uma má sorte de ti se acometeu: desfruta desta como de tua sorte!".

Esta, porém, é minha outra prudência humana: poupo mais os *vaidosos* que os orgulhosos.

Não será a vaidade ferida a mãe de toda tragédia? Mas quando o orgulho é ofendido, ali cresce bem algo ainda melhor que o orgulho.

Para que a vida seja boa de se contemplar, seu espetáculo tem de ser bem representado: mas para tanto se faz necessário um bom ator – todo o seu espírito faz-se presente nessa vontade.

Eles se encenam, eles se inventam; em sua proximidade eu amo contemplar a vida – e assim me cura da melancolia.

Por isso eu poupo os vaidosos, pois me são os médicos de minha melancolia e me prendem aos homens como a um espetáculo.

E além disso: quem medirá no vaidoso a inteira profundidade de sua modéstia?! Sou para com ele indulgente e compassivo por sua modéstia.

De vós ele quer aprender a crer em si mesmo; alimenta-se de vossos olhares, devora o elogio que lhe chega de vossas mãos.

Em vossas mentiras ele chega a crer, se mentis ao falar bem dele: pois nas profundezas suspira seu coração: "o que *eu* sou!".

E se a autêntica virtude é a que não sabe de si, o vaidoso, então, não sabe de sua modéstia!

Esta porém é minha terceira prudência humana, a de que a minha visão dos *maus* não se deixa estragar por vosso temor.

Bem-aventurado sou em ver as maravilhas incubadas sob o sol ardente: tigres e palmeiras e cascavéis.

Também entre os homens há belas crias do sol ardente, e muito a se admirar nos malignos.

Certo é que mesmo vossos mais sábios não parecem ser tão sapientes: a maldade humana também encontrei por entre a sua fama.

E com frequência eu pergunto, com um meneio de cabeça: "por que seguir chacoalhando, vós cascavéis?".

Em verdade, também para o mal há ainda um futuro! E para os homens ainda não foi descoberto o sul mais ardente.

Quantas coisas se chamam agora a pior das maldades, que, no entanto, são de apenas dez pés de largura e três meses de duração! Mas algum dia dragões bem maiores virão ao mundo.

Pois para que ao além-do-homem não falte o seu dragão, o além--dragão, que então dele seja digno: para tanto muitos sóis ardentes têm de ainda abrasar a úmida mata-virgem!

Vossos gatos selvagens têm primeiro de se converter em tigres, vossos sapos venenosos, em crocodilos: pois o bom caçador deve ter uma boa caçada!

E em verdade, vós, bons e justos! De vós há muito o que rir, e de vosso medo do que até agora se chamou "demônio"!

Tão estranhos sois ao grande em vossa alma, que a vós em sua bondade o além-do-homem seria *terrível*.

E vós, sábios e sabedores, vós fugiríeis da queimadura do sol da sabedoria, na qual o além-do-homem prazerosamente se banha em sua nudez!

Vós, homens mais elevados que meus olhos já encontraram! Esta é a minha dúvida a vosso respeito e meu secreto riso: eu adivinho que a meu além-do-homem chamaríeis demônio!

Ah, cansei-me desses homens mais elevados e melhores: de sua "altura" eu ansiava me afastar, para cima, para fora, para longe, para o além-do-homem!

Um horror de mim se apoderou, quando vislumbrei nus a esses melhores: cresceram-me então as asas, a me fazer pairar em futuros distantes.

Em futuros distantes, em suis mais ao sul do que algum dia sonhou um artista: para lá onde deuses se envergonham de todo traje!

Mas anseio por *vos* ver disfarçados, vós, próximos e semelhantes, e bem adornados e vaidosos, e dignos como "os bons e justos".

E disfarçado quero eu próprio me assentar entre vós – para que eu *não reconheça* nem a vós nem a mim: esta é bem a minha última prudência humana.

Assim falou Zaratustra.

A HORA MAIS SILENTE

O que me aconteceu, meus amigos? Vedes-me transtornado, daqui repelido, obediente a contragosto, pronto para ir – ah, afastar-me *de vós*!

Sim, ainda uma vez deve Zaratustra voltar à sua solidão: porém desta feita o urso retorna a contragosto à sua caverna!

O que me aconteceu? Quem o ordenou? Ah, minha irada senhora assim o quer, e fala para mim: já vos disse alguma vez o seu nome?

Ao entardecer de ontem falava eu *à minha hora mais silente*: este é o nome de minha mais temível senhora.

E assim aconteceu – pois tenho de vos dizer tudo, e para que não se endureça o vosso coração contra o que subitamente se separa!

Conheceis vós o pavor dos que adormecem?

Até as pontas dos dedos se espavorece, uma vez que o chão lhe cede e o sonho se inicia.

Esta é a parábola que conto a vós. Ontem, na hora mais silente, faltou-me chão: o sonho se iniciou.

O mostrador avançava, o relógio de minha vida tomava fôlego – jamais ouvira eu tamanho silêncio ao meu entorno: tanto que se assustou meu coração.

Então algo me falou sem voz: *"Tu o sabes, Zaratustra"*.

E eu gritei de pavor ante esse murmúrio, e o sangue se esvaiu de minha face: mas eu calei.

E eis que voltaram a falar-me sem vós: "Tu o sabes, Zaratustra, mas não o queres falar!".

E por fim respondi, como um teimoso: "Sim, eu o sei, mas não quero falar!".

Então voltaram a falar-me sem voz: "Não *queres*, Zaratustra? Não será isso também verdade? Não te escondas atrás de tua teimosia!".

E eu chorei e tremi feito uma criança e falei: "Ah, pois eu queria, mas como poderei? Dispensa-me disso! Está além de minhas forças!".

E eis que voltaram a falar-me sem voz: "Que importância tens, Zaratustra! Fala a tua palavra e despedaças-te!".

E eu respondi: "Ah, será a *minha* palavra? Quem sou *eu*? Aguardo por um mais digno; não sou digno sequer de me despedaçar contra ele".

E eis que voltaram a falar-me sem voz: "Que importância tens, Zaratustra? Ainda não és humilde o bastante. A humildade tem o mais duro dos couros".

E eu respondi: "O que já não suportou o couro da minha humildade! Aos pés de minha altura, eu habito; quão elevados serão meus cumes? Ainda ninguém me disse. Mas eu bem conheço meus vales".

E eis que voltaram a falar-me sem voz: "Ó Zaratustra, o que removeu montanhas remove também vales e baixadas".

E eu respondi: "Minha palavra ainda não removeu montanha alguma, e o que digo não alcançou as pessoas. Sim, eu me dirijo aos homens, mas ainda não cheguei até eles".

E eis que voltaram a falar-me sem voz: "Que sabes *disso*?! O orvalho cai sobre a relva quando a noite está em seu máximo silêncio".

E eu respondi: "Zombaram de mim quando encontrei meu caminho e me pus a percorrê-lo; e em verdade meus pés então estremeceram".

E assim me falaram: "Desaprendeste o caminho, agora desaprendes também o percorrer!".

E eis que me falaram sem voz: "Que te importam as suas zombarias! És alguém que desaprendeu a obedecer – agora deves ordenar!

Não sabes quem será de todos o mais necessário? Aquele que ordena algo de grande.

Realizar coisas grandes é difícil: porém mais difícil é ordenar coisas grandes.

Isto é em ti o que há de mais imperdoável: tendes o poder e não queres dominar".

E eu respondo: "Falta-me a voz do leão para tudo ordenar".

E eis que de novo me falaram como num sussurro: "As palavras mais silentes são as que trazem o temporal. Pensamentos que vêm com pés de pomba dirigem o mundo.

Ó Zaratustra, deves caminhar feito uma sombra do que deve vir: assim ordenarás, e ao ordenar terás a precedência".

E eu respondi: "Tenho vergonha".

E eis que de novo me falaram sem voz: "Tens ainda de ser uma criança e não sentir vergonha.

O orgulho da juventude ainda paira sobre ti, tarde te fizeste jovem: mas quem deseja se tornar criança deve também ainda superar a juventude".

E por um longo tempo eu ponderei e estremeci. Mas por fim eu disse o que de primeiro dissera: "Eu não quero".

Então houve risos à minha volta. Ah, como esses risos dilaceram-me as estranhas e rasgam o coração!

E eis que pela última vez voltaram a me falar: "Ó Zaratustra, teus frutos estão maduros, mas ainda não estás maduro para teus frutos!

Assim deves retornar à solidão – pois deves ainda te fazer mais tenro".

E de novo riram-se e se esvaíram: e então se fez silêncio ao meu redor, como que um duplo silêncio. Porém eu jazia no chão, e o suor me escorria dos membros.

Agora ouvistes tudo, e o porquê de eu ter de voltar à minha solidão. Nada vos calo, meus amigos.

Mas também isso ouvistes de mim, *aquele que* de todos os homens segue sendo o mais silente – e o quer ser!

Ah, meus amigos! Eu teria ainda algo a voz dizer, teria ainda algo a voz dar! Por que não o dou? Acaso serei avaro?

Mas ao que Zaratustra disse essas palavras, acometeu-lhe a violência da dor e fez-se próxima a separação de seus amigos, tanto que chorou em alta voz; e ninguém soube como consolá-lo. À noite, porém, seguiu sozinho, deixando os amigos.

TERCEIRA PARTE

Vós olhais para cima ao desejar elevação. E eu olho para cima porque estou elevado.

Quem de vós pode ao mesmo tempo rir e ser elevado?

Quem se eleva às mais altas montanhas, este ri de todas as tragédias, do palco e da vida.

Zaratustra, "Do ler e escrever"

O VIANDANTE

Era por volta da meia-noite quando Zaratustra tomou seu caminho pelas encostas da ilha, para que cedo, pela manhã, chegasse à outra costa: pois lá ele quereria tomar um barco. Havia por lá um bom ancoradouro, onde mesmo navios estrangeiros se apraziam em deitar âncora; levavam consigo os desejosos de fazer-se ao mar, deixando as ilhas bem-aventuradas. Mas ao que Zaratustra subiu o monte, no caminho recordou as muitas peregrinações solitárias da juventude, e os tantos montes e encostas e cumes que já escalara.

"Eu sou um viandante e um escalador de montanhas", disse a seu coração, "não gosto das planícies, e ao que parece não posso me ver sentado e parado muito tempo.

E seja lá o que ainda me vier como destino e vivência, sê-lo-á sempre a um viandante e a um escalador de montanhas: afinal, vive-se tão somente a si mesmo.

Esvaiu-se o tempo em que ainda se me sobrevinham acasos; e o que poderia ainda me ocorrer agora que já não me fosse próprio?

Só o que faz é voltar atrás, e finalmente volta para mim – meu próprio si-mesmo, e o que dele de há muito estava em terras estranhas, disperso entre todas as coisas e acasos.

E uma coisa ainda eu sei: estou agora perante meu último cume e perante aquele que por muito tempo me foi poupado. Ah, o meu mais árduo caminho tenho de galgar! Ah, iniciei minha peregrinação mais solitária!

Mas quem for da minha espécie não se furta a semelhante hora; a hora que lhe diz: 'Só mesmo agora percorres teu caminho de grandeza! Cume e abismo – deliberados agora em uma só coisa!

Percorres teu caminho de grandeza: converteu-se agora em teu último refúgio o que até agora se chamava teu último perigo!

Percorres teu caminho de grandeza: que seja agora tua melhor coragem não teres mais caminho algum atrás de ti!

Percorres teu caminho de grandeza: aqui ninguém te seguirá furtivamente! Teus próprios pés apagaram o caminho trás de ti, e sobre ele está escrito: impossibilidade.

E se doravante já te faltam as escadas, tens de aprender a subir sobre tua própria cabeça: como de outro modo poderias ainda subir?

Por sobre tua própria cabeça e para além de teu próprio coração! O que em ti há de mais suave ainda se converterá no que há de mais duro.

Aquele que sempre muito se poupou, ao final adoece de seu muito se poupar. Louvado seja aquilo que endurece! Não louvarei a terra onde escorrem manteiga e mel!

Aprender a *desviar* o olhar é preciso, a fim de muito ver: essa dureza é necessária a todo aquele que escala montanhas.

Mas aquele que busca o conhecimento com olhos invasivos, de que modo em todas as coisas haveria de ver mais do que razões exteriores!

Porém tu, ó Zaratustra, quiseste olhar o fundo de todas as coisas e o pano de fundo: assim deves subir para além de ti mesmo – para cima, para o alto, até teres a tua própria estrela sob ti!'

Sim! Olhar do alto para mim mesmo e até mesmo para minha estrela: só mesmo isso significaria meu *cume*, é o que ainda me restaria como meu último cume!"

Assim falou Zaratustra para si ao ascender, e consolava o coração com maximazinhas duras: pois estava ferido no coração como nunca antes estivera. E ao que chegou aos altos da encosta do monte, viu que diante dele expandia-se o outro mar: e ficou parado e calado por longo tempo. Porém fria estava a noite naquelas alturas, e clara e estrelada.

"Reconheço a minha sina", disse ele, por fim, com tristeza. "Pois bem! Estou pronto. Acaba de se iniciar minha última solidão.

Ah, este mar negro e triste sob mim! Ah, este prenhe desgosto noturno! Ah, este destino e este mar! A vós tenho de agora *descer*!

Perante meu mais elevado monte eu me ponho agora, e ante minha mais longa peregrinação: por isso preciso primeiro descer mais fundo do que algum dia desci.

Mais fundo na dor que algum dia já desci, e até para dentro de sua mais negra maré! Assim deseja o meu destino: Pois bem! Estou pronto.

'De onde vêm os mais elevados montes?', assim eu me perguntava outrora. Aprendi então que eles vêm do mar.

Esse testemunho está escrito em suas rochas e nos pendores de seus montes. Do mais fundo deve o mais elevado atingir suas alturas."

Assim falou Zaratustra no cume do monte, onde fazia frio; quando, porém, chegou próximo do mar, estando sozinho entre os rochedos, o caminho fê-lo cansado e ainda mais ansioso do que antes.

"Tudo ainda dorme neste momento", disse; "também o mar está a dormir. Embriagado de sono, em mim pousa os olhos de modo estranho.

Cálido é, porém, o modo como respira, eu o sinto. E sinto também que ele sonha. Revolve-se, a sonhar, sobre duros travesseiros.

Escuta! Escuta! Como geme, de más lembranças! Ou de más expectativas?

Ah, triste estou contigo, tu, monstro obscuro, e por tua causa chego a sentir angústia.

Ah, minha mão não tem força o bastante! De bom grado, em verdade, gostaria eu de livrar-te dos sonhos ruins!"

E enquanto assim falava, Zaratustra ria de si com tristeza e amargura. "Como?! Zaratustra!", disse ele, "quererias cantar consolações até mesmo ao mar?

Ah, tu, Zaratustra, insensato e amoroso, a transbordar em bem-aventurança e confiança! Porém assim foste sempre: acercaste-te confiante de tudo o que é terrível.

E a tudo de monstruoso ainda quiseste acariciar. Um sopro de cálida respiração, na pata um pouco de pelo macio: e em seguida estavas pronto para amar e atrair.

O *amor* é o perigo do mais solitário, o amor a todas as coisas, *bastando que apenas vivam!* De riso é, em verdade, minha insensatez e minha modéstia no amor!"

Assim falou Zaratustra, e com isso riu ainda uma vez: então pensou nos amigos que deixara – e em como os tinha ofendido com seus pensamentos, e enfureceu-se consigo por seus pensamentos. Tão logo isso se deu, o que ria se pôs a chorar – de raiva e ânsia, Zaratustra chorou amargamente.

DA VISÃO E DO ENIGMA

1

Quando entre os marinheiros correu a nova de que Zaratustra estava no barco – pois um homem vindo das ilhas bem-aventuradas subira junto com ele – produziu-se ali grande curiosidade e expectativa. Mas Zaratustra calou-se dois dias e fez-se frio e surdo de tristeza, tanto que não respondia nem a olhares nem a perguntas. Ao anoitecer do segundo dia, porém, tornou a abrir os ouvidos, ainda que se mantivesse calado: muito de estranho e perigoso havia naquele barco, vinha de longe e queria ir tanto mais longe. Mas Zaratustra era amigo de todos os que realizam longas viagens e não vivem sem perigos. E vede! Por fim o ouvir lhe soltou a língua e quebrou o gelo de seu coração – então começou a falar assim:

"Vós, audazes buscadores e tentadores de mundos, e quem quer que algum dia se tenha lançado com velas astutas por mares terríveis.

Vós, os ébrios de enigmas, que se alegrais no crepúsculo, cujas almas são atraídas com flautas a todos os abismos de errância:

Pois não quereis seguir a apalpar um fio com mão covarde; e onde podeis *adivinhar*, odiais o *deduzir* – tão somente a vós eu conto o enigma que *vi* – a visão do mais solitário."

Sombrio eu caminhava, havia pouco, ao crepúsculo, lívido feito um cadáver – sombrio e duro, lábios crispados. Nem apenas *um* sol havia se posto para mim.

Uma senda, a subir obstinadamente por entre cascalhos, uma senda maligna, solitária, que já nem ervas nem arbustos concediam: uma senda pelo monte a ranger sob meu pé obstinado.

A avançar, mudo, sobre o escarnecedor rangido dos calhaus, pisando pedras que o faziam deslizar: assim se impelia o meu pé a subir.

A subir: não obstante o espírito, a forçá-lo para baixo, para o abaixo, para o espírito de gravidade, meu demônio e arqui-inimigo.

A subir: muito embora com ele sentado em minhas costas, meio anão, meio toupeira; aleijado; aleijante; chumbo a instilar por meus ouvidos, pensamentos como gotas de chumbo a gotejar em meu cérebro.

"Ó Zaratustra", ele cochichava, zombeteiro, articulando cada sílaba, "tu, pedra de sabedoria! Arremessaste-te para o alto, porém toda pedra lançada tem de cair!"

Ó Zaratustra, tu, pedra da sabedoria, tu, pedra de estilingue, tu, destruidor de estrela! A ti mesmo te lançaste alto demais – mas toda pedra lançada tem de cair!

Condenado a ti mesmo e à tua própria lapidação: ó Zaratustra, tão longe lançaste a pedra – mas sobre ti ela cairá de volta!"

Nisso calou-se o anão; e por muito tempo. Mas seu calar me oprimia; em tais circunstâncias, em verdade se está mais solitário a dois do que sozinho!

Eu subia, eu subia, eu sonhava, eu pensava – porém tudo me pressionava. Eu era como um enfermo tornado cansado pelo martírio atroz, a quem um sonho ainda mais atroz vem de novo despertar do sono.

Mas há algo em mim a que chamo coragem: esta até agora abateu de morte em mim todo o desalento. Essa coragem ordenou-me, por fim, parar e falar: "Anão! Tu! Ou eu!".

É a coragem, precisamente, o melhor matador – coragem, *a tomar de assalto*: pois em todo assalto há um toque de fanfarra.

Mas o homem é o animal mais corajoso: nisso ele supera todo animal. Com toques de fanfarra superou mesmo toda a dor; a dor do homem é, porém, a dor mais profunda.

A coragem golpeia de morte até mesmo a vertigem ante os abismos: e onde não estaria o homem ante abismos?! O próprio ver não será ver abismos?

A coragem é o melhor matador: a coragem golpeia de morte mesmo a compaixão. Mas a compaixão é o mais profundo abismo: quanto mais fundo olha o homem a vida, mais fundo olha também o sofrimento.

Mas a coragem é o melhor matador, coragem que toma de assalto; abate de morte até mesmo a morte: "Era *isso* a vida? Pois bem! Mais uma vez!".

Em tais máximas, no entanto, muito se tem de toque de fanfarra. Quem tiver ouvidos para ouvir, que ouça.

2

"Alto! Anão!", disse eu. "Eu! Ou tu! Mas eu sou o mais forte de nós dois – tu não conheces meu pensamento abissal! *Este* não poderias suportá-lo!"

Então sucedeu algo que me deixou mais leve: pois o anão saltou de meu ombro, o curioso! E agarrou-se numa pedra à minha frente. Mas tínhamos nos detido justamente ali, diante do portal.

"Vede este portal! Anão!", prossegui a dizer, "duas faces ele tem. Dois caminhos vêm aqui se juntar – ainda ninguém os percorreu até o fim.

Esta rua comprida que leva para trás: dura uma eternidade. E aquela rua comprida que leva para adiante: esta é outra eternidade.

Eles se contradizem, esses caminhos; vêm se chocar de cabeça; e aqui, neste portal, é onde vêm se juntar. O nome do portal está escrito acima: 'instante'.

Mas quem continuasse a seguir por algum deles – e fosse sempre adiante e mais adiante: pensas tu, anão, que eternamente esses caminhos se contradiriam?"

"Tudo o quanto é reto mente", murmurou o anão, com desprezo. "Toda a verdade é sinuosa, o próprio tempo é uma cruz."

"Tu, espírito de gravidade!", disse eu, zangado, "não faz para ti as coisas tão leves! Ou deixo-te agarrado onde estás, pé aleijado – e eu que te trouxe *para o alto!*

Vede", continuei a falar, "este instante! Deste portal chamado instante uma longa rua eterna *leva para trás*: atrás de nós há uma eternidade.

De todas as coisas, o que *pode* caminhar já não deve alguma vez ter percorrido essa rua? De todas as coisas, o que *pode* acontecer já não deve alguma vez ter acontecido, e se ter feito, e transcorrido?

E se tudo já existiu: que pensas tu, anão, deste instante? Também este portal já não terá existido?

E desse modo não estarão todas as coisas atreladas com firmeza, já que este instante arrasta para si *todas* as coisas vindouras? *Assim* fazendo – até consigo mesmo?

Pois, o que de todas as coisas *pode* caminhar, também *para adiante* nesta longa rua – *terá* de caminhar ainda uma vez!

E essa vagarosa aranha, que rasteja sob a luz do luar, e esse mesmo luar, e eu e tu no portal, a cochichar um ao outro, a cochichar de coisas eternas – não teremos nós todos já existido?

E vir de novo e caminhar por aquela outra rua, a levar para adiante, à nossa frente, nesta longa e tenebrosa rua – não teremos nós de voltar eternamente?"

Assim eu disse, em tom cada vez mais baixo: pois eu temia meus próprios pensamentos e pensamentos de transfundo. E eis que, subitamente, ouvi um cão *uivar* por perto.

Teria ouvido alguma vez um cão uivar assim? Meu pensamento correu atrás. Sim! Quando eu era criança, na mais tenra infância:

Então ouvi um cão uivar assim. E o vi também com o pelo eriçado, cabeça para cima, trêmulo, na mais silente meia-noite, quando até os cães creem em fantasmas:

De modo que dele senti pena. Pois bem naquela lua cheia, em silêncio de morte, por sobre a casa parou um disco incandescente – parado sobre o telhado plano, como sobre propriedade alheia.

Isso então fez assustar o cão: afinal, cães acreditam em ladrões e fantasmas. E ao que de novo o ouvi a uivar, de novo apiedei-me dele.

Para onde tinha ido o anão? E o portal? E a aranha? E todos os cochichos? Eu estaria sonhando? Estaria desperto? Entre penhascos selvagens de uma vez eu me encontrei, sozinho, desolado, no mais desolado luar.

Porém ali jazia um homem! E então! O cão, a saltar, pelo eriçado, aos choramingos – agora ele me via chegar –, e tornava a uivar, e *a gritar*: alguma vez ouvira um cão gritar por socorro assim?

E, em verdade, o que eu via jamais vira algo igual. Eu via um jovem pastor a se retorcer, a sufocar, a convulsionar, com o semblante retorcido, e de sua boca pendia uma serpente pesada e negra.

Vira eu alguma vez tanto asco e lívido horror *num único* semblante? Teria ele dormido? A serpente então lhe teria rastejado pela garganta – e a teria mordido com força.

Minha mão puxou a serpente e puxou de novo: em vão! Não conseguiu arrancar a serpente da garganta. Nisso escapou de mim um grito: "Morde! Morde!".

"Decepa-lhe a cabeça! Morde!" foi o grito que escapou de mim, meu horror, meu ódio, meu asco, minha piedade, tudo de bom e de mau saía de mim *com um só* grito.

Vós, audazes em torno de mim! Vós buscadores, tentadores, e quem de vós que se tiver lançado com velas astuciosas por mares inexplorados! Vós que se alegrais com enigmas!

Decifrai o enigma que eu contemplara então, interpretai-me a visão do mais solitário!

Pois foi uma visão e uma antevisão: *o que* eu vi então em forma de alegoria? E *quem* é aquele que algum dia ainda há de vir?

Quem é o pastor por cuja garganta rastejava a serpente? *Quem* é o homem em cuja garganta rastejará o mais pesado, o mais negro?

Mas o pastor mordeu, como lhe aconselhou meu grito; mordeu com boa mordida! E para longe cuspiu a cabeça da serpente: e de um salto se pôs de pé.

Já não pastor, já não homem – um transformado, um translumbrado, que *latia*! Nunca jamais sobre a terra alguém riu como *ele* ria!

Ó meus irmãos, eu ouço um riso, que não é riso de homem – e agora me devora uma sede, uma ansiedade, que jamais se extinguirá.

Minha ansiedade por esse riso me devora: oh, como ainda suporto viver! E como suportaria agora morrer!

Assim falou Zaratustra.

DA BEM-AVENTURANÇA CONTRA A VONTADE

Com tais enigmas e amarguras no coração, Zaratustra conduziu-se em viagem por mar. Mas quando estava já a quatro dias de viagem das ilhas bem-aventuradas e dos amigos, superava toda a sua dor – vitorioso e com pés firmes, ele de novo se punha sobre seu destino. E então assim falou à sua jubilosa consciência:

A sós novamente estou, a sós com meu puro céu e meu livre mar; e de novo me circunda a tarde.

Fora à tarde que eu pela primeira vez encontrara meus amigos, e à tarde os encontrava também agora – na hora em que toda a luz se faz silente.

Pois o que de felicidade encontra-se ainda a meio caminho entre céu e Terra, procura então, como abrigo, uma alma luminosa: *de felicidade* toda luz se fez agora mais silente.

Ó, tarde de minha vida! Em outro tempo também a *minha* felicidade desceu ao vale, para ali buscar abrigo: e eis que encontrou essas almas abertas e hospitaleiras.

Ó, tarde de minha vida! O que eu não teria dado para que tivesse *uma só coisa*: esta viva plantação de meus pensamentos e esta luz da manhã de minha mais alta esperança!

Companheiros de viagem outrora buscou o criador, e filhos de *sua* esperança: e vede, aconteceu de não os poder encontrar, a não ser que a si mesmo os criasse.

Assim eu me encontro no meio de minha obra, indo para meus filhos e deles voltando: por querer a seus filhos, Zaratustra tem de a si mesmo consumar.

Pois no fundo se ama tão somente a seu filho e obra; e lá onde se tem um grande amor por si, ali se tem sinal de gravidez: assim foi que enxerguei.

Ainda verdes me estão meus filhos, em sua primeira primavera, próximos uns dos outros, e sacudidas juntas pelo vento encontram-se as árvores de meu jardim e da melhor de minhas herdades.

E em verdade! Onde tais árvores se apinham, ali *há* ilhas bem-aventuradas!

Porém um dia eu hei de arrancá-las e colocá-las separadas: para que se aprenda a solidão, e a teimosia e a cautela.

Nodosa e retorcida, e com dureza flexível deverá ela estar junto ao mar, um farol vivente de vida invencível.

Lá, por onde as tempestades se precipitaram para o mar, e onde a tromba da montanha bebe água, ali deve cada qual ter sua vigília de dia e de noite, para *seu* exame e conhecimento.

Conhecido e examinado ele deve ser, para que se saiba se é de minha espécie e procedência – se é senhor de uma longa vontade, calado mesmo quando fala, e de tal maneira dadivoso que, ao dar, *tome*:

Para que algum dia seja meu companheiro de viagem, a partilhar da criação e do júbilo de Zaratustra: alguém que escreva a minha vontade em minhas tábuas – para a mais plena consumação de todas as coisas.

E por amor a ele e a seus iguais tenho eu mesmo de consumar *a mim*: por isso agora me desvio de minha felicidade e me ofereço a toda a infelicidade – para a *minha* derradeira prova e conhecimento.

E em verdade, chegado era o tempo de me ir; e da sombra do caminhante e do mais longo instante e da hora mais silente – todos me diziam: "é mais do que tempo!".

E vento me soprava pelo buraco da fechadura a dizer "vem!". A porta se me abria astutamente a dizer "vem!".

Mas eu jazia acorrentado ao amor pelos meus filhos: o desejo colocava-me esse laço, o desejo por amor, de fazer-me presa de meus filhos e de neles me perder.

Desejar – tal já significa para mim: ter-me perdido. *Eu vos tenho, meus filhos*! Nesse ter, tudo deve ser segurança e nada há de ser desejo.

Mas a encubar-me jazia sobre mim o sol do meu amor, no próprio suco estava a cozer Zaratustra – então sombras e dúvidas passaram voando sobre mim.

Por gelo e frio eu já me apetecia: "Oh, esse gelo e inverno fizeram-me de novo estalar os ossos e ranger os dentes!", eu suspirava: de mim então se alçavam névoas glaciais.

Meu passado rompeu-lhe os sepulcros, e despertou mais de uma dor enterrada viva – tão logo adormecida, ocultou-se em sudários.

Assim todas as coisas gritaram-me em signos: "é tempo!". Porém eu nada ouvia: até que por fim meu abismo se agitou e mordeu-me o meu pensamento.

Ah, pensamento abissal, que és *meu* pensamento! Quando encontrei a força para ouvir-te cavar e não mais estremecer?

Até a garganta me sobem as batidas do coração quando te ouço cavar! Teu silêncio ainda quer me estrangular, tu, abismal silencioso!

Nunca jamais me atrevi a chamar-te *para cima*: suficiente já foi que eu comigo te carregasse! Eu ainda não era suficientemente forte para a última petulância e arrogância do leão.

Bem terrível tem sido sempre para mim o teu peso: mas algum dia ainda hei de encontrar a força e a voz do leão, que te chama para cima!

Apenas quando eu já tiver superado isso, quererei superar também algo maior; e uma *vitória* virá selar a minha consumação!

Nesse ínterim, ainda me impulsiono por mares incertos; o acaso me adula com sua língua pegajosa; olho para adiante e para trás – ainda não vejo fim algum.

Ainda não chegou a hora de minha última batalha – ou estará justamente chegando agora? Em verdade, com pérfida beleza contempla-me o mar e a vida ao meu entorno.

Ó tarde de minha vida! Ó felicidade do entardecer! Ó porto em alto mar! Ó paz na incerteza! Como desconfio de todos vós!

Em verdade, desconfio de vossa pérfida beleza! Pareço-me ao amante, que desconfia do sorriso por demais aveludado.

Assim como o ciumento afasta de si a mais amada, ainda terno em sua dureza, da mesma forma afasto de mim essa hora bem-aventurada.

Para longe, tu, hora bem-aventurada! Contigo veio a mim, contra a vontade, uma bem-aventurança! Disposto para com minha dor mais profunda eu me ponho aqui: chegaste em hora errada!

Para longe, tu, hora bem-aventurada! Melhor tomares pousada lá – junto de meus filhos! Depressa! E os abençoa antes de cair a noite, com *a minha* felicidade!

Eis que a noite se aproxima: o sol se põe. Vai-te minha felicidade!

Assim falou Zaratustra: E por sua desdita esperou a noite inteira: mas esperou em vão. A noite se manteve clara e silente, e mesmo a felicidade pôde lhe chegar sempre mais perto. Mas pela manhã Zaratustra ria em seu coração e dizia, com escárnio: "a sorte corre atrás de mim. Isso se deve a eu já não correr atrás de mulheres. A sorte, porém, é uma mulher".

ANTES DO NASCER DO SOL

Ó céu sobre mim, tu, mais puro! Mais profundo! Tu, abismo de luz! A contemplar-te estremeço de ânsias divinas.

Lançar-me à tua altura – esta é a minha profundeza! Em tua pureza me refugiar – esta é a *minha* inocência!

Sua beleza encoberta pelo Deus: assim ocultas a tua estrela. Tu não falas: *assim* me anuncias a tua sabedoria.

Mudo sobre o mar a bramir, hoje tu saíste para mim, teu amor e teu pudor trazendo revelação à minha alma a bramir.

Que assim belo vieste a mim, encoberto em tua beleza, que mudo falaste a mim, revelado em tua sabedoria:

Oh, como não iria adivinhar todos os pudores de tua alma! Antes do sol vieste a mim, o mais solitário.

Somos amigos desde o início: comuns nos são o pesar, o horror, a profundeza; mesmo o sol nos é comum.

Não falamos um ao outro, porque já sabemos demais: calamo-nos, e sorrimos nosso saber um ao outro.

Não serás a luz para o meu fogo? Não terás a alma gêmea para o meu conhecimento?

Juntos aprendemos tudo; juntos aprendemos a sobre nós mesmos nos alçar e o desanuviado sorrir:

Sorrir desanuviado para baixo, por olhos luminosos e de distâncias longínquas, quando sob nós coação e fins e culpa exalam feito chuva.

E a caminhar a sós: *de quem* minha alma sentiria fome, em noites e sendas equivocadas? E ao subir montanhas, *a quem* eu buscava, se não a ti, pelas montanhas?

E todo o meu caminhar e subir montanhas: uma necessidade era tão só, e um recurso do desvalido – *voar* sozinha quer a minha inteira vontade, voar para dentro *de ti*!

E a quem eu odiava mais do que as nuvens passageiras e a tudo o quanto te mancha? E até a meu próprio olho eu odiava, porque te manchava!

Tenho aversão às nuvens passageiras, felinos saqueadores e sorrateiros: tiram de ti e de mim o que nos é comum – o imenso e ilimitado sim e amém.

Tenho aversão a essas mediadoras e intrometidas, as nuvens passageiras: essas meio isso e meio aquilo, que não aprenderam a bendizer nem a maldizer a fundo.

Prefiro estar sentado no tonel sob o céu encoberto, prefiro me sentar no abismo sem céu, do que te ver, céu de luz, manchado com nuvens passageiras!

E com frequência tive ganas de atá-las com ziguezagueantes arames de ouro de raios, e isso para que, igual ao raio, tocasse bumbo na caldeira de seu ventre:

Um enraivecido toque de bumbo, porque elas saqueiam teu sim! e teu amém!, tu, céu sobre mim, tu, mais puro! Luminoso! Abismo de luz! – porque elas saqueiam *meu* sim! e amém!

Pois ainda prefiro ruído e estrondo e maldições climáticas a esta calma circunspecta e vacilante dos felinos; e mesmo entre homens o que odeio mais são os sem-ruídos e meio-isso e meio-aquilo, vacilantes, hesitantes nuvens passageiras.

E "quem não pode abençoar deve *aprender* a amaldiçoar!" – essa clara doutrina caiu-me do céu claro, essa estrela põe-se em meu céu mesmo nas noites mais escuras.

Eu, porém, sou um dos que abençoa e diz sim, quando me circundas, tu, mais puro! Mais luminoso! Tu, luz do abismo! – a todos os abismos ainda levo meu abençoante dizer-sim.

Um dos que abençoa eu me tornei, e um que diz sim: e para tanto por longo tempo eu lutei, e fui um lutador para que um dia mãos livres eu tivesse, para abençoar.

Esta, porém, é a minha bênção: sobre cada coisa estar, como seu próprio céu, como seu teto arredondado, sua campana azul anil e sua eterna certeza: e bem-aventurado aquele que abençoa assim!

Pois todas as coisas são batizadas na fonte da eternidade e para além de bem e mal; os próprios bem e mal, porém, são apenas sombras interpostas e tribulações úmidas e nuvens passageiras.

Em verdade, o que ensino é uma bênção, de modo algum uma blasfêmia: "sobre todas as coisas está o céu acaso, o céu inocência, o céu contingência, o céu arrogância".

"Por acaso" – esta é a mais velha nobreza do mundo, a ela devolvi todas as coisas, a redimi-las da servidão aos fins.

Essa liberdade e celestial serenidade, coloquei-a tal como campana azul anil sobre todas as coisas, enquanto ensinava que sobre todas as coisas e através delas não há "vontade eterna" alguma.

Essa arrogância e essa insensatez, inseri-as na posição daquele querer ao que ensinava: "em todas as coisas uma é impossível – a racionalidade!".

Um *pouco* de razão, por certo, uma semente de sabedoria dispersa de estrela a estrela – esse fermento encontra-se mesclado a todas as coisas: por amor à insensatez, tem-se a sabedoria mesclada em todas as coisas!

Um pouco de sabedoria já é possível; mas essa bem-aventurada segurança encontrei em todas as coisas: e elas preferem *dançar* sobre os pés do acaso.

Ó, céu sobre mim, céu puro! Elevado! Pois esta me é a tua pureza, a de não existir nenhuma aranha eterna e nenhuma teia da razão:

A de seres para mim salão de baile para acasos divinos, a de seres para mim mesa de deuses para dados divinos e jogadores divinos!

Mas ora, enrubesces? Disse eu algo indizível? Blasfemei ao querer bendizer?

Ou terá sido o rubor a dois a enrubescer-te? Ordenas-me ir e calar porque agora faz-se chegado o *dia*?

O mundo é profundo – e mais profundo do que jamais se pensou o dia. Nem tudo tem o direito à palavra antes do dia. Mas o dia chega: assim ora nos separamos!

Ó céu sobre mim, céu envergonhado! Céu incandescente! Ó tu, felicidade minha antes do nascer do sol! É chegado o dia: assim ora nos separamos!

Assim falou Zaratustra.

DA VIRTUDE QUE APEQUENA

1

Ao que Zaratustra se viu novamente em terra firme, não foi diretamente à sua montanha e à sua caverna, mas fez muitos caminhos e perguntas, informou-se disso e daquilo de tal modo que, por gracejo, disse de si: "Eis aqui um rio, que dando muitas voltas retorna a fluir para a fonte!". Pois ele queria inteirar-se do que nesse meio-tempo sucedera *com o homem*: sobre se teria ficado maior ou menor. E certa vez viu uma série de casas novas; então maravilhou-se e disse:

"Que significam essas casas? Em verdade, nenhuma alma grande as posicionou aí, a simbolizarem a si mesmas!

Alguma criança estúpida as teria tirado de sua caixa de brinquedos? Que então outra criança volte a guardá-las na sua!

E esses quartos e câmaras: poderão *homens* dali sair e entrar? Parecem feitos para bonecas de seda; ou para gatos petisqueiros, que eles próprios se dão a petiscar."

E Zaratustra estancou e se pôs a refletir. Por fim disse, aflito: "*Tudo se tornou pequeno!*

Por toda parte vejo portas rebaixadas: quem for da minha espécie ainda poderá passar por elas — mas terá de se curvar!

Oh, quando poderei voltar à minha pátria, onde já não terei de me curvar — já não terei de me curvar *ante os pequenos!*". E Zaratustra suspirou e olhou ao longe.

E nesse mesmo dia proferiu o discurso sobre a virtude que apequena.

2

Passo por entre essa gente e mantenho os olhos abertos: não me perdoam eu não estar invejoso de suas virtudes.

Intentam morder-me porque eu digo a eles: para pessoas pequenas, virtudes pequenas se fazem necessárias – e porque me é duro aceitar que pessoas pequenas sejam *necessárias*!

Ainda me pareço ao galo em quintal alheio, bicado até pelas galinhas; mas não levo a mal essas galinhas.

Cortês eu sou para com elas, e com todos os aborrecimentos pequenos; espinhar-se contra o pequeno me parece uma sabedoria de ouriço.

Todos falam de mim quando à noite se sentam ao fogo – falam de mim, e, contudo, ninguém pensa – em mim!

É este o novo silêncio que aprendi: o ruído ao meu redor estende um manto sobre meus pensamentos.

Alvoroçam-se entre si: "o que quer de nós esta nuvem sombria? Cuidemos para que não nos traga uma peste!".

E mesmo agora uma mulher puxou para si o filho, ele queria vir a mim: "Levais embora as crianças!", ela gritava; "olhos como esses chamuscam as almas infantis."

Eles tossem quando eu falo: pensam o tossir como sendo objeção a ventos fortes – não depreendem nada do bramir de minha felicidade!

"Ainda não temos tempo para Zaratustra", assim objetam; mas que importância terá um tempo, que para Zaratustra "não possui tempo algum?".

E mesmo quando me enaltecem: como poderia eu adormecer sobre o *seu* enaltecimento? Um cinturão de espinhos me é o seu elogio: arranha-me mesmo quando o tiro de mim.

E também isto aprendi entre eles: aquele que louva põe-se como se retribuísse, quando na verdade quer mais ser presenteado!

Pergunte ao meu pé se lhe agrada seu modo de louvar e atrair! Em verdade, em tal compasso e tique-taque não deseja nem dançar nem ficar parado.

A pequenas virtudes gostariam de me atrair e por elas me louvar; para o tique-taque da pequena felicidade gostariam de convencer meu pé.

Passo por entre esse povo e mantenho os olhos abertos: fizeram-se pequenos e far-se-ão sempre ainda pequenos – *isso, porém, faz a sua doutrina de felicidade e virtude.*

O caso é que na virtude eles também são modestos – pois querem satisfação. Mas somente uma virtude modesta condiz com a satisfação.

Por certo que à sua maneira também aprendem a avançar e a progredir: a isso chamo de seu *coxear*. Com isso fazem-se um estorvo para quem quer que tenha pressa.

Alguns deles caminham para a frente e nisso olham para trás, com a nuca enrijecida: a estes me apraz atropelar.

Pés e olhos não devem mentir, nem mutuamente. Porém muita mentira há entre as pessoas pequenas.

Alguns deles *desejam*, a maioria, porém, é apenas instrumento do desejo alheio. Alguns deles são autênticos, a maioria, porém, é de maus autores.

Há entre eles autores sem saber e autores sem querer – cada vez mais raros são os autênticos, em especial os autores autênticos.

Virilidade aqui se faz escassa: daí se masculinizarem suas mulheres. Pois só mesmo quem for suficientemente viril *redimirá*, na mulher, *a mulher*.

E esta é a hipocrisia pior que entre eles encontrei: a de que também eles, os que mandam, afetam a virtude dos que servem.

"Eu sirvo, tu serves, nós servimos", assim reza também aqui a hipocrisia dos que dominam – e ai de quando o primeiro senhor for *apenas* o primeiro servidor!

Ah, também em suas hipocrisias bem se extraviou a curiosidade de meus olhos; e eu bem adivinhei toda a sua felicidade de moscas e seu zumbido em torno a vidraças ensolaradas.

Tanta bondade, tanta fraqueza vejo eu. Tanta justiça e compaixão, tanta fraqueza.

Redondos, corretos e bondosos são uns para com os outros, tal como são redondos os grãos de areia, e corretos e bondosos para com grãos de areia.

Com modéstia abraçar uma pequena felicidade – a isso chamam "resignação"! E, com isso, modestamente já olham de soslaio uma pequena felicidade que seja nova.

De modo inocente, no fundo, mais do que tudo, querem uma coisa: que ninguém lhes faça mal. São assim prevenidos para com todos e lhes fazem bem.

Isto, porém, é *covardia*: ainda que se lhe chame "virtude".

E se alguma vez fala com rispidez, essa pequena gente: nisso ouço apenas sua rouquidão – já que roucos os deixa qualquer corrente de ar.

Sagazes eles são, e suas virtudes têm dedos sagazes. Porém faltam-lhes os punhos, seus dedos não sabem o que atrás dos punhos se oculta.

Virtude lhes é o que torna modesto e manso: com isso, do lobo fazem um cão, e do próprio homem, o melhor animal doméstico do homem.

"Botamos nossa cadeira no *meio*", isso me diz seu riso furtivo, "e tão longe dos esgrimistas moribundos quanto dos porcos saciados."

Porém isso é *mediocridade*: ainda que se chame moderação.

3

Eu caminho por entre esse povo deixando cair algumas palavras: mas eles não sabem pegar nem conservar.

Admiram-se de que eu não tenha vindo lhes vituperar prazeres e vícios; e em verdade, tampouco os vim advertir dos batedores de carteira!

Eles se admiram de eu não estar disposto a aguçar e afinar sua sagacidade ainda mais: como se já não tivessem sagacidade o bastante, e sua voz rabisca-me os ouvidos como lápis na lousa!

E quando eu clamo: "Malditos todos os covardes diabos em vós, que gostariam de suplicar e unir as mãos e adorar", assim suplicam: "Zaratustra é sem-deus".

E em especial a si mesmos chamam de mestres de resignação; mas precisamente a eles me apraz gritar no ouvido: Sim! Eu sou Zaratustra, o sem-deus!

Esses mestres da resignação! Por toda a parte onde há algo pequeno e enfermo e sarnento, feito piolhos; e só mesmo o meu asco me impede de esmagá-los.

Pois bem! Este é meu sermão para *seus* ouvidos: eu sou Zaratustra, o sem-deus, que diz "quem será mais sem-deus do que eu, para eu desfrutar de sua instrução?".

Eu sou Zaratustra, o sem-deus: onde encontro meus iguais? E meus iguais são todos aqueles que a si mesmo dão sua própria vontade e tiram de si toda resignação.

Eu sou Zaratustra, o sem-deus: em *minha* panela cozinho todo e qualquer acaso. E só mesmo quando está bem cozido, dou-lhe as boas-vindas como minha *refeição*.

E em verdade, mais de um acaso vem a mim com ares imperiosos: mas tanto mais imperiosa lhes fala a minha vontade – e nisso ele se põe de joelhos, a implorar.

Implorando para que em mim encontre abrigo e coração, a dizer de forma aduladora: "Vede, pois, ó Zaratustra, como só o amigo vem ao amigo!".

Ora, mas o que estou a falar onde ninguém tem *meus* ouvidos! E desse modo quero bradar daqui para todos os ventos:

Estais vos tornando cada vez menores, gente pequena! Esmigalhai-vos, vós aconchegados! Ainda acabareis por perecer:

Por causa de vossas muitas pequenas virtudes, de vossas muitas pequenas omissões, de vossas muitas pequenas resignações!

Por demais indulgente, por demais condescendente: assim é vosso subsolo! Mas para que uma árvore se torne *grande*, para tanto terá de deitar raízes em torno de rochas duras!

Também o que deixais de fazer tece um tecido de todo o futuro humano; mesmo vosso nada é uma teia de aranha e uma aranha, a viver de sangue do futuro.

E se tomais algo, é como se o furtásseis, vós pequenos virtuosos; mas mesmo entre os patifes a *honra* fala: "deve-se furtar só mesmo onde não se pode saquear".

"Isso se tem" – também esta é uma doutrina de resignação. Mas eu vos digo, a vós aconchegados: isso *se tira* e será cada vez mais tirado de vós!

Ah, se de vós alijásseis todo *meio* querer e se vos decidísseis tanto pela indolência quanto pela ação!

Ah, se vós entendêsseis a minha palavra: "fazei sempre o que quiséreis – mas sede o primeiro entre aqueles que *podem querer*!".

"Amai sempre a vosso próximo como a vós mesmos – mas sede o primeiro entre aqueles que *amam a si mesmos*.

Que amam com o grande amor, que amam com o grande desprezo!" Assim falava Zaratustra, o sem-deus.

Mas para que falar onde ninguém tem *meus* ouvidos! Esta hora me é ainda algo de muito cedo.

Meu próprio precursor sou eu entre essa gente, meu próprio canto do galo pelas ruas escuras.

Mas *vossa* hora se aproxima! E também a minha se aproxima! De hora em hora se tornam menores, mais pobres, mais estéreis – pobre erva! pobre solo!

E *logo* vão estar perante mim como relva seca e como estepe, e em verdade! Cansados de si mesmos – e mais ainda que de água –, sequiosos de *fogo*!

Ó, abençoada hora do raio! Ó, segredo do meio-dia! Algum dia os quererei converter em fogo que se alastra e em anunciadores com línguas de fogo:

Anunciar deverão algum dia, com línguas de fogo: ele vem, ele se aproxima, *o grande meio-dia!*

Assim falou Zaratustra.

NO MONTE DAS OLIVEIRAS

O inverno, hóspede ruim, assentou-se comigo em casa; azuis estão minhas mãos, do aperto de sua amizade.

Eu honro a esse hóspede ruim, porém me apraz deixá-lo sozinho. Correr dele é algo que me apraz; e se se corre *bem*, assim dele se escapa!

Com pés quentes e pensamentos quentes corro para onde o vento estanca, – para o canto ensolarado de meu monte das oliveiras.

Assim eu rio de meu hóspede severo, e ainda grato lhe sou por expulsar as moscas de casa e fazer calar muitos pequenos ruídos.

O que ele não suporta é que se ponha a cantar um mosquito ou mesmo dois; mesmo a rua, ele a põe tão solitária que a luz teme nela penetrar à noite.

Um hóspede endurecido ele é – mas eu o respeito, e não rezo, como os delicados, ao barrigudo ídolo do fogo.

É preferível ainda bater um pouco os dentes que adorar a ídolos! – assim deseja meu modo de ser. E sou especialmente hostil a todos os abrasados vaporizados abafados ídolos de fogo.

A quem amo, melhor o amo no inverno que no verão; e agora escarneço de meus inimigos e mais cordialmente, desde que o inverno em minha casa se assentou.

Cordialmente em verdade, mesmo quando *me arrasto* para a cama: ali ainda se ri e fanfarrona minha sorte rastejante; ri ainda meu sonho mentiroso.

Eu – um rastejante? Jamais na vida rastejei ante poderosos; e se algum dia menti, menti por amor. Por isso estou contente mesmo em cama de inverno.

Uma cama diminuta me aquece mais do que uma cama rica, pois tenho ciúme de minha pobreza. E no inverno ela me é mais fiel.

Com uma maldade eu começo cada dia, escarneço do inverno com um banho frio: isso faz grunhir meu severo amigo doméstico.

Também me apraz fazer-lhe cócegas com uma vela de cera: para que enfim me permita fazer o céu sair de um crepúsculo acinzentado.

Especialmente maldoso eu sou, sobretudo pela manhã: de manhãzinha, com o balde a retinir no poço e os cavalos a relinchar por ruas cinzentas:

Aguardo impaciente que finalmente se faça um céu claro, o céu de inverno com barbas de neve, o ancião de cabeça branca.

O céu de inverno, o silencioso, que não raro silencia o seu sol!

Acaso eu com ele aprendi o longo e luminoso calar? Ou terá ele aprendido de mim? Ou cada um de nós inventou-o por si só?

A origem de todas as coisas boas é multivariada – todas as coisas boas e travessas saltam de prazer para a existência: como poderiam fazer tão somente isso – uma vez!

Coisa boa e travessa é também o longo silêncio, assim como olhar o céu de inverno por um luminoso semblante, de olhos redondos:

Tal como ele, silenciar seu sol e sua inabalável vontade solar: em verdade, essa arte e essa traquinagem invernal eu aprendi *bem*!

Minha maldade e arte mais querida é a de que meu silêncio aprendeu a não se trair pelo silêncio.

A matraquear com palavras e dados, eu engano a meus solenes vigias: de todos esses severos guardiães deverão escapulir minha vontade e meu alvo.

Que ninguém veja no fundo de minha última vontade – para tal inventei para mim o longo e luminoso silêncio.

Mais de um homem sagaz eu encontrei: com véus ele cobria o semblante e turvava a sua água, para que ninguém pudesse ver através deles e por baixo dela.

Mas justamente com ele foram ter os desconfiados e quebradores de noz tanto mais sagazes: e logo dele pescaram os peixes mais escondidos!

Já os claros, os corajosos, os transparentes, ao contrário – são para mim os silentes mais sagazes: tão *profundo* é o seu fundo que mesmo a mais límpida água não o trai.

Teu silente céu invernal de barbas de neve, tua alva cabeça de olhos redondos por sobre mim! Oh, teu símbolo celestial de minha alma e de sua petulância!

Não *terei de* me esconder, como alguém que tivesse engolido ouro, para que não me estripem a alma?

Não terei de levar estacas, para que não *menosprezem* minhas longas pernas – todos esses invejosos e lamentosos à minha volta?

Essas almas enfumaçadas, abafadas, gastas, emboloradas, azedadas – como *poderia* a sua inveja suportar a minha felicidade!

Assim, mostro-lhes tão somente o gelo e o inverno de meus cumes – e *não* que meu monte venha a se cindir também em torno a todos os cinturões do Sol!

Ouvem tão somente meu temporal de inverno a silvar: e *não* que eu navegue também por mares plácidos, como os ansiosos, graves e quentes ventos do Sol.

Continuam a sentir pena de meus reveses e acasos: mas *minha* palavra diz: "deixai vir a mim o acaso; é inocente, feito uma criancinha!".

Como *poderiam* suportar minha felicidade se em torno de minha sorte não pusesse eu reveses e misérias invernais e gorros de pele de urso e capas de céu em neve?!

Se eu mesmo não me apiedasse de sua compaixão – da compaixão desses invejosos e lamentosos!

Se eu mesmo não suspirasse e tremesse de frio diante deles, e não me *deixasse* pacientemente enrolar em sua compaixão!

Esta é a sábia petulância e benevolência de minha alma, a de não ocultar seu inverno e suas tempestades de frio; ela tampouco oculta suas frieiras.

A solidão de um é a fuga do enfermo; a solidão do outro, a fuga *dos* enfermos.

Que me ouçam tiritar e suspirar pelo frio de inverno, todos esses pobres e vesgos patifes à minha volta! Com tais suspiros e tremores fujo até mesmo de seus cômodos aquecidos.

Possam eles comigo se compadecer e suspirar em razão de minhas frieiras: "No gelo do conhecimento ele esfriará mesmo a nós!", assim lamentam.

Nesse ínterim corro com pés quentes, de um lado a outro em meu monte das oliveiras: no recanto ensolarado de meu monte das oliveiras eu canto e escarneço de toda a compaixão.

Assim falou Zaratustra.

DO PASSAR AO LARGO

Assim, atravessando lentamente muito povo e muitas cidades, dando rodeios Zaratustra regressou a sua montanha e a sua caverna. E eis que, sem que disso fosse dando conta, chegou também ao portão de uma *grande cidade*: ali, porém, pulou um louco a espumar pelos lábios, mãos estendidas para ele, cercando-lhe no caminho. E esse era o mesmo louco chamado pelo povo de "o macaco de Zaratustra": pois ele copiara algo do fraseado e da cadência de seus discursos e também se aprazia em tirar proveito de sua sabedoria. Mas o louco falou assim para Zaratustra:

"Ó Zaratustra, aqui está a grande cidade: aqui nada tens a procurar e tudo tens a perder.

Por que desejarias tu vaguear por este pântano? Tende compaixão para com teu pé! Preferível é cuspires no portão da cidade – e dar meia-volta!

Aqui é o inferno para o pensamento de eremitas: aqui grandes pensamentos são refogados vivos e cozidos em cubinhos.

Aqui apodrecem todos os grandes sentimentos: aqui só mesmo sentimentozinhos secos têm a permissão de estalar!

Tu não sentes o cheiro dos matadouros e das cantinas do espírito? Não exala esta cidade os vapores do espírito abatido?

Não vês as almas penduradas feito trapos sujos e dormentes? – e ainda fazem jornais com esses trapos!

Não ouves como o espírito aqui se fez jogo de palavras? Repugnante lavagem de palavras a dele jorrar! — e ainda fazem jornais dessas lavagens de palavras.

Provocam-se uns aos outros e não sabem para quê? Abrasam-se uns aos outros e não sabem por quê? Tilintam com seu latão, ressoam com seu ouro.

São frios e buscam calor nos aguardentes; acalorados estão e buscam refrigério em espíritos congelados; estão todos consumidos e viciados por opiniões públicas.

Todos os prazeres e vícios têm aqui sua morada; porém aqui há também virtuosos, há muita virtude empregável empregada:

Muita virtude empregável com dedos de escrivão e carne dura de sentar e esperar, santificadas com pequenas estrelas no peito e filhas estofadas e sem nádegas.

Também aqui muita piedade se tem e muito crédulo servilismo lambedor, muito padeiro adulador perante o deus dos exércitos.

'De cima' é de onde, sim, gotejam a estrela e o escarro piedoso; para cima se dirige o anseio de todo peito sem estrelas.

A lua tem sua corte, e a corte, seus imbecis: mas perante tudo o que vem da corte reza o povo de mendigos e toda a empregável virtude mendicante.

'Eu sirvo, tu serves, nós servimos', assim reza toda a virtude empregável ao príncipe lá em cima: para que a merecida estrela enfim se alinhave ao mirrado peito!

Mas a luz continua a girar em torno de tudo o quanto é terreno: assim gira ela também em torno ao príncipe e a tudo o quanto é terreno — isso, porém, é o ouro dos merceeiros.

O deus dos exércitos não é o deus das barras de ouro; o príncipe pensa — mas o merceeiro controla! Por tudo o quanto em ti é luminoso e forte e bom, ó, Zaratustra! Cuspa nesta cidade de merceeiros e dê a volta!

Aqui, por todas as veias circula todo o sangue corrompido, morno e espumoso: cospe na grande cidade, que é o grande vertedouro onde a escória se junta a espumar!

Cospe na cidade de almas oprimidas e peitos mirrados, dos olhos aguçados, dos dedos pegajosos.

Na cidade dos importunos, dos desavergonhados, dos que escrevinham e dos que berram, dos ambiciosos superaquecidos:

Onde fermenta tudo o quanto é putrefato, difamado, lascivo, sombrio, caranchento, ulcerado, conspirador:

Cospe na grande cidade e dá meia-volta!'".

A esta altura, porém, Zaratustra interrompeu o louco a espumar pelos lábios, tapando-lhe a boca.

"Pare, de uma vez!", gritou Zaratustra, "há muito que me enojam tuas palavras e teus modos!

Por que moraste tanto tempo no pântano a ponto de tu mesmo te tornar em sapo e rã?

Acaso não corre em tuas próprias veias um sangue corrompido e espumoso do pântano, tanto que tu mesmo aprendeste a coaxar e a blasfemar assim?

Por que não foste para a floresta? Ou não araste a terra? Acaso não estará o mar repleto de ilhas verdejantes?

Eu desprezo o teu desprezo; e se me advertiste, por que não advertes a ti mesmo?

Somente do amor deve alçar voo o teu desprezo e o meu pássaro que adverte: mas isso não de um pântano!

Chamam-te meu macaco, tu, louco espumante: porém eu te chamo de meu porco grunhidor – por meio de grunhidos ainda conspurcas meu elogio à loucura.

O que foi, pois, que mais que tudo levou-te a grunhir? Que ninguém te *adulava* o suficiente: por isso foste te sentar bem junto dessa imundície, para que tiveste muito para muito grunhir.

Para que tivesses motivos de muita *vingança*! Vingança, bem isso, tu, louco vaidoso, teu inteiro espumar, eu bem adivinhei!

Mas tua palavra de louco *me* prejudica, mesmo onde tens razão! E ainda que a palavra de Zaratustra *tivesse* até mesmo cem vezes razão, com minhas palavras haverias sempre de *fazer* injustiça!".

Assim falou Zaratustra; e olhou para a grande cidade, suspirou e calou por um bom tempo. Por fim então disse:

Enoja-me também esta grande cidade, e não apenas esses loucos. Aqui e ali nada há a melhorar, nada que piorar.

Ai desta grande cidade! Quisera eu ver a coluna de fogo em que ela será consumida.

Pois tais colunas de fogo terão de preceder o grande meio-dia. Ocorre que isso tem seu tempo e tem seu próprio destino.

Este ensinamento, porém, eu te dou, ó, louco, como despedida: onde já não se pode amar, ali se deve *passar ao largo*!

Assim falou Zaratustra e passou ao largo do louco e da grande cidade.

DOS APÓSTATAS

1

Ah, encontra-se já murcho e cinzento tudo o que até há pouco estivera verde e colorido neste prado? E quanto de mel e esperança retirei daí para levar a minhas colmeias?

Esses jovens corações todos se tornaram velhos – e nem ao menos velhos! Apenas cansados, vulgares, acomodados: a isso chamam "tornamo-nos de novo piedosos".

Ainda há pouco eu os via sair a correr cedo pela manhã, com pés valentes: mas seus pés do conhecimento tornaram-se cansados e agora caluniam mesmo a sua própria valentia da manhã!

Em verdade, mais de um deles outrora movia a perna como um dançarino, a um sinal do riso de minha sabedoria: então, pôs-se a rememorar. Acabo de vê-lo curvado – rastejando para a cruz.

Em torno à luz e à liberdade outrora esvoaçavam, feito as mariposas e os jovens poetas. Pouco mais velho, pouco mais frio: e já se põem perto da estufa, amigos da escuridão e do rumorejo.

Acaso se lhe desesperançou o coração porque a solidão tragou-me feito uma baleia? Por longo tempo, e ansioso, *em vão* espreitou seu ouvido a mim, e a meus toques de trompete e de clarim?

Ah! Sempre poucos são aqueles cujo coração tem uma longa coragem e arrogância; e nestes tampouco o espírito se faz paciente. O restante, porém, é *covarde*.

O restante: são sempre os em maior número, os triviais, do supérfluo, os demasiados – esses são todos covardes!

A quem for de minha espécie também vivências de minha espécie terá pelo caminho: de modo tal que seus primeiros companheiros hão de ser cadáveres e bufões.

Mas seus segundos companheiros, estes se chamarão seus *crentes*: um enxame animado, muito amor, muita insensatez, muita veneração imberbe.

A esses crentes não deverá atrelar seu coração aquele que dentre os homens for de minha espécie: nessas primaveras e prados multicores não deve crer quem conhece a volátil e covarde espécie humana!

Pudessem eles ser de outra maneira, também *quereriam* de outra maneira. Os meios-termos estragam tudo o quanto é inteiro. Que as folhas murchem – o que se tem aí a lamentar?

Deixa-as passar e cair, ó, Zaratustra, e não lamentes! Preferível é ainda soprar em meio a elas com ventos sussurrantes.

Que sopres por entre essas folhas, ó, Zaratustra: para que tudo o quanto é murcho ainda mais rapidamente se afaste de ti.

2

"Tornamo-nos devotos novamente", assim confessam esses apóstatas; e alguns deles são mesmo covardes demais para confessá-lo.

A esses olho eu nos olhos – a eles digo na cara e no rubor de suas faces: vós sois os que tornam a *rezar*!

Porém rezar é uma infâmia! Não para todos, mas para ti e para mim e para quem tenha consciência na cabeça. Para ti, rezar é uma infâmia!

Bem o sabes: o teu demônio covarde dentro de ti, que gostaria de cruzar as mãos sobre o regaço e fazer-se mais acomodado: é esse demônio covarde que lhe fala "*existe* um Deus!".

Porém *com isso* pertences à espécie mais obscurantista, a quem a luz jamais deixa repouso; e então a cada dia tens de enfiar tua cabeça mais fundo na noite e na névoa!

E, em verdade, escolheste bem a hora: pois neste momento tornam a alçar voo os pássaros noturnos. É chegada a hora de todo o povo inimigo da luz, a hora vespertina e festiva, em que não "se festeja" nada.

Eu ouço e farejo: é chegada a hora de caçada e procissão, não, por certo, a hora de uma caçada selvagem, mas de caçada mansa, coxa, furtiva, dos que andam mansamente e rezam mansamente.

Para uma caçada aos palermas de muita alma: todas as ratoeiras do coração agora de novo estão armadas! E onde ergo uma cortina, uma falenazinha sai a voar.

Estaria ela de cócoras bem junto de outra falenazinha? Pois por toda a parte sinto o odor de pequenas comunidades ocultas; e onde houver um quartinho, lá haverá novos irmãos de reza e exalações de irmãos de reza.

Por longas noites se assentam uns com os outros e falam: "Que nos façamos de novo como criancinhas a dizer 'querido Deus'!" – com boca e estômago estragados por piedosos confeiteiros.

Ou contemplam por longas noites uma astuta aranha-de-cruz, à espreita, ela mesma a pregar a sagacidade a outras aranhas e a ensinar assim: "sob cruzes é bom fiar!".

Ou assentam-se pelos dias com varas de pescar junto a pântanos e com eles se creem *profundos*: mas quem pesca onde não há peixe, a esse nem sequer chamo de superficial!

Ou aprendem a tanger a harpa, com alegria pia, e quem os ensina é um poeta lírico, que bem gostaria de se insinuar com a harpa ao coração de uma jovem mulherzinha: pois cansou-se das mulherzinhas velhas e de seus louvores.

Ou aprendem a se apavorar ante um erudito meio louco, que em quartos escuros aguarda que lhe cheguem espíritos – e que o espírito por completo se esvaia dali!

Ou escutam atentamente um velho gaiteiro rosnante e ronronante, que de ventos sombrios aprendeu dos sons o tom sombrio; agora silva à maneira do vento a pregar a tribulação com tons atribulados.

E alguns deles converteram-se até mesmo em vigias noturnos: agora entendem de soprar em cornos e de rondar pela noite e despertar velhas coisas de há muito adormecidas.

Cinco falas sobre velhas coisas ouvi ontem à noite junto ao muro do jardim: vinham de tais velhos atribulados ressequidos vigias noturnos.

"Para um pai, não se preocupa lá muito com seus filhos: os pais-homens o fazem melhor!"

"É velho demais! Já de modo algum se preocupa com os filhos", assim respondeu o outro vigia noturno.

"Pois ele *tem* filhos? Ninguém pode provar se ele mesmo não prova! De há muito queria eu que alguma vez ele provasse de verdade."

"Provar? Como se *ele* alguma vez tivesse provado algo! Provar lhe é difícil; um bom tempo já faz que não se *acredita* nele."

"Sim! Sim! A crença o faz bem-aventurado, a crença nele. Esse é bem o modo de ser de gente velha! O mesmo acontece conosco!"

Assim falavam entre si os dois velhos vigilantes noturnos e temerosos da luz, e nisso, atribulados, puseram-se a tocar suas cornetas: assim se deu ontem à noite junto ao muro do jardim.

Mas o meu coração contorcia-se de rir, queria estourar, e, sem saber para onde, afundou no diafragma.

Em verdade, esta ainda há de ser a minha morte, sufocar o riso ao ver asnos embriagados e ouvir vigilantes noturnos duvidar de Deus.

Já não *de há muito* passou o tempo, mesmo para dúvidas como essa? Quem terá o direito a despertar tais coisas velhas adormecidas e tementes à luz!

Com os antigos deuses há tempos tudo está acabado: – e, em verdade, tiveram um bom e alegre final dos deuses!

Não "se crepuscularam" como forma de morte – mente-se ao dizê-lo! Em vez: um belo dia lhes veio a morte – de tanto *rir*!

Isso se deu quando a mais ateia palavra foi pronunciada por um próprio deus, "É um Deus! Não terás outro deus além de mim!".

Um velho deus de barbas iracundas, um ciumento deixou-se levar a esse ponto:

E todos os deuses então se riram e sacudiram-se em suas cadeiras e bradaram: "Não estará a divindade em justamente existirem deuses, mas não Deus?".

Quem tiver ouvidos, que ouça.

Assim disse Zaratustra na cidade que ele amava e que foi denominada "a Vaca Pintalgada". A contar dali faltavam-lhe caminhar apenas mais dois dias para que de novo chegasse à sua caverna e a seus animais: mas sua alma regozijava-se continuamente pela proximidade do regresso.

O REGRESSO

Oh, solidão! Tu, minha *pátria*, solidão! Por muito tempo vivi selvagemente, em selvagens terras estrangeiras, como para que não regressasse a ti com lágrimas nos olhos!

Agora me ameaça apenas com o dedo, como as mães ameaçam, agora sorri para mim, como as mães sorriem, agora apenas me fala: "E quem foi aquele que, um dia, feito um vendaval, escapou de mim feito vento de tempestade?".

E ele ao se despedir exclamou: 'Por tempo demais estive sentado em minha solidão, e nisso desaprendi a calar! Isto – aprendeste então agora?".

Ó Zaratustra, de tudo eu sei: e que estavas *abandonado* entre os muitos, tu, *um único*, que jamais estiveste a meu lado!

Uma coisa é abandono, outra coisa é solidão: *Isto* – aprendeste agora! E que entre os homens serás sempre selvagem e estranho:

Selvagem e estranho ainda quando te amem: pois o que desejam, antes de tudo, é ser *poupados*!

Mas aqui estás contigo em tua pátria e em tua casa; aqui sobre tudo podes discorrer, e ser franco sobre teus motivos, aqui nada se envergonha de sentimentos escondidos, empedernidos.

Aqui se achegam todas as coisas, acariciadoras à tua fala, e a adular-te: pois elas querem cavalgar em teu dorso. Sobre cada símbolo cavalgas aqui, até cada verdade.

Com franqueza e sinceridade podes aqui falar a todas as coisas: e em verdade, como um elogio soa a teus ouvidos que alguém com todas as coisas fale diretamente!

Já outra coisa é estar abandonado. Pois, lembras tu ainda, ó, Zaratustra? Quando outrora teu pássaro lançou um grito sobre ti, quando estavas na floresta, indeciso, sem saber aonde ir, às escuras, perto de um cadáver:

E tu falaste: que meus animais me conduzam! Mais perigos encontrei entre os homens que entre os animais – *Isso* foi abandono!

E sabes ainda, ó Zaratustra? Quando sentado estavas em tua ilha, entre cântaros vazios sendo uma fonte de vinho, a dar e repartir, a presentear e verter entre sequiosos:

Até que, por fim, assentaste-te como o único sedento entre os bêbados e à noite lamentaste: não será mais venturoso receber do que dar? E roubar tanto mais do que receber? – *Isso* foi abandono!

E ainda o sabes, ó Zaratustra? Ao que chegada a tua hora mais silente, a arrastar-te para longe de ti, ao que falou num maligno sussurro: "Fala e despedaça-te!".

Ao que fez com que te arrependeste de toda espera e de todo silêncio, e desencorajou-te de tua humilde coragem – *Isso* foi abandono!

Ó solidão! Tu, minha pátria solidão! Como não me fala bem-aventurada e terna a tua voz!

Nós não nos perguntamos um ao outro, não lamentamos um com o outro, passamos abertos um ao outro através de portas abertas.

Pois junto a ti tudo é aberto e claro; e também as horas correm aqui com pés mais ligeiros. Na escuridão, por certo que o tempo se faz mais pesado que na luz.

Aqui se me abrem as palavras e escaninhos de palavras de todo o ser: todo o ser quer aqui se fazer palavra, todo o vir-a-ser quer aprender a falar de mim.

Mas aqui embaixo – aqui todo discurso é em vão! Aqui, esquecer e passar ao largo é a melhor sabedoria: *isto* – eu o aprendi agora!

Quem quisesse tudo compreender entre os homens, esse teria de em tudo pôr a mão. Mas para isso ainda tenho mãos demasiado puras.

Quanto a respirar, já não me apraz o ar que eles respiram; ah, tanto tempo eu vivi por entre sua algazarra e seu mau hálito!

Ó bem-aventurado silêncio em torno de mim! Ó puros aromas em torno de mim! Oh, como esses silêncios aspiram um ar puro de um peito profundo! Oh, como se põe à escuta esse bem-aventurado silêncio!

Ali embaixo, porém – ali tudo fala, nada se ouve. Possa alguém com sinos anunciar sua sabedoria: os merceeiros no mercado encobrirão o som com suas moedas!

Entre eles tudo fala, ninguém mais sabe compreender. Tudo cai na água, já nada cai em poços profundos.

Entre eles tudo fala, nada se sai bem e chega a contento. Tudo cacareja, mas quem ainda quer sentar-se no ninho, a chocar ovos?

Entre eles tudo fala, e pelo falar tudo se tritura. O que ainda ontem era duro demais para o próprio tempo e seus dentes, hoje pende, sugado e corroído, das bocarras dos homens de hoje.

Entre eles tudo fala, tudo se revela. E o que outrora era segredo e reserva de almas profundas, hoje pertence aos trombeteiros de rua e outras borboletas.

Ó, ser humano, estranho que tu és! Tu, algazarra por ruas escuras! Agora de novo estás atrás de mim: o maior de meus perigos jaz atrás de mim!

Na indulgência e compaixão esteve sempre o seu maior perigo; e todo ser humano quer indulgência e compadecimento.

Com verdades contidas, com mão de tolo e coração atoleimado e rico em pequenas mentiras de compaixão: assim sempre vivi entre os homens.

Disfarçado eu me sentava entre eles, disposto a *me* desconhecer para suportá-*lo*, e de bom grado a me dizer "tu, tolo, não conheces os homens!".

Desaprende-se a conhecer os homens quando entre eles se vive: muito há de fachada em todos os homens – o que têm de fazer *por ali* olhos que veem longe, que buscam ao longe!

E quando me desconheciam, eu, tolo, por isso os tratava com mais indulgência que a mim mesmo: habituado à dureza para comigo e não raro ainda vingando em mim aquela indulgência.

Picado por moscas venenosas e minado, como pedra, por muitas gotas de maldade, assim assentava-me entre eles e a mim mesmo dizia: "inocente de sua pequenez é todo o pequeno!".

Em especial aqueles que se chamam "os bons", encontrei-os feito moscas venenosas: aferroam com toda a inocência, mentem com toda a inocência; como seriam *capazes* de para comigo ser justos!

Quem vive entre os bons, a compaixão o ensina a mentir. A compaixão abafa o ar para todas as almas livres. A estupidez dos bons é por certo insondável.

Ocultar-me a mim mesmo e à minha riqueza – *isso* aprendi aqui embaixo: pois a todos encontrei ainda pobres de espírito. Essa foi a mentira da compaixão, a de que em cada qual eu sabia.

E em cada qual eu via e cheirava o que lhe era espírito *suficiente* e o que lhe era espírito *demais*!

A seus rígidos sábios: eu vos chamava de sábios, não de rígidos – assim aprendi a tragar as palavras. A seus coveiros: chamava-os pesquisadores e examinadores – assim aprendi a trocar palavras.

Os coveiros cavam suas enfermidades. Sob velhos escombros repousam vapores ruins. Não se deve revolver o lamaçal. Deve-se viver sobre as montanhas.

Com bem-aventuradas narinas torno a respirar a liberdade dos montes! Remido enfim se faz meu nariz do odor de todo ser humano!

Estremecida por ventos agudos, como por vinhos espumantes, minha alma *espirra* – espirra e rejubila: saúde!

Assim falou Zaratustra.

DOS TRÊS MALES

1

Em sonho, no último sonho matinal, estava eu, hoje, de pé sobre um promontório; para além do mundo, segurei uma balança e *pesei* o mundo.

Oh, cedo demais me chegou a aurora: despertou-me com sua incandescência, a ciumenta! Ciumenta se põe sempre, da incandescência de meu sonho matinal.

Mensurável para os que têm tempo, sopesável para um bom pesador, sobrevoável para asas fortes, adivinhável para divinos quebradores de noz: assim meu sonho encontrou o mundo:

Meu sonho, um audaz velejador, meio barco, meio borrasca, calado feito borboletas, impaciente feito os falcões: como então ele teria hoje paciência e algum tempo para pesar o mundo?

Teria lhe falado em segredo minha sabedoria, minha ridente e desperta sabedoria vespertina, que escarnece sobre todos os "mundos infinitos"? Pois ela diz: "onde há força, ali também o *número* se torna senhor – pois tem mais força".

Com que segurança meu sonho contemplava esse mundo finito, não curioso, não indiscreto, não temeroso, não suplicante.

Como se uma inteira maçã se oferecesse à minha mão, maçã madura de ouro, com pele fresca, suave e sedosa: assim se me ofereceu o mundo.

Como se uma árvore me acenasse, árvore de ampla ramagem, de vontade forte, curvada para prover encosto e mesmo anteparo a pés cansados: assim se erguia o mundo sobre meu promontório.

Como se mãos graciosas viessem a mim trazendo um relicário – um relicário aberto para o êxtase de olhos pudicos e reverentes: assim vinha hoje o mundo ao meu encontro.

Não suficientemente enigma para afugentar o amor dos homens, não suficientemente solução para adormecer a sabedoria dos homens: coisa humanamente boa era-me hoje o mundo, do qual tanta coisa ruim se fala!

Quanto eu agradeço a meu sonho matinal por assim eu ter hoje cedo pesado o mundo! Como algo de humanamente bom veio a mim este sonho e de consolador do coração!

E para assim como ele proceder durante o dia, e para segui-lo, a com ele aprender e imitá-lo em seu melhor, quero agora pôr na balança as três piores coisas e sopesá-las de modo humanamente bom.

Quem aprendeu aqui a bendizer aprendeu também a maldizer: quais são no mundo as três mais amaldiçoadas de todas as coisas? Estas quero eu pôr na balança.

Volúpia, ânsia *de domínio, egoísmo*: essas três foram até agora as mais amaldiçoadas e mais terrivelmente caluniadas e difamadas – estas três quero sopesar de modo humanamente bom.

Avante! Aqui está o meu promontório e ali o mar: ele vem rolando até mim, viloso, adulador, o fiel e velho monstro canino de cem cabeças, a que amo.

Por qual ponte passa o agora para o algum dia? Qual a coação a coagir o alto para o baixo? E o que ordena ao mais alto – crescer ainda mais?

Agora está a balança em equilíbrio e em repouso: três difíceis perguntas lancei a ela, três graves respostas a pesar no outro prato.

2

Volúpia: para todos os penitentes desprezadores do corpo, aguilhão e estaca, e o "mundo" amaldiçoado por todos os transmundanos – porque escarnece e faz troça de todos os mestres da confusão e do erro.

Volúpia: para a canalha, o fogo lento em que é consumida; para toda a madeira carcomida, para todos os trapos malcheirosos, o preparado forno ardente e fervilhante.

Volúpia: para os corações livres, algo inocente e livre, a felicidade do jardim terreal, a transbordante gratidão de todo o futuro ao presente.

Volúpia: somente para os mirrados um veneno adocicado, mas para as vontades leoninas o grande estimulante cordial e o vinho dos vinhos poupado de modo reverente.

Volúpia: a grande felicidade a se fazer de símbolo para felicidade mais elevada e suprema esperança. A muitas coisas, por certo, prometido está o casamento e mais do que o casamento.

A muitas coisas entre si mais estranhas que o homem e a mulher: e a quem compreendeu de todo *quão estranhos* entre si são homem e mulher!

Volúpia – mas quero pôr cercas em torno a meus pensamentos e também em torno a minhas palavras: para que não irrompam em meus jardins os porcos e exaltados!

Ânsia de domínio: o açoite incandescente para o mais duro entre os duros de coração; o cruel martírio, reservado mesmo aos mais cruéis; a chama sombria das vivas fogueiras.

Ânsia de domínio: o freio maligno imposto aos povos mais vaidosos; algo que escarnece de toda virtude incerta; que cavalga em todo cavalo e em todo orgulho.

Ânsia de domínio: o terremoto que rompe e destroça tudo o quanto é putrefato e carcomido; a rolante, ribombante e punitiva destruidora de sepulcros caiados; o fulminante ponto de interrogação junto a respostas prematuras.

Ânsia de domínio: ante seu olhar o homem rasteja e se agacha e rebaixa e mais baixo se faz do que a serpente e o porco: – até que finalmente o grande desprezo vem gritar de dentro dele.

Ânsia de domínio: a terrível mestra do grande desprezo, que lança na cara de cidades e reinos "vai-te daqui!" – até que deles próprios sai o grito "vai-*me* daqui!".

Ânsia de domínio: que sedutoramente se alce aos puros e solitários, e até alturas que se bastem a si mesmas, incandescente feito um amor a sedutoramente pintar de púrpura as bem-aventuranças no céu da Terra.

Ânsia de domínio: mas quem chamaria ânsia que o alto se rebaixe a desejar o poder! Em verdade, nada enfermiço e vicioso há em tais desejos e descidas!

Que a solitária altura não queira se manter eternamente solitária e a bastar-se eternamente; que a montanha venha para o vale e os ventos das alturas para as baixadas:

Oh, quem encontraria o nome certo de batismo e nomes de virtude para tal anseio! "Virtude dadivosa", assim Zaratustra certa vez nomeou o inominável.

E então aconteceu também – e em verdade, deu-se pela primeira vez! – que sua palavra chamou bem-aventurado ao *egoísmo*, o são e saudável egoísmo, a emanar de uma alma poderosa:

De alma poderosa, a que corresponde o corpo elevado, o belo, vitorioso e revigorante corpo, em torno do qual toda a coisa se faz espelho.

O corpo macio, persuasivo, o dançarino cuja imagem e súmula é a alma gozosa de si. O gozo de tais corpos e almas em si a si mesmo se chama: "virtude".

Com suas palavras de bem e mal esse contentamento se blinda com bosques sagrados: com os nomes de sua felicidade, afasta de si tudo o quanto é desprezível.

Para longe de si, afasta tudo o quanto é covarde; ele fala "Ruim – *isto é* covarde!". Desprezível me parece o homem que sempre se preocupa, e geme, e reclama, e aquele que arrola mesmo as menores vantagens.

Despreza também toda a sabedoria lamuriante: em verdade, pois, também há sabedoria a florescer no escuro, uma sabedoria de sombras noturnas: como tal, está sempre a gemer: "tudo é vaidade!".

A medrosa desconfiança pouco lhe vale, assim como todo aquele desejoso de juramentos em vez de olhares vãos: também desdenha de toda a sabedoria por demais desconfiada – pois tal é bem a maneira das almas covardes.

Ainda menos lhe vale o prestativo apressado, o canino, que de pronto se põe de costas, submisso; e sabedoria há também que é submissa e canina e devota e apressadamente prestativa.

Odioso e mesmo asqueroso lhe é aquele que não deseja defender-se, que engole escarros venenosos e olhares ruins, o homem por demais paciente, o que a tudo suporta e com tudo se satisfaz: esta é precisamente a maneira do servo.

Se alguém é servil perante os deuses e divinos pontapés, se o é diante do homens e das estúpidas opiniões humanas: em *toda a* maneira do servo ele vem cuspir, esse bem-aventurado egoísmo!

Ruim: assim ele chama a tudo o quanto se lhe dobra e se curva em maneiras servis, a olhos que não piscam livremente, a corações oprimidos e àquela falsa maneira indulgente, a beijar com amplos lábios covardes.

A pseudossabedoria: assim chama ele a tudo quanto divertem servos, anciãos e cansados; e em especial toda a pérfida, absurda, por demais engenhosa insensatez dos sacerdotes!

Os pseudossábios, porém, todos os sacerdotes, cansados do mundo e aqueles cuja alma é à maneira feminina e servil – oh, que peças terríveis pregaram desde sempre no egoísmo!

E que precisamente isso deve ser e chamar-se virtude, *que* se preguem peças terríveis no egoísmo! E "sem ego" – assim de bom grado quereriam ser todos esses covardes e aranhas-de-cruz cansados do mundo!

Mas para tudo isso eis que agora chega o dia, a transformação, a espada do juízo, *o grande meio-dia*: aqui muito há a ser revelado!

E quem chama ao eu de são e sagrado, e ao egoísmo de bem-aventurado, em verdade este também diz o que sabe, é profeta: *"Vede, vinde, está próximo, o grande-meio-dia!"*.

Assim falou Zaratustra.

DO ESPÍRITO DE GRAVIDADE

1

Minha boca é do povo: falo de modo por demais grosseiro e sincero para os punhos de seda. E tanto mais estranha soa a minha palavra aos calamares e escrevinhadores.

Minha mão – é uma mão de insensato: ai de todas as mesas e paredes, e de tudo o mais que tenha espaço para ornamentos e rabiscos de insensato!

Meu pé – é um pé de cavalo; com ele troto e galopo, não há tempo ruim, cruzando os campos de lá para cá, e pelo velozmente correr dou a alma ao diabo.

Meu estômago – será bem estômago de águia? Pois do que ele mais gosta é de carne de cordeiro. Mas com toda a certeza é o estômago de um pássaro.

A nutrir-se de coisas inocentes, e com pouco, disposto a voar e impaciente para fazê-lo, a sair voando – é este o meu modo de ser: como nele não haveria de ser algo à maneira dos pássaros!

E sobretudo, que eu seja inimigo do espírito de gravidade, essa é a maneira de pássaro: e em verdade, inimigo moral, inimigo de morte, inimigo nato! Oh, para onde já não voou, e ao voar desgarrou-se, a minha inimizade!

Sobre isso eu já poderia cantar uma canção – e *quero* cantá-la: ainda que eu esteja só na casa vazia e tenha de cantar para meus próprios ouvidos.

Outros cantores certamente há, a quem só a casa cheia torna suave a garganta, eloquente a mão, expressivo o olhar, desperto o coração: com eles não me pareço.

2

Quem algum dia ensinar os homens a voar, este deslocará todas as balizas; para ele as próprias balizas voarão pelo ar e de novo ele batizará a Terra – como "a leve".

A avestruz corre mais velozmente que o cavalo mais veloz, mas, também, pesadamente esconde a cabeça na terra pesada: assim também o homem, que ainda não pode voar.

Pesadas lhe são a Terra e a vida; e *assim* o quer o espírito de gravidade! Mas quem deseja fazer-se leve e se transformar em pássaro, este deve amar a si mesmo: assim *eu* ensino.

Não, por certo, com o amor de enfermiços e viciosos: pois junto a eles até o amor-próprio exala mau cheiro!

Deve-se aprender a amar a si mesmo – assim ensino eu – com um amor são e saudável: para em seu íntimo resistir e não vagar por aí.

Esse vagar a si mesmo se batiza de "amor ao próximo": com essas palavras foi que até agora mais se mentiu e se cometeram hipocrisias, em especial da parte dos que eram um peso para todos.

E em verdade, este não será um mandamento para hoje e amanhã, o de *aprender* a se amar. Muito mais, de todas as artes é esta a mais delicada, a mais astuciosa, a última e a mais paciente.

Para quem tem algo, por certo que toda a sua posse acha-se bem oculta; de todos os tesouros ocultos, o que por último se desenterra é o seu próprio – assim opera o espírito de gravidade.

Ainda quase no berço dotam-nos de pesados valores e palavras: "bem" e "mal" – assim se chama esse dote. Graças a ele se perdoa que vivamos.

E para tanto, deixai vir a nós as criancinhas, para a tempo as impedir de amarem a si mesmas: assim opera o espírito de gravidade.

E nós – nós fielmente carregamos conosco, em ombros duros e por ásperos montes, o que em dote recebemos! E se suamos, nos dizem: "Sim, a vida é pesada de se levar!".

Mas só o homem é para si algo pesado de carregar! Isso porque carrega nos ombros muita coisa estranha. Tal qual o camelo, ajoelha-se e deixa que bem o carreguem.

Em especial o homem forte, de carga, no qual habita a veneração: um excesso de palavras e valores *estranhos* e pesados ele carrega sobre si – a vida então lhe parece um deserto!

E em verdade! Também algo *de próprio* é pesado de carregar! E muito do que se encontra no interior do homem assemelha-se à ostra, ou seja, repugnante e escorregadio e difícil de agarrar.

De modo tal que é necessária a intercessão de uma casca com nobres adornos. Mas também essa arte é preciso aprender: *ter* casca e bela aparência e prudente cegueira!

E vez por outra nos enganamos sobre algumas coisas no homem, uma vez que mais de uma casca é demasiado triste e demasiado casca. Muita bondade e energia oculta jamais será adivinhada; os mais deliciosos manjares não acham degustador algum!

As mulheres o sabem, as mais deliciosas: um pouco mais gordas, um pouco mais magras – oh, quanto destino existe em tão pouco!

O homem é difícil de descobrir e, o mais difícil de tudo, de a si mesmo se descobrir; não raro mente o espírito sobre a alma. Assim opera o espírito de gravidade.

Mas descobriu-se a si mesmo o homem que fala: Este é o *meu* bem e mal. Com isso fez calar a toupeira e o anão, que diz, "bem para todos, mal para todos".

Em verdade, também não gosto daqueles para os quais toda a coisa é boa e este é bem o melhor dos mundos. A esses chamo de onicontentes.

Onicontentamento, que a tudo sabe saborear: este não é o melhor dos gostos! Honro as línguas e estômagos rebeldes seletivos, que aprenderam a dizer "eu" e "sim" e "não".

Tudo, porém, mastigar e digerir – tal é a autêntica maneira de porcos! Sempre dizer "I-A"[1] – isso aprendeu somente o asno, e quem é de seu espírito!

O amarelo profundo e o vermelho ardente! Isso é o que deseja o *meu* gosto – a mesclar sangue a todas as cores. Mas quem tinge a sua casa de branco, este me revela uma alma tingida de branco.

De múmias se enamoram uns, os outros, de fantasmas; ambos são igualmente inimigos de carne e sangue – oh, como ambos repugnam o meu gosto! Pois eu amo o sangue.

E eu não quero residir lá onde todo mundo escarre e cospe: este é, pois, o *meu* gosto – preferiria viver entre ladrões e perjuros. Ninguém leva ouro na boca.

Mas ainda mais repugnantes me são todos os lambe-salivas; e o mais repugnante bicho-homem que encontrei, batizei-o de parasita: este não queria amar, mas sim viver de amor.

De desventurados chamo a todos os que têm apenas uma escolha: a de se tornar animais malignos ou malignos domadores de animais; junto a eles não erigiria minhas tendas.

De desventurados chamo também aos que sempre têm de aguardar – eles me repugnam o gosto: todos os aduaneiros e merceeiros e reis e outros guardiães de terras e de comércios.

Em verdade, também eu aprendi a espera, e o aprendi profundamente – mas tão somente a espera por *mim*. E sobretudo aprendi a me pôr de pé e a andar e correr e saltar e escalar e dançar.

Esta, porém, é a minha doutrina: quem alguma vez quiser aprender a voar, tem de primeiro aprender a manter-se de pé e a andar e a correr e escalar: não se voa o próprio voo!

Com escadas de corda aprendi a escalar mais de uma janela, com pernas ágeis trepei em altos mastros: assentar-se sobre elevados mastros do conhecimento não me parecia pouca bem-aventurança.

---

1. Trata-se do relinchar do asno, cujo som, aliás, não por acaso, é o mesmo da palavra "sim" (*Ja*) em alemão. A boa tradução espanhola, de Andrés Sánchez Pascual, opta pela via do assemelhado fonético em alemão, traduzindo-o por "sim" (*sí*). Com essa saída, porém, perde-se o relinchar – e o devido realce ao bestiário de Nietzsche –, que aparecerá reiteradas vezes.

Cintilar feito pequenas chamas em mastros elevados: uma luz pequena, por certo, e ainda assim um grande consolo para navegantes e náufragos extraviados!

Por variados caminhos e de várias maneiras cheguei à minha verdade; não por *uma* única escada alcei às alturas, onde meus olhos vagueiam em minhas distâncias.

E sempre apenas com repugnância eu perguntava pelos caminhos – tal sempre me ia contra o gosto! Preferia eu mesmo perguntar e pôr à prova os caminhos.

Um pôr à prova e perguntar foi todo o meu caminhar – e, em verdade, também é preciso *aprender* a responder a tais perguntas! Este, porém, é o *meu* gosto:

Não um bom gosto, nem um mau gosto, mas o meu gosto, do qual já não me envergonho nem guardo segredo.

"Este é o *meu* caminho, onde estará o vosso?", assim respondo aos que me perguntam "pelo caminho". O caminho, por certo – ele não existe!

Assim falou Zaratustra.

DAS VELHAS E NOVAS TÁBUAS

1

Aqui estou sentado e à espera, com velhas tábuas quebradas a meu redor e também novas tábuas escritas pela metade. Quando chegará a minha hora?

A hora de meu declínio, de meu ocaso: pois quero mais uma vez ir para junto dos homens.

Disso agora estou à espera: pois primeiro têm de me vir os sinais, de que é a *minha* hora – por certo que o leão ridente e o bando de pombos.

Nesse ínterim, falo comigo mesmo como pessoa que tem tempo. Ninguém me conta algo novo: assim eu me conto para mim mesmo.

2

Quando fui aos homens, encontrei-os sentados sobre uma velha presunção: Todos pensam já de há muito saber o que aos homens seria bem e mal.

Uma coisa velha e cansada lhes parecia todo falar de virtude; e quem bem soubesse dormir, este antes de ir dormir ainda falava em "bem" e "mal".

Essa sonolência espavora ao que ensinei: o que é bem e mal, *isto não ensino a ninguém* – exceto aquele que cria!

Porém este é o que cria a meta do homem e à Terra confere seu sentido e seu futuro: somente esse *dispõe* para que algo seja bom e mal.

E mandei que derribassem suas velhas cátedras e tudo o que aquela velha presunção se assentara; disse para que se rissem de seus grandes mestres da virtude e santos e poetas e redentores do mundo.

Sobre seus sombrios sábios disse-lhes que rissem, e de quem quer que se houvesse, feito espantalho negro, assentado, a admoestar, na árvore da vida.

Em sua grande rua de túmulos fui me assentar, e mesmo entre carniças e abutres – e eu ria de todo o seu passado e de seu esplendor macilento e decadente.

Em verdade, tal qual os pregadores de penitência e insensatos, escandalizei-me e bradei contra tudo o que lhes era grande e pequeno – e seu melhor, quão pequeno era! E tão pequeno era o seu pior! – então eu ri.

O meu sábio anseio assim gritava e ria em mim, anseio nascido nos montes, uma selvagem sabedoria, em verdade! – meu grande anseio num ruflar de asas.

E com frequência ele me arrastava consigo e para cima, e para longe, e em meio ao riso: e então eu voava vibrante feito flecha, num arroubo embriagado de sol:

Para distantes tempos futuros, que sonho algum ainda viu, para um sul mais quente do que jamais sonhou algum artista: para lá, onde a dançar deuses envergonham-se de toda a vestimenta:

Uma vez que falo por imagens, e como os poetas soluço e gaguejo: e em verdade me envergonho de ainda ter de ser poeta!

Onde todo o vir-a-ser me parecia uma dança e petulância de deuses, e o mundo, algo solto e desenfreado, a refluir para si mesmo:

Como um eterno evadir-se de si e voltar a buscar-se de muitos deuses, como o bem-aventurado contradizer-se, tornar a ouvir-se e a pertencer-se de muitos deuses:

Onde todo o tempo me parecia uma bem-aventurada zombaria dos momentos, onde a necessidade seria a própria liberdade, a venturosamente brincar com o aguilhão da liberdade:

Onde também eu tornei a encontrar meu antigo demônio e inimigo, o espírito de gravidade e tudo o que ele criou: coação, regimento, necessidade e consequência e finalidade e vontade e bem e mal:

Pois não tem de existir algo *sobre* o qual se dança e a dançar se ultrapassa? Não terá de existir em favor dos leves, dos mais leves entre todos – toupeiras e pesados anões?

3

Foi também lá que do caminho recolhi a palavra "além-do-homem", e que o homem é algo que tem de ser superado.

Que o homem é uma ponte e não um alvo: a louvar-se venturosamente por seu meio-dia e entardecer, como via para novas auroras:

A palavra de Zaratustra do grande meio-dia, e o que mais suspendi sobre os homens, tal qual segundas auroras purpúreas.

Em verdade, também os fiz ver novas estrelas juntamente com novas noites; e sobre nuvens e dia e noite ainda estendi o riso feito uma tenda multicor.

Ensinei-lhes todo o *meu* poetar e aspirar: condensar e reunir o que no homem é fragmento e enigma, e apavorante acaso.

Como poeta, decifrador de enigmas e redentor de acaso, ensinei-lhes a criar o futuro, e a criadoramente redimir – o que *foi*.

Redimir o passado no homem e criativamente transformar todo o "foi", até a vontade falar: "Mas assim eu o quis! Assim o quererei".

Isto é o que para eles chamei de redenção, tão somente a isso os ensinei a chamar de redenção.

Agora espero por *minha* redenção – a de ir a eles uma última vez.

Pois ainda uma vez quero ir aos homens: *entre* eles quero ver o meu ocaso, e ao morrer quero lhes dar minha dádiva mais rica!

Do Sol eu aprendi, quando ele se põe, a opulência: despeja no mar o ouro de sua inesgotável riqueza.

De modo tal que o mais pobre dos pescadores ainda rema com *remos de ouro*! Isso foi bem o que eu vi em outro tempo, e não me saciava de chorar ao contemplá-lo.

Tal qual o Sol, também Zaratustra quer ver o seu ocaso: então ele se senta e espera, tendo à sua volta velhas tábuas quebradas e também novas tábuas – escritas pela metade.

4

Vede, aqui está minha nova tábua: mas onde estão meus irmãos, a levá-la comigo ao vale e aos corações de carne?

Assim roga o meu grande amor aos mais distantes: *não poupa o teu próximo!* O homem é algo que tem de ser superado.

Há variados caminhos e modos de superação – *tu* deves atentar a isso! Mas só mesmo um palhaço pensa: "o homem é algo sobre o qual também *se deve saltar*".

Supera-te a ti mesmo também em teu próximo: e um direito que possas roubar, não deves permitir que te deem!

O que tu fazes, isto ninguém pode de novo fazê-lo a ti. Vê, não existe retribuição.

Aquele que não pode mandar em si mesmo deve obedecer. E mais de um pode mandar em si mesmo, mas ainda falta muito para que também obedeça!

5

Assim o quer a espécie de almas nobres: nada quer ter *em vão*, muito menos a vida.

Quem é da plebe quer viver em vão; nós outros, porém, a quem se deu a vida, estamos sempre a refletir sobre *o que* de melhor daremos *em troca*!

E em verdade, uma fala aristocrática é dizer: "o que a vida promete a nós, isso *nós* queremos cumprir – com a vida!".

Não se deve desfrutar onde não damos a desfrutar. E não se deve *querer* desfrutar!

O desfrute e a inocência por certo que são as coisas mais vergonhosas: nenhuma delas quer ser buscada. Deve-se *tê-las*, mas deve-se antes *buscar* a culpa e as dores!

6

Ó meus irmãos, quem é primogênito será sempre sacrificado. Mas eis que nós somos primogênitos.

Sangramos todos em altares secretos, ardemos e assamos todos em honra a velhos ídolos.

Nosso melhor é ainda novo: excita novos paladares. Nossa carne é tenra, nosso pelo é apenas pelo de cordeiro: como não iríamos excitar velhos sacerdotes de ídolos?

Em nós mesmos ele vive ainda, o velho sacerdote de ídolos, que assa para o repasto o que temos de melhor. Ah, meus irmãos, como os primogênitos não deveriam ser vítimas!

Mas assim quer a nossa espécie: e eu amo os que não desejam conservar-se. Aos que estão no ocaso, amo de todo o meu amor: pois eles passam para o outro lado.

7

Ser verdadeiro — isso *podem* poucos! E quem o pode não o quer! Ao menos, porém, podem-no os bons.

Oh, esses bons! *Homens bons nunca dizem a verdade*; para o espírito, tal modo ser bom é uma doença.

Eles cedem, esses bons, eles se resignam, seu coração repete palavras, seu fundo obedece; quem obedece, porém, *não ouve a si mesmo*!

Tudo o que os bons chamam de mau tem de se reunir para que possa nascer uma verdade: Ó meus irmãos, sois também suficientemente maus para *essa* verdade?

A ousadia temerária, a longa desconfiança, o não cruel, o fastidioso, o cortar na carne viva — quão raro é tudo *isso* vir conjuntamente! De tais sementes, porém, produz-se a verdade!

Ao lado da má consciência cresceu até agora todo o *saber*! Quebrai, quebrai, vós que buscais o conhecimento, as velhas tábuas!

8

Quando a água tem pranchas, quando pontilhões e parapeitos se alçam sobre o rio: em verdade, então ninguém acredita naquele que fala: "Tudo flui".

Pelo contrário, mesmo os imbecis o contradizem. "Como?", dizem eles, "pranchas e parapeitos estão *acima* do que flui!".

"*Por sobre* o rio tudo é firme, todos os valores das coisas, as pontes, conceitos, todo 'bem' e 'mal': tudo isso é *sólido*!"

Mas quando chega o rigoroso inverno, o dominador de rios: então mesmo os mais argutos se põem desconfiados; e em verdade, não apenas os imbecis então dizem: "Não deveria tudo — *estar parado?*"

"No fundo tudo se mantém parado" — este é bem um ensinamento invernal, uma boa coisa para tempos infrutíferos, um bom consolo para os que hibernam e põem-se no borralho.

"No fundo tudo se mantém parado": *contra isto*, porém, prega o vento do degelo!

O vento do degelo, um touro que não é um touro de arar — um touro enfurecido, um destruidor, a quebrar o gelo com chifres coléricos! O gelo, porém, *quebra* pontilhões!

Ó meus irmãos, não estará *agora* tudo *em fluxo*? Não terão todos os parapeitos e pontilhões caído na água? Quem ainda *iria se aferrar* a "bem" e "mal"?

"Ai de nós! Viva nós! Sopra o vento do degelo!" Assim se prega, ó meus irmãos, por todas as vielas!

9

Existe uma antiga ilusão, chamada bem e mal. Em torno de adivinhos e astrólogos até agora girou a roda dessa ilusão.

Outrora se *acreditava* em adivinhos e astrólogos: e por isso se acreditava em "tudo é destino: tu deves, porque tens de!".

Pois de novo se acreditava em adivinhos e astrólogos: e *por isso* se acreditava em "tudo é liberdade: tu podes, pois tu queres!".

Ó meus irmãos, sobre o que são estrelas e futuro até agora apenas se iludiu, nada se soube: e *por isso* que sobre bem e mal até agora apenas se iludiu, nada se soube!

10

"Não roubarás! Não matarás!" – outrora tais palavras se diziam sagradas; diante delas se dobravam joelho e cabeças e tiravam-se os sapatos.

Porém eu vos pergunto: onde houve algum dia no mundo ladrões e assassinos maiores do que eram tais palavras?

Em toda a vida mesma não há – roubar e matar? E por se chamar santas tais palavras, a *verdade* mesma não teria sido assassinada?

Ou era uma pregação da morte que disse ser santo o que falava contra toda a vida e a desaconselhava? Ó meus irmãos, quebrai, quebrai as velhas tábuas!

11

Esta é a minha compaixão para com todo o passado: que eu o veja abandonado.

Abandonado à misericórdia, ao espírito, à loucura de toda geração que chega e reinterpreta como ponte para si tudo o que foi!

Poderia vir um grande tirano, um monstro astucioso, que com seu favor e desfavor forçasse e espremesse todo o passado: até que se convertesse em ponte para ele e presságio e arauto e canto de galo.

Mas este é o outro perigo e minha outra compaixão: entre os que são do povo, a memória remonta até o avô – com o avô, porém, vem cessar o tempo.

Com isso se abandona todo o passado: pois poderia um dia suceder que a plebe se assenhoreasse e afogasse todo o tempo em águas rasas.

Por isso, ó meus irmãos, necessária se faz uma *nova nobreza*, que seja antagônica a toda a plebe e a todo o despotismo e de novo escreva em tábuas novas a palavra "nobre".

De muitos nobres e de uma variedade de nobres se necessita *para que* haja *nobreza*! Ou, como certo dia falei, por alegoria: "Precisamente isto é divindade, que haja deuses, porém Deus algum!".

12

Ó meus irmãos, eu vos consagro e indico para uma nova nobreza: deveis se tornar criadores e cultivadores, e semeadores do futuro.

Em verdade, não a uma nobreza que poderíeis comprar tal qual os merceeiros e o ouro dos merceeiros: pois menos valor tem tudo o quanto tem seu preço.

Doravante constituirá sua honra não o lugar de onde vieste, mas para onde vais! Vossa vontade e vosso pé, que deseja ir além de vós mesmos – isso faz a vossa nova honra!

Não, em verdade, que servistes a um príncipe – que importam os príncipes! – ou que vos tornastes baluarte do que está de pé, para que se firme tanto mais!

Não que nas cortes vossa geração tenha se tornado cortesã, e, colorida feito um flamingo, aprendestes a estar de pé longas horas junto a tanques pouco profundos.

Pois *poder*-estar-de-pé é um mérito entre os cortesãos; e todos os cortesãos creem que da bem-aventurança após a morte faça parte *a licença de* sentar-se!

Nem tampouco um espírito, a quem chamam santo, conduziu vossos antepassados a terras prometidas, as que *eu* não louvo como tais: pois lá onde cresce a pior entre todas as árvores, a cruz, na terra não há nada a se louvar!

E em verdade, aonde quer que esse "espírito santo" conduzisse seus cavaleiros, à frente de tais colunas estavam sempre a marchar cabras, gansos e cruzadores e lunáticos!

Ó meus irmãos, não para trás deve contemplar vossa nobreza, mas *para a frente*! Expulsos deveis estar vós, de todos os países de pais e de antepassados!

O *país* de vossos *filhos* deveis amar: que esse amor seja a vossa nova nobreza – o país não descoberto, em mares longínquos! Para ele ordeno a vossas velas buscar e buscar!

Em vossos filhos deveis *compensar* seres filhos de vossos pais: o inteiro passado devereis *assim* redimir! Esta nova tábua coloco sobre vós!

13

"Para que viver? Tudo é vaidade! Viver – isso é debulhar palha; é consumir-se no fogo, sem, porém, aquecer-se."

Esse antiquado palavrório continua a valer como "sabedoria"; uma vez que estão velhos e cheirando a úmido abafado, *bem por isso* são mais respeitados. Também o mofo nobiliza.

A crianças se deveria falar assim: *temem* o fogo, pois ele queima! Muita infantilidade há nos velhos livros de sabedoria.

E quem vive sempre a "debulhar palha", que direito ele teria a blasfemar contra a debulha! A tais insensatos se deveria amordaçar a boca!

Estes sentam-se à mesa e nada trazem consigo, nem mesmo a boa fome – e eis que blasfemam: "Tudo é vaidade!".

Porém bem comer e beber, ó meus irmãos, em verdade nada tem de uma arte vã! – quebrai, quebrai-me as tábuas dos que jamais se regozijam!

14

"Para o puro tudo é puro", assim fala o povo. Contudo eu vos digo: para os porcos tudo se converte em porco!

Por isso os arrebatados e os cabisbaixos pregam aos que têm o coração que pende para baixo: "o próprio mundo é um monstro chafurdante".

Pois eles todos são de espírito sujo; sobretudo os que não têm descanso nem repouso, a não ser que vejam o mundo *por detrás* – os intramundanos!

A estes eu digo na cara, por mais que não soe gentil: o mundo se assemelha ao homem que atrás de si tem um traseiro – *até aí é verdade*!

Há no mundo muita sujeira: *até aí é verdade*! Mas nem por isso o próprio mundo será um monstro da sujidade!

Há sabedoria em dizer que muito no mundo cheira mal: a própria náusea cria asas e forças que pressentem fontes!

Mesmo no que há melhor tem-se algo a produzir náuseas; e o melhor é ainda algo que tem de ser superado!

Ó meus irmãos, muita sabedoria há em haver tanta sujidade no mundo!

15

Tais sentenças ouvi dizerem devotos transmundanos à sua consciência; e em verdade, sem malícia ou falsidade – ainda que nada haja de mais falso no mundo, nem mais aborrecido.

"Deixa, pois, que o mundo seja mundo! Não alces nem ao menos um dedo contra ele!"

"Deixa estrangular, apunhalar, cortar e estripar aquele que assim o deseje: não alces nem um dedo contra isso! Com isso aprenderão mesmo a renunciar ao mundo."

"E tua própria razão – a esta deves tu mesmo agarrar pelo pescoço e estrangular; pois é uma razão deste mundo – com isso aprendes tu mesmo a renunciar ao mundo."

Quebrai, quebrai-me, ó meus irmãos, estas velhas tábuas dos piedosos! Quebrai as sentenças dos caluniadores do mundo!

16

"Quem muito aprende desaprende todos os desejos violentos" – isto é algo que hoje se sussurra por todas as ruas escuras.

"A sabedoria cansa, e nada há que compense; não deves desejar!" – essas novas tábuas, encontrei-as dependuradas mesmo em mercados públicos.

Quebrai, ó meus irmãos, quebrai também esta *nova* tábua! Os cansados do mundo as dependuraram, e os pregadores da morte, e também os esbirros; pois vede, é também uma prédica da servidão!

Que tenham aprendido mal, e não as melhores coisas, e tudo de modo por demais prematuro e por demais apressado: por terem *comido* mal, daí lhe adveio aquele estômago indigestado.

Pois um estômago indigestado é bem o espírito: *ele* aconselha a morte! Pois em verdade, meus irmãos, o espírito é um estômago!

A vida é um manancial de prazer: mas aquele a quem fala um estômago, o pai da tribulação, para ele todas as fontes estão envenenadas.

Conhecer: isto é *prazer* para quem tem vontade de leão! Mas aquele que se fez cansado, esse vai querer por ele próprio, e com ele jogam todas as ondas.

Assim é como sempre se dá com a espécie de homens fracos: eles se perdem em seus caminhos. E ao final ainda seu cansaço pergunta: "para que afinal percorremos caminhos? São todos iguais!".

Soa-lhes gentil aos ouvidos que se predique: "Não compensa! Não deveis querer!". Esta porém é uma pregação à servidão.

Ó meus irmãos, feito rajada de vento fresco chega Zaratustra a todos os cansados do caminho; muitos narizes ele ainda fará espirrar!

Também através de muros sopra meu livre sopro, e para dentro de cárceres e espíritos encarcerados!

Querer liberta: pois querer é criar – assim eu ensino. E *apenas* para criar deveis aprender!

E também o aprender deveis primeiro *aprendê-lo* de mim, a aprender bem! Quem tem ouvidos que ouça!

17

Aqui está a barca – lá mais adiante vai, talvez, ao grande nada. Mas quem quererá subir nesse "nada"?

Nenhum de vós quer subir à barca da morte! De que modo então pretendeis ser *cansados do mundo*!

Cansados do mundo! E nem ao menos fizestes-vos desprendidos da Terra! Ávidos sempre ainda os encontrei pela Terra, ainda enamorados pelo próprio cansaço da Terra!

Não em vão tendes o lábio caído: nele ainda se acha um pequeno desejo de terra! E no olho – não estará nele a flutuar uma nuvenzinha de inesquecido prazer pela Terra?

Existem na Terra muitas boas invenções, umas úteis, outras agradáveis: em razão delas há que amar a Terra.

E uma variedade de coisas há de tão bem inventadas, que, tal qual o peito da mulher, úteis e agradáveis são a um só tempo.

Porém vós, cansados do mundo! Vós, preguiçosos da Terra! A vós se deve açoitar com varas!

Pois se não sois enfermos e decrépitos pobres-diabos, dos quais a Terra está cansada, sois astutos preguiçosos ou gatos gulosos e furtivos. E, se não quereis de novo correr prazerosamente, deveis de uma vez partir!

Não se deve querer ser médico de incuráveis: assim ensina Zaratustra. Por isso deveis partir de vez!

Mas é preciso mais *coragem* para pôr fim do que para um novo verso: assim sabem todos os médicos e poetas.

18

Ó meus irmãos, existem tábuas criadas pela fadiga e tábuas criadas pela preguiça, todas podres: se falam iguais uma e outra, de forma desigual querem ser ouvidas.

Vede aqui este homem definhante! A apenas um palmo de seu alvo, mas por cansaço teimoso se deitou aqui, no pó: este valente!

Por cansaço ele boceja diante do caminho, da Terra e do alvo, e de si mesmo: já nenhum passo mais ele quer dar – este valente!

Agora o sol incandesce sobre ele, e os cães lambem-lhe o suor: mas em sua teimosia ele jaz, e prefere morrer de sede:

Definhar a um palmo de seu alvo! Em verdade, ainda tereis de puxá--lo pelos cabelos, até o seu céu – estes heróis!

Ainda melhor, deixai-o deitado onde ele se deitou, para que lhe chegue o sono, o consolador, com refrescante chuva a rumorejar:

Deixai-o deitado, até que desperte por si mesmo, até que ele próprio se recubra de seu inteiro cansaço e do que o cansaço lhe ensina!

Agora, meu irmão, afugentai dele os cães, os preguiçosos hipócritas e o inteiro enxame da bicharia!

O inteiro enxame da bicharia dos "bem-formados", que com o suor de todo herói se delicia!

19

Em torno a mim fecho círculos e fronteiras sagradas; são cada vez menos os que comigo sobem montanhas cada vez mais altas – construo uma cordilheira com montanhas cada vez mais sagradas.

Mas para onde quer que desejais subir comigo, ó meus irmãos; cuida para que convosco não suba um *parasita*!

Parasita: este é um verme, que se arrasta e se aconchega, desejoso de engordar à custa de vossos rincões enfermos e feridos.

E *nisto* consiste a sua arte, em adivinhar as almas ascendentes lá onde estão cansadas: em vosso desgosto e desagrado, em vossa terna vergonha ela constrói seu nauseabundo ninho.

Onde o forte fraqueja, o nobre por demais se suaviza – ali dentro ele constrói seu ninho nauseabundo: o parasita mora lá onde o grande tem pequenos rincões feridos.

Qual a espécie mais elevada de ser e qual a mais baixa? O parasita é a mais baixa; quem, porém, for da mais elevada espécie, este nutre a maior parte dos parasitas.

A alma por certo que detém a mais longa escala, sendo capaz de descer mais fundo: como não se assentaria nela a maioria dos parasitas?

A mais abrangente alma, em cujo seio mais se pode correr, errar e vaguear; a mais necessária, que por prazer se precipita em acaso:

A alma que é e submerge no vir-a-ser; a que detém e *deseja* se lançar no querer e no ansiar:

A que foge de si mesma, e a si mesma se alcança no círculo mais amplo; a mais sábia das almas, que à insensatez fala do modo mais doce:

A que ama a si mesma, na qual todas as coisas têm sua corrente e contracorrente – oh, como *a mais elevada alma* não haveria de ter os piores parasitas?

20

Ó meus irmãos, acaso serei cruel? Porém eu digo: ao que está a cair ainda se deve dar um empurrão!

Tudo o quanto é de hoje cai, decai: quem as quereria manter! Mas ainda *quero* empurrá-las!

Conheceis a volúpia, que faz rolar pedras em profundezas escarpadas? Esses homens de hoje: vede, pois, como rolam para minhas profundezas!

Um prelúdio sou, para melhores jogadores, ó meus irmãos! Um exemplo! *Fazei* segundo o meu exemplo!

E a quem não ensinais a voar – ensina-lhe *a mais rapidamente cair*!

21

Eu amo os valentes: porém não basta ser espadachim – é preciso também saber *a quem* sacar da espada!

E com frequência mais valentia se tem em conter-se e passar ao largo: ele se preserva, *com isso*, para o inimigo mais digno!

Deveis ter amigos tão somente para odiar, mas não inimigos para desprezar: necessário se faz que estejais orgulhosos, assim eu já ensinei uma vez.

Para o inimigo mais digno, ó meus amigos, deveis vos poupar: para tanto, de muitas coisas tendes de passar ao largo.

Em especial junto a muita canalha, a vos atordoar os ouvidos com ruídos de povo e de povos.

Guardai puros vossos olhos de seus prós e contras! Há ali muita justiça, assim como injustiça: quem se detém a olhar se encoleriza.

Observar, golpear – isto é aqui uma só coisa: assim sendo, ide embora para os bosques, pondo vossa espada a dormir!

Tomai vosso caminho! E deixa povo e povos tomar os deles! – caminhos escuros, é verdade, nos quais nem mesmo uma esperança ainda relampeja!

Que possa reinar o merceeiro, lá onde tudo o que ainda reluz faz-se ouro de merceeiro! Já não é tempo de reis: o que hoje se chama de povo não merece rei algum.

Vede, pois, como esses povos eles próprios fazem agora como os merceeiros: ainda leem as menores vantagens mesmo de toda varredura!

Eles se espreitam uns aos outros, subtraem algo do outro – a isso chamam "boa vizinhança". Oh, tempo distante e bem-aventurado, em que um povo para si dizia: "sobre outros povos – quero ser *senhor*!".

Pois, meus irmãos: o melhor deve prevalecer, o melhor *quer* também prevalecer! E onde a doutrina reza diferente – ali *carece-se* do melhor.

22

Ai, tivessem *esses* o pão de graça! Pelo que estariam *eles* a gritar! Vosso sustento – este é seu autêntico entretenimento; e por isso a vida há de lhes ser difícil!

Animais de rapina é o que são – em seu "trabalho" – também isso é ainda rapina, em seu "merecer" – isto é também ainda ludíbrio! Por isso a vida lhes há de ser difícil!

Melhores animais de rapina vos deveis tornar, mais sutis, mais inteligentes, *mais semelhantes* a homens: o homem, por certo, é o melhor animal de rapina.

A todos os animais rapinou o nome suas virtudes: isso faz com que entre todos os animais bem o homem teve as coisas mais difíceis.

Só mesmo as aves ainda estão sobre ele. E se o homem ainda aprender a voar, ai, *a quais alturas* não voaria o seu prazer pela rapina?

23

Assim quero que sejam homem e mulher: um deles apto para a guerra, o outro, para o parto, ambos, porém, para a dança com cabeça e com as pernas.

E perdido se nos é o dia em que nem *uma vez* se há dançado! E seja falsa para nós toda a verdade em que não tenha havido uma risada!

24

Vossos matrimônios: vede para que não seja uma *conclusão* ruim! Concluístes por demais rapidamente: *seguem-se* daí rupturas!

E melhor é ainda romper o matrimônio que retorcê-lo e mentir para ele! Assim me falava uma mulher: "É verdade que eu rompi os laços do matrimônio, porém antes o matrimônio me destruiu!".

Os mal casados eu vi sempre como os piores vingativos: a todo o mundo fazer compensar por já não caminharem como únicos.

Por isso quero eu que os probos se digam um ao outro: "nós nos amamos; deixais *vermos* se podemos continuar nos amando! Ou nossa promessa haverá de ser um equívoco?".

"Dai-nos um prazo e um pequeno casamento, para que vejamos se servimos para o grande matrimônio! Uma grande coisa é sempre estar a dois!"

Assim eu aconselho a todos os probos; e o que seria, pois, de meu amor ao além-do-homem e a tudo o quanto deve vir se eu aconselhasse e se falasse de outro modo!

Não apenas multiplicai-vos, mas *elevai-vos* – que a isso vos ajude, ó meus irmãos, o jardim do matrimônio!

25

Aquele que fosse sábio sobre origens antigas, eis que ele acabará por buscar fontes de futuro e por novas origens.

Ó meus irmãos, não levará muito para que surjam *novos povos* e novas rumorejantes fontes desçam a novas profundidades.

O tremor de terra, por certo ele sepulta muitos poços e faz com que muito se morra de sede: e também vem alçar à luz forças interiores e segredos.

O tremor de terra põe de manifesto novas fontes. No tremor de terra de povos antigos novas fontes irrompiam.

E quem ali exclama: "Vede aqui um poço para muitos sedentos, um coração para muitos ansiosos, uma vontade para muitas ferramentas" – em torno disso reúne-se um *povo*, isto é, muitos experimentadores.

Quem puder ordenar, quem tiver de obedecer – *isso aqui se experimenta*! Ah, com quão longas buscas e adivinhações e falhas e aprendizados e reexperimentos!

A sociedade dos homens: é um experimento, assim eu o ensino, um longo experimento: ela busca, porém, aqueles que comandam!

Um experimento, ó meus irmãos! *Não* um "contrato"! Quebrai, quebrai tal palavra de corações débeis e meio-a-meios!

26

Ó meus irmãos! Onde se achará o maior perigo para o futuro dos homens? Não estará nos bons e justos?

Nos que falam e sentem no coração: "sabemos já o que é bom e justo, e também o temos; ai daqueles que aqui ainda buscam!".

E quaisquer que sejam os danos que possam fazer os maus: o dano aos bons é o mais danoso dos danos!

E quaisquer que sejam os danos que possam causar os caluniadores do mundo: o dano dos bons é o mais danoso dos danos.

Ó meus irmãos, certa vez alguém olhou no coração dos bons e justos e falou: "são fariseus!". Mas não o compreenderam.

Os próprios bons e justos não o deveriam compreender: seu espírito encontra-se prisioneiro em sua boa consciência. A estupidez dos bons é infinitamente inteligente.

Isto, porém, é a verdade: os bons *têm de* ser fariseus – não têm escolha alguma!

Os bons *têm de* crucificar aquele que se inventa a sua própria virtude! Isto é a verdade!

O segundo, porém, que descobriu a terra deles, coração e herdade dos bons e justos, esse foi o que perguntou: "quem será o que mais odeiam?".

O criador é a quem mais odeiam: o que quebra tábuas e antigos valores, o quebrador – a ele chamam delinquente.

Aos bons, por certo eles não *podem* criar: são sempre o início do fim:

Crucificam aquele que escreve novos valores em novas tábuas, sacrificam a *si mesmo*s o futuro – crucificam o inteiro futuro do homem!

Os bons – eles foram sempre o início do fim.

27

Ó meus irmãos, compreendestes também esta palavra? O que outrora disse eu sobre "o último homem"?

Onde reside o maior dos perigos para o inteiro futuro dos homens? Não será entre os bons e justos?

Destroçai, destroçai-me os bons e justos! – ó meus irmãos, compreendeis também essa palavra?

28

Fugis de mim? Estás apavorado? Tremeis diante desta palavra?

Ó meus irmãos, quando os ordenei destroçar os bons e as tábuas dos bons, só então fiz embarcar o homem em seu alto-mar.

E só agora chegam a ele o grande espanto, o grande olhar-a-seu--redor, a grande doença, a grande náusea, o grande enjoo de mar.

Falsas costas e falsas certezas vos ensinam os bons: em mentiras dos bons haveis nascido e vos ocultado. Pelos bons tudo se encontra falseado e deformado até o fundo.

Quem, porém, descobriu a terra "homem", descobriu também a terra "futuro dos homens". Agora vós deveis ser meus marinheiros, despertos, pacientes!

Aprumados caminhais desde logo, ó meus irmãos, aprendei a caminhar aprumados! O mar está revolto: muitos querem de novo se aprumar junto a vós.

O mar está revolto: tudo está no mar. Pois bem! Pois bem! Vós, velhos corações de marinheiros!

Qual terra pátria! *Lá para onde* quer rumar o nosso leme, à *terra de nossos filhos*! Mais para além, mais revolto que o mar, revolve-se nosso grande anseio!

29

"Por que tão duro!", dizia outrora ao diamante o carvão de cozinha; "pois não somos parentes próximos?".

Por que tão mole? Ó meus irmãos, assim *eu* vos pergunto: não sois vós meus irmãos?

Por que tão moles, tão amolecentes e dispostos a ceder? Por que há tanta negação, tanta resignação em vossos corações? Tão pouco destino em vosso olhar?

E se não quereis ser destinos nem implacáveis: como poderíeis comigo vencer?

E se vossa dureza não quer relampear e cortar e retalhar: como poderíeis alguma vez comigo criar?

Os criadores, por certo que são duros. E bem-aventurança terá de vos parecer imprimir vossa mão sobre milênios como fossem de cera.

Bem-aventurança, escrever sobre a vontade de milhares de anos como sobre o bronze – mais duros que o bronze, mais nobres que o bronze. Inteiramente duro é somente o mais nobre de todos.

Esta nova tábua, ó meus irmãos, eu a ponho sobre vós: *fazei-vos duros!*

30

Ó tu, minha vontade! Viragem de toda a necessidade, tu, *minha* necessidade! Guardai-me de todas as vitórias pequenas!

Tu, providência de minha alma, a que eu chamo destino! Tu em-mim! Sobre-mim! Guarda-me e poupa-me para *um* grande destino!

E tua última grandeza, minha vontade, poupa-te para teu derradeiro embate, para que sejas implacável *em* tua vitória! Ah, quem não sucumbiu a sua vitória!

Ah, a quem não obscurecem os olhos neste embriagado crepúsculo?! Ah, quem não sentiu vacilarem os pés e na vitória desaprendeu a estar em pé?!

Que eu esteja alguma vez disposto e maduro no grande meio-dia: disposto e maduro igual ao bronze incandescente, à nuvem prenhe de raios e ao úbere inchado de leite:

Disposto para mim mesmo e para minha mais oculta vontade: um arco sequioso por sua flecha, uma flecha sequiosa por suas estrelas:

Uma estrela disposta e madura em seu meio-dia, incandescente, perfurada, bem-aventurada pelas aniquiladoras flechas do sol:

Ela mesma um sol e uma implacável vontade de sol, disposta a aniquilar na vitória!

Ó vontade, viragem de toda a necessidade, tu, minha necessidade! Poupai-me para uma grande vitória!

Assim falou Zaratustra.

O CONVALESCENTE

1

Certa manhã, não muito tempo depois de seu retorno à caverna, Zaratustra pulou da cama feito um louco, gritou com voz medonha, fazendo gestos como se na cama houvesse alguém que não quisesse dali levantar; e tanto ressoou a voz de Zaratustra que seus animais acudiram assustados, a escapulir de todas as cavernas e esconderijos ali próximos à caverna – a voar, esvoaçar, rastejar, saltar, conforme o tipo de pata ou de asa que se lhe tivessem dado. Zaratustra, porém, disse as seguintes palavras:

Ergue-te de minha profundeza, pensamento abismal! Eu sou teu galo e teu alvorecer, verme dorminhoco: vamos! Vamos! Minha voz te despertará feito o canto do galo!

Desata as cadeias de teus ouvidos: ouve! Pois eu quero te ouvir! Vamos! Vamos! Aqui há tantos trovões que até os túmulos aprendem a ouvir!

E limpa de teus olhos o sono e toda a imbecilidade e cegueira! Ouve-me também com teus olhos: minha voz é aqui remédio mesmo para cegos de nascença.

E uma vez que te pões desperto, deves te manter em mim eternamente desperto. Não é da *minha* estirpe despertar do sono bisavós para lhes ordenar que continuem a dormir!

Tu te mexes, te estiras, estertoras? Vamos! Vamos! Não estertorar – falar-me é o que deves! Zaratustra o chama, o sem-deus!

Eu, Zaratustra, o advogado da vida, o advogado do sofrimento, o advogado do círculo – a ti eu chamo, meu mais abismal dos pensamentos!

Saúdo-me! Tu vens – eu te ouço! Meu abismo fala, minha derradeira profundeza eu fiz subir à luz!

Saúdo-me! Vem! Dá-me a mão – ah! Deixa! Ah! Ah! – Náusea, náusea, náusea – ai de mim!

2

Tão logo Zaratustra pronunciara essas palavras, tombou feito um morto e por muito tempo feito um morto ficou. Quando se recobrou, contudo, estava pálido e tremia e permaneceu deitado e por longo tempo não quis comer nem beber. Esse estado durou sete dias; seus animais, porém, não o deixaram nem de dia nem à noite, exceção feita à águia, a voar para fora em busca de comida. E o que ela recolhia e roubava, depositava no leito de Zaratustra: de modo que este por fim se viu deitado entre bagas amarelas e vermelhas, uvas, maçanilhas, ervas aromáticas e pinhas. A seus pés, porém, estendiam-se dois cordeiros, que com esforço a águia arrebatara de seus pastores.

Por fim, após sete dias, Zaratustra ergueu-se do leito, tomou na mão uma maçanilha, cheirou-a, e o cheiro lhe foi agradável. Nisso creram seus animais que era chegado o tempo de falar com ele.

"Ó Zaratustra", disseram, "agora já há sete dias jazes assim deitado, com olhos pesados; não queres por fim de novo te pôr de pé?

Sai de tua caverna: o mundo te espera como um jardim. O vento está a brincar com pesados aromas, e eles querem vir a ti; e os regatos todos gostariam de correr atrás de ti.

Todas as coisas anseiam por ti, porque ficaste sete dias sozinho – sai fora de tua caverna! Todas as coisas querem ser teus médicos!

A ti se fez chegado bem um novo conhecimento, ácido, pesado? Feito massa fermentada jazes tu, tua alma esponjou-se e transbordou sobre todas as suas margens."

"Ó meus animais", respondeu Zaratustra, "continuai a tagarelar e deixai que vos escute! Revigora-me que tagarelais: onde se tagarela, ali se estende o mundo como um jardim.

Quão agradável é existirem palavras e sons: palavras e sons acaso não serão arco-íris e pontes ilusórias entre o eternamente apartado?

A toda alma pertence um outro mundo; para cada alma é toda outra alma um transmundo.

Entre os que mais se assemelham é precisamente onde a ilusão mente com mais beleza; pois o menor abismo é o mais difícil de transpor.

Para mim – como haveria um fora-de-mim? Não há nenhum fora! Mas isso a cada som esquecemos; quão agradável é esquecê-lo!

Não foram dados nomes e sons às coisas para que nas coisas se revigore o homem? Uma bela insensatez é o falar: com isso o homem dança sobre todas as coisas.

Quão agradável é todo o falar e todas as mentiras dos sons! Com sons nosso amor dança sobre coloridos arco-íris."

"Ó Zaratustra", disseram então os animais, "para aqueles que pensam como nós estão a dançar as próprias coisas: vêm, estendem-se as mãos, riem e fogem – e retornam.

Tudo vai, tudo retorna; eternamente gira a roda do ser. Tudo morre, tudo de novo floresce, eternamente corre o ano do ser.

Em cada instante se inicia o ser; em torno de todo o aqui rola a bola acolá. O meio está por toda a parte. Curva é a trilha da eternidade."

"Ó farsantes e realejos!", respondeu Zaratustra e tornou a rir, "quão bem sabeis o que teve de se cumprir em sete dias:

E como aquele monstro rastejou-me pela garganta e me estrangulou! Mas eu lhe mordi a cabeça e o cuspi longe de mim.

E vós – fizeste já disso uma canção de realejo? Mas agora estou aqui estendido, cansado desse morder e cuspir fora, ainda enfermo da própria redenção.

E assististes vós a tudo isso? Ó meus animais, sereis vós também cruéis? Desejastes assistir a minha grande dor, como fazem os homens? O homem, por certo, é o mais cruel dos animais.

Foi com tragédias, touradas e crucificações que até agora se sentiu o homem na Terra; e quando inventou o inferno, vede que esse foi o seu céu sobre a Terra.

Quando o grande homem grita: logo aparece o pequeno a correr; e a língua lhe pende sobre o pescoço, por cobiça. Mas a isso ele chama de sua 'compaixão'.

O pequeno homem – em especial o poeta –, com que fervor ele se queixa da vida com palavras! Ouça-o, mas não deixe de ouvir o prazer que há em toda a queixa!

Aos tais que se queixam da vida: com um piscar de olhos o sobrepuja a vida. 'Tu me amas?', diz a descarada; 'espera ainda um pouco, ainda tenho tempo para ti'.

O homem é para consigo o mais cruel dos animais; e em todo o que se diz 'pecador' e 'leva-cruz' e 'penitente', não deixeis de ouvir a volúpia que há nesse queixar e acusar!

E eu mesmo – quererei com isso ser aquele que do homem se queixa? Ah, meus animais, tão somente isso aprendi até agora, que para o seu melhor necessita o homem de seu pior.

Que todo o pior seja a sua melhor força e a mais dura pedra para o supremo criador; e que o homem tenha de se fazer melhor *e* pior:

Não a *esse* pau de martírio estive preso, de saber que o homem é mau, mas sim gritei, como ninguém jamais gritara:

'Ah, quão pequeno é o que ele tem de pior! Ah, quão pequenas são mesmo suas melhores coisas!'.

O grande fastio do homem – *ele* estava a me estrangular, a deslizar em minha garganta: e o que adivinhava o adivinho: 'Tudo é igual, nada vale a pena, o saber estrangula'.

Um longo crepúsculo claudicava diante de mim, uma tristeza cansada de morte, embriagada de morte, a falar com a boca bocejante.

'Eternamente ele retorna, o homem de que tu estás cansado, o pequeno homem', assim bocejava a minha tristeza e arrastava o pé e não podia dormir.

Em caverna transformava-se perante mim a terra dos homens, afundava-se o seu peito, tudo o quanto era vivo em mim convertia-se em bolor humano e ossos e em passado putrefato.

Meu suspirar assentava-se sobre todos os sepulcros humanos e já não podia se pôr de pé; meu suspirar e perguntar agourava, estrangulava, corroía e queixava-se dia e noite:

'Ah, o homem retorna eternamente! O pequeno homem retorna eternamente!'

Desnudos outrora eu vira ambos, o homem maior e o menor: demasiado semelhantes entre si – demasiado humano mesmo ainda o maior!

Demasiado pequeno o maior! – foi esse o meu fastio junto aos homens! E eterno retorno também do menor! – foi esse o meu fastio junto a toda existência!

Ah, náusea! Náusea! Náusea!" Assim falava Zaratustra e suspirava e estremecia; pois recordava de sua doença. Mas eis que então seus animais não o deixaram seguir falando.

"Não fales mais, tu, convalescente!", assim lhe responderam os animais, "mas saí para fora, onde o mundo te espera tal qual um jardim.

Saí para fora, às rosas e abelhas e bandos de pombas! Mas em especial aos pássaros canoros: para que com eles aprendas a *cantar*.

Cantar por certo que é para convalescentes; ao saudável apraz falar. E mesmo quando o saudável deseja canções, deseja outras que não as do convalescente.".

"Ó vós, bufões e realejos, calai-vos, pois!", respondeu Zaratustra e riu-se de seus animais. "Quão bem conheceis o consolo que para mim inventei em sete dias!

Que eu tenha de cantar de novo – *este* consolo inventei para mim e *esta* convalescença: quereis vós de pronto e de novo lhe fazer uma canção de realejo?"

"Não fales mais", tornaram a responder seus animais; "é preferível que tu, ó convalescente, prepares antes uma lira, uma nova lira!

Pois então vê, ó Zaratustra! Para tuas novas canções fazem-se necessárias novas liras.

Canta e cubra de bramidos, ó Zaratustra, cura a tua alma com novas canções: que tu possas levar teu grande destino, que ainda não foi o destino de homem algum!

Pois teus animais bem sabem, ó Zaratustra, quem tu és e terás de ser: vede, és o mestre do eterno retorno – este é, pois, o *teu* destino!

Que tenhas de ser o primeiro a ensinar essa doutrina – como não haveria de ser esse grande destino também teu máximo perigo e tua máxima doença!

Vede, nós sabemos o que tu ensinas: que todas as coisas retornam eternamente, e nós mesmos com elas, e que nós aqui já existimos infinitas vezes, e conosco todas as coisas.

Tu ensinas que existe um grande ano do vir-a-ser, um ano descomunalmente grande: tal qual uma ampulheta, ele tem de sempre tornar a virar e virar de novo, para com isso de novo começar e se esgotar:

De tal modo que esses anos todos são iguais a si mesmos, no maior como também no menor – de modo que nós mesmos em todo grande ano somos iguais a nós mesmos, no maior como também no menor.

E se quisestes tu morrer agora, ó Zaratustra: vede, sabemos também como então te falarias a ti mesmo – mas teus animais pedem a ti para que ainda não morras!

Falarias e sem tremer, muito mais dando um respiro de bem-aventurança: pois um grande peso e um grande sufoco de ti seriam tirados, tu, o mais paciente!

'Agora morro e desapareço', falarias, 'e em instantes nada serei. As almas são assim tão mortais quanto os corpos.

Mas hão de retornar as amarras de causa e efeito em que sou tragado – e de novo me criarão! Eu mesmo pertenço às causas do eterno retorno.

Retorno com este sol, com esta terra, com esta águia, com esta serpente – *não* para uma nova vida ou para uma vida melhor ou para uma vida semelhante:

Retorno eternamente para esta igual e mesma vida, no que há de maior como no que há de menor, para que de novo ensine o eterno retorno de todas as coisas.

Para que eu volte a falar a palavra do grande meio-dia da Terra e dos homens, para que eu de novo anuncie ao homem o além-do-homem!

Falei minha palavra, despedaço-me em minha palavra: assim o deseja a minha sina eterna – como anunciador eu pereço!

Chegada é a hora em que aquele que declina a si mesmo se abençoa. Assim *findou-se* o declínio de Zaratustra'".

Ao que disseram essas palavras, os animais calaram e esperaram que Zaratustra algo lhes dissesse: mas Zaratustra não ouviu que eles calaram. Em vez disso ficou em silêncio, olhos fechados, semelhante a alguém que dorme, ainda que não dormisse: pois discorria mesmo é com sua alma. A serpente, porém, e a águia, ao encontrá-lo de tal modo em silêncio, honraram o grande silêncio à sua volta e cautelosamente saíram dali.

DO GRANDE ANSEIO

Ó minha alma, ensinei-te a dizer "hoje", como se disse "outrora" e "certa vez", a dançar tua ciranda sobre todo aqui e lá.

Ó minh'alma, eu te redimi de todos os rincões, de ti espanei poeira, aranhas e penumbras.

Ó minh'alma, lavei-te o pequeno pudor e a virtude dos rincões e te convenci a ficar nua ante os olhos do sol.

Com a tempestade, que se chama "espírito", soprei sobre teu mar ondulante; todas as nuvens expulsei com meu sopro, e mesmo estrangulei o estrangulador chamado "pecado".

Ó minh'alma, dei-te o direito de dizer "não" como a tempestade e "sim" como o céu aberto diz "sim": quieta estás como a luz e andas por tempestades de negação.

Ó minh'alma, dei-te de volta a liberdade sobre o criado e o que não foi criado: e quem conhece a volúpia do futuro como tu a conheces?

Ó minh'alma, ensinei-te o desprezo, que não vem como um verme roedor, o desprezar grande e amoroso, que ama ao máximo ali onde ao máximo se despreza.

Ó minh'alma, de tal forma ensinei-te a persuadir que tu mesma persuades os motivos que vêm a ti: igual ao sol, que persuade o mar a subir a tua altura.

Ó minh'alma, de ti eu tirei todo obedecer, todo ajoelhar e chamar de senhor; a ti mesma dei o nome "viragem da necessidade" e "destino".

Ó minh'alma, dei-te novos nomes e brinquedos coloridos, chamei-te "destino" e "contorno dos contornos", e "cordão umbilical do tempo", e "sino azul anil".

Ó minh'alma, à tua herdade eu dei de beber toda a sabedoria, todos os novos vinhos e também todos os vinhos imemoriavelmente velhos e fortes da sabedoria.

Ó minh'alma, todo sol eu derramei sobre ti, e toda noite e todo calar e todo anseio: então cresceste para mim feito uma vinha.

Ó minh'alma, abundante e carregada estás agora, videira com úberes inchadas e densos cachos de uva dourada:

Densa e premida de tua felicidade, à espera de abundância, com vergonha mesmo de teu esperar.

Ó minh'alma, em parte alguma ora se tem alma mais amorosa e mais ampla e continente! Onde estariam futuro e passado mais próximos do que em ti?

Ó minh'alma, dei-te tudo, e todas as minhas mãos em ti fizeram-se vazias: e agora? Agora me dizes rindo e cheia de melancolia: "Quem de nós deve agradecer ao outro?

Não deve o doador agradecer a quem recebe a dádiva, por tê-la recebido? Não será o dar uma necessidade? Receber não será caridade?".

Ó minh'alma, compreendo o riso de tua melancolia: tua própria abundância agora estende mãos ansiosas!

Tua plenitude olha por sobre mares bramantes e busca e espera; o anseio da superabundância olha do céu de olhos sorridentes!

E em verdade, ó minh'alma!, quem veria teu sorriso e não se derreteria em lágrimas? Mesmo os anjos derretem-se em lágrimas ante a além--bondade de teu sorriso.

Tua bondade e além-bondade são as que não querem lamentar-se e chorar: e no entanto, ó minh'alma, teu sorriso anseia por lágrimas e tua boca tremula de soluços.

"Não será todo o pranto um lamento? E não será todo lamento uma acusação?" Assim falas tu a ti mesmo, e por isso, ó minh'alma, preferes sorrir a despejar teu sofrimento.

A despejar em torrentes de lágrimas todo o sofrimento sobre tua plenitude e sobre toda o afã da videira pelo vindimador e sua podadeira!

Mas se não queres tu chorar, e desfazer em lágrimas tua rubra melancolia, por isso tendes de *cantar*, ó minh'alma! Vê, eu mesmo sorrio ao te predizer tais coisas:

Cantar, com um canto bramante, até que todo mar se aquiete para ouvir o teu anseio.

Até que sobre silenciosos e ansiosos mares façam oscilar a barca, o áureo prodígio, e em volta de seu ouro saltitem todas as coisas boas, más, prodigiosas:

Também muitos animais grandes e pequenos e tudo o que detém prodigiosos pés ligeiros, a fim de correr sobre trilhas violeta.

Para o dourado prodígio, para o barco voluntário e para o seu senhor: este, porém, é o vindimador, a aguardar com sua podadeira de diamante.

Teu grande libertador, ó minh'alma, o sem nome – ao que só mesmo cantos futuros encontrarão um nome! E em verdade, teu hálito já tem o aroma dos cantos futuros.

Já tu incandesces e sonhas, já bebes, sedenta, de todos os poços de sonoras profundidades, repousa já tua melancolia na bem-aventurança de cantos futuros!

Ó minh'alma, agora te dei tudo e também meu derradeiro bem, e as minhas mãos em ti se fizeram vazias: *que eu tenha te mandado cantar*, vê, este era o meu derradeiro bem!

Que eu te ordenasse cantar, fala, agora, fala: *quem* de nós tem agora de agradecer ao outro? Melhor ainda, porém: canta para mim, canta, ó minh'alma! E deixa que eu agradeça!

Assim falou Zaratustra.

O OUTRO CANTO DA DANÇA

1

"Em teus olhos mirei de há pouco, ó vida: ouro eu vi cintilar em teus olhos noturnos, – meu coração fez-se parado ante esta volúpia:

Uma canoa de ouro vi cintilar sobre águas potentes, uma canoa dourada a balouçar, que submergia, e bebia, tornava a acenar!

A meu pé, furioso pela dança, lançaste um olhar, um olhar balouçante, a rir, a indagar, a se fundir:

Duas vezes apenas agitaste tuas castanholas com mãos pequenas – ali já balouçava o meu pé, de fúria pela dança.

Meus calcanhares se empinaram, meus dedos do pé ouviam, para obedecer-te: pois o ouvido traz o dançarino nos dedos dos pés!

Em tua direção eu saltei: e eis que recuaste ante meu salto; e contra mim flamejaram as línguas de teu cabelo que voava e fugia!

Em tua direção eu saltei, e para tuas serpentes; lá já estavas tu, virada até o meio, os olhos cheios de desejo.

Com olhares sinuosos – a mim tu ensinas vias sinuosas; em vias sinuosas aprende meu pé – ciladas!

Receio-te quando próximo, amo ao que distante; tua fuga me atrai, tua busca me faz hesitar: padeço, mas quem de bom grado não padeceria por ti!

Tua frieza me inflama, teu ódio me desencaminha, tua fuga me vincula, teu escárnio me comove:

Quem não iria te odiar, tu, grande enlaçadora, enredadora, tentadora, buscadora, encontradora! Quem não te amaria, tu, pecadora inocente, impaciente, apressada como o vento, de olhos infantis?!

Para onde me arrastas agora, tu, portento e indomável? E agora de novo foges de mim, criança selvagem e ingrata!

A dançar eu te sigo, e eu te sigo mesmo por diminutas pegadas. Onde estás? Dá-me a mão! Ou apenas um dedo!

Aqui há cavernas e matagais: acabaremos por nos extraviar? Alto! Para! Não vês corujas e morcegos a zumbir?

Tu, coruja! Tu, morcego! Queres fazer troça de mim? Onde nós estamos? Com os cães aprendeste esse uivar e ganir.

Tu me arreganhas carinhosamente com brancos dentinhos, teus olhos pérfidos saltam contra mim por entre onduladas meleninhas!

É uma dança sobre ladeiras e matagais: eu sou o caçador – queres ser meu cão ou minha camurça?

Fica do meu lado, agora! E suma, tu, malvada saltadora! Agora para cima! E passa ao outro lado! Ai! Ao saltar eu próprio caí!

Ó, vê-me a jazer no solo, tu, arrogância, a implorar pela graça! Eu bem gostaria de ir contigo – por trilhas mais agradáveis!

Trilhas de amor por entre silenciosas moitas multicores! Ou lá ao longo do lago: ali nadam e dançam peixes dourados!

Estás agora assim tão cansada? Tem-se por lá ovelhas e crepúsculos: não é belo dormir ao que pastores tocam flauta?

Estás agora assim tão cansada? Levo-te para lá, deixa apenas cair os braços! E se tendes sede – eu bem teria alguma coisa, mas tua boca não quer bebê-lo!

Oh, essa maldita serpente, ágil e flexível e bruxa escorregadiça! Para onde foste? Mas no rosto sinto, de tua mão, duas pintas e manchas vermelhas!

Em verdade estou cansado de ser sempre teu parvo pastor! Tu, bruxa, até agora cantei para ti, agora para mim deves *tu* gritar!

Segundo o compasso de meu chicote deves para mim dançar e gritar! Não teria eu esquecido o chicote? Não!"

2

E eis que assim me respondeu a vida, e ao fazê-lo cobria delicadamente os ouvidos:

"Ó Zaratustra! Não estales tão terrivelmente o teu chicote! Bem o sabes: o ruído assassina os pensamentos – e bem agora me vem tão graciosos pensamentos.

Somos ambos dois bons imprestáveis para o bem e para o mal. Para além de bem e mal encontramos nossa ilha e nosso verde prado – só nos dois! Para tanto temos de ser bons um para com o outro!

E ainda que não nos amemos profundamente – será o caso de guardar rancor quando não se ama profundamente?

E que eu sou bondosa para contigo, e não raro tão bondosa, isso tu sabes: e a razão disso é eu ter ciúme de tua sabedoria. Ah, essa louca e velha insensata da sabedoria!

Se alguma vez te abandonasse a sabedoria, ah!, também logo o meu amor te abandonaria".

E neste ponto a vida olhou pensativamente atrás de si e em torno de si e disse mansamente: "Ó Zaratustra, não me és fiel o bastante!

Longe estás de me amar tanto quanto dizes; pensas, eu sei, que logo quererás me deixar.

Há um velho, pesado, pesado sino e ribombante: e ribomba à noite, até lá em cima em tua caverna:

Quando à meia-noite ouves este sino dar as horas, pensas nisso entre uma e doze horas.

Pensas nisso, ó Zaratustra, sei que logo quererás me deixar!".

"Sim", respondi, hesitante, "mas tu sabes também...", e eu te digo algo no ouvido, por entre suas louras, irrequietas e loucas mechas de cabelo.

"Tu o *sabes*, ó Zaratustra? Isso ninguém sabe."

E nos olhamos e contemplamos o verde prado sobre o qual justamente se espraia o fresco entardecer, e juntos choramos. Mas naquele tempo a vida me era mais cara do que toda a minha sabedoria jamais havia sido.

Assim falou Zaratustra.

3

Uma!
Ó homem! Atenta!
Duas!
O que está dizendo a profunda meia-noite?
Três!
"Eu durmo, eu durmo,
Quatro!
"De um sono profundo eu acordei:
Cinco!
"O mundo é profundo,
Seis!
"E mais profundo do que pensa o dia.

Sete!
"Profunda é a dor,
Oito!
"Prazer: mais profundo que a dor do coração.
Nove!
"Fala a dor: passa!
Dez!
"Ocorre que todo o prazer quer eternidade,
Onze!
— quer profunda, profunda eternidade!"
Doze!

OS SETE SELOS (OU: O CANTO DO SIM E DO AMÉM)

1
Se sou um adivinho e pleno daquele espírito vaticinador, a caminhar sobre cresta elevada entre dois mares.

A caminhar entre passados e futuros feito nuvens pesadas – inimigo das baixadas sufocantes e de tudo o quanto é casado e já não pode morrer nem viver.

Em seu peito escuro, pronta para o raio de luz redentor, grávida de raios que dizem sim! Sim! Riem, para vaticinadores relâmpagos:

Bem-aventurado o grávido de tais coisas! E em verdade, por muito tempo deve pairar sobre montes, qual pesado temporal, quem algum dia há de acender a luz do futuro!

Oh, como não deveria eu arder pela eternidade e pelo anel nupcial dos anéis – o anel do eterno retorno!

Ainda nunca encontrei a mulher da qual desejaria ter filhos, a não ser esta mulher a que amo: pois eu te amo, ó eternidade!

Pois eu te amo, ó eternidade!

2
Se minha cólera algum dia destroçou crepúsculos, se deslocou marcos de fronteira e de precipícios fez rolar velhas tábuas partidas:

Se alguma vez meu escárnio com um sopro dispersou palavras putrefatas, e se cheguei feito vassoura para aranhas cruzeiras e como rajadas de vento sobre velhas e abafadas câmaras sepulcrais:

Se alguma vez me assentei jubiloso onde jazem enterrados velhos deuses, a bendizer o mundo, a amar o mundo, junto aos monumentos de antigos caluniadores do mundo:

Pois eu amo mesmo as igrejas e os sepulcros de deuses, à condição de o céu, com seu olho puro, vir a contemplar através de tetos destruídos; agrada-me sentar, feito relva e papoula vermelha, sobre igrejas destruídas.

Oh, como eu deveria ardorosamente ansiar pela eternidade e pelo nupcial anel dos anéis – pelo anel do retorno!

Jamais encontrei a mulher com quem quereria ter filhos, a não ser essa mulher a quem amo: pois eu te amo, ó eternidade!

Pois eu te amo, ó eternidade!

3

Se alguma vez até mim chegou um sopro do sopro criador e da celeste necessidade que mesmo aos azares obriga a dançar a ciranda das estrelas:

Se alguma vez ri com o riso do raio criador, ao qual segue, rancoroso porém obediente, o prolongado trovão do ato:

Se alguma vez joguei dados com deuses sobre a divina mesa da Terra, de modo que a terra tremeu e rompeu-se e expeliu rios de fogo:

Pois uma mesa para os deuses é a Terra, a tremular com palavras novas criadoras e com dados dos deuses:

Oh, como eu deveria ardorosamente ansiar pela eternidade e pelo nupcial anel dos anéis – pelo anel do retorno!

Jamais encontrei a mulher com quem quereria ter filhos, a não ser essa mulher a quem amo: pois eu te amo, ó eternidade!

Pois eu te amo, ó eternidade!

4

Se alguma vez bebi a amplos tragos daquele cântaro espumante, de mescladas especiarias, no qual bem mescladas estão todas as coisas:

Se alguma vez minha mão verteu o mais distante no mais próximo, e fogo no espírito e prazer no sofrimento e o mais iníquo no mais bondoso:

Se eu sou mesmo um grão daquele sal redentor, a fazer com que todas as coisas no cântaro se misturem:

Pois há um sal a ligar o bem ao mal; e mesmo o pior é digno do condimento e da última efusão:

Oh, como eu não haveria de ansiar pela eternidade e pelo nupcial anel dos anéis – o anel do retorno!

Jamais encontrei a mulher com quem quereria ter filhos, a não ser essa mulher a quem amo: pois eu te amo, ó eternidade!

Pois eu te amo, ó eternidade!

5

Se quero bem ao mar e a tudo o quanto é de espécie marítima e se tanto mais ainda quero bem quando colérico ele me contraria:

Se há em mim aquele prazer da busca, que impele as velas ao não descoberto, se em meu prazer há um prazer de navegante:

Se alguma vez o meu júbilo exclamou: "A costa de dissipou – agora caiu o meu derradeiro grilhão.

O ilimitado a bramir a meu redor, e longe mais além reluzem para mim espaço e tempo, muito bem! Avante! Velho coração!".

Oh, como eu deveria ardorosamente ansiar pela eternidade e pelo nupcial anel dos anéis – pelo anel do retorno!

Jamais encontrei a mulher com quem quisesse ter filhos, a não ser esta mulher a que amo: pois eu te amo, ó eternidade!

Pois eu te amo, ó eternidade!

6

Se a minha virtude é a virtude de um dançarino, e se não raro com ambos os pés saltei para um êxtase de ouro esmeralda:

Se minha maldade é maldade risonha, que se sente em casa entre roseirais e sebes de lírios:

Pois no riso tudo o quanto é mal se acha reunido, mas santificado e absolvido por sua própria bem-aventurança:

E se meu alfa e ômega é o de que todo o pesado se faz leve, todo corpo, bailarino, todo espírito, um pássaro: e em verdade este é meu alfa e ômega!

Oh, como eu deveria ardorosamente ansiar pela eternidade e pelo nupcial anel dos anéis – pelo anel do retorno!

Jamais encontrei a mulher com quem quereria ter filhos, a não ser essa mulher a quem amo: pois eu te amo, ó eternidade!

Pois eu te amo, ó eternidade!

7

Se alguma vez sobre mim estendi céus silentes e com asas próprias por céus próprios eu voei:

Se brincando nadei em profundas distâncias de luz, e à minha liberdade se achegou o pássaro da sabedoria:

Assim, porém, fala o pássaro da liberdade: "Vê, não existe nenhum acima, nenhum abaixo! Lança-te de aqui para lá, para fora, para trás, tu, ó leve! Canta, não fala mais!

Acaso as palavras todas não serão feitas para os pesados? Não estarão a mentir para os leves todas as palavras! Canta! Não fala mais!".

Oh, como eu deveria ardorosamente ansiar pela eternidade e pelo nupcial anel dos anéis – pelo anel do retorno!

Jamais encontrei a mulher com quem quisera ter filhos, a não ser essa mulher a quem amo: pois eu te amo, ó eternidade!

Pois eu te amo, ó eternidade!

QUARTA E ÚLTIMA PARTE

Ah, onde no mundo se deram tolices maiores que entre os compassivos? E que coisa no mundo instaurou mais sofrimento que as tolices dos compassivos?

Ai de todos os que amam, que ainda não têm altura que esteja por cima de sua compaixão!

Assim certa vez me falou o demônio: "Também Deus tem seu inferno: é seu amor aos homens".

E há pouco o ouvi dizer estas palavras: "Deus está morto; desfaleceu de sua paixão pelos homens"

Zaratustra, "Dos compassivos" (II, p. 91)

A OFERENDA DO MEL

E de novo se passaram lua e anos sobre a alma de Zaratustra, e a isso ele não atentou; mas seu cabelo encaneceu. Certo dia, quando estava sentado numa pedra diante de sua caverna a olhar em silêncio para fora – de lá se vê o mar ao longe, e para além sinuosos precipícios –, ali seus animais andaram pensativos à sua volta, e por fim puseram-se diante dele.

"Ó Zaratustra", disseram eles, "estás bem a buscar a tua felicidade?" – "Que importa a felicidade!", respondeu, "já de há muito não aspiro à felicidade, aspiro, sim, ao meu trabalho." – "Ó Zaratustra", disseram de novo os animais, "tu o dizes como alguém que está saturado do bem. Acaso não estás num lago de felicidade azul da cor do céu?" – "Bufões!", respondeu Zaratustra, e riu, "quão bem escolheste a imagem! Mas saiba também que minha felicidade é pesada, e não feito uma onda de água fluida: ela me comprime, não quer despegar de mim, fazendo igual à pez derretida.".

E eis que de novo vieram os animais, e pensativos passaram a andar em volta, para então outra vez se postar diante dele. "Ó Zaratustra", disseram, "disso provém que tu mesmo te fazes sempre mais amarelo e escuro, ainda que teu cabelo queira parecer branco e como de linho? Vede, pois, estás sentado em tua pez!" – "Que me dizeis, meus animais", disse Zaratustra e se riu, "em verdade estive a blasfemar ao falar da pez. O que me ocorre assim ocorre a todos os frutos que madurem. É o mel em minhas veias, que faz meu sangue mais espesso e também minha alma mais silente." – "Assim será, ó Zaratustra", responderam os animais, a comprimi-lo: "Não queres hoje subir a uma alta montanha? O ar está puro, e hoje se vê mais do mundo do que se via outrora". – "Sim, meus animais", respondeu ele, "conveniente é vosso conselho, e conforme a meu coração: quero hoje subir uma alta montanha! Mas cuidai para que lá eu tenha mel à mão, mel de colmeia, áureo, branco, bom, fresco. Pois vós sabeis que lá em cima quero fazer a oferenda do mel."

Mas quando Zaratustra chegou ao cume, mandou para casa os animais que o tinham conduzido, e viu-se doravante ali completamente só. Riu de todo o coração, olhou em volta e então falou:

Que eu falasse em oferenda e em oferendas de mel foi apenas um ardil de meu discurso, e em verdade uma tolice útil! Aqui em cima posso falar mais livremente do que ante cavernas de eremitas e animais domésticos de eremitas.

Qual, oferenda! Eu esbanjo o que me é dado de presente, eu, esbanjador com milhares de mãos: como ainda poderia a isso chamar sacrifício?!

E quando eu desejei o mel, o que eu desejava era tão somente isca, e o doce e gomoso líquido que faz a delícia mesmo dos ursos resmungões e dos pássaros mais estranhos e rabugentos:

A melhor isca, como as que necessitam caçadores e pescadores. Pois se o mundo é como uma escura floresta de animais e o jardim das delícias de todo furtivo caçador, a mim ele mais e melhor parece um mar rico e abissal.

Um mar pleno de peixes e caranguejos multicores, pelo qual mesmo os deuses se apeteceriam a fazer-se pescadores e a lançar redes: tão rico é o mundo em prodígios, grandes e pequenos!

O mundo dos homens, em especial, o mar dos homens – *a eles* lanço agora meu caniço de ouro e digo: "abra-te, abismo dos homens!

Abra-te e me lance teus peixes e cintilantes caranguejos! Com minha melhor isca pesco hoje para mim os mais prodigiosos peixes-homens!

Minha própria felicidade eu lanço longe, a todas as latitudes e distâncias, entre alvorecer, meio-dia e poente, para ver se muitos peixes-homens não aprendem a puxar e a se debater junto à minha felicidade.

Isso até que, ao morderem meu anzol afilado e oculto, os mais coloridos peixes abissais tenham de se alçar à *minha* altura e vir ao mais perverso de todos os pescadores de homens.

Este por certo eu sou, no fundo e desde o início, a puxar, e atrair, e levantar, elevar, alguém que puxa, que cultiva e se faz preceptor, que não em vão a si mesmo disse em outro tempo: 'Torna o que tu és!'.

Assim, que doravante possam os homens subir *até mim*: pois ainda aguardo o sinal de que é chegado o tempo de meu ocaso, e não desço ainda, como hei de fazer, para junto dos homens.

A isso eu aguardo aqui, astucioso e zombeteiro, nas altas montanhas, nem impaciente nem paciente, muito mais alguém que desaprendeu a paciência – porque já não mais 'se pacienta'.

Meu destino por certo me deixa tempo: terá ele me esquecido? Ou estará sentado à sombra, atrás de uma grande pedra, caçando moscas?

E em verdade, sou-lhe reconhecido, meu eterno destino, por não me açular nem pressionar e me deixar tempo para burlas e maldades: de modo que hoje para uma pescaria eu subi esta alta montanha.

Alguma vez já se viu um homem pescar em altas montanhas? E se vem a ser uma tolice o que desejo e pratico aqui em cima: melhor ainda isso do que se lá embaixo me fizesse solene de esperar.

E verde e amarelo pela espera crispado, a esbravejar de raiva, um temporal sagrado e uivante das montanhas, um impaciente a gritar por sobre os vales: 'Ouvi, ou os açoitarei com o açoite de Deus!'.

Não que eu me irritasse com tais coléricos: dão-me bons motivos para rir! Impacientes já têm de estar esses grandes tambores ruidosos, pois que tenham a palavra hoje ou nunca mais!

Eu, porém, e meu destino – não falamos para hoje, tampouco falamos para o nunca: para o falar temos paciência e tempo, e tempo de sobra. Pois um dia ele terá de vir, e não se poderá lhe passar ao largo.

Quem terá de vir um dia e não poderá passar ao largo? Nosso grande Hazar,[1] nosso grande e remoto reino do homem, o reino de Zaratustra de mil anos".

Quão distante pode ser tal "distante"? Que me importa! Mas nem por isso é menos firme para mim – com ambos os pés me ponho seguro sobre esse fundamento.

---

1. Num fragmento póstumo de Nietsche se lê: "Eu tinha de dar a Zaratustra, um persa, essa honra: os persas foram os primeiros a pensar a história ao modo de um grande todo. Uma série de desenvolvimentos, com um profeta a presidir a cada qual. Cada profeta tem seu *hazar*, seu reino de mil anos" (25 [148], primavera de 1884).

Sobre um fundamento eterno, sobre uma dura rocha primitiva, sobre essas mais elevadas e mais duras montanhas primitivas, às quais acodem todos os ventos como a um divisor de climas, a perguntar onde? E de onde? E para onde?

Ri, ora, aqui, ri, minha luminosa e sadia maldade! Das altas montanhas lança para baixo um cintilante riso zombeteiro! Com tua centelha, atrai para mim os mais belos peixes humanos!

E o que em todos os mares *a mim* pertence, o meu em-e-para--mim em todas as coisas – pesca *isso* para mim, traze-me *isso* cá em cima: por tal estou à espera, o mais maligno entre todos os pescadores.

Para longe, para longe, meu anzol! Para dentro, para baixo, isca de minha felicidade! Instila o teu mais doce orvalho, o meu mel do coração! Morde, ó meu anzol, no ventre de toda a negra tribulação!

Para longe, para longe, meu olhar! Oh, quantos mares em torno de mim, quantos futuros humanos que alvoreçam! E por sobre mim – que rósea quietude! Que desanuviado silêncio!

O GRITO DE SOCORRO

No dia seguinte Zaratustra de novo estava sentado em sua pedra diante da caverna, enquanto lá fora no mundo os animais perambulavam, a fim de trazer para casa novo alimento – também novo mel: pois Zaratustra desperdiçara e esbanjara o velho mel até a última gota. E enquanto assim sentado, com um graveto na mão, a desenhar no chão a sombra de sua figura, a refletir, e em verdade!, não sobre si e sua sombra – de repente se assustou e estremeceu: pois junto a sua sombra via ainda outra sombra. E ao que rapidamente olhou em torno de si e levantou, eis que junto dele estava o adivinho, o mesmo ao qual certa vez dera de comer e de beber em sua mesa, o anunciador da grande fadiga, que ensinava: "Tudo é igual, nada vale a pena, o mundo é sem sentido, o saber estrangula". Mas nesse ínterim suas feições tinham se transformado; e ao que Zaratustra olhou-o nos olhos, seu coração outra vez se assustou: tantos eram os maus presságios e cinéreos relâmpagos a perpassar aquele rosto.

O adivinho, que percebera o que denunciava a alma de Zaratustra, esfregou-lhe a mão pelo rosto como se quisesse apagá-lo; o mesmo fez também Zaratustra. E quando ambos assim em silêncio haviam se tranquilizado e reanimado, deram-se as mãos, como sinal de que desejariam reconhecer-se.

"Sê bem-vindo", disse Zaratustra, "tu, adivinho do grande cansaço, não deves ser em vão o que foste outrora, meu comensal e hóspede. Come e bebe também hoje comigo e perdoa que um homem velho e contente se assente contigo à mesa!". – "Um homem velho e contente?", respondeu o adivinho a menear a cabeça; "quem quer que tu sejas ou queiras ser, ó Zaratustra, tempo demais aqui em cima te mantiveste – em pouco tempo tua canoa não mais estará a seco!" – "Acaso eu estarei a seco?", perguntou Zaratustra, rindo. "As ondas em torno de tua montanha", respondeu o adivinho, "sobem cada vez mais, as ondas da grande necessidade e tribulação: logo vão levantar também a tua canoa e te levarão daqui." – Zaratustra guardou silêncio e admirou-se. – "Ainda não ouves nada?", prosseguiu o adivinho, "não chegam aqui o barulho e o bramido das profundezas?" – Zaratustra calou ainda uma vez e pôs-se a ouvir: ouviu um grito longo, longo, que os precipícios um a outro lançavam e devolviam, e não havia quem os quisesse reter: tão sinistro ele soava.

"Tu, mau anunciador", falou por fim Zaratustra, "este é um grito de socorro e o grito de um homem que bem pode vir de um negro mar. Mas que me importam as necessidades dos homens! Meu derradeiro pecado, que me foi reservado – sabes tu como se chama?".

"*Compaixão*!", respondeu o adivinho, do fundo de um coração transbordante, e levantou ambas as mãos. "Ó Zaratustra, eu venho para te seduzir para que cometas teu último pecado!"

E mal se tinham pronunciado essas palavras, de novo retumbou o grito, e mais longo e angustiante que antes, e também já muito mais próximo. "Ouves? Ouves, ó Zaratustra?", exclamou o adivinho, "para ti é esse grito, é a ti que ele chama: vem, vem, é tempo, é mais do que tempo!".

Zaratustra nisso calou, perplexo e abalado; por fim perguntou como quem hesita em seu íntimo: "E quem é esse que lá me chama?".

"Mas tu bem o sabes", respondeu o adivinho com violência, "por que te escondes? *O homem superior* é o que grita por ti!".

"O homem superior?", gritou Zaratustra, tomado pelo horror: "O que quer *esse*? O que quer *esse*? O homem superior! O que quer esse aqui?" – e sua pele cobriu-se de suor.

Mas o adivinho não respondeu à angústia de Zaratustra, e sim pôs-se a escutar e escutar profundamente. Quando, porém, durante um longo tempo se fez silêncio, voltou a olhar para trás e viu Zaratustra de pé, a tremer.

"Ó Zaratustra", começou a dizer com voz triste, "não estás aqui como alguém a quem a felicidade faz rodopiar: terás de dançar, se não quiseres cair!

Mas ainda que também quisesses dançar e dar todas as piruetas diante de mim: a ninguém poderá dizer: 'Vê, aqui dança o último homem alegre!'.

Em vão a esta altura chegaria alguém que aqui buscasse por ele: sem dúvida encontraria cavernas e cavernas atrás de cavernas, esconderijos para escondidos, mas não poços e tesouros de felicidade e novos fios de ouro de felicidade.

Felicidade – como se haveria de achar felicidade em tais sepultados e eremitas! Tenho ainda de buscar a derradeira felicidade nas ilhas bem-aventuradas e entre mares esquecidos?

Porém tudo é idêntico, nada vale a pena, de nada serve buscar, tampouco ainda há ilhas bem-aventuradas!".

Assim suspirou o adivinho; mas ao seu último suspiro, Zaratustra de novo se fez lúcido e seguro, como quem sai de um profundo abismo de luz. "Não! Não! Três vezes não!", gritou com voz forte, alisando a barba, "*disso* eu sei melhor! Ainda há ilhas bem-aventuradas! Cala-te *quanto a isso*, tu, saco de aflições!

Basta de balbuciar acerca *disso*, tu, nuvem de chuva pela manhã! Não estou já molhado por tua tribulação e empapado feito um cão?

Agora vou me sacudir e correr de ti, para fazer-me novamente seco: disso não deves te admirar! Pareço-te descortês? Mas aqui está a *minha* corte.

Mas no que diz respeito ao homem superior: pois bem! Vou depressa procurá-lo naquelas florestas: de lá vinha o seu grito. Talvez o hostilizasse um animal feroz.

Ele está em *meus* domínios: ali não deve lhe acometer dano algum! E em verdade, comigo há muitos animais ferozes.".

Com essas palavras Zaratustra se virou para ir. E eis que lhe falou o adivinho: "Ó Zaratustra, tu és velhaco!

Eu já sei: queres livrar-te de mim! Preferes ainda correr pelos bosques, pondo-se atrás de animais perversos!

Mas de que te serve isso? À noite me terás de novo, em tua própria caverna estarei sentado, paciente e pesado feito um pedaço de madeira! – e por ti aguardarei!".

"Assim seja!", exclamou Zaratustra ao partir, "e o que é meu em minha caverna pertence também a ti, ó meu hóspede!

E se dentro dela ainda encontrares mel, pois bem! Lamba-o por inteiro, tu urso resmungão, e adoça a tua alma! Por certo que ao entardecer queremos ambos estar de bom humor.

De bom humor e felizes por este dia ter acabado! E tu mesmo terás de dançar minhas canções feito um urso dançarino.

Não acreditas! Balanças a cabeça? Pois bem! Pois bem! Urso velho! Mas também eu – sou um adivinho.".

Assim falou Zaratustra.

CONVERSAS COM OS REIS

1

Nem ainda uma hora estivera Zaratustra a caminhar por seus montes e bosques, e eis que de repente viu um estranho cortejo. Bem pelo caminho em que ele queria descer vinham dois reis, adornados com coroas e cintos púrpuras, multicores feito dois flamingos: diante de si conduziam um asno carregado. "O que querem esse reis em meu reino?", disse Zaratustra espantado em seu coração, e escondeu-se rapidamente atrás de um arbusto. Mas quando os reis se aproximaram, disse à meia-voz, como alguém que fala tão só para si: "Que estranho! Que estranho! Como se encaixa isso? Vejo dois reis – e apenas um asno!".

Então ambos os reis se detiveram, riram e olharam para o lugar de onde vinha a voz, e em seguida se entreolharam. "Tais coisas igualmente se as pensa entre nós", disse o rei da direita, "mas não se as diz.".

Mas o rei da esquerda deu de ombros e respondeu: "Deve ser um pastor de cabras. Ou um eremita, que há tempos vive entre rochas e árvores. A falta de sociedade por certo estraga também os bons costumes".

"Os bons costumes?", contrapôs contrariado e amargo o outro rei, "ora, de que estamos fugindo? Não será dos 'bons costumes'? De nossa 'boa sociedade'?

É preferível, em verdade, viver entre eremitas e pastores de cabras do que com nossa plebe dourada, falsa e afetada – por mais que ela assim se chame de 'boa sociedade', por mais que se chame 'nobreza', porém tudo é falso e pútrido, graças a velhas e más doenças e curandeiros tanto piores.

Melhor e preferido hoje continua a me ser um camponês saudável, grosseiro, astuto, obstinado, resistente: esta é hoje a espécie mais nobre.

O camponês é hoje o melhor; e a espécie do camponês deveria prevalecer sobre qualquer outra! Mas tem-se o reino da plebe – eu já não me deixo enganar. Plebe, porém, significa: mixórdia.

Mixórdia da plebe: nela tudo se acha entremeado a tudo, santo e patife, fidalgo e judeu, e todo o tipo de bicho vindo da arca de Noé.

Bons costumes! Tudo em nós é falso e pútrido. Ninguém mais sabe venerar: justamente *disso* estamos a correr. São cães adocicados e importunos, a dourar folhas de palmeiras.

Essa náusea me estrangula, que nós mesmos reis nos façamos falsos, recobertos e disfarçados com a velha e amarelecida pompa de nossos avós, medalhões para os mais estúpidos e para os mais espertos, e para todo aquele que hoje regateie com o poder!

Nós não *somos* os primeiros – e, contudo, temos de *aparentá-lo*: desse embuste estamos fartos, por fim, e enojados.

Da canalha escapamos, de todos esses vociferadores e varejeiras escrevinhadoras, do fedor dos merceeiros, da algazarra das ambições, do hálito pestilento: nojo, viver entre a canalha.

Nojo, aparentar ser os primeiros entre a canalha! Ah, nojo! Nojo! Nojo! De que nos importam reis?!'".

"Tua velha doença te acomete", disse então o rei da esquerda, "o nojo te acomete, meu pobre irmão. Mas tu, porém, sabes que alguém está a nos ouvir."

De seu esconderijo de pronto se levantou Zaratustra, que tinha escancarado ouvidos e olhos para essas falas, aproximou-se dos reis e começou:

"Quem os ouve, quem se agrada em vos ouvir, ó reis, este se chama Zaratustra.

Eu sou Zaratustra, que outrora dizia: 'Que ainda importam os reis?' Perdoai-me, eu me alegrei quando vos ouvi dizer: 'Que nos importam os reis?!'

Este, porém, é o *meu* reino e meu domínio: que poderíeis em meu reino procurar? Talvez, contudo, no meio do caminho *tenhais encontrado* aquilo que *eu* busco: os homens superiores".

Ao que os reis ouviram isso, bateram no peito e falaram com uma só boca: "Fomos reconhecidos!

Com a espada dessas palavras, fendes a mais densa treva de nosso coração. Descobriste a nossa necessidade, então vê! Estamos a caminho de encontrar o homem superior – o homem mais elevado do que nós; por mais que ambos sejamos reis. Para ele trouxemos este asno. O homem mais elevado por certo que deve ser na Terra também o senhor supremo.

Não há desgraça mais dura em todo o destino do homem do que quando os poderosos da Terra não são também os primeiros homens. Tudo então se torna falso, e torto e monstruoso.

E quando acontece de serem os últimos e mais animais do que homens: eis que sobe o preço da plebe, e por fim a virtude da plebe chega a dizer: 'vede, somente eu sou a virtude!'".

"O que acabo de ouvir?", respondeu Zaratustra. "Quanta sabedoria nos reis! Estou encantado, e, na verdade, já tenho vontade de sobre isso compor algumas rimas:

Ainda que sejam rimas que não servirão aos ouvidos de todos. De há muito desaprendi a consideração pelos que têm orelhas longas. Pois bem! Avante!".

(Então aconteceu que também o asno tomou a palavra: mas disse claramente e de má vontade "I-A".)

Outrora – creio que corria o ano um da salvação –
Falou a Sibila, ébria sem ser de vinho:
"Ai, agora tudo vai mal!
Ruína! Ruína! Jamais o mundo mergulhou tão baixo!
Roma mergulhou fazendo-se meretriz e bordel,
O César de Roma afundou fazendo-se animal, ao que o próprio Deus
– se fez judeu!".

2

Os reis se deleitaram com essas rimas; o rei da direita, porém, falou: "ó Zaratustra, que bem fizemos em sair de casa para ver-te!

Ora, teus inimigos nos mostraram tua imagem em seu espelho: ali olhavas tu com o esgar de um demônio e um riso de escárnio: por isso tivemos medo de ti.

Mas de que servia isso! Sempre de novo picava-nos ouvido e coração com tuas máximas. Até que por fim falamos: que importa o seu aspecto?!

Temos de *ouvi-lo*, a ele que ensina 'deveis amar a paz como meio para novas guerras, mais a paz curta do que a longa!'.

Ninguém disse até agora tão belicosas palavras: 'O que é bom? Ser valente é bom. A boa guerra é a que santifica toda causa'.

Ó Zaratustra, ante tais palavras o sangue de nossos pais se agitava em nosso corpo: era como o discurso da primavera a velhos barris de vinho.

Quando as espadas se intercruzavam como serpentes de manchas vermelhas, nossos pais então encontravam boa vida; morno e tíbio parecia o sol de toda a paz, mas a longa paz fazia vergonha.

Como suspiravam, nossos pais, ao que viam na parede reluzentes espadas ressequidas! Tal como estas, tinham eles sede de guerra. Uma espada por certo bebe sangue e cintila de desejo".

Enquanto os reis falavam e tagarelavam assim, com tamanho fervor, sobre a felicidade de seus pais, a Zaratustra sobreveio não pouca vontade de escarnecer de seu fervor: pois visivelmente eram reis muito pacíficos que ele via diante de si, reis com rostos velhos e delicados. Mas ele se conteve. "Pois bem!", disse ele, "o caminho segue para lá, onde se encontra a caverna de Zaratustra: e esse dia deve ter uma longa noite! Mas agora um grito de socorro faz-me alhear-me de vós com toda a pressa.

É uma honra para a minha caverna quando reis querem nela se sentar e esperar: mas por certo havereis de esperar muito tempo!

Pois então! Que importa! Onde hoje melhor se aprende a aguardar que não nas cortes? E a inteira virtude que resta aos reis – não se chama ela: poder esperar?".

Assim falou Zaratustra.

A SANGUESSUGA

E pensativo Zaratustra prosseguiu mais fundo na descida, por entre bosques e terrenos pantanosos; como, porém, acontece com todos os que refletem sobre coisas difíceis, de repente ele pisou num homem. E eis que um grito de dor, duas maldições e vinte pesados xingamentos lhe espirraram na face: de modo que, em seu sobressalto, ergueu o cajado e com ele golpeou aquele em que havia pisado. Logo em seguida, porém, recobrou o juízo: e seu coração ria-se da tolice que acabara de fazer.

"Perdão", disse ele ao pisoteado, que furioso se levantara e se sentara, "perdoa-me e ouve, antes de tudo, uma palavra.

Como um viandante que, a sonhar com coisas distantes, de repente, numa estrada solitária, tropeça num cão a dormir, num cão deitado ao sol:

Assim como ambos se sobressaltaram, se descompuseram, como dois inimigos mortais, os dois mortalmente assustados: assim se passou conosco.

E no entanto! E no entanto – quão pouco faltou para que ambos se acariciassem, esse cão e esse solitário! Pois ambos são solitários!"

"Quem quer que possas ser", disse sempre ainda furioso o pisoteado, "também com tua parábola me pisoteias, e não apenas com teu pé!

Vês, pois, que sou um cão?" – e nisso levantou-se o sentado e tirou do pântano o braço desnudo. Antes estivera estendido pelo chão, oculto e irreconhecível como os que em pântanos espreitam a caça.

"Mas o que estás fazendo!", gritou Zaratustra amedrontado, pois viu que sobre o braço desnudo corria muito sangue, "que te aconteceu? Terá te mordido, ó desgraçado, um animal maligno?".

E ria, sempre ainda zangado aquele do braço a sangrar. "Que te importa!", disse ele, querendo continuar. "Aqui estou em casa e em meus domínios. Podes me perguntar o que quiseres: mas a um imbecil eu dificilmente responderei."

"Enganas-te", disse Zaratustra, apiedado e a retê-lo, "enganas-te: aqui não estás em tua casa, e sim em meu reino, onde ninguém deve sofrer dano algum.

Mesmo assim podes me chamar como bem entenderes – eu sou o que tem de ser. Eu próprio me chamo Zaratustra.

Pois bem! Por lá sobe o caminho para a caverna de Zaratustra: ela não fica longe – não queres ir lá e comigo tratar tuas feridas?

As coisas não foram bem para ti, ó desgraçado, nesta vida: primeiro te mordeu o animal – e então pisou-te o homem!".

Mas quando o pisoteado ouviu o nome de Zaratustra, ele se transformou. "O que acontece comigo?!", exclamou, "*quem* ainda se importa comigo nesta vida, a não ser um homem, que é Zaratustra, e aquele animal, que vive de sangue, a sanguessuga?

Por causa da sanguessuga jazia eu nesse pântano como um pescador, e já o meu braço dependurado por dez vezes fora mordido, e eis que ainda me morde, a querer o meu sangue, um ouriço mais bonito, o próprio Zaratustra!

Oh, felicidade! Oh, prodígio! Louvado seja este dia, que me atraiu para este pântano! Louvada seja a melhor e mais viva ventosa que hoje vive, louvada seja a grande sanguessuga da consciência, Zaratustra!".

Assim falava o pisoteado; e Zaratustra se comprazeu em suas palavras e em seus modos delicados e respeitosos. "Quem és tu?", perguntou ele, e lhe estendeu a mão, "entre nós há muito que aclarar e animar: mas já me parece que está a se fazer um dia puro e claro."

"Eu sou o *consciencioso do espírito*", respondeu o interrogado, "e nas coisas do espírito dificilmente haverá alguém que as tome de modo mais rigoroso, mais restrito e duro, exceto aquele de quem isso aprendi, o próprio Zaratustra.

Preferível nada saber do que muito saber pela metade! Preferível ser um tolo de seu próprio punho a um sábio por critérios alheios! Eu – vou até o fundo:

Que importa se é grande ou pequeno? Se se chama pântano ou céu? A mim basta um palmo de chão: contanto seja ele realmente fundamento e chão!

Um palmo de terreno firme: sobre ele posso estar de pé. Na verdadeira consciência do saber não há nada maior e nada menor."

"Assim acaso serás, talvez, o conhecedor da sanguessuga?", perguntou Zaratustra; "e vais mesmo a fundo na sanguessuga, tu consciencioso?".

"Ó Zaratustra", respondeu o pisoteado, "seria uma enormidade, como eu poderia me atrever a isso?

Do que sou mestre e conhecedor é o cérebro da sanguessuga: este é o *meu* mundo!

E é também um mundo! Perdoa, porém, que aqui meu orgulho se faça palavra, pois nisso não tenho igual. Daí eu ter dito 'aqui estou em casa'.

Quanto tempo faz que examino essa única coisa, o cérebro da sanguessuga, para que a verdade escorregadia aqui não mais escorregue de mim! Este é o *meu* reino! – por isso joguei fora tudo o mais, por isso tudo o mais me ficou indiferente; e próximo de meu saber encontra-se a minha negra ignorância.

Minha consciência do espírito deseja de mim que eu saiba uma única coisa e nada saiba de tudo o mais: enoja-me todo o meio-termo do espírito, todo o vaporoso, tudo o que flutua, tudo o que se exalta.

Onde cessa a minha probidade sou eu cego, e cego também quero ser. Onde, porém, quero ser, também quero ser probo, por certo que duro, rigoroso, severo, cruel, implacável.

Que *tu* em outro tempo disseras, ó Zaratustra: 'espírito é a vida, a cortar na própria vida', foi isso que me levou e atraiu para a tua doutrina. E, em verdade, com meu próprio sangue aumentei o meu próprio saber!".

"Como o ensina a evidência", interrompeu Zaratustra: pois o sangue ainda sempre continuava a escorrer do braço desnudo do consciencioso. Dez sanguessugas a ele se agarraram.

"Ó esquisito companheiro, quantas coisas não me ensina essa evidência, por certo que a ti mesmo! E talvez nem todas teria eu o direito de verter em teus rigorosos ouvidos!

Pois bem! Aqui nos separamos! Mas eu gostaria de encontrar-te novamente. Lá sobe o caminho para a minha caverna: hoje à noite deves lá ser o meu hóspede querido!

– Eu também gostaria de em teu corpo remediar o que Zaratustra te fez com os pés: pensarei sobre isso. Mas agora um grito de socorro faz-me alhear-me de ti com toda a pressa."

Assim falou Zaratustra.

O MÁGICO

1

Mas quando Zaratustra deu a volta em torno de uma rocha, ali ele viu, não longe sob si, no mesmo caminho, um homem a agitar os braços como um louco furioso, até que por fim caiu de bruços no chão. "Alto!", falou Zaratustra a seu coração. "Esse ali sem dúvida deve ser o homem superior, veio dele aquele terrível grito de socorro, – vou ver se é possível ajudar." Mas quando chegou correndo ao ponto em que o homem jazia no chão, encontrou um velho com os olhos estatelados; e ainda que Zaratustra muito se esforçasse para levantá-lo e de novo colocá-lo sobre suas pernas, era em vão. O infeliz tampouco parecia notar que alguém estava com ele; em vez disso, a todo o tempo olhava em torno de si, com gestos comoventes, como alguém que tivesse sido abandonado por todos e deixado só. Por último, porém, após muitos tremores, convulsões e contorções, começou a balbuciar:

Quem me aquece, quem ainda me ama?
Dai-me mãos ardentes!
Dai-me braseiros para o coração!
Estirado, a estremecer,
Tal qual um semimorto, a quem se aquecem os pés –
Agitado, ah!, por febres desconhecidas,
A tremular ante as agudas e glaciais flechas de gelo,
Por ti enxotado, ó pensamento!
Inominável! Encoberto! Terrível!
Tu, caçador oculto atrás das nuvens!

Por teu raio lançado à terra,
Tu, olhar sardônico a mirar-me no escuro:
— assim estou a jazer,
Eu me curvo, eu me contorço, em tormentos
Por todos os martírios eternos,
Ferido
Por ti, o mais cruel caçador,
Tu, Deus desconhecido,

Fere mais fundo!
Fere ainda uma vez!
Trespassa, despedaça este coração!
Para que esse martírio
Com setas despontadas?
Por que tornas a olhar,
Não cansas dos tormentos humanos,
com olhos alegres na maldade, feito raios divinos?
Não queres matar,
apenas torturar, torturar, torturar?
Para que — *me* torturar,
Tu, Deus desconhecido, alegre na maldade? —

Ah! Furtivo te aproximas?
Naquela tal meia-noite?
O que queres? Fala!
Tu me pressionas, tu me oprimes —
Ah! Já perto demais!
Sai! Sai!
Ouves o meu respirar,
Perscrutas meu coração,
Tu, ciumento —
Mas ciúme de quê?
Sai! Sai! Para que a escada?
Queres tu *entrar*,
No coração,
Adentrar em meus mais secretos pensamentos?
Impudente! Desconhecido — ladrão!

Que queres tu roubar,
Que queres tu perscrutar?
Que *queres* tu com torturas obter,
Ó torturador!
Tu – Deus verdugo!
Ou deverei eu, feito um cachorro,
Revolver-me pra junto de ti?
Submisso, por entusiasmo fora de mim,
Declarar a ti – o meu amor com a cauda?

Em vão! Continua a furar,
Crudelíssimo aguilhão! Não,
Não o teu cão – sou apenas tua caça,
Crudelíssimo caçador!
Teu mais orgulhoso prisioneiro,
Tu, ladrão atrás das nuvens!
Fala, por fim,
Que quererás, tu, salteador, de mim?
Tu, oculto pelo raio! Desconhecido! Fala,
Que tu queres, Deus desconhecido? – –

Como? Dinheiro de resgate?
Quanto queres de resgate?
Exige muito – assim aconselha o meu orgulho!
E fala pouco – assim aconselha meu outro orgulho!

Ah! Ah!
A mim – queres tu? A mim?
A mim – por inteiro?...

Ah! Ah!
E me torturas, insensato que tu és,
Atormentas meu orgulho?
Dá-me amor – quem me aquece ainda?
Quem me ama ainda? – dá-me ardentes mãos,
Dá-me braseiros para o coração,
Dá-me, a mim, o mais solitário,

Que o gelo, ah!, séptuplo gelo,
Até por inimigos,
Me ensina a suspirar por inimigos,
Dá-me, sim, renda-te,
Crudelíssimo inimigo,
Renda-*te* – a mim! – –

Foi-se!
Ele próprio fugiu,
Meu companheiro último e único,
Meu grande amigo,
Meu desconhecido,
Meu Deus verdugo! –

– Não! Com todos
Os teus martírios, volta!
Ao derradeiro de todos os solitários,
Ó, volta!
Os regatos todos de meu pranto
Correm para ti!
E minha última chama de razão –
Incandesce por *ti*!
Ó, volta
Meu Deus desconhecido! Minha dor!
Minha derradeira – felicidade!

2

A esta altura, porém, Zaratustra não mais pôde se conter, tomou seu cajado e golpeou com toda a força o lamuriento. "Alto lá!", bradou, com um riso enraivecido, "alto lá, tu, ator! Tu, falsário! Tu, mentiroso de raiz! Eu te conheço bem!

Quero já te fazer as pernas quentes, tu, feiticeiro perverso, entendo bem de – aquecer gente como tu!".

"Basta", disse o velho, levantando-se do chão, "Não me batas mais, ó Zaratustra! Eu o fiz apenas por brincadeira!

Tais coisas fazem parte de minha arte; ao que dei essa prova, quis pôr à prova a ti mesmo! E, em verdade, olhaste bem por entre minhas intenções!

Mas também tu – de ti não me deste prova pequena: tu és *duro*, sábio Zaratustra! E com dureza me golpeias com tuas 'verdades', teu garrote a forçar-me a dizer – *esta* verdade!".

"Não me adules", respondeu Zaratustra, ainda irritado e com um olhar sombrio, "tu, artista arraigado! Falso, tu és: o que falas tu – de verdade?!

Tu, pavão entre os pavões, tu, mar da vaidade, *o que* representaste diante de mim, tu, perverso feiticeiro, *em quem* eu deveria crer quando te lamuriavas daquela forma?".

"*O penitente do espírito*", disse o velho, "foi *ele* que representei. Tu mesmo outrora inventaste essa expressão:

O poeta e feiticeiro que por fim faz voltar o espírito contra si, o transformado, a congelar por má ciência e consciência.

E confessa-me: levou tempo, ó Zaratustra, até que descobriste minha arte e minha fraude! *Acreditaste* em minha necessidade, ao que me seguravas a cabeça com ambas as mãos – eu te ouvi lamuriar, 'ele foi pouco amado, muito pouco amado!'. Que eu te enganasse a tal ponto, disso intimamente exultava a minha maldade."

"Podes bem ter enganado outros mais sutis do que eu", disse Zaratustra com dureza. "Não estou em guarda contra vigarista, eu *tenho* de ser sem cautela: é a minha sina.

Tu porém – *tens* de enganar: até esse ponto eu te conheço! Tens sempre de ser um duplo, um triplo, um quádruplo, um quíntuplo sentido! Mesmo o que agora confessas por muito tempo não foi para mim nem suficientemente verdadeiro nem falso.

Tu, perverso falsário, como poderias ser de outro modo! Tua doença ainda maquiarias se te mostrasses desnudo para teu médico.

Da mesma forma acabas de maquiar para mim tua mentira, ao que disseste: 'isto eu fazia *apenas* por brincadeira!'. Havia aí também seriedade, és algo como um penitente do espírito!

Já te adivinho bem: tu te converteste no encantador de todos, mas contra ti quase não mais resta mentira nem astúcia – tu mesmo estás desencantado para ti!

A náusea colheste como tua única verdade. Em ti já não há palavra autêntica, mas tua boca o é: por certo que tens o nojo colado em tua boca".

"Ora, quem és tu!", bradou então o velho feiticeiro num tom prepotente, "quem pode assim falar *comigo*, ao maior entre os que hoje vivem?"

– e um raio verde disparou de seus olhos contra Zaratustra. Mas logo depois se lhe transformou a expressão, e ele disse com tristeza:

"Ó Zaratustra, estou cansado, sinto náusea de minhas artes, não sou *grande*, de que me vale fingir! Mas tu bem o sabes – eu busquei a grandeza!

De grande homem quis fingir-me, e a muitos convenci de que o era: porém essa verdade me sobrepujou as forças! Contra ele me destroço:

Ó Zaratustra, tudo em mim é mentira; mas que eu estou a destroçar-me – *autêntico* é esse meu destroçar-me!".

"É algo que te honra", falou Zaratustra, sombrio e desviando o olhar, "é algo que te honra, buscares pela grandeza, mas também algo que te atraiçoa. Não és grande.

E *isto* é o que tens de melhor e mais probo, tu, velho e pérfido feiticeiro, e é o que em ti eu respeito, o estares cansado de ti e dizeres: 'eu não sou grande'.

Nisto eu te honro como a um penitente do espírito: e se ainda que por um abrir e fechar de olhos fostes por um momento – *autêntico*.

Mas fala, o que procuras aqui em meus bosques e rochedos? E quando em *meu* caminho te puseste, que provas querias de mim?

No que tu querias tentar-*me*?"

Assim falava Zaratustra, e seus olhos cintilavam. O velho feiticeiro calou por um instante, e então disse: "Eu te tentei? Eu – tão somente busco.

Ó Zaratustra, busco alguém que seja autêntico, justo, simples, preciso, um homem de toda a probidade, um vaso de sabedoria, um santo do conhecimento, um grande homem!

Não o conheces, Zaratustra? Eu busco *Zaratustra*.".

E neste momento sobreveio entre ambos um longo silêncio; Zaratustra, porém, mergulhou fundo em si mesmo, a ponto de fechar os olhos. Mas então, retornando a seu interlocutor, agarrou a mão do feiticeiro e falou, cheio de amabilidade e de malícia:

"Pois bem! Lá sobe o caminho que conduz à caverna de Zaratustra. Nele podes buscar o que gostarias de encontrar.

E pede conselho a meus animais, à minha águia e à minha serpente: devem te ajudar a buscar. Mas minha caverna é grande.

Eu mesmo, decerto – ainda não vi grande homem algum. Hoje em dia, até os olhos mais delicados são grosseiros para o que é grande. É o reinado da plebe.

Já a vários encontrei que se estiravam e se inflavam, e o povo gritava: 'Vede ali, um grande homem!'. Mas de que adiantam todos os foles? O vento por fim se esvai.

Por fim, ao por tanto tempo se inchar, rebenta a rã: e o que se esvai é vento. Espetar o ventre de alguém inchado, a isto chamo um bom passatempo. Escutai-o, garotos!

Isto é hoje a plebe: quem ainda *sabe* o que é grande e o que é pequeno! Quem com fortuna buscaria a grandeza! Um tolo tão somente: afortunados são os tolos.

Buscas o grande homem, ó estranho insensato? Quem te ensinou *isso*? E hoje ainda será tempo? Ó tu, perverso buscador, por que me tentas?".

Assim falava Zaratustra, coração consolado, e ávido e rindo seguiu a pé o seu caminho.

APOSENTADO

Não muito depois de Zaratustra ter se livrado do mágico, de novo viu alguém sentado junto ao caminho que ele percorria, precisamente um homem alto, de preto, de rosto pálido e descarnado: *isso* o aborreceu enormemente. "Ah", disse ele a seu coração, "ali está sentada a tribulação disfarçada, e parece-me ser da estirpe dos sacerdotes: que querem *eles* em meu reino?

Como! Mal acabo de me livrar do feiticeiro: e de novo me aparece no caminho outro nigromante – um mestre de bruxaria qualquer, dos que usam imposição de mãos, um obscuro taumaturgo por graça divina, ungido caluniador de mundos, que o diabo o carregue!

Mas o diabo nunca está no lugar em que deveria estar: sempre vem tarde demais, esse famigerado anão de um pé torto!".

Assim Zaratustra impacientemente amaldiçoava em seu coração e pensava em como poderia passar ao largo do homem de preto: mas as coisas se passaram de outro modo. Pois naquele mesmo instante o homem sentado já o tinha avistado; e não diferente de alguém que depara com uma sorte imprevista, ele se levantou e saiu em direção a Zaratustra.

"Quem quer que tu sejas, ó viandante", disse ele, "ajuda a um extraviado, a um buscador, a um homem velho, a quem facilmente pode suceder algum mal!

Este mundo aqui me é estranho e distante, e ademais escutei o uivo de animais selvagens; e aquele que poderia me dar proteção, este já não mais existe.

Eu buscava pelo último homem piedoso, um santo e eremita, que, sozinho num bosque, ainda nada ouvira do que hoje todo mundo sabe."

"*O que* sabe hoje todo o mundo?", perguntou Zaratustra. "Algo como, que já não vive o velho Deus em que todo mundo outrora acreditava?"

"Tu o dizes", respondeu o velho, desolado. "E eu servi a esse velho Deus até a sua última hora.

Mas agora estou aposentado, sem senhor, e, no entanto, não estou livre, e tampouco em hora alguma estou alegre, a não ser em minhas lembranças.

Para tanto subi nestas montanhas, para por fim de novo celebrar uma festa, daquelas que bem cabe a um velho papa e a um pai da Igreja: pois saiba, eu sou o último papa! – uma festa de piedosas recordações e serviços divinos.

Mas agora ele próprio está morto, o mais piedoso dos homens, aquele santo da floresta, que a todo o tempo louvava a Deus por meio de cantos e zumbidos.

A ele não mais encontrei quando achei sua cabana – achei, sim, dois lobos dentro dela, a uivarem por sua morte – pois todos os animais o amavam. Então saí correndo dali.

Em vão teria eu vindo a estas florestas e montanhas? Decidiu meu coração que eu buscasse por um outro, mais piedoso do que todos os que não creem em Deus – que eu buscasse Zaratustra!"

Assim falou o ancião e com olhos penetrantes olhou quem estava diante dele; mas Zaratustra tomou da mão do antigo papa e contemplou-a longamente com admiração.

"Vê, tu, reverendíssimo", disse ele então, "que mão bela e comprida?! É a mão de alguém que sempre distribuiu bênçãos. Mas agora ela agarra com firmeza a quem tu buscas, a mim, Zaratustra.

Eu sou o ateu Zaratustra, que aqui fala: quem será mais ateu do que eu, para que eu me compraza em seus ensinamentos?".

Assim falou Zaratustra e com seus olhares perfurava os pensamentos e segundas intenções do velho papa. Até que por fim este começou:

"Quem mais o amava e possuía, este igualmente o perdeu mais que nenhum outro – vê, não serei eu agora dentre ambos o mais ateu? Mas quem poderia comprazer-se nisso?!".

"Tu, que o serviste até o fim", perguntou Zaratustra pensativo, após um profundo silêncio, "sabes *como* ele morreu? É verdade, como se diz, que a compaixão o estrangulou, que ele viu de que modo *o homem* pendeu na cruz e não suportou que o amor ao homem se fizesse seu inferno e por fim sua morte?".

Mas o velho papa não respondeu, e sim olhou timidamente e, com expressão dolorosa e sombria, desviou o olhar.

"Deixe que se vá", disse Zaratustra, após muito refletir, e continuava a olhar fixo nos olhos do velho.

"Deixe que se vá, ele está acabado. E mesmo que te honre tão somente falar bem desse morto, sabes tão bem quanto eu *quem* ele era; e que por estranhos caminhos ele seguia."

"Falando entre três olhos", disse serenado o velho papa (pois ele era cego de um olho), "nas coisas de Deus sou mais esclarecido que o próprio Zaratustra – e tenho o direito de sê-lo.

O meu amor o serviu durante longos anos, minha vontade seguiu todas as suas vontades. Mas um bom servidor tudo sabe, mesmo uma série de coisas que seu senhor oculta de si mesmo.

Era um deus oculto, cheio de segredos. Em verdade, mesmo a um filho só chegou por caminhos tortuosos. No limiar de sua fé se encontra o adultério.

Quem o louva como um deus do amor não tem do amor ideia suficientemente elevada. Não quereria esse deus ser também juiz? Mas o amante ama mais além da paga e da retribuição.

Quando jovem, esse deus do Oriente era duro e vingativo, e para si construiu um inferno para o deleite de seus favoritos.

Por fim, porém, fez-se velho e brando e mole e compassivo, mais parecido a um avô do que a um pai, porém mais parecido a uma avó velha e frágil.

Ao que se sentava, murcho, a um canto do fogão, afligia-o a fraqueza de suas pernas, cansado do mundo, cansado de querer, e um dia sufocou em sua excessiva compaixão."

"Tu, velho papa", interveio aqui Zaratustra, "viste *isso* com os olhos? Pois é possível que assim tenha se passado: assim, *e* também de outra maneira. Se deuses morrem, morrem sempre de muitas espécies de morte.

Pois muito bem! De um modo ou de outro, de um modo e de outro – ele está acabado! Ele ia contra o gosto de meus olhos e ouvidos, nada pior quereria eu dizer sobre ele.

Amo tudo o que olha com clareza e fala com probidade. Porém ele – tu bem o sabes, tu, velho sacerdote, nele havia algo de tuas maneiras, do tipo sacerdotal – era ambíguo.

Era também pouco claro. Quantas vezes se enfurecia conosco, esse irado resmungão, quando o entendíamos mal. Mas por que não falava de modo mais claro?

E se dependia de nossos ouvidos, por que nos deu ouvidos que ouviam mal? Havia lama em nossos ouvidos, é isso! Quem a pusera ali?

Coisas demais malograram, a esse oleiro, que não terminou o aprendizado! Mas que em seus potes e criaturas ele se vingasse por coisas que saíram mal – aí se teve um pecado contra o *bom gosto*.

Também na devoção existe bom gosto; este acabou por dizer 'Fora com um tal deus! Preferível deus nenhum, preferível fazer o destino com as próprias mãos, preferível ser um insensato, preferível mesmo ser Deus!'".

"O que ouço!", disse aqui o velho papa, os ouvidos afiados; "ó Zaratustra, com tal incredulidade és mais piedoso do que podias crer! Algum deus em ti converteu-te ao ateísmo.

Acaso não será a tua devoção que já não te deixa crer em Deus? E teu excesso de probidade te levará para além de bem e mal!

Vês, então, o que te foi reservado? Tens olhos e mãos que desde a eternidade estão predestinados a abençoar. Não se abençoa apenas com as mãos.

Nas proximidades de ti, por mais que desejes ser de todos o mais ateu, sinto um secreto aroma de incenso e perfume de prolongadas bênçãos: me faz bem e causa dor a um só tempo.

Permita-me ser teu hóspede, ó Zaratustra, para uma única noite! Em parte alguma sobre a Terra eu me sinto melhor do que junto a ti!".

"Amém! Que assim seja!", falou Zaratustra tomado de admiração, "lá por cima segue o caminho para a caverna de Zaratustra.

Com prazer, a bem da verdade eu mesmo te acompanharia até lá, tu venerável, pois amo todos os homens devotos. Mas agora um grito de socorro faz-me alhear-me de vós com toda a pressa.

Em meus domínios ninguém deve sofrer mal algum; minha caverna é um bom porto. E do que eu mais gostaria seria pôr todos os tristes em terra firme, como em pernas firmes.

Mas quem te tiraria dos ombros a *tua* melancolia? Para tanto eu sou fraco demais. Por muito tempo, em verdade, gostaríamos de esperar até que alguém de novo ressuscitasse o teu deus.

Este velho Deus por certo que não vive mais: está radicalmente morto."

Assim falou Zaratustra.

O MAIS FEIO DOS HOMENS

E de novo os pés de Zaratustra percorreram montanhas e bosques, e seus olhos buscavam e buscavam, mas em parte alguma estava aquele a quem desejariam ver, o grande necessitado a gritar por socorro. Mas por todo o caminho rejubilava-se o seu coração, e era grato. "Que boas coisas", dizia ele, "trouxe-me este dia, como compensação por ter começado mal! Que estranhos interlocutores encontrei!

Em suas palavras quero ruminar por muito tempo, como se fossem cereais dos bons; meus dentes haverão de moê-las e triturá-las, até que escorram para minha alma feito leite!".

Mas quando o caminho de novo deu a volta em torno de uma rocha, de uma só vez se modificou a paisagem, e Zaratustra adentrou o reino da morte. Ali se erguiam escarpas negras e avermelhadas: nenhuma relva, nem árvore, nem pássaro canoro. Era em verdade um vale, evitado por todos os animais, mesmo os de rapina – apenas uma feia, gorda e verde espécie de serpente, quando envelhecia, ia para ali, a fim de morrer. Por isso os pastores chamavam a esse vale: Morte das Serpentes.

Zaratustra, porém, mergulhou numa negra recordação, pois lhe parecia como se alguma vez tivesse estado naquele vale. E muito de pesado veio se postar sobre seu ânimo: assim, começou então a lentamente caminhar, e sempre mais lentamente, até que por fim parou. E eis que então, ao abrir os olhos, viu algo sentado à beira do caminho, tinha a figura como de um homem, algo de indizível. E de súbito Zaratustra foi tomado de uma grande vergonha, por ter de ver tal coisa com os olhos: enrubescendo até a raiz dos cabelos brancos, desviou o olhar e levantou o pé, para deixar aquele lugar ruim. Foi quando, porém, aquele deserto de morte passou a produzir ruídos: brotavam do chão em gorgolejos e estertores, como gorgoleja e estertora a água à noite através de canos entupidos; e por fim surgiu dali uma voz humana e uma fala humana – que soou assim.

"Zaratustra! Zaratustra! Resolve o meu enigma! Fala, fala! O que é *a vingança contra a testemunha*?

Eu te atraio para trás, aqui é gelo escorregadio! Cuida, cuida para que teu orgulho aqui não quebre as pernas!

Pareces-me sábio, tu, orgulhoso Zaratustra! Então resolve pois o enigma, tu que és duro quebrador de nozes – o enigma que eu sou! Fala então – quem *eu* sou!"

Mas depois que Zaratustra ouviu essas palavras, o que acreditas que então se passou com sua alma? *A compaixão dele se acometeu*; e ele afundou de uma só vez, feito um carvalho, que por muito tempo resistiu a muitos lenhadores – pesadamente, de súbito, assustando mesmo os que os queriam derribar. Mas já na sequência tornou a levantar-se do solo, e sua fisionomia se endureceu.

"Eu te reconheço bem", disse ele, com voz de bronze. "*tu és o assassino de Deus!* Deixa-me ir.

Não *suportaste* aquele que *te* via – que te via sempre e de ponta a ponta, ó mais feio dos homens! Vingaste-te dessa testemunha!".

Assim falou Zaratustra e quis ir-se dali; mas o inexprimível agarrou-o por uma ponta de sua roupa e de novo começou a gorgolejar e a buscar palavras. "Fica!", disse ele por fim.

"Fica! Não passes ao largo! Adivinhei qual foi o machado que te pôs ao chão, salve, Zaratustra, que de novo estejas de pé!

Tu adivinhaste, eu bem sei o que vai na alma daquele que o matou – o assassino de Deus. Fica! Senta-te comigo, não será em vão.

A quem eu desejaria ir se não a ti? Fica, senta! Mas não me olhes! Honra, pois – minha fealdade!

Eles me perseguem: agora és *tu* o meu último refúgio. *Não* com sua feiura, não com seus esbirros – oh, de tal perseguição eu não escarneceria, e me faria orgulhoso e feliz!

Não esteve até o êxito sempre ao lado dos bem-sucedidos? E quem persegue bem, com facilidade aprende a *seguir* – pois se ele já está – atrás! Mas é de sua *compaixão*.

Foi de sua compaixão que eu fugi, a refugiar-me em ti. Ó Zaratustra, protege-me, tu, meu último refúgio, tu, o único a me ter adivinhado:

Adivinhaste o que vai na alma de quem *o* matou. Fica! E se queres ir-te, ó impaciente: não vai pelo caminho pelo qual eu vim. *Esse* caminho é ruim.

Irritas-te comigo por que de há muito eu falo sem quase nada dizer? Por que te dou conselhos? Mas saiba, sou o mais feio dos homens.

E o que também tem os pés maiores e mais pesados. Onde *eu* passo, o caminho é ruim. Os caminhos pelos quais passo fazem-se mortos e estropiados.

Mas que passavas por mim em silêncio, que enrubescias, isso eu via bem: nisso te reconheci como Zaratustra.

Qualquer outro me teria lançado sua esmola, sua compaixão, com olhares e palavras. Mas para isso – não sou mendigo o suficiente, e tal tu adivinhaste –, para isso eu sou rico demais, rico nas coisas grandes, nas terríveis, nas mais feias, nas inexprimíveis! Tua vergonha, ó Zaratustra, me *foi a honra*!

A muito custo me livrei da multidão dos compassivos – para que encontrasse o único a hoje ensinar 'a compaixão é inoportuna' – a ti, ó Zaratustra!

Seja a compaixão de um deus, seja a de um homem: a compaixão contra o pudor. E não querer ajudar pode ser mais nobre do que a virtude que vem acudir.

Mas hoje entre toda a gente pequena a *isso* se dá o nome de compaixão: não se tem respeito pela grande desdita, pela grande fealdade, pelo grande malogro.

Por sobre tudo isso estou a olhar feito um cão por sobre as costas de um buliçoso rebanho de ovelhas. Tem-se ali gente pequena, cinzenta, de boa lã e de boa vontade.

Feito uma garça a olhar com desprezo por sobre lagoas pouco profundas, de cabeça pensa para trás: assim olho eu por sobre o bulício de pequenas ondas e vontades e almas cinzentas.

Por tempo demais deram razão a essa gente pequena: *com isso*, por fim deram-lhe também o poder – agora ensinam: 'bom é tão somente o que a gente pequena chama de bom'.

E 'verdade' chama-se hoje o que disse o pregador, ele próprio tendo saído do meio da gentinha, aquele santo e advogado da gente pequena, que de si mesmo atestou 'eu – sou a verdade'.

Esse imodesto desde há muito fez a gentinha inflar a crista – ele, que não pequeno erro ensinava, quando ensinou 'eu – sou a verdade'.

Alguma vez deu-se resposta mais cortês a um imodesto? – Tu, porém, ó Zaratustra, deixaste-o de lado ao passar e disseste: 'Não! Não! Três vezes não!'.

Advertiste contra o seu erro, advertiste sendo o primeiro contra a compaixão – não a todos, não a ninguém, mas a ti e aos de tua espécie.

Envergonhas-te da vergonha dos grandes sofredores: e em verdade, quando falas 'da compaixão advém uma grande nuvem, acautelai-vos, homens!', quando ensinas que 'todos os criadores são duros, todo grande amor se põe acima da compaixão', ó Zaratustra, quão bem me pareces ter aprendido sobre sinais climáticos!

Tu mesmo, porém, acautela-te também contra a *tua* compaixão! Pois muitos se encontram a caminho para ti, muitos dos que sofrem, dos que duvidam, e desesperam, que se afogam, que se enregelam.

Também contra mim eu te ponho de guarda. Adivinhaste meu melhor, meu pior enigma, a mim mesmo e ao que eu fizera. Conheço o machado que te derriba.

Porém ele – *tinha* de morrer: ele via com olhos que *tudo* veem – ele via as profundezas e seus fundamentos, toda a sua encoberta ignomínia e fealdade.

Sua compaixão desconhecia qualquer pudor: arrastava-se até meus cantos mais sujos. Esse mais curioso de todo, esse mais-que-importuno, mais-que-compassivo, tinha de morrer.

Ele *me* via sempre: de testemunha assim eu quis me vingar – ou mesmo não viver.

O Deus que a tudo via, *também ao homem*, esse Deus tinha de morrer! O homem não *suporta* que tal testemunha viva."

Assim falou o mais feio dos homens. Mas Zaratustra levantou-se e preparou-se para ir embora: pois ele sentia enregelar até as entranhas.

"Tu, inexprimível", disse ele, "advertiste-me contra o teu caminho. Em agradecimento, louvo-te o meu. Vede, lá em cima está a caverna de Zaratustra.

Minha caverna é grande e profunda e tem muitos desvãos; ali o mais escondido encontra o seu esconderijo. E junto dela há centenas de desníveis e brechas para bichos que rastejam, que esvoaçam, que saltitam.

Tu, alijado que a tu mesmo te alijaste, não queres viver entre homens e a compaixão humana? Pois bem, faça como eu! Assim aprendes também comigo; só mesmo quem faz aprende.

E antes de tudo e primeiro de tudo, fala com meus animais! O animal mais orgulhoso e o animal mais inteligente – ambos serão bem os conselheiros adequados!".

Assim falou Zaratustra, e seguiu seu caminho, ainda mais pensativa e lentamente do que antes: pois muito se perguntava a si mesmo e não era fácil responder.

"Quão pobre é o homem!", pensava ele em seu coração, "quão feio, quão estertora, quão cheio de oculta vergonha!

Dizem-me que o homem ama a si mesmo: ah, quão grande deve ser esse amor de si! Quanto desprezo não terá contra si!

Também esse aí se amava tanto quanto se desprezava – um grande amante ele me é, e um grande desprezador.

Ainda não encontrei ninguém que se desprezasse tão profundamente: também *isso* é elevação. Ai, acaso será talvez *esse* o homem superior, do qual ouvi o grito?

Eu amo os grandes desprezadores. Mas o homem é algo que tem de ser superado.".

O MENDIGO VOLUNTÁRIO

Ao que Zaratustra deixou o mais feio dos homens, teve frio e sentiu-se solitário: de seu ânimo se apoderou muito frio e solidão, a ponto de se lhe enregelarem até os membros. Mas nisso ele galgava cada vez mais, e subia, e descia, ora entre verdes prados, mas também por sítios selvagens e pedregosos, onde em outro tempo certamente um regato impaciente encontrara o seu leito. – E de súbito seu ânimo se fez mais caloroso e cordial.

"Ora, o que me aconteceu?", perguntou-se, "algo de quente e vivo me reconforta, e deve estar perto de mim.

Já estou menos sozinho; companheiros e irmãos desconhecidos vagueiam em torno de mim, e seu hálito quente toca em minh'alma.".

Porém, quando espreitou à sua volta e buscou pelos consoladores de sua solidão, viu que ali se achavam vacas reunidas sobre um outeiro: sua proximidade e odor tinham aquecido o seu coração. Mas aquelas vacas pareciam ouvir com ciúme a quem lhes falava, sem reparar naquele a se aproximar. Como Zaratustra, porém, estivesse ali próximo, ouviu-se claramente que uma voz de homem saiu do meio das vacas; e era visível que todas haviam voltado a cabeça para quem lhes falava.

Então Zaratustra pulou, precipitou-se avidamente por sobre o outeiro e abriu caminho por entre os animais, pois temia que ali tivesse acontecido uma desgraça a alguém, a quem dificilmente serviria a compaixão de algumas vacas. Mas quanto a isso se tinha iludido; pois eis que havia ali um homem sentado na terra e parecia exortar os animais para que não lhe tivessem medo, homem pacífico e pregador da montanha que era, em cujos olhos a própria bondade pregava. "O que procuras aqui?", bradou Zaratustra com estranheza.

"O que procuro aqui?", respondeu ele: "O mesmo que buscas tu, desmancha-prazeres!, e isso significa a felicidade na Terra. Mas para tanto eu queria aprender com essas vacas. Pois, tu bem o sabes, faz já meia manhã que estou a lhes falar, e bem agora elas quereriam me dar a resposta. Por que então as perturbas? Enquanto não nos convertermos e nos fazermos como as vacas, não chegaremos ao reino dos céus. Com elas deveríamos aprender precisamente uma coisa: o ruminar.

E em verdade, se o homem ganhasse o mundo inteiro e não aprendesse essa única coisa, o ruminar, de que adiantaria? Não se livraria de sua tribulação – sua grande tribulação: esta porém hoje se chama *náusea*. Quem hoje não tem coração, boca e olhos repletos de náusea? Ah, tu! Ah, tu! Mas olha uma vez estas vacas!".

Assim falou o pregador da montanha e logo voltou o olhar a Zaratustra – que até então estava a pender de amores pelas vacas –; mas eis que então ele se transformou. "Com quem estou falando?", bradou espantado e de um salto saiu do chão.

"Este é o homem sem náusea, este é o próprio Zaratustra, o que sobrepuja a grande náusea, este é o olho, esta é a boca, este é o coração do próprio Zaratustra."

E ao que assim disse, beijou as mãos daquele com quem falava, com olhos banhados de lágrimas, e gesticulava como alguém a cujos pés de súbito caíra do céu um precioso presente e um tesouro. As vacas, porém, a tudo isso contemplavam e se maravilhavam.

"Não fales de mim, tu, ó homem singular e encantador!", disse Zaratustra e defendia-se de sua ternura, "fales-me primeiro de ti! Não serás o mendigo voluntário, que certa vez lançou para longe de si uma grande riqueza – que se envergonhou de sua grande riqueza e dos ricos e fugiu para os pobres, para lhes dar a abundância de seu coração? Porém eles não a aceitaram.".

"Porém eles a mim não aceitaram", disse o mendigo voluntário, "bem o sabes, por isso acabei indo ter com os animais e com essas vacas."

"Assim o ensinas", interrompeu Zaratustra aquele que falava, "que é mais difícil dar bem do que tomar bem, e que o bem tomar é uma *arte* e a última e mais sutil arte-mestra da bondade."

"Em especial hoje em dia", respondeu o mendigo voluntário; "precisamente hoje, quando tudo o que é baixo se rebela, faz-se arisco e, a seu modo, orgulhoso: precisamente, à maneira da plebe.

Então é chegada a hora, bem o sabes, da grande, pérfida, longa e lenta rebelião da plebe e dos escravos: ela cresce cada vez mais!

Agora, aos que são baixos vêm indignar toda beneficência e toda pequena doação: e aos mais-que-ricos, que se ponham de guarda!

Quem hoje, feito garrafas bojudas, goteja por gargalos por demais estreitos – é com prazer que hoje se lhes parte o gargalo.

Lúbrica cobiça, inveja biliosa, azedo rancor, orgulho da plebe: tudo isso recebi na cara. Já não é verdade que os pobres sejam bem-aventurados. O reino dos céus, porém, está entre as vacas."

"E por que não entre os ricos?", indagou Zaratustra, a tentá-lo, enquanto afastava as vacas, que fungavam familiarmente junto àquele homem afável.

"Por que me tentas?", respondeu este. "Bem o sabes, melhor que eu. Pois o que foi que me impeliu para os mais pobres, ó Zaratustra? Não terá sido a náusea ante os nossos mais ricos?:

– ante os presidiários da riqueza, a recolher sua vantagem de todas as varreduras, com olhos frios, pensamentos cobiçosos, diante dessa canalha, cujo mau-cheiro chega ao céu,

– ante essa plebe dourada, falseada, cujos pais eram ladrões ou abutres ou trapeiros, submissos às mulheres, plebe lasciva, esquecediça: todos eles não muito longe estão de uma meretriz.

Plebe em cima, plebe embaixo! O que será hoje ainda 'pobre' e 'rico'?! Essa diferença eu esqueci – por isso escapei-me para longe, sempre mais longe, até chegar a essas vacas."

Assim falou o pacífico e fungava e suava em suas palavras: de modo que as vacas de novo se maravilharam. Mas Zaratustra, enquanto ele assim duramente falava, continuou a olhar-se no rosto, a sorrir e silenciosamente menear a cabeça.

"A ti mesmo fazes violência, tu pregador da montanha, quando usas tais duras palavras. Para tal dureza não nasceu tua boca, nem teu olho.

Tampouco, ao que me parece, teu próprio estômago: ele é contrário a tal encolerizar-se, e odiar e a transbordar-se. Teu estômago deseja coisas mais suaves: não és nenhum carniceiro.

Muito mais me pareces homem de ervas e raízes. Possivelmente trituras grãos. Com toda a certeza, porém, és desafeito às alegrias da carne e amas o mel."

"Tu bem me adivinhaste", respondeu o mendigo voluntário, com o coração aliviado. "Eu amo o mel, também trituro grãos, pois eu busquei o que agrada ao paladar e faz o hálito puro:

Também o que demanda muito tempo, obra de um dia e obra para a boca de suaves ociosos e mandriões.

Mais longe por certo chegaram essas vacas: inventaram o ruminar e o postar-se sob o sol. Também se abstêm de todo pensamento pesado, que faz inflar o coração."

"Pois bem!", disse Zaratustra: "deverias ver também meus animais, minha águia e minha serpente – iguais a eles não há hoje sobre a Terra.

Vê, para lá segue o caminho que leva à minha caverna: sê seu hóspede esta noite. E fala com meus animais da felicidade dos animais, até que eu mesmo volte à casa. Pois agora um grito de socorro faz-me alhear-me de vós com toda a pressa. Também acharás novo mel em minha casa, mel fresco e dourado de colmeias: come-o!

Agora, porém, despede-te de tuas vacas, tu, homem estranho e encantador! Por mais que seja difícil para ti. Pois são teus amigos e mestres os mais cálidos!".

"Exceto um, a quem tenho por ainda mais caro", respondeu o mendigo voluntário. "Tu mesmo és bom e ainda melhor que uma vaca, ó Zaratustra!"

"Fora, longe de mim, tu, adulador terrível!", gritou Zaratustra, impiedoso, "por que me corrompes com tal louvor e com o mel de adulações?".

"Fora, longe de mim!", gritou ainda uma vez e brandiu o cajado para o terno mendigo: mas este rapidamente fugiu dali.

A SOMBRA

Mal acabara de fugir o mendigo voluntário, e Zaratustra de novo se viu sozinho consigo, e eis que ouviu trás de si uma nova voz; ela gritava: "Alto, Zaratustra! Espera! Sou eu sim, ó Zaratustra, eu, tua sombra!". Mas ele não esperou, pois lhe sobreveio um súbito fastio, já que muitos acorreram e se apinharam em seus montes. "Para onde foi minha solidão?", disse ele.

"Começo a achar isso demais, em verdade; esta montanha está a fervilhar, meu reino já não é *deste* mundo, preciso de novos montes.

Minha sombra me chama? Que me importa minha sombra! Que ela corra atrás de mim! eu – corro dela."

Assim falou Zaratustra a seu coração e correu dali. Mas aquele que lhe estava atrás o seguiu: de modo que logo havia três a correr um atrás do outro, e eram o mendigo voluntário, Zaratustra e em terceiro e por último a sua sombra. Não fazia muito que assim corriam, e eis que ele se deu conta de sua tolice e com *um* solavanco sacudiu de si todo o fastio e cansaço.

"Como!", falou ele, "não se deram desde sempre as mais risíveis coisas entre nós, eremitas e santos?

Em verdade, minha tolice cresceu alto nos montes! Agora ouço tagarelar, uma atrás de outra, seis velhas pernas de insensatos!

Pode, porém, Zaratustra ter medo de uma sombra? A mim também parece, afinal de contas, que ele tem pernas tão longas quanto eu."

Assim falou Zaratustra, rindo com olhos e entranhas, detendo-se e voltando-se com rapidez – e viu que ao fazê-lo quase lançou ao chão seu seguidor e sombra: tão de perto esta lhe seguia nos calcanhares, e também tão frágil ela era. Mas quando a examinou com os olhos, espantou-se como se de súbito lhe tivesse aparecido um fantasma: tão fraco, enegrecido, oco e antiquado lhe parecia a sua seguidora.

"Quem és tu?", perguntou Zaratustra de forma veemente, "que fazes aqui? E por que a ti mesmo chamas minha sombra? Não me agradas."

"Perdoa-me", respondeu a sombra, "que seja eu; e se não te agrado, pois bem, ó Zaratustra! Nisso venho louvar a ti e a teu bom gosto.

Um viandante eu sou, que muito já andou em teus calcanhares: sempre a caminho, porém sem meta, e também sem lugar: de modo que em verdade pouco me falta para ser judeu eterno, exceto que não sou eterno e tampouco judeu.

Como? Tenho eu de sempre estar a caminho? Por cada vento a se fazer sacudido, errante, arrastado? Ó Terra, para mim te fizeste por demais redonda!

Em todas as superfícies já sentei, dormi sobre espelhos e vidraças feito poeira cansada: todas as coisas tomam algo de mim, nada se me dá, faço-me tênue – quase igual à minha sombra.

Mas a ti, ó Zaratustra, por mais tempo tenho seguido a voar e correr, e ainda que me ocultasse de ti, não obstante fui tua melhor sombra: onde quer que estivesses sentado, ali também estava eu.

Contigo vagueei pelos mundos mais distantes e mais frios, tal qual um fantasma, que de livre vontade corre sobre neve e telhados invernais.

Contigo aspirei a tudo o quanto é proibido, e pior, e mais distante: e se alguma coisa em mim é virtude, é a de não ter tido medo de proibição alguma.

Contigo quebrantei o que outrora venerava o meu coração, derribei todos os marcos de fronteira e todas as imagens, e persegui todos os desejos perigosos – em verdade, por sobre todo e qualquer delito passei correndo alguma vez.

Contido desaprendi a fé nas palavras e valores e nos grandes nomes. Quando o demônio muda de pele, não se despoja também de seu nome? O nome por certo é também pele. O próprio demônio talvez seja pele.

'Nada é verdadeiro, tudo é permitido': assim eu me dizia. Na mais fria das águas me arrojei, com cabeça e coração. Ah, com quanta frequência por isso não me pus ali feito um camarão!

Ah, onde me foram parar todo o bem e todo o pudor e toda a crença no bem! Ah, para onde foi aquela inocência mentida, que outrora eu possuía, a inocência dos bons e de suas nobres mentiras!

Com demasiada frequência, em verdade segui a verdade de muito perto, junto a seus pés: nisso ela me pisava a cabeça. Por vezes pensava em mentir, e vê! Só então encontrava eu a verdade.

Muitas coisas se me aclararam: agora já nada mais me importa. Nada mais existe que eu ame – como deveria eu ainda amar a mim mesmo?

'Viver, como me apraz, ou não viver de modo algum': assim eu o desejo, assim deseja também o mais santo. Mas vê! Terei *eu* ainda prazer?

Um bom vento? Ah, só mesmo quem sabe *para onde* vai sabe também qual vento é bom e qual o seu vento de navegação.

Que ainda me restou? Um coração cansado e atrevido; uma vontade errante. Asas para esvoaçar; uma espinha dorsal quebrada.

Esta busca pelo meu lugar: ó Zaratustra, esta busca tem sido a *minha* provação, que me devora.

'Onde estará – o meu lugar?' Por ele pergunto, e busco e tenho buscado, e não o encontrei. Oh, eterno estar em toda parte, oh, eterno estar em parte alguma, oh, eterno – em vão!"

Assim falou a sombra, e o rosto de Zaratustra se fazia carregado ao ouvir suas palavras. "Tu és a minha sombra!", disse ele por fim, com tristeza.

"Teu perigo não é pequeno, tu, espírito livre e viandante! Um dia difícil tu tiveste: vê para que não te suceda um anoitecer ainda pior!

Aos errantes, como tu, mesmo uma prisão por fim parece bem-aventurança. Já viste alguma vez como dormem criminosos encarcerados? Dormem tranquilos, a fruir de sua nova segurança.

Guardai-te de, ao final, não cair prisioneiro de tua fé, ilusão dura e severa! A ti por certo que doravante vem tentar e seduzir tudo o quanto é estreito e sólido.

Perdeste o teu alvo: ah, como poderás livrar-te dessa perda e consolar-te por ela? Com isso – também o caminho tu perdeste!

Tu, pobre vagabundo, arrebatado, tu, cansada borboleta! Queres ter esta noite um descanso e uma pousada? Suba, então, à minha caverna!

Por lá segue o caminho para a minha caverna. E agora quero depressa me escapar de ti. Em mim já pesa algo como uma sombra.

Sozinho quero correr, para que de novo à minha volta se faça claridade. Para isso tenho de ainda mover as pernas um bom tempo. Mas ao anoitecer, em minha casa – se vai dançar!"

Assim falou Zaratustra.

MEIO-DIA

E Zaratustra correu e correu e já ninguém mais encontrou, ficou só e de novo reencontrou a si mesmo, e gozou e saboreou sua solidão e pensou em coisas boas – durante horas. À altura do meio-dia, porém, quando o sol estava exatamente sobre sua cabeça, Zaratustra passou por uma velha árvore, retorcida e nodosa, que era abraçada e oculta pelo grande amor de uma videira: dali pendiam amarelos cachos de uva, que em profusão se ofereciam ao viandante. E eis que lhe apeteceu saciar uma pequena sede, arrancando um cacho; ao que já lhe estendia o braço, algo outro lhe apeteceu ainda mais: deitar-se junto à árvore, pela hora do pleno meio-dia, e dormir. Mas ao adormecer, Zaratustra assim falou ao seu coração:

Isto fez Zaratustra; e tão logo deitou-se ao chão, no silêncio e na serenidade da relva colorida, esqueceu-se já de sua pequena sede e adormeceu. Pois, como reza o provérbio de Zaratustra: uma coisa é mais necessária que a outra. Ocorre que olhos se lhe mantiveram abertos – o caso é que não se fartavam de ver e louvar a árvore e o amor da videira. Mas ao dormir, falou Zaratustra ao seu coração:

"Silêncio! Silêncio! Não se fez perfeito o mundo mesmo agora? Ora, o que se passa comigo?

Como um gracioso vento, invisível, dança sobre o mar artesonado, leve, leve feito pluma: assim – dança o sono sobre mim, olho algum em mim se fecha, a alma se me faz desperta. Leve ele é, em verdade! Leve feito pluma.

Ele me convence, não sei de que modo, levemente me toca no íntimo, com mão aduladora, a impelir-me. Sim, ele me impele para que minha alma se estire:

Como se me faz alongada e fatigada, minha estranha alma! Chegou-me um sétimo dia precisamente ao meio-dia? Terá já caminhado um bom tempo por entre coisas boas e maduras?

Ela se estira, a se alongar, longa – mais longa! Um excesso de coisas boas já saboreou, esta áurea tristeza a pressiona, ela deforma a boca – feito um barco a ingressar em sua baía mais tranquila, que então se encosta à terra, cansado das longas viagens e do mar incerto. Não será a terra mais fiel?

Como um barco a encostar e recostar na terra: basta então que da terra uma aranha teça os fios até ele. Não se demanda cabo algum que seja mais forte.

Como um barco assim cansado na mais calma das enseadas: assim repouso eu agora junto à terra, confiado, a esperar, atrelado a ela com os fios mais tênues.

Oh, felicidade! Oh, felicidade! Acaso queres cantar, ó minha alma? Tu jazes na relva. Mas esta é a hora mais secreta e mais solene, em que pastor algum toca a sua flauta.

Cuidado! Um ardente meio-dia dorme nas campinas. Não cantes! Silêncio! O mundo é perfeito.

Não cantes, tu ave da relva, ó minha alma! Nem ao menos sussurres! Olha pois – silêncio!

O velho meio-dia dorme, ele move a boca: não bebe nem uma única gota de felicidade, uma velha gota acastanhada de áurea felicidade, de áureo vinho? Algo desliza sobre ele, sua felicidade ri. Assim – ri um Deus. Silêncio!

'Para ser feliz, quão pouco basta para ser feliz!', assim dizia eu outrora, e tal me parecia inteligente. Mas era uma blasfêmia: *isto* o aprendi agora. Insensatos inteligentes falam melhor.

Justamente o mínimo, o que há de mais ligeiro e de mais leve, um sussurro de lagartixa, um sopro, um átimo, um piscar de olhos – *pouco* faz a espécie da *melhor* felicidade. Silêncio!

O que me aconteceu: escuta! Terá o tempo saído voando? Não estou a cair? Não caí – escuta! No poço da eternidade?

O que me aconteceu? Silêncio? Uma pontada – ai – no coração? No coração! Ó, despedaça-te, despedaça-te, coração, depois de tal felicidade, depois de tal pontada!

Como? Não se tinha feito perfeito o mundo há um instante? Redondo e maduro? Ó áureo e redondo aro – para onde voa? Corro-lhe atrás! Num átimo!

Silêncio" (e aqui estirou-se Zaratustra e sentiu que dormia).

"Levanta!", disse ele para si mesmo, "tu, dorminhoco! Tu, dorminhoco do meio-dia! Pois bem, avante, velhas pernas! É tempo e mais que tempo, resta-vos ainda boa parte do caminho.

Agora haveis dormido bastante, quanto mesmo? Meia eternidade! Pois bem, avante agora, meu velho coração! Em quanto tempo poderás após teu sonho despertar?"

(Mas então adormeceu de novo, e sua alma falou contra ele e defendeu-se e de novo se recostou). "Ora, me deixa! Não se fizera perfeito o mundo nesse instante? Oh, bola áurea e redonda!"

"Levanta", falou Zaratustra, "tu, pequena ladra, mandriona! Como? Seguir estendida, a bocejar, a suspirar, caindo em poços profundos?

Ora, quem és tu?! Ó minha alma!" (e nisso assustou-se, pois um raio do céu lhe caiu sobre o rosto).

"Oh, céu sobre mim", disse ele a suspirar e sentou-se aprumado, "tu me contemplas? Escutas a minha estranha alma?

Quando sorverás essa gota de orvalho, que caiu sobre todas as coisas da Terra – quando sorverás essa estranha alma?

Quando, poço de eternidade?! Abismo sereno e horrível do meio-dia! Quando em ti de volta sorverás essa alma?"

Assim falou Zaratustra, e levantou-se de seu leito junto à árvore, como saído de uma estranha bebedeira: e vede, aqui o sol continuava a pino sobre suas cabeças. Disso alguém poderia inferir que Zaratustra, então, não dormira por muito tempo.

A SAUDAÇÃO

Foi apenas ao entardecer que Zaratustra, após buscar e errar em vão por muito tempo, de novo retornou à sua caverna. Mas quando se viu de frente para ela, a não mais que vinte passos de distância, aconteceu o que ele menos esperava: ouviu de novo o grande grito de *socorro*. E, algo espantoso! Desta feita vinha de sua própria caverna. Foi um grito prolongado, múltiplo, estranho, e Zaratustra discernia com nitidez que era composto de muitas vozes: por mais que, ouvido de longe, soasse como o grito de uma única boca.

Então de um salto adentrou Zaratustra em sua caverna, e qual não foi o espetáculo a aguardá-lo após aquela escuta! Ali estavam sentados, juntos, todos aqueles por que passara durante o dia: o rei da direita e o rei da esquerda, o velho feiticeiro, o papa, o mendigo voluntarioso, o asno: o mais feio dos homens, porém, havia se colocado uma coroa, e cingido dois cintos de púrpura – pois como todos os feios, ele gostava de se disfarçar e se fazer bonito. Mas em meio a essa atribulada reunião estava a águia de Zaratustra, penas eriçadas e inquieta, pois devia responder a tantas coisas para as quais seu orgulho não tinha resposta; a astuta serpente, porém, enrolava-se em seu pescoço.

A tudo isso observava Zaratustra com grande admiração: então examinou cada qual de seus hóspedes com afável curiosidade, lia suas almas e de novo se admirava. Nesse ínterim, os reunidos levantaram-se de seus lugares e respeitosamente aguardaram que Zaratustra falasse. Zaratustra então falou:

"Vós, desesperados! Vós, estranhos! Foi então o *vosso* grito de socorro que eu ouvi? E agora sei também onde buscar aquele que em vão eu hoje estava a buscar: *o homem superior*.

Em minha própria caverna ele se assentava, o homem superior! Mas de que me admiro! Não os atraí eu próprio com minha oferenda do mel e com o chamariz sagaz de minha felicidade?

Parece-me, no entanto, que não muito vos prestais a fazer companhia, que vos exasperais o coração um do outro, vós que gritais por socorro, ao estar juntos sentados aqui? Tem antes de vir alguém.

Alguém que de novo os faça rir, um bom palhaço alegre, um dançarino e vento e um traquinas, algum velho insensato – que vos parece?

Ora, perdoai-me, vós desesperados, que eu vos fale com tais palavras pequenas, indignas, em verdade, de tais hóspedes! Mas não adivinhais *o que* torna petulante o meu coração:

Vós mesmos o fazeis, e a visão que proporcionais, perdoai-me! Pois se torna corajoso todo aquele que contempla um desesperado. Consolar a um desesperado – para isso qualquer um sente-se forte o bastante.

A mim mesmo haveis dado essa força – uma boa dádiva, excelsos hóspedes! Um íntegro presente! Pois bem, não vos zangueis que também eu vos ofereça dos meus.

Este aqui é o meu reino e meu domínio: mas o que é meu, por esta tarde e esta noite deve ser vosso. Meus animais devem vos servir: que minha caverna seja vosso lugar de repouso!

Em meu lar e morada ninguém deve se desesperar, em minha comarca protejo cada qual de seus animais selvagens. E esta é a primeira coisa que vos ofereço: segurança!

Mas a segunda é: meu dedo mínimo. E ao que tiveres *esse*, tomai então a mão inteira, pois bem! E ainda por cima o coração! Bem-vindos, aqui, bem-vindos, meus hóspedes!".

Assim falou Zaratustra, e riu-se de amor e maldade. Após essa saudação, seus hóspedes tornaram a inclinar-se, pondo-se em silêncio reverente; o rei da direita, porém, respondeu-lhe em nome deles.

"Ó Zaratustra, pelo modo como nos ofereceste a mão e nos saudaste, reconhecemos-te como Zaratustra. Tu te rebaixaste perante nós; quase magoaste nosso respeito por ti:

Quem, porém, seria capaz de, como tu, rebaixar-se com tal orgulho? *Isto* nos conforta, é um bálsamo para nossos olhos e corações.

Para tão somente o contemplar, de bom grado subiríamos a montes mais elevados do que este. Como ávidos por espetáculo viemos aqui, desejosos de ver o que aclara olhos atribulados.

E vê que já são passados todos os nossos gritos por socorro. Já nossos sentidos e coração encontram-se abertos e extasiados. Pouco falta: e nossa vontade se fará petulante. Ó Zaratustra, nada de mais agradável cresce na terra que uma elevada vontade forte: é a planta mais bela. Uma inteira paisagem reconforta com uma única entre tais árvores.

Ao pinheiro comparo eu aquele que, como tu, ó Zaratustra, cresce: longo, silencioso, duro, só, feito da madeira melhor e mais flexível, soberano.

Mas por fim, a estender seus verdes e fortes galhos a *seu* domínio, a dirigir fortes perguntas a ventos e temporais e a tudo quanto habita nas alturas — dando respostas mais fortes, um comandante, um vitorioso: oh, quem não subiria a altos montes para contemplar tais plantas?

Nesta tua árvore aqui, ó Zaratustra, vem se reconfortar também o mais sombrio, o fracassado, e com tua visão até mesmo o instável vem se fazer mais seguro e curar seu coração.

E em verdade, para o teu monte e tua árvore dirigem-se hoje muitos olhos; um grande anseio se formou, e muitos aprenderam a perguntar: quem é Zaratustra?

E aquele em cujo ouvido outrora instilaste o teu canto e o teu mel: todos os ocultos, os solitários, os eremitas-em-dois de pronto disseram a seu coração:

'Vive ainda Zaratustra? Não vale a pena viver, tudo é idêntico, tudo é em vão: ou – temos de viver com Zaratustra!'.

'Por que não vem ele, que há tanto tempo se anunciou?', assim perguntam muitos; 'a solidão o teria tragado? Ou acaso devemos nós ir até ele?'.

Sucede agora que a própria solidão se fragiliza e despedaça, tal qual uma tumba, que se rompe e já não pode conter os seus mortos. Por toda a parte veem-se ressuscitados.

Agora sobem e sobem as ondas em volta do castelo, ó Zaratustra. E por elevado que seja teu monte, muitos chegarão a ti; tua barca não muito ficará no seco.

E que nós, desesperados, chegamos agora em tua caverna e já não nos desesperamos: uma premonição e um presságio é tão só o de que outros melhores estão a caminho de ti.

Pois também ele está a caminho de ti, o último resto de Deus entre os homens, isto é: todos os homens do grande anseio, da grande náusea, do grande fastio, todos os que não querem viver, a não ser que aprendam a de novo *ter esperança* – ou aprendam contigo, ó Zaratustra, a *grande* esperança!"

Assim falou o rei da direita, e agarrou a mão de Zaratustra para beijá-la; porém Zaratustra rechaçou a homenagem e deu um passo para trás, assustado, calado, de súbito como que a fugir a remotas distâncias. Após um breve intervalo, porém, tornou a estar junto a seus hóspedes, olhou-os com olhos claros e inquisitivos e falou:

"Meus hóspedes, vós, homens superiores, quero vos falar em bom alemão e claramente. Não por vós aguardava eu aqui nestes montes".

("Em bom alemão e com clareza? Que Deus se apiede!", disse aqui o rei da esquerda, à parte, "note-se que esse sábio do Oriente não conhece os queridos alemães!"

"Mas ele está a pensar 'em bom alemão e com rudeza' – pois bem! Não será esse hoje em dia o pior dos gostos!")

"Em verdade, é possível que vós todos sejais homens superiores", prosseguiu Zaratustra, "mas para mim – não sois suficientemente altos e fortes.

Para mim, isto significa: para o inexorável que cala em mim, mas nem sempre calará. E se pertenceis a mim, tal não será como meu braço direito.

Pois quem se põe sobre pernas enfermas e delicadas, como vós, este deseja, quer o saiba quer o oculte, que com ele se seja *indulgente*.

Com meus braços e minhas pernas, porém, *eu não poupo meus guerreiros*: como poderíeis vós servir à *minha* guerra?

Convosco eu faria arruinar cada uma de minhas vitórias. E muitos de vós já cairiam, bastando ouvir o som alto de meus tambores.

Tampouco sois, para mim, bonitos o bastante, e bem-nascidos. Preciso espelhos puros e lisos para meus ensinamentos; em vossa superfície distorce-se já a minha própria imagem.

Em vossos ombros pesam muitos fardos e muitas lembranças; mais de um malévolo anão acocorou-se em vossos rincões. Também dentro de vós há plebes escondidas.

E ainda que sejais altos e de espécie superior: muito em vós é disforme e retorcido. Não há ferreiro no mundo que vos possa ajustar e endireitar como eu vos quero.

Vós sois unicamente pontes: que homens mais altos possam vos atravessar! Representais degraus: não os irriteis, pois, com o que sobe por sobre vós até à *sua* altura!

De vossa semente possa talvez algum dia crescer um filho autêntico e um herdeiro perfeito: mas isso está longe. Vós mesmos não sois aqueles a quem pertencem minha herança e meu nome.

Não aguardo por vós aqui nestas montanhas, nem convosco posso descer pela última vez. Aqui viestes tão só como presságio de que homens mais elevados já estejam a caminho.

Não os homens do grande anseio, da grande náusea, do grande fastio, e aquilo a que chamaste o último resto de Deus.

Não! Não! Três vezes não! A outros eu aguardo aqui nestas montanhas e daqui não se moverá meu pé sem eles, por outros mais elevados, mais fortes, mais vitoriosos, mais bem-dispostos, quadrados de corpo e alma: *leões ridentes* têm de vir!

Ó meus hóspedes, vós, homens estranhos – ainda nada ouvistes sobre meus filhos? E que se encontram a caminho de mim?

Fala-me, pois, de meus jardins, de minhas ilhas bem-aventuradas, de minha nova e bela espécie – por que não me falais disto?

Esse presente de hóspedes solicito de vosso amor, que me falais de meus filhos. Para tanto sou rico, para tanto me fiz pobre: o que não dei – o que eu não daria para ter uma só coisa: *esses* filhos, essa viva plantação, *essa* árvore da vida de minha vontade e de minha mais alta esperança!".

Assim falou Zaratustra, e de repente estancou em sua fala: acometeu-lhe seu anseio, e olhos e boca cerrou ante o movimento de seu coração. E também todos os seus hóspedes calaram, pondo-se silentes e consternados: exceto o velho adivinho, a fazer gestos e sinais com as mãos.

A ÚLTIMA CEIA

A essa altura o adivinho interrompeu a saudação entre Zaratustra e seus hóspedes: avançou como quem não pudesse perder tempo, estendeu a mão a Zaratustra e exclamou: "Mas Zaratustra! Uma coisa é mais necessária do que outra, tu mesmo o dizes: pois bem, uma coisa *me* é agora mais necessária do que todas as outras.

Uma palavra no tempo certo: não me convidaste para uma *refeição*? E aqui estão muitos que fizeram longo caminhada. Quererás nos alimentar com discursos?

Ademais, todos vós por demais já lembrastes do resfriamento, do afogamento, do sufocamento e de outras calamidades do corpo: mas ninguém pensou em minha calamidade, que é a de morrer de fome".

(Assim falou o adivinho; mas ao que os animais de Zaratustra ouviram essas palavras, correram de pavor. Pois eles viam que nem mesmo o que tinham trazido durante o dia bastaria para forrar aquele adivinho.)

"Incluindo a sede", prosseguiu o adivinho. "E se ouço a água a rumorejar aqui, semelhante a discursos de sabedoria, ou seja, abundante e incansável, eu quero *vinho*!

Não todos são como Zaratustra, um nato bebedor de água. A água, além do mais, não convém para cansados e desbotados: *a nós* é próprio o vinho – só ele confere cura imediata e saúde instantânea!"

Nessa ocasião, em que o adivinho pedia vinho, aconteceu que também o rei da esquerda, o mais calado, tomou por sua vez a palavra. "Do vinho", disse ele, "cuidamos *nós*, venho juntar meu irmão, o rei da direita: temos vinho o bastante – todo um asno carregado. Assim falta apenas pão."

"Pão?", replicou Zaratustra e se riu. "Pão é justamente o que não têm os eremitas. Mas o homem não vive só de pão, mas também de carne de bons carneiros, dos quais eu tenho dois:

Estes devem ser rapidamente abatidos e temperados com sálvia, e preparados: eu gosto assim. E tampouco faltam raízes e frutos, bons o bastante mesmo para gulosos e degustadores; tampouco nozes e outros enigmas para se quebrar.

Assim, vamos de pronto preparar uma boa refeição. Mas quem conosco desejar comê-la, deverá pôr mãos à obra, mesmo os reis. Pois em casa de Zaratustra mesmo um rei pode ser cozinheiro."

Com essa proposta, a todos se falou ao coração: apenas o mendigo voluntário relutava ante a carne e o vinho e as especiarias.

"Agora escutai esse comilão do Zaratustra!", disse ele, a brincar, "desde quando se vai à caverna e à alta montanha para se fazer semelhantes refeições?

Agora por certo que entendo o que ele outrora nos ensinou: 'Louvada seja a pequena pobreza!', e o motivo de se querer eliminar os mendigos.'.

"Mantenha, como eu, o bom humor", respondeu-lhe Zaratustra. "Persista com teus hábitos, tu, homem excelente, mói teus grãos, bebe a tua água, louva a tua cozinha: se isso te põe feliz!

Eu sou lei somente para os meus, não sou lei para todos. Mas quem me pertence, este deve ser de ossos fortes, e também de pés ligeiros; de alegre disposição para guerras e festas, não ser homem sombrio, nem um joão-sonhador, pronto se deve mostrar para o mais difícil como se fosse uma festa sua, a fazer-se saudável e são.

O melhor pertence aos meus e a mim; e se não os dão, nós o tomamos: o melhor alimento, o céu mais puro, os mais fortes pensamentos, as mulheres mais belas!"

Assim falou Zaratustra; ao que o rei da direita replicou: "Que raro! Alguma vez se ouviu dizer tão inteligentes coisas da boca de um sábio?

E em verdade, o mais raro num sábio está em ademais ser inteligente e não um asno".

Assim falou o rei da direita e admirou-se: mas o asno, com má vontade, a tais palavras disse I-A. Este, porém, foi o início daquela longa refeição, que nos livros de história é chamada "a ceia". Ao que se dava, porém, sobre nada mais se falava *a não ser do homem superior*.

DO HOMEM SUPERIOR

1

Da primeira vez que fui para entre os homens, cometi a tolice dos eremitas, a grande tolice: eu me pus no mercado.

E como falasse a todos, não falei a ninguém. À noite tive equilibristas como meus companheiros, e cadáveres; e eu próprio estava quase um cadáver.

Na manhã seguinte, porém, chegou-me uma nova verdade: então aprendi a dizer "que me importam o mercado e a plebe, e o ruído da plebe e as longas orelhas da plebe!".

Vós, homens superiores, aprendei isto comigo: no mercado ninguém acredita em homens superiores. E se quereis falar por lá, muito que bem! Mas a plebe pestaneja a dizer "somos todos iguais".

"Vós, homens superiores", assim pestaneja a plebe, "não existem homens superiores, somos todos iguais, homem é homem, diante de Deus – somos todos iguais!".

Diante de Deus! Mas agora morreu esse Deus. Mas diante do povo não queremos ser todos iguais. Vós, homens superiores, ide embora do mercado!

2

Diante de Deus! Mas agora morreu esse Deus! Vós homens superiores, esse Deus era vosso máximo perigo.

Apenas desde que ele jaz na tumba, vós ressuscitastes. Só agora vem o grande meio-dia, só agora se faz o homem superior – senhor!

Entendestes essa palavra, ó meus irmãos? Estás assustados: sente vertigens vosso coração? Escancara-se aqui diante de vós o abismo? Late aqui para vós o cão infernal?

Pois bem! Avante! Vós, homens superiores! Só agora gira a montanha do futuro humano. Deus morreu: agora queremos *nós* – que o além-do--homem viva.

3

Os mais preocupados hoje perguntam: "como se conserva o homem?". Mas Zaratustra como o único e o primeiro: "como o homem será *superado*?".

O além-do-homem me está no coração, é *ele* meu primeiro e único – e *não* o homem: não o próximo, não mais pobre, não o que mais padece, não o melhor.

Ó meu irmão, o que posso amar no homem é ser ele uma passagem e um declínio. E também em vós há muitas coisas que me fazem amar e ter esperanças.

Desprezastes, vós, homens superiores, e isso me faz ter esperanças. Os grandes desprezadores, por certo, são os grandes veneradores.

Desesperastes, e nisso já há muito a reverenciar. Pois não aprendestes a como vos entregar, não aprendestes as pequenas espertezas.

Pois hoje as pessoas pequenas converteram-se em senhores: pregam todas resignação e modéstia e esperteza e laboriosidade e consideração e um longo "assim por diante" de pequenas virtudes.

O que é do gênero feminino, o que advém do gênero servil e em especial da mixórdia plebeia: *isto* quer agora assenhorear-se de todo o destino humano – ó náusea! Náusea! Náusea!

Isto pergunta e pergunta e não me cansa: "Como se conserva o homem, do modo melhor, do mais longo, do mais agradável?". Com isso – são os senhores de hoje.

Superai, *ó* meus irmãos, esses senhores de hoje – essas pessoas pequenas: *elas* são o máximo perigo para o além-do-homem!

Superai, vós homens superiores, as pequenas virtudes, as pequenas espertezas, as considerações de grão de areia, o bulício das formigas, a lamentável satisfação de si, a "felicidade dos mestres"!

E antes desesperar do que resignar-se. E em verdade eu vos amo porque não sabeis viver hoje, vós, homens superiores! Assim por certo viveis *vós* – da melhor maneira!

4

Tendes coragem, ó meus irmãos? Sois resoluto? *Não* a coragem perante testemunhas, mas a coragem de eremita e de águia, a qual já nem mesmo Deus presencia?

Almas frias, mulas, cegos, bêbados, a estes chamo gente resoluta. Coração tem quem conhece medo, mas *domina* o medo, aquele que vê o abismo, mas com *orgulho.*

Quem vê o abismo, mas com olhos de águia, quem com garras de águia *agarra* o abismo: este tem vontade.

5

"O homem é mau", assim me falaram todos os mais sábios para me consolar. Ah, se tal fosse verdade ainda hoje! Pois o homem é a melhor força do homem.

"O homem tem de se fazer melhor e pior" – assim ensino eu. O pior é necessário para o melhor do além-do-homem.

Talvez fosse bom para aquele pregador das pessoas pequenas que ele padecesse e tomasse para si os pecados do homem. Eu, porém, rejubilo-me no grande pecado como em meu grande *consolo.*

Mas isso não está dito para orelhas longas. Nem toda palavra é própria para toda boca. São coisas sutis e distantes: que não tentem agarrá-las os cascos de ovelha!

6

Vós, homens superiores, acaso pensais que estou aqui para fazer bem o que fizestes mal?

Ou que na sequência quero vos preparar leito mais cômodo para os que sofrem? Ou a vós, errantes, extraviados, escaladores, mostrar atalhos novos e mais fáceis?

Não! Não! Três vezes não! Sempre mais, sempre melhores homens de sua espécie hão de perecer – pois vós haveis de ter vida sempre pior e mais dura. Só assim – só assim cresce o homem àquela altura em que o raio o encontra e despedaça: alto o suficiente para o raio!

A poucas coisas, a demoradas e distantes coisas vão a minha mente e o meu anseio: o que poderia se me dar vossa pequena, muita, breve miséria?

Para mim não sofreis ainda o bastante! Pois sofreis por vós mesmos, ainda não sofreis *pelo homem*. Mentirias se dissésseis diferente! Vós não sofreis daquilo de que eu sofri.

7

Não me é suficiente que o raio não me cause dano. Não quero desviá-lo: ele deve aprender a trabalhar para *mim*.

Há muito tempo minha sabedoria se acumula feito uma nuvem, torna-se mais silente e obscura. Assim faz toda a verdade, que *alguma vez* deve parir raios.

Para estes homens de hoje não quero ser *luz* nem chamar-me luz. A eles – quero cegá-los: raio de minha sabedoria! Fura-lhes os olhos!

8

Não queirais nada acima de vossas capacidades: existe uma falsidade maligna entre os que desejam acima de suas capacidades.

Em especial quando desejam grandes coisas! Pois eles despertam desconfiança contra grandes coisas, tais finórios trapaceiros e atores:

Até que, por fim, enganam a si mesmos, em sua vesga visão, caiada podridão, cobertos com um manto de palavras fortes, de virtudes alardeadas, mediante obras falsas e reluzentes.

Tenha com ele muito cuidado, vós, homens superiores! Nada me parece hoje mais precioso e raro do que a probidade.

Não pertencerá o dia de hoje à plebe? A plebe, porém, não sabe o que é grande, o que é pequeno, o que precisamente é a probidade: ela é inocentemente retorcida, estando sempre a mentir.

9

Tende hoje uma boa desconfiança, vós, homens elevados, homens valentes! Vós, homens de coração aberto! E guardai secretas as vossas razões! Pois este hoje é o da plebe.

No que a plebe outrora aprendeu a crer sem razões, quem poderia, sem que para tanto tivesse razões, derribá-la?

E no mercado se convence com gestos. Mas as razões fazem a plebe desconfiada.

E se alguma vez a verdade ali chegou à vitória, assim vos perguntai com boa desconfiança: "Qual forte erro terá lutado por ela?".

Guardai-vos também ante os doutos! Eles vos odeiam: pois são estéreis! Têm olhos frios e secos, ante eles todo pássaro jaz depenado.

Eles se jactam de não mentir: mas a impotência para mentir ainda nem de longe é amor à verdade. Guardai-vos!

Ter-se livrado da febre ainda nem de longe é conhecimento! Não creio em espíritos resfriados. Quem não pode mentir não sabe o que é a verdade.

10

Se quereis atingir as alturas, usas as próprias pernas! Não vos deixeis *levar* para cima, não vos senteis em costas e cabeças alheias!

Mas tu montaste a cavalo? Cavalgas agora, com presteza, rumo a teus próprios alvos? Pois bem, meu amigo! Porém teu pé aleijado também está montado no cavalo!

Quando chegas a teu alvo, quando saltas de teu cavalo: precisamente em tua *altura*, tu, homem superior, tropeçarás!

11

Vós, criadores, vós, homens superiores! Não se está grávido mais que de seu próprio filho.

Não vos deixeis persuadir, convencer! Quem será, pois, o *vosso* próximo? E mesmo se agir também "para o próximo" – nem por isso estás a criar para ele!

Desaprendei esse "para", vós criadores: vossa virtude bem deseja que não façais coisa alguma "para" e "pelo" e "por quê". Contra essas pequenas e falsas palavras deveis cobrir vossos ouvidos.

O "para o próximo" é a virtude tão só das pessoas pequenas; é ali que se diz "tal e qual" e "uma mão lava a outra": direito não têm, nem força, para *vosso* egoísmo!

Em vosso egoísmo, vós, criadores, tem-se a cautela e a previsão da mulher grávida! O que ninguém ainda viu com seus olhos, o fruto: a este vem poupar e cuidar e nutrir vosso amor inteiro.

Lá onde está vosso inteiro amor, em vosso filho, lá estará vossa inteira virtude! Vossa obra, vossa vontade é *vosso* "próximo": não vos deixeis convencer a adotar falsos valores!

12

Vós, criadores, vós, homens elevados! Aquele que tem de dar à luz está enfermo; mas aquele que teve de dar à luz está puro.

Perguntai às mulheres: não se dá à luz porque isso satisfaz. A dor faz cacarejar as galinhas e os poetas.

Vós, criadores, em vós há muito de impuro. Isso porque tivestes de ser mães.

Uma nova criança: oh, quanto de nova impureza também veio ao mundo! Passai ao largo! E aquele que deu à luz deve lavar sua alma!

13

Não sejais virtuosos acima de vossas forças! E não queirais de vós nada que vá contra a verossimilhança!

Segui os rastros que já trilhou a virtude de vossos pais! Como quereis subir alto se convosco não sobe a vontade de vosso pai?

Mas quem quer ser o primeiro, vede para que não seja também o último! E lá onde estão os vícios de vossos pais, não deveis querer passar por santos!

Aquele cujos pais se apegavam a mulheres e a vinhos fortes e a carne de javali: o que seria se quisesse a castidade para si?

Seria uma insensatez! Em verdade, para *alguém* assim parece muito ser marido de uma ou duas ou três mulheres.

E se ele fundasse conventos e escrevesse sobre a porta: "o caminho para a santidade" – eu, porém, diria: para quê?! Isto é uma nova insensatez!

Para si mesmo ele fundou uma casa de correção e de refúgio: que faça bom proveito! Mas eu não acredito nisso.

Na solidão cresce o que cada qual leva consigo, mesmo o animal interior. Por isso é ela contraindicada para muitos.

Houve até agora na Terra algo mais sujo do que santos do deserto? Em torno *deles* não apenas o diabo estava à solta – e sim também o porco.

14

Esquivos, envergonhados, canhestros, feito um tigre que falhou no salto: assim, homens superiores, com frequência os vi a esgueirar-se para o lado. Um *lance* vos havia malogrado.

Porém a vós, jogadores de dados, que importa isso? Não havias aprendido a jogar e escarnecer como se deve! Não estamos sempre sentados a uma grande mesa de escárnio e de jogo?

E ainda que algo de grande vos tenha malogrado, vós mesmos haveis, por isso – malogrado? E se vós mesmos vos malograsseis, malogrou, por isso – o homem? Mas se malogra o homem: pois bem! Avante!

15

Quanto mais elevada a espécie, mais raramente uma coisa sai perfeita. Vós homens superiores, não sereis todos malogrados?

Tende coragem, que importa?! Quanta coisa é ainda possível! Aprendei a rir de vós mesmos como se tem de rir!

Por que se admirar, ademais, de terdes malogrado e logrado pela metade, vós, meio-alquebrados!? Em vós não está a impelir e abrir caminho – o *futuro* do homem?

O que no homem é mais distante, mais profundo, tão alto quanto as estrelas, sua descomunal força: tudo não espumeja, a entrechocar-se na panela?

Por que se admirar se alguma panela se quebrar!? Aprendei a rir de vós mesmos, como se tem de rir! Vós, homens superiores, oh, quantas coisas são ainda possíveis!

E em verdade, quantas coisas já lograram! Quão rica é esta terra nas pequenas boas e perfeitas coisas, nas bem logradas!

Cercai-vos de pequenas coisas boas, vós homens superiores! Sua dourada madurez cura o coração. O que é perfeito ensina a esperança.

16

Qual foi até aqui o maior pecado sobre a Terra? Não terá sido a palavra daquele que disse: "Ai daqueles que riem aqui!"?

Este não achou até agora sobre a Terra motivos para rir? Pois então procurou mal. Até uma criança aqui encontraria motivos.

Ele – não amava o bastante: ou então teria amado também a nós, aos que riem! Mas ele nos odiou e zombou de nós, prometeu-nos choro e ranger de dentes.

Deve-se amaldiçoar quando não se ama? Isso – parece-me de um péssimo gosto. Mas assim ele o faz, esse incondicionado. Ele vem da plebe.

E ele próprio não amou o bastante: ou então teria se zangado menos por não o teres amado. Todo grande amor não *quer* amor – ele quer mais.

Sai do caminho de todos os incondicionados dessa espécie! É uma pobre espécie doente, uma espécie de plebe: eles contemplam esta vida com maus olhos, têm olhos malignos para esta terra.

Sai do caminho de todos os incondicionados dessa espécie! Eles têm pés pesados e coração abafado: não sabem dançar. Como haveria a terra de lhes ser leve!

17

Por vias tortas chegam todas as coisas boas perto de seu alvo. Feito gatos arqueiam as costas, ronronam em seu íntimo ante uma felicidade próxima – todas as boas coisas riem.

O modo de andar revela se alguém está a caminhar já em *sua* trilha: por isso, vede-me a trilhar! Quem, porém, chega perto de seu alvo, este dança.

E em verdade, em estátua não me converti, nem estou aqui plantado, rígido, baço, pétreo, uma coluna; me apraz andar velozmente.

E ainda que sobre a terra haja pântano e pesada tribulação: quem tem pés leves, corre mesmo por sobre o pântano e dança como sobre gelo polido.

Levantai vossos corações, meus irmãos, alto! Mais alto! E tampouco me esqueçais das pernas! Levantai também vossas pernas, vós bons dançarinos, e, melhor ainda: ficai de ponta-cabeça!

18

Esta coroa do que ri, esta coroa de rosas: eu mesmo me ponho esta coroa, eu mesmo declarei santo o meu riso. Nenhum outro encontrei hoje suficientemente forte para tal.

Zaratustra, o dançarino, Zaratustra, o leve, acena com as asas, disposto a voar, acenos faz a todos os pássaros, pronto e disposto, venturosamente ligeiro:

Zaratustra, o adivinho, Zaratustra, o que ri de verdade, não um impaciente, não um incondicionado, alguém que ama saltos e piruetas; eu próprio me ponho essa coroa!

19

Levantai vossos corações, meus irmãos, alto! Mais alto! E tampouco me esqueçais das pernas! Também levantai vossas pernas, vós bons dançarinos, e, melhor ainda: ficai de ponta-cabeça!

Também na felicidade se tem animais pesados, tem-se pés de chumbo de nascença. Esforçam-se de modo estranho, tal qual um elefante que se esforçasse em ficar de ponta-cabeça.

Porém melhor é estar louco de felicidade que de infelicidade, melhor dançar pesadamente que andar coxeando. Aprende, pois, com minha sabedoria: também a pior das coisas tem dois reversos bons.

Também a pior das coisas tem boas pernas para dançar: aprende então comigo, vós, homens elevados, a se pôr em vossas próprias pernas!

Desaprendei, pois, de estar atribulado e de toda a tristeza plebeia! Oh, quão tristes hoje me parecem mesmo os palhaços da plebe! Porém este hoje é da plebe.

20

Fazei como o vento, quando se precipita desde suas cavernas da montanha: ao som de seu próprio silvo quer ele dançar, os mares estremecem e saltitam sob seus passos.

O que confere asas a asnos, e ordenha leoas: louvado seja esse espírito bom e indômito que vem qual tempestuoso vento para todo o hoje e para toda a plebe.

Que é inimigo das cabeças espinhosas e cavilosas, e de todas as folhas murchas e ervas daninhas: louvado seja esse selvagem, bom e livre espírito da tempestade, a dançar sobre pântanos e tribulações como fossem prados!

Quem odeia a esmorecida matilha plebeia e toda a cria malograda e sombria: louvado seja esse espírito de todo espírito livre, a tormenta que ri, a soprar poeira nos olhos de todos os pessimistas e purulentos!

Vós, homens superiores, isto é o pior para vós: que não aprendestes a dançar como se deve dançar — a dançar para além de vós! Que importância tem se malograstes?!

Quantas coisas são possíveis ainda?! Então *aprendei* a rir para além de vós! Levantai vossos corações, alto! Mais alto! E não vos esqueçais também do bom riso!

Esta coroa do que ri, esta coroa de rosas: eu mesmo me ponho esta coroa, eu mesmo declarei santo o meu riso; vós, homens elevados, *aprendei* comigo – a rir!

A CANÇÃO DA MELANCOLIA

1

Ao que Zaratustra proferiu esses discursos, estava perto da entrada de sua caverna; com as últimas palavras, porém, escapuliu de seus hóspedes e fugiu por um instante, para o ar livre.

"Oh, puros aromas em torno de mim", exclamou, "oh, bem-aventurado silêncio em torno de mim! Mas onde estão meus animais? Vinde, vinde, minha águia e minha serpente!

Dizei-me, pois, meus animais: todos esses homens superiores – talvez não estejam a *cheirar* bem? Oh, puros aromas em torno de mim! Só agora sei e sinto o quanto os amo, meus animais."

E Zaratustra falou ainda uma vez: "eu vos amo, meus animais!". Mas ao que falou essas palavras, a águia e a serpente se lhe achegaram, e para ele levantaram o olhar. De modo que ficaram os três juntos, em silêncio, a farejar e a sorver entre si o bom ar. Pois o ar ali fora era melhor do que junto dos homens superiores.

2

Mas apenas Zaratustra deixara sua caverna, e o velho feiticeiro se levantou, olhou sagazmente em volta e falou: "Ele saiu!

E já, vós, homens superiores – que com este nome eu vos possa titilar com louvor e lisonja, como ele próprio – já me acomete meu perverso espírito de engano e de magia, meu melancólico demônio, que é um adversário radical desse Zaratustra: perdoai-o! Agora quer enfeitiçar perante vós, esta é justamente a *sua* hora; em vão luto com esse espírito perverso.

A todos vós, qualquer que seja a honra que podeis dar com palavras, quer os chameis de 'os espíritos livres' ou de 'os verazes', ou de 'os penitentes do espírito' ou de 'os libertos dos grilhões' ou 'os homens do grande anseio' – vós todos, que como eu padecem *da grande náusea*, a quem o velho deus se fez morto e ainda nenhum novo deus se acha em fraldas num berço – a todos vós se apega meu mau espírito e demônio feiticeiro.

Eu vos conheço, vós, homens superiores, eu vos conheço – conheço também esse monstro, que amo a contragosto, esse Zaratustra: com frequência ele próprio me parece tal qual a bela máscara de um santo.

Tal qual uma nova e estranha fantochada, na qual se compraz meu espírito maligno, o melancólico demônio: eu amo Zaratustra, assim me parece com frequência, por amor a meu espírito maligno.

Porém já *ele* me acomete e me subjuga, esse espírito da melancolia, esse demônio do crepúsculo vespertino: e, em verdade, vós, homens superiores, ele o deseja.

Abri os olhos! – seu desejo é vir *nu*, seja em forma de homem, seja de mulher, ainda não sei: mas ele vem, ele me subjuga, ai! Abri a vossa mente!

O dia declina, todas as coisas vêm para a noite, mesmo as melhores coisas; ouvi agora e vede, vós homens superiores, qual demônio vem a ser, seja homem, ou mulher, essa melancolia vespertina!"

Assim falou o velho feiticeiro, olhou em volta de maneira sagaz e então pegou da harpa.

3

No ar que se aclara,
Ao que o consolo do orvalho
Já se estende pela terra, invisível, também inaudível:
Pois calçados delicados veste
O orvalho consolador, como todos os que suavemente consolam –:
Recordas, recordas, ó ardente coração,
Como outrora, de lágrimas celestes e gotas de orvalho
Chamuscado e fatigado tinhas sede,
Enquanto em sendas de erva seca
Maliciosos olhares de sol vespertino
Corriam trás de ti pelo arvoredo negro,
Olhares ofuscantes do sol incandescente, alegres na avaria?

"Pretendente da *verdade*? Tu?" – assim zombavam elas –
"Não! Apenas um poeta!
Um animal, um astuto, de rapina, um furtivo,
que tem de mentir,

Que sabendo-o, querendo-o, tem de mentir:
Ávido de presa,
de muitas cores disfarçado
para si mesmo máscara,
para si mesmo presa, –
Isto – pretendente da verdade?
Não! *Apenas* insensato! *Apenas* poeta!
A falar tão somente de coisas multicores,
A lançar gritos multicores de máscaras de néscio,
A dar voltas por pontes mentirosas de palavras,
Por multicores arco-íris,
Entre falsos céus
E falsas terras,
A vagar, a flutuar, –
Apenas insensato! *Apenas* poeta!

Este – o pretendente da verdade?
Não silente, rígido, liso, frio,
Em imagem convertido,
Em coluna de Deus,
Não disposto diante de templos,
Um guarda-portão de um Deus:
Não! Hostil a tais estátuas da verdade,
Familiarizado mais à selva que a templos,
Cheio de petulância gatuna,
Por toda janela a saltar,
Zás! Em todo acaso,
A farejar em toda a virgem floresta,
A farejar vicioso e desejoso,
Correste por virgens florestas
Entre animais rapazes de pelagem pintalgada
Pecaminosamente sadio e belo e multicor correste tu
Com lábios lascivos,
A roubar, a rastejar e a mentir tu correste: –
Venturosamente zombeteiro, venturosamente infernal, sanguinolento,
A rapinar, a deslizar, a mentir, tu correste:

Ou então feito a águia, que por longo,
Longo tempo olha fixamente para o abismo,
Em *seus* abismos:
Oh, como estes se enroscam,
Para baixo, para dentro
Em profundidades sempre mais profundas! —
E então,
De maneira abrupta, em linha reta,
Em extasiado voo,
Sobre *cordeiros* a lançar-se,
De modo brusco, para baixo, voraz,
Cobiçoso de cordeiros,
Agastado com todas as almas de cordeiro,
Furiosamente agastado com quem olha
Ao modo de uma ovelha, que tem olhos de cordeiro, eriçada lã,
Cinzento, com benevolência cordeiril de ovelha!

Assim,
Feito águia, feito pantera
São os anseios do poeta,
São *teus* anseios, sob milhares de máscaras,
Tu, insensato! Tu, poeta!

Tu que vistes no homem
Tanto Deus quanto cordeiro —:
Destroçar o Deus que há no homem
Como o cordeiro que há no homem,
E destroçadamente *sorrir* —

Esta, esta é a bem-aventurança!
Bem-aventurança de uma pantera e de uma águia!
Bem-aventurança de um poeta e de um insensato!" — —

Ao que o ar se faz mais claro,
Quando já, invejosa e verdejante,
A deslizar, a foice da lua
Entre púrpuras vermelhidões:

– Hostil ao dia,
Furtiva a cada passo
Raiando nas roseiras das encostas,
Até palidamente cair,
E se afundar na noite:
Assim certa vez eu mesmo afundei,
Pela demência de minha verdade,
Pelos anseios de meu dia,
Cansado do dia, enfermo da luz,
– afundei-me abaixo, para a noite, para a sombra:
Por uma única verdade
Abrasado e sedento:
– Recordas-te ainda, recordas-te tu, ardente coração,
Como então estavas sequioso? –
Que desterrado seja eu
De *toda a* verdade
Apenas insensato!
Apenas poeta!

DA CIÊNCIA

Assim cantou o feiticeiro; e todos os que estavam reunidos, sem se dar conta caíram feito pássaros na rede de sua astuta e melancólica volúpia. Apenas o mais conscencioso de espírito não se deixara aprisionar: de pronto arrancou a harpa ao feiticeiro e exclamou "ar! Deixai entrar ar puro! Deixai Zaratustra entrar! Fazes esta caverna tóxica e abafada, tu, pior de todos os feiticeiros!

Tu, falsário, refinado, queres nos desencaminhar para teus desejos e ermos desconhecidos. E ai de nós quando gente como tu faz caso e discurso da *verdade!*

Ai de todos os espíritos livres, que não se põem em guarda ante *tais* feiticeiros! Foi-se a sua liberdade: ensinas e atrais de volta à prisão.

Tu, velho demônio melancólico, de teu lamento ressoa o silvo chamariz, és tal qual aqueles que, ao louvar a castidade, secretamente conduzem à volúpia!".

Assim falou o mais conscencioso; mas o velho feiticeiro olhou em torno de si, desfrutou de sua vitória e assim engoliu o dissabor que o consciencioso lhe causava. "Silêncio!", disse com voz modesta, "as boas canções querem ter bons ecos; depois das belas canções deve-se calar por um longo tempo.

Assim fizeram esses todos, os homens superiores. Porém tu não terás entendido pouco de minha canção? Em ti se tem pouco de um espírito de magia."

"Tu me louvas", respondeu o consciencioso, "ao que me separas de ti, pois bem! Mas vós outros, que vejo eu? Continuais sentados aí, com olhos de lascívia:

Vós, almas livres, para onde foi vossa liberdade! Quase se assemelhais, parece-me, aos que longamente contemplaram malignas garotas nuas: vossas almas também dançam!

Em vós, ó homens superiores, tem de haver mais do que isso que o feiticeiro chama de seu maligno espírito e magia e de engano: sem dúvida havemos de ser diferentes.

E em verdade, juntos falamos e pensamos bastante, antes que Zaratustra voltasse à sua caverna, como para que eu não soubesse: *somos* diferentes.

Buscamos algo diferente também aqui em cima, vós e eu. Por certo que eu busco por mais *segurança*, e por isso vim a Zaratustra. Ele ainda é, por certo, a torre e vontade mais forte.

Hoje, quando tudo vacila, quanto toda a terra treme. Vós, porém, quando vos olho nos olhos que fazeis, quase me parece que buscais *mais insegurança*.

Mais horrores, mais perigo, mais tremores de terra. A mim quase parece que desejais – perdoar minha presunção, vós, homens superiores –, que desejais a vida pior e mais perigosa, a que *a mim* mais atemoriza, a vida de animais selvagens, desejais florestas, alturas, montes escarpados e abismos labirínticos.

Os guias que mais vos agradam não são os que levam *para fora* de todo o risco, de todos os caminhos, os desencaminhadores. Mas se em vós tais desejos forem *reais*, não obstante eles também me parecem *impossíveis*.

O medo, por certo – este é o sentimento básico e hereditário do homem; pelo medo tudo se explica, pecado original e virtude original. Pelo medo cresce também *minha* virtude, que se chama: ciência.

O medo, por certo, aos animais selvagens – nos homens foi cultivado longamente, incluído o animal que o homem oculta e teme em si mesmo: Zaratustra chama este de 'animal interior'.

Esse prolongado e velho medo, refinado por fim, espiritualizado, intelectual – hoje, ao que me parece, chama-se: *ciência*."

Assim falou o conscencioso; mas Zaratustra, que acabava de entrar em sua caverna, tendo ouvido e adivinhado as últimas palavras, lançou ao conscencioso um punhado de rosas e riu de suas "verdades". "Como!", exclamou, "o que acabo de ouvir? Em verdade, parece-me que és um insensato, e que eu próprio o sou: e tua 'verdade', vou já de pronto pôr de ponta-cabeça.

O *medo*, por certo – é uma exceção. Mas coragem e aventura e prazer no incerto, no que ainda não se ousou – *coragem* me parece ser a inteira pré-história do homem.

Aos mais selvagens e corajosos animais o homem invejou e roubou as virtudes: só assim ele se converteu – em homem.

Essa coragem, por fim feita refinada, espiritualizada, intelectual, essa coragem do homem com asas de águia e sagacidade de cobra: esta, ao que me parece, chama-se hoje."

"*Zaratustra!*", de uma só boca gritaram todos os que juntos estavam sentados, e nisso deram uma sonora gargalhada; mas deles se levantou uma nuvem pesada e espessa. Também o feiticeiro riu e com sagacidade falou: "Pois bem! Foi-se meu espírito maligno!

E eu não vos adverti contra ele quando disse que era um embusteiro, um espírito mentiroso e intrujão?

Em especial, por certo, quando se mostra nu. Mas que posso *eu* contra suas perfídias! Não criei *eu* a ele e ao mundo?

Pois bem! Sejamos outra vez bons e bem-dispostos! E se já Zaratustra olha com olhar maligno – vede-o! está zangado comigo:

Antes que a noite chegue, aprendei de novo a me amar e a louvar, pois ele não pode viver muito tempo sem fazer tolices.

Ele ama a seus inimigos: dessa arte ele entende melhor do que qualquer um que eu tenha visto. Porém disso ele se vinga – em seus amigos!".

Assim falou o velho feiticeiro, e os homens superiores aplaudiram-no: de modo que Zaratustra deu uma volta e, com malignidade e amor, estendeu a mão a seus amigos – como alguém que tem de reparar alguma coisa e desagravar-se com todos. Mas quando chegou à porta de sua caverna, teve desejos de sair de novo para o ar puro lá de fora e de ir a seus animais – e escapuliu dali.

ENTRE AS FILHAS DO DESERTO

1

"Não te vás!", falou então o viandante, que se dizia sombra de Zaratustra, "fica conosco, ou então poderia de novo vos acometer a velha e surda tribulação.

O velho feiticeiro já nos deu o que há de pior e de melhor, e vê então que o bom e piedoso papa tem lágrimas nos olhos e de novo se lançou no mar da melancolia.

Esses reis podem bem ainda fazer uma cara boa diante de nós: foi certamente isso o que hoje *eles* melhor aprenderam de nós! Mas se não tiveram testemunhas, aposto que também neles começaria o jogo maligno:

O jogo maligno das nuvens errantes, a úmida melancolia, o céu encoberto, os sóis roubados, o uivante vento de inverno, o jogo maligno de nosso uivo e do grito de socorro.

Fique conosco, ó Zaratustra! Aqui se tem muita miséria escondida, desejosa de falar, muito entardecer, muita nuvem, muito ar abafado!

Nutriste-nos com forte alimento para homem e com máximas vigorosas: não permitais que, como sobremesa, de novo nos assaltem brandos espíritos femininos!

És o único a tornar o ar forte e claro! Encontrei alguma vez na Terra vento tão bom quanto na tua caverna?

Muitos países eu vi, meu nariz aprendeu a examinar e avaliar ares de muitos tipos: mas é junto de ti que minhas narinas têm o máximo prazer!

A não ser que – a não ser que –, oh, perdoai-me uma velha lembrança! Perdoai-me uma velha canção de sobremesa, que certa vez eu compus, estando entre filhas do deserto:

Junto a elas, por certo, havia um ar igualmente puro, claro, oriental; foi ali que mais distante estive da nublada, úmida e melancólica velha Europa!

Eu então amava tais moçoilas do Oriente e de outros azuis reinos celestiais, sobre os quais não pendem nuvens nem pensamentos.

Não imaginais quão gracioso o modo como estavam sentadas, quando não dançavam, profundas, mas sem pensamentos, feito pequenos segredos, feito enigmas enfeitiçados, feito nozes de sobremesa – multicores e estranhas, é bem verdade: porém sem nuvens – enigmas que se deixam adivinhar: por amor a tais moçoilas compus então um salmo de sobremesa.".

Assim falou o viandante e sombra; e antes que alguém lhe respondesse, tomava já da harpa do velho feiticeiro, pernas cruzadas, olhar tranquilo e sábio à sua volta; mas com as narinas aspirou o ar de forma lenta e inquisidora, como alguém que em terras novas saboreia o ar novo e estranho. Logo se pôs a cantar com uma espécie de rugido.

2

O deserto cresce: ai daquele que encobre desertos!

– Ah! Solene!
De fato solene!
Um digno começo!
Africanamente solene!
Digno de um leão,
Ou de um macaco a rugir, e moralista –
– Porém nada para vós,
Graciosíssimas amigas,
A cujos pés a mim,
por vez primeira,
A um europeu, entre palmeiras
Se concede sentar. *Selá.*[2]

Maravilhoso, em verdade!
Agora estou aqui sentado,
O deserto próximo e já
De novo longe dele,
Que em nada ainda fez-se deserto:
tragado, afinal
por esse pequeníssimo oásis: –:

---

2. "Selá": termo bíblico que aparece com frequência no livro dos Salmos, seria possivelmente uma marcação musical. A exemplo de muitas passagens ao longo de toda a obra, a recorrência a esse termo seria mais uma tentativa de parodiar passagens bíblicas – aqui, no caso, os Salmos de Davi.

– Mesmo agora bocejante abriu
A boca encantadora.
A mais perfumada de todas as boquinhas:
E nela eu caí,
Para baixo, de través – entre vós,
Graciosíssimas amigas! *Selá*.

Salve, salve aquela baleia,
Se de seu hóspede
Ela tratou tão bem! – compreendeis, vós,
Minha douta alusão?
Salve o seu ventre,
Se assim foi ele
Um ventre gracioso de oásis
Como este: coisa que, aliás, eu ponho em dúvida,
– Pois venho da Europa,
Entre todas as mulheres casadas
A mais incrédula.
Queira Deus melhorá-la!
Amém!

Agora estou aqui sentado,
Neste pequeníssimo oásis,
Tal qual uma tâmara,
Castanho, doce, com ouro a gotejar, ávido
Por uma redonda boca de moçoila,
E tanto mais por virginais
Gélidos, cortantes, dentes incisivos
Brancos como a neve: deles por certo que tem sede
O coração de todas as quentes tâmaras. *Selá*.

Semelhante, por demais semelhante
Aos ditos frutos do sul
Aqui me acho deitado, e à minha volta
Pequenos besouros alados
A dançar, a brincar
Assim como brincam ainda menores

Mais loucos, mais perversos
Desejos e ocorrências
Sitiados por vós,
Ó mudas, cheias de pressentimentos
Moçoilas-gatos,
Dudu e Zuleika,
— *circum-esfingiado*, para numa palavra
Amontoar variados sentimentos:
(Que Deus me perdoe
Este pecado contra a língua!)
— Aqui estou sentado, a farejar o melhor dos ares,
Ar de paraíso, em verdade,
Leve luminoso ar, estriado a ouro,
Todo o ar puro que jamais
Caiu da lua —
Terá sido por acaso,
Ou acontecido por petulância?
Como narram os velhos poetas.
Eu, porém, incrédulo, a isso ponho
Em questão, pois venho
Da Europa,
A mais incrédula entre todas
As esposas já maduras.
Queira Deus melhorá-la!
Amém!

Sorvendo esse belíssimo ar,
Com narinas infladas feito cálices,
Sem futuro, sem lembranças,
Assim estou aqui sentado, ó
Graciosíssimas amigas,
A contemplar a palmeira que,
tal qual uma dançarina,
Curva-se, e se dobra, e desce aos calcanhares,
— Faz-se o mesmo ao se contemplar por muito tempo!
Tal qual uma dançarina, que, como quer me parecer,
Num tempo longo, perigosamente longo

Esteve sempre, sempre a se manter *em uma só* perna?
— Terá esquecido, então, quer me parecer,
A *outra* perna?
Em vão, ao menos,
Procurei a desaparecida
Joia-gêmea
— Ou seja, a outra perna —
Na sagrada vizinhança
De sua graciosíssima, elegantíssima
Saia rodada, que esvoaça, que cintila.
Sim, belas amiguinhas,
Se quereis me crer inteiramente:
Ela a perdeu!
Foi-se!
Para sempre se foi!
A outra perna!
Oh, lástima por essa outra amável perna!
Onde — poderá estar, a se lamentar, abandonada?
A perna solitária?
Temerosa, talvez, de
Furioso monstro-leão
Em dourada juba? Ou mesmo já
Roída, mordiscada —
Lamentável, ai! Ai! Mordiscada! *Selá.*
Ó, não choreis,
Ternos corações!
Não choreis, ó vós
Corações de tâmaras! Seios de leite!
Corações saquinhos de alcaçuz!
Não mais choreis!
Pálida Dudu!
Sê homem, Zuleika! Coragem! Coragem!
— Ou talvez devesse
Ser aqui o lugar
De algo mais forte, a fortificar o coração?
Uma sentença ungida?
Uma solene exortação? —

Ah! Para cima! Dignidade!
Dignidade da virtude! Dignidade europeia!
Sopra, sopra de novo,
Fole da virtude!
Ah!
Rugir uma vez mais,
Moralmente rugir!
Feito leão moralista!
Rugir ante as filhas do deserto!
– Pois da virtude o bramido,
Vós graciosíssimas moçoilas,
É mais que tudo
O desejo ardente, a fome voraz do europeu!
E eis que já estou de pé,
Como europeu,
Não posso evitar, que Deus me ajude!
Amém!

O deserto cresce: ai daquele que encobre desertos!

O DESPERTAR

1

Após a canção do viandante e sombra, encheu-se a caverna de alarido e risadas; e como todos os hóspedes reunidos falassem ao mesmo tempo, e uma vez que também o asno, ante tal encorajamento, já não ficava em silêncio, Zaratustra foi tomado de pequena aversão e escárnio para com as visitas: por mais que se alegrasse em seu contentamento. Pois tal lhe parecia sinal de cura. Assim, deu uma escapulida, ao ar livre, e falou a seus animais.

"Para onde foi agora a aflição dele?", falou, e já se recobrava de seu pequeno fastio – "comigo desaprenderam, quer me parecer, o grito de socorro!

Se bem que infelizmente ainda não desaprenderam de gritar." E Zaratustra cobriu os ouvidos, pois justo naquele instante o I-A do asno mesclava-se estranhamente ao alarido de júbilo dos homens elevados.

"Estão alegres", recomeçou, "e quem sabe? Talvez à custa de seu anfitrião; e se comigo aprenderam a rir, no entanto não foi o *meu* riso que aprenderam.

Mas que me importa! São pessoas velhas: convalescem à sua maneira, riem à sua maneira; meus ouvidos já suportaram coisa pior e não se irritaram com isso.

Este dia é uma vitória: já cede, já foge *o espírito de gravidade*, meu antigo arqui-inimigo! Quão bem quer acabar este dia, que tão ruim e pesado começou!

E terminar ele *deseja*. O entardecer está próximo: sobre o mar ele cavalga, o bom cavaleiro! Como balança em sua púrpura sela o bem-aventurado que regressa ao lar!

O céu olha com clareza, o mundo jaz profundo: ó todos vós, estranhos, que vêm até mim, bem vale a pena viver a meu lado!".

Assim falou Zaratustra. E da caverna de novo vieram gritos e risos dos homens superiores: então ele começou de novo.

"Eles mordem, minha isca funciona, também deles se retira vosso inimigo, o espírito de gravidade. Já aprendem a rir de si mesmos: ouço bem?

Meu alimento para homem funciona, minhas saborosas e vigorosas máximas: e em verdade, não os alimento com legumes que fazem ar! Mas sim com alimento de guerreiros, com alimento de conquistadores: novos apetites despertei.

Novas esperanças há em seus braços e pernas, estira-se o seu coração. Encontram novas palavras, logo seu espírito respirará petulância.

Tal alimento por certo que não será próprio para crianças, nem para ansiosas mulherzinhas velhas e jovens. A estas de outra maneira convencem as entranhas; delas não sou médico e professor.

A *náusea* se retira desses homens superiores: pois bem! Esta é a minha vitória. Em meu reino se tornam seguros, todo estúpido pudor se vai embora, eles se desafogam.

Eles desafogam seu coração, fazem-lhes voltar os bons momentos, de novo celebram e ruminam – fazem-se *gratos*.

Isto eu tomo como o melhor sinal: eles fazerem-se gratos. Não tardará e inventarão festas e erguerão monumentos à sua antiga felicidade.

São *convalescentes*!" Assim falou Zaratustra alegremente a seu coração, olhando ao longe: mas seus animais se achegaram a ele e honraram sua felicidade e seu silêncio.

2

De repente, porém, assustou-se o ouvido de Zaratustra: porque na caverna, até ali cheia de alaridos e risadas, fez-se de uma só vez um silêncio de morte; mas seu nariz exalou uma agradável fumaça de incenso, como de pinhas a queimar.

"O que aconteceu? O que fazem eles?", perguntou-se, a deslizar furtivamente à entrada, para poder observar seus hóspedes sem ser notado. Mas eis que, prodígio dos prodígios! Que coisas teve então de ver com os próprios olhos!

"Todos eles tornaram-se de novo *devotos*, *rezam*, estão loucos!", falou ele, cumulando-se de assombro. E a bem da verdade, todos esses homens superiores, os dois reis, o papa aposentado, o pérfido feiticeiro, o mendigo de boa-vontade, o viandante e sua sombra, o velho adivinho, o consciencioso do espírito e o mais feio dos homens: estavam todos de joelho, como crianças e velhinhas crédulas, a adorar o asno. E justo ali o mais feio dos homens começou a gorgolejar e a bufar, como quisesse fazer sair de si algo indizível; quando, porém, finalmente lhe vieram as palavras, tratava-se de uma devota e estranha litania em louvor ao asno adorado e incensado. E essa litania soava assim:

Amém! E enaltecimento e honra e sabedoria e gratidão e glória e fortaleza seja o nosso Deus, de eternidade a eternidade!

Mas a isso respondeu o asno I-A.

Ele carrega o nosso fardo, assumiu a forma de servo, é paciente de coração e nunca diz não; e quem ama a seu Deus também o castiga.

Mas a isso respondeu o asno I-A.

Ele não fala: exceto para sempre dizer sim ao mundo que ele criou: assim ele louva este mundo. Sua esperteza é a que não fala: de modo que raramente se equivoca.

Mas a isso respondeu o asno I-A.

Sem ser notado ele caminha pelo mundo. Cinza é a cor do corpo, e nessa cor ele oculta sua virtude. Se tem espírito, o esconde; porém todos creem em suas longas orelhas.

Mas a isso respondeu o asno I-A.

Que oculta sabedoria é esta, de ter longas orelhas e só saber dizer "sim" e nunca "não"! Acaso não criou o mundo à sua imagem, ou seja, tão estúpido quanto possível?

Mas a isso respondeu o asno I-A.

Percorremos caminhos retos e tortos; pouco te importa o que ao homem parece reto ou torto. Para além de bem e mal é o teu reino. Tua inocência está em não saber o que é inocência.

Mas a isso respondeu o asno I-A.

Vê como a ninguém repeles de ti, nem o mendigo, nem os reis. As criancinhas, deixas virem a ti, e quando garotos malvados te seduzem, assim falas com singeleza I-A.

Mas a isso respondeu o asno I-A.

Amas aos asnos e aos figos frescos, não és de desdenhar comida. Uma erva de espinhos te comicha o coração quando sentes fome. Nisso se tem a sabedoria de um Deus.

Mas a isso respondeu o asno I-A.

A FESTA DO ASNO

1

Mas a esse ponto da litania Zaratustra não mais pôde se dominar, ele próprio gritou I-A, ainda mais alto que o asno, e pulou no meio de seus enlouquecidos hóspedes. "Mas o que estais a fazer, ó criaturas?", exclamou, arrancando do chão os que rezavam. "Ai de vós se outro vos visse que não Zaratustra:

Qualquer um julgaria que sois, com vossa nova fé, os piores blasfemos ou as mais loucas de todas as velhinhas!

E tu mesmo, tu, velho papa, como contigo conciliar isso de aqui adorares um asno como se fosse Deus?"

"Ó Zaratustra", respondeu o papa, "perdoai-me, mas nas coisas de Deus sou mais ilustrado do que tu. E isso é justo.

Preferível adorar a um Deus nessa forma do que sob nenhuma forma! Reflete uma vez nessa máxima, meu excelso amigo: tu logo verás que tal máxima contém sabedoria.

Aquele que disse 'Deus é espírito' — foi o que deu até agora na Terra o maior passo e salto para a incredulidade: não é fácil remediar tal palavra sobre a Terra!

Meu velho coração salta e dá pulinhos, pois que na Terra ainda há o que se adorar. Perdoai, ó Zaratustra, um velho e devoto coração de papa!".

"E tu", disse Zaratustra ao viandante e sombra, "dizes-te e te presumes um espírito livre? E praticas aqui tal idolatria e carolice?

Aqui te comportas pior, em verdade, do que com tuas pérfidas moçoilas morenas, tu, pérfido neófito!".

"Ruim o bastante", respondeu o viandante e a sombra, "tens razão: mas que posso fazer! O velho Deus vive de novo, ó Zaratustra, digas tu o que disseres.

O mais feio dos homens de tudo é culpado: foi quem tornou a ressuscitá-lo. E mesmo quando diz que outrora o teria matado: entre os deuses, a morte nunca é mais que um prejuízo.".

"E tu", falou Zaratustra, "tu, velho feiticeiro ruim, o que fizeste! Quem há de crer em ti doravante, neste tempo de liberdade, se crês *tu* em tais asneiras divinas?

Foi uma estupidez o que fizeste: como pudeste tu, tu inteligente, cometer tal estupidez?!".

"Ó Zaratustra", respondeu o inteligente feiticeiro, "tens razão, foi uma estupidez – e que me custou bastante caro."

"E quanto a ti", disse Zaratustra ao consciencioso do espírito, "pondera uma vez, com o dedo junto do nariz! Nada vai aqui contra a tua consciência? Teu espírito não será demasiado puro para essas rezas e para o vapor desses irmãos de reza?".

"Algo se tem ali", respondeu o consciencioso e encostou o dedo no nariz, "há algo nesse espetáculo que até mesmo faz bem à minha consciência.

Talvez, que eu não tenha o direito de crer em Deus: certo é, porém, que sob essa forma parece-me Deus mais digno de fé.

Deus deve ser eterno, de acordo com o testemunho dos mais devotos: quem tanto tempo tem dá-se tempo. Tão lento e estúpido quanto possível: ora, *com isso* pode alguém chegar muito longe.

E quem tem excesso de espírito por certo gostaria de loucamente se apaixonar pela tolice e pela insensatez. Pensa sobre ti mesmo, ó Zaratustra!

Tu mesmo – em verdade! Também tu poderias bem se converter em asno por superabundância e sabedoria.

Um sábio perfeito não toma de bom grado os caminhos mais tortos? A evidência o ensina, ó Zaratustra, – a *tua* evidência!".

"E também tu, por fim", disse Zaratustra, voltando-se para o mais feio dos homens, que continuava estendido no chão, o braço estendido para o burro (é que estava a lhe dar de beber). "Diz, ó tu, inexpressável, o que fizeste!

Pareces-me transformado, teus olhos ardem, o manto do sublime envolve a tua fealdade: *o que* fizeste?

Então é verdade o que disseram aqueles, que tu ressuscitaste? E para quê? Não estava morto e descartado com razão?

Tu me pareces desperto: o que fizeste? Por que *tu* voltaste atrás? Por que *tu* te converteste? Fala, tu, inominável!".

"Ó Zaratustra", respondeu o mais feio dos homens, "tu és um velhaco!

Se *ele* ainda vive ou vive de novo ou se está completamente morto – quem de nós sabe isso melhor? Eu te pergunto.

Mas uma coisa eu sei – de ti mesmo aprendi certa vez, ó Zaratustra: aquele que mais completamente deseja matar, este *ri*.

'Não com a cólera, mas com o riso se mata', assim falaste certa vez. Ó Zaratustra, tu oculto, tu negador desprovido de cólera, tu santo perigoso – tu és um velhaco!".

2

Então aconteceu que Zaratustra, admirado com essas respostas tão velhacas, pôs-se de um salto até a porta de sua caverna e, voltando-se contra todos os seus hóspedes, gritou com foz forte:

"Ó vós todos, bando de bufões e charlatões! Por que vos disfarçais e escondeis de mim?!

Mas como de prazer e de maldade se agitou o coração de cada um de vós, já que por fim novamente vos tornaste como as criancinhas, isto é, devotos, já que de novo agiste enfim como crianças, ou seja, a rezar, as mãos juntas e a dizer 'querido Deus'!

Mas agora deixai *este* quarto de criança, minha própria caverna, onde todas essas crianças hoje estão em casa. Esfriai cá fora vossa ardente petulância infantil e o ruído de vossos corações!

Por certo: se não vos tornardes como as criancinhas, não chegareis *neste* reino dos céus" (e Zaratustra apontou com as mãos para cima).

"Mas nós de modo algum queremos entrar no reino dos céus: fizemo-nos homens – *por isso queremos o reino da Terra*."

3

E de novo se pôs Zaratustra a falar: "Ó meus novos amigos", disse, "vós, estranhos homens superiores, como me agradais agora, desde que de novo vos fizestes alegres! Em verdade, todos vós desabrochastes: parece-me que tais flores, como estão, necessitam de *novas festas*, de um pequeno e ousado disparate, de algum culto divino e festa do asno, de algum velho alegre insensato Zaratustra, de um vendaval a vos varrer e clarear a alma.

Não esqueçais da noite e dessa festa do asno, vós homens superiores! Aquilo que em minha casa inventastes, tomo-o por um bom presságio – inventam tais coisas tão só os convalescentes!

E se de novo a celebrardes, essa festa do asno, fazei-o por amor, fazei-o também por amor a mim! E à memória *de mim!*"

Assim falou Zaratustra.

A CANÇÃO DO SONÂMBULO

1

Mas nesse ínterim, um atrás do outro haviam saído, para o ar livre e para a fresca e pensativa noite; o próprio Zaratustra, porém, conduziu pela mão o mais feio dos homens a fim de mostrar a ele seu mundo noturno e a grande lua redonda e as cascatas prateadas próximas à caverna. Ali por fim eles se acharam reunidos, todos pessoas velhas, de coração consolado e valente, em seu íntimo admirados de sentir-se tão bem na Terra; mas o segredo da noite chegava-lhes cada vez mais perto no coração. E de novo pensou Zaratustra em seu íntimo: "oh, como me agradam agora esses homens superiores!" – mas não o expressou, pois respeitava sua felicidade e silêncio.

E eis que então se deu a coisa mais espantosa daquele espantoso e longo dia: o mais feio dos homens começou de novo, e pela última vez, a gorgolejar e a bufar, e ao que conseguiu fazer sair as palavras, de sua boca saltou, redonda e pura, uma pergunta boa, profunda, clara, que comoveu no peito o coração de todos os que o ouviam.

"Meus amigos todos," falou o mais feio dos homens, "o que vos parece? Graças a este dia – pela primeira vez *eu* estou satisfeito de haver vivido minha vida inteira.

E atestar apenas isso ainda não me basta. Vale a pena viver na Terra: um único dia, uma única festa com Zaratustra ensinou-me a amar a Terra.

'Era *isso* – a vida?' quero dizer à morte. 'Pois bem! Mais uma vez!'

Meus amigos, que vos parece? Não quereis falar à morte, como eu: 'Era isso – a vida? Graças a Zaratustra, pois bem! Mais uma vez!'."

Assim falou o mais feio dos homens; mas não tardaria muito para a meia-noite. E que acreditais que se deu então? Tão logo os homens superiores ouviram sua pergunta, tão pronto se fizeram conscientes de sua transformação e convalescença, e de quem a havia proporcionado: então pularam para junto de Zaratustra, a agradecê-lo, a venerá-lo, a acariciá-lo, a beijar-lhe a mão, cada qual à sua maneira: assim, se alguns riam, outros choravam. Mas o velho adivinho dançava de satisfação; e por mais que estivesse cheio de vinho doce, como pensam alguns narradores, por certo estava ainda mais cheio de doce vida, tendo renunciado a todo e qualquer cansaço. Há quem conte que naquela ocasião o asno dançou; pois não em vão o mais feio dos homens antes lhe dera vinho a beber. Isso pode ser assim, como também de outro modo; se em verdade o asno não dançou naquela noite, não obstante sucederam ainda maiores e mais estranhos prodígios do que seria a dança do asno. Em suma, como reza o provérbio de Zaratustra: "que importância tem isso!".

2

Zaratustra, porém, quando isso se deu com o mais feio dos homens, ali estava como um bêbado: seu olhar se apagara, a língua balbuciava, os pés a vacilar. E quem poderia também adivinhar quais pensamentos passavam pela alma de Zaratustra? Mas visivelmente seu espírito dele se evadia e voava para adiante, achando-se em remotas distâncias e como que "num elevado cume", como está escrito, "entre dois mares, entre passado e futuro, a vagar feito pesada nuvem".

Aos poucos, porém, enquanto os homens superiores o mantinham nos braços, voltou um pouco a si e com as mãos apartou a turba dos veneradores e preocupadores; no entanto ele não falava. De repente, porém, voltou rapidamente a cabeça, pois pareceu-lhe ouvir alguma coisa: levou então o dedo à boca e falou: "*Vinde!*".

E de pronto tudo se fez silente ao derredor, e quietude; da profundidade, porém, lentamente subia o repicar de um sino. Zaratustra pôs-se a escutar, tal qual os homens superiores; logo, porém, encostou o dedo à boca ainda uma vez e falou: "*Vinde! Vinde! É quase meia-noite!*" – e sua voz se tinha transformado. Mas continuava sem se mover do lugar: então fez-se ainda maior silêncio e quietude, e todos escutaram, mesmo o asno, e os dois animais de Zaratustra, a águia e a serpente, bem como a caverna de Zaratustra e a grande e fria lua e a própria noite. Mas ele pela terceira vez levou a mão aos lábios e falou:

"*Vinde! Vinde! Vinde! Caminhemos, agora! É hora: caminhemos pela noite!*"

3

Vós homens superiores, a meia-noite está próxima: agora quero lhes dizer algo no ouvido, como ao ouvido me disse aquele velho sino, de modo tão secreto, tão terrível, tão cordial, como aquele sino da meia-noite a me dizer que mais vivências teve do que qualquer homem: que já contou as dolorosas batidas de coração de vossos pais – ai! Ai! Como suspira! Como se ri em sonhos! A velha e profunda, profunda meia-noite!

Silêncio! Silêncio! Agora se ouve muito do que durante o dia não pôde se manifestar em alta voz; mas agora, no ar fresco, ao que o inteiro ruído de vossos corações também se aquietou, agora fala, afora se faz ouvir, agora deslizam nas almas noturnas e despertas: Ah! Ah! Como suspira! Como ri em sonho!

Não ouves como de forma secreta, terrível, cordial, contida fala a velha profunda, profunda meia-noite? Ó *homem, presta atenção!*

4

Ai de mim! Para onde terá ido o tempo? Não se terá afundado em poços profundos? O mundo dorme.

Ah! Ah! O cão uiva, a lua brilha. Preferiria eu morrer, morrer a vos dizer o que neste momento pensa o meu coração de meia-noite.

Agora já morri. Tudo se foi. Aranha, o que teces à minha volta? Queres sangue? Ah! Ah! O sereno cai, a hora chega – a hora em que de frio estremeço, que me pergunta, e pergunta e pergunta: "quem terá coração suficiente para tal?

Quem deve ser senhor na Terra?" Quem dirá: '*assim* deveis correr, vós grandes e pequenas correntes!'

A hora se aproxima: ó homem, tu, homem superior, presta atenção!, para ouvidos finos é este discurso, para teus ouvidos: *o que fala a profunda meia-noite?*

5

Algo me arrasta, minha alma dança. Trabalho do dia! Trabalho do dia! Quem deve ser o senhor da Terra?

A lua é fria, o vento cala. Ah! Ah! Voastes já alto o bastante? Dançais: porém pernas não são asas.

Vós, bons dançarinos, agora todo prazer se foi, vinho se fez borra, toda taça se fez quebradiça, os sepulcros balbuciam.

Não voastes alto o bastante: agora os sepulcros balbuciam "redimi aos mortos! Por que tão longa noite? A lua não nos torna embriagados?".

Vós homens superiores, redimi os sepulcros, despertai os cadáveres! Ah, o que está o verme a ainda escavar? Aproxima-se, aproxima-se a hora.

O sino a ribombar, ainda range o coração, escava ainda o verme da madeira, o verme do coração. Ah! Ah! *O mundo é profundo!*

6

Doce lira! Doce lira! Amo teu som, teu embriagado som de rã! Há quanto tempo, de quão longe chega a mim o teu som, distante, das lagoas do amor!

Tu, velho sino, tu, doce lira! Toda a dor dilacerou-te o coração, dor do pai, dor dos pais, dor dos avós, teu discurso fez-se maduro:

Maduro feito dourados outonos e tardes, feito meu coração eremita – e agora falas: também o mundo se fez maduro, bronzeadas estão as uvas – agora quer morrer, morrer de felicidade. Vós, homens superiores, não sentis o cheiro? Secretamente sobe um perfume – um perfume e aroma de eternidade, aroma rosáceo, acastanhado de vinho dourado, de velha felicidade – de ébria felicidade, de morrer à meia-noite, a cantar: o mundo é profundo *e profundo mais do que pensava o dia!*

7

Deixa-me! Deixa-me! Sou puro demais para ti. Não me toques! Não se fez perfeito neste instante o meu mundo?

Minha pele é pura demais para tuas mãos. Deixa-me, tu, estúpido grosseiro obtuso dia! Não é mais luminosa a meia-noite?

Os mais puros devem ser senhores da terra, os mais desconhecidos, mais fortes, as almas da meia-noite, que são mais claras e profundas do que qualquer dia.

Ó dia, tateias buscando por mim? Apalpas a minha felicidade? Para ti eu sou rico, solitário, caverna de tesouro, câmara de ouro?

Ó mundo, tu *me* queres? Sou mundano para ti? Sou espiritual para ti? Divino para ti? Ora, dia e mundo, vós sois por demais rudes.

Procurais ter mãos mais sagazes, apanhar felicidade mais profunda, infelicidade mais profunda, apanhar não a mim, mas a algum deus:

Minha infelicidade, minha felicidade é profunda, tu maravilhoso dia, porém eu não sou deus algum, nem inferno divino: *profunda é a sua dor.*

8

A dor de Deus é mais profunda, oh, mundo singular! Apanha com as mãos o sofrimento de Deus, não o meu! O que serei eu! Uma lira doce e embriagada.

Uma lira de meia-noite, um sino-de-rã, que ninguém compreende, mas que *tem de* falar, perante surdos, vós homens superiores! Pois vós não me compreendeis!

Acabou-se! Acabou-se! Oh, juventude! Oh, meio-dia! Agora veio tarde e noite e meia-noite, – o cão uiva, o vento:

Não será o vento um cão? Ele gane, ele ladra, ele uiva. Ah! Ah! Como suspira! Como ri, como estertora e arfa, a meia-noite!

Como sobriamente fala bem neste momento, esta poetisa embriagada! Terá bem se transbordado em sua embriaguez? E se feito mais do que desperta? E se pôs a ruminar?

Sua dor é o que rumina, em sonhos, a velha e profunda meia-noite, e mais ainda, o seu prazer. Prazer, com efeito, ainda que a dor seja profunda: *o prazer é ainda mais profundo que o pesar do coração.*

9

Tu, videira! Por que me louvas?! Se eu te cortei?! Eu sou cruel, tu sangras: o que pretende o teu louvor a minha ébria crueldade?

"O que se fez perfeito, todo o maduro – quer morrer!", assim dizes tu. Bendita, bendita seja a tesoura do vindimador! Mas todo o imaturo quer viver: ai!

A dor fala: "Passa! Vai-te, oh, dor!". Porém tudo o quanto sofre quer viver, para tornar-se maduro e prazenteiro e desejante, desejo pelo mais distante, pelo mais elevado, e mais claro. "Quero herdeiros", assim fala tudo o quanto sofre, "não quero filhos, *a mim* não me quero".

Mas o prazer não quer herdeiros, nem filhos – o prazer quer a si mesmo, quer a eternidade, quer retorno, quer tudo-eternamente-igual-a--si-mesmo.

A dor fala: "Rompe-te, sangra, coração! Caminha, ó perna! Asa, voa! Para adiante! Para o alto! Dor!". Pois bem! Adiante! Ó meu velho coração: *a dor está dizendo: "passa!".*

10

Vós, homens elevados, o que vos parece? Serei eu um profeta? Um sonhador? Um bêbado? Um intérprete de sonhos? Um sino da meia-noite? Uma gota de orvalho? Um vapor e perfume da eternidade? Não o ouvi? Não o cheireis? Neste instante fez-se perfeito o meu mundo, meia-noite é também meio-dia.

A dor é também um prazer, a maldição é também uma bênção, a noite é também um sol – ide embora ou aprendereis: um sábio é também um insensato.

Alguma vez dissestes "sim" a um prazer? Ó meus amigos, então dissestes "sim" também a *toda* a dor. Todas as coisas estão encadeadas, entrelaçadas, enamoradas, haveis querido algum dia duas vezes uma só vez, haveis dito algum dia "tu me agradas, felicidade!" Zás! Instante!, então quisestes que *tudo* retornasse!

Tudo de novo, tudo eternamente, tudo encadeado, enlaçado, enamorado, oh, assim *amastes* o mundo, vós eternos, amai-o eternamente e para todo o sempre: e também à dor vós dizeis: passa, porém volte! *Pois todo o prazer deseja – eternidade!*

11

Todo prazer quer a eternidade de todas as coisas, quer mel, quer borra, quer a meia-noite embriagada, quer sepulcros, quer consolo de lágrimas sobre sepulcros, quer a luz dourada do entardecer.

O que não quer o prazer! Ele é mais sedento, mais cordial, faminto, mais terrível e mais misterioso do que toda a dor, ele quer a si mesmo, ele morde *a si*, a pelejar nele encontra-se a vontade do anel.

Quer amor, quer ódio, é opulento, e dadivoso, esbanjador, implora para que o recebam, é grato a quem o recebeu, gostaria de ser odiado – rico é o prazer, a ponto de ter sede de sofrimento, de inferno, de ódio, de ultraje, e de aleijão, de *mundo* – pois este mundo, oh, vós bem o conheceis!

Vós, homens superiores, por vós anseia o prazer, o indômito, o bem-aventurado, – por vossa dor, vós, malogrados! Pelo fracassado anseia todo o prazer eterno.

Pois todo o prazer quer a si mesmo, por isso quer também o sofrimento! Oh, felicidade, oh, dor! Ó, despedaça-te, coração! Vós, homens superiores, aprendei, o prazer quer eternidade, o prazer quer a eternidade de todas as coisas, *quer profunda, profunda eternidade!*

12

Aprendestes então a minha canção! Adivinhastes o que eu quero dizer? Pois bem! Avante! Cantai para mim agora, vós, homens elevados, a minha cantiga de roda!

Cantais então vós mesmos a canção chamada "mais uma vez", cujo sentido é "em toda a eternidade!", cantai, vós, homens elevados, a cantiga de roda de Zaratustra!

Ó homem! Presta atenção!
O que diz a profunda meia-noite?
"Eu dormia, dormia –,
"De um sonho profundo eu despertei: –
"O mundo é profundo,
"E mais profundo do que pensou o dia.
"Profunda é a sua dor –,
"Prazer – ainda mais profundo que o pesar:
"A dor diz: Ceda!
Porém todo prazer quer eternidade
– quer profunda, profunda eternidade!"

O SINAL

Mas na manhã depois daquela noite Zaratustra levantou-se do leito, cingiu as ancas e saiu de sua caverna, ardente e forte feito um sol matinal vindo de escuras montanhas.

"Tu, grande astro", falou ele, como houvera falado uma vez, "tu profundo olho de felicidade, o que seria de toda a tua felicidade se não tiveste *aqueles* a quem iluminas!

E se eles permanecessem em seus aposentos, ao passo que tu estás desperto e vens e presenteias e repartes: como se encolerizaria teu orgulhoso pudor!

Pois bem! Ainda dormem, esses homens superiores, ao passo que *eu* estou desperto: *esses* não são os companheiros certos para mim! Não é por eles que aguardo em minhas montanhas.

Ao meu trabalho quero ir agora, ao meu dia: mas eles não compreendem quais os sinais de minha manhã, meus passos – não lhes são um toque de despertar.

Ainda dormem em minha caverna, seu sonho ainda bebe de minhas ébrias canções. O ouvido que atente *a mim*, – de ouvido *obediente* carecem os seus membros."

Isso tinha dito Zaratustra a seu coração enquanto se elevava o Sol: então se pôs a olhar inquisidoramente às alturas, pois acima de si ouvira o grito agudo de sua águia. "Pois bem!", exclamou, olhando para cima, "assim me agrada e me é devido. Meus animais estão despertos, pois eu estou desperto.

Minha águia está desperta e, tal como eu, está a honrar o Sol. Com garras de águia ela se aferra à nova luz. Vós sois os animais certos para mim; eu vos amo.

Mas ainda faltam os homens certos para mim!".

Assim falou Zaratustra; aconteceu então que de súbito ele se viu rodeado de um sem-número de pássaros a voltear e esvoaçar – mas tão grande era o ruflar de tantas asas e o atropelo em torno a sua cabeça que ele fechou os olhos. E em verdade, era tal qual se uma nuvem caísse sobre ele, tal qual uma nuvem de flechas, a disparar sobre um novo inimigo. Mas vede, era aqui uma nuvem de amor, e sobre um novo amigo.

"O que aconteceu comigo?", pensou Zaratustra em seu assombrado coração, e deixou-se lentamente cair sobre uma grande pedra, que jazia junto à saída da caverna. Mas enquanto estendia as mãos em torno de si e sobre si e por baixo de si, e defendia-se dos carinhosos pássaros, eis que lhe aconteceu algo ainda mais estranho: sem querer sua mão penetrou numa espessa e cálida mecha de cabelo; e ao mesmo tempo soou à sua frente um ruído – um suave e prolongado ruído de leão.

"É chegado o sinal", falou Zaratustra, e seu coração se transformou. E em verdade, quando se fez claridade à sua frente, a seus pés jazia um animal potente e amarelo, aconchegava a cabeça em seus joelhos e por amor não o queria deixar, e fazia como um cão que torna a encontrar o antigo dono. As pombas, porém, não eram menos fervorosas em seu amor; e toda vez que uma pomba arrulhava sobre o focinho do leão, este balançava a cabeça e maravilhava-se e ria disso.

A eles todos falou Zaratustra com uma só palavra: "meus filhos estão próximos, meus filhos" – e então emudeceu de todo. Mas seu coração estava aliviado, e de seus olhos gotejavam lágrimas que lhe caíam nas mãos. E ele já não atentava a coisa alguma, e estava ali sentado, imóvel, e já não se defendia dos animais. Então as pombas revoaram de um lado a outro e sentaram-se em seus ombros, a acariciar-lhe o cabelo branco, e não se cansavam de lhe mostrar ternura e júbilo. Mas o forte leão estava sempre a lamber as lágrimas que caíam sobre as mãos de Zaratustra, a rugir e grunhir timidamente. Assim se portavam esses animais.

Tudo isso durou um longo tempo, ou um breve tempo: pois a bem dizer para tais coisas não há na Terra tempo *algum*. Nesse ínterim, porém, os homens superiores tinham despertado na caverna de Zaratustra e estavam a se ordenar em cortejo, para ir ao encontro de Zaratustra e oferecer-lhe a saudação matinal: pois ao despertar haviam percebido que ele não se encontrava entre eles. Quando, porém, chegaram à porta da caverna, e o ruído de seus passos o precedia, o leão espantou-se enormemente, de chofre apartou-se de Zaratustra e a rugir selvagemente se lançou contra a caverna; mas os homens superiores, quando o ouviram rugir, gritaram todos como com uma única boca, e, a fugir, correndo, sumiram num piscar de olhos.

Mas o próprio Zaratustra, atordoado e distraído, levantou-se do lugar, olhou em torno, pasmado se manteve ali de pé, interrogou seu coração, recobrou-se e estava só. "Mas o que ouvi?", disse por fim, lentamente, "o que me acaba de acontecer?".

E logo lhe veio a lembrança, e com um único olhar compreendeu tudo o que tinha se passado entre ontem e hoje. "Aqui se tem, sim, uma pedra", falou ele, acariciando a barba, *"nela* estava eu sentado ontem pela manhã; e aqui acercou-se de mim o adivinho, e aqui pela primeira vez ouvi o grito que acabo de ouvir, o grande grito de socorro.

Ó vós, homens elevados, era sim *vossa* miséria que ontem pela manhã me vaticinou aquele velho adivinho.

Era para vossa miséria que ele queria me seduzir e me tentar: 'Ó Zaratustra', disse ele para mim, 'venho para te seduzir ao teu último pecado'".

"Para o meu último pecado?", exclamou ele e riu zombeteiro de sua própria palavra: *"o que* se me tinha reservado como meu último pecado?".

E ainda uma vez Zaratustra abismou-se em si, tornou a sentar-se sobre a grande pedra e meditou. De repente se ergueu de um salto.

"Compaixão! A compaixão para com o homem superior!", exclamou, e a fisionomia se lhe transformou em bronze. "Pois bem! *Isso* – teve seu tempo!

Meu sofrimento e minha compaixão – que importância têm! Estarei aspirando à *felicidade*? Eu aspiro à minha *obra*!

Pois bem! É chegado o leão, meus filhos estão próximos, amadureceu Zaratustra, é chegada a minha hora: Este é *meu* amanhã, *meu* dia se levanta: *para cima, então, tu, grande meio-dia!*".

Assim falou Zaratustra e deixou sua caverna, ardente e forte, feito um sol da manhã a surgir de trás de escuros montes.

Este livro foi impresso pela Gráfica Rettec,
em fonte Bembo sobre papel Pólen Bold 70g/m²
para a Edipro no verão de 2023.